Petra Gabriel wuchs in Stuttgart und am Bodensee auf. Seit 1982 lebt sie mit ihrer Familie am Hochrhein. Über fünfzehn Jahre lang war sie Redakteurin in der Lokalredaktion des SÜDKURIER in Bad Säckingen, die meiste Zeit als stellvertretende Leiterin. Seit 2004 arbeitet sie als freiberufliche Journalistin und Schriftstellerin. Petra Gabriel ist Autorin von fünf historischen Romanen: »Zeit des Lavendels«, »Die Gefangene des Kardinals«, »Waldos Lied«, »Der Kartograph« und »Die Konkubine«. Im Emons Verlag erschien »Tod am Hochrhein«.
www.petra-gabriel.de

Dieses Buch ist ein Roman. Handlungen und Personen sind frei erfunden. Ähnlichkeiten mit lebenden oder toten Personen sind rein zufällig.

PETRA GABRIEL

ALEMANNISCHER TOTENTANZ

DER BADISCHE KRIMI

Emons Verlag

Umschlagzeichnung: Heribert Stragholz
Druck und Bindung: CPI – Clausen & Bosse, Leck
Printed in Germany 2009
ISBN 978-3-89705-640-4
Der Badische Krimi 18
Originalausgabe

Für Moni und Walter,
auf deren Unterstützung ich immer zählen konnte

1

Panik überflutete sie. Der Mann war wieder hinter ihr her. Sie konnte seinen Atem schon in ihrem Nacken spüren. Gleich würde er ihr den Hanfstrick um die Kehle legen und zuziehen. Sie bekam keine Luft mehr. Ihre Beine fühlten sich an, als wären sie aus Blei. Verzweifelt hastete sie weiter zur nächsten Straßenecke. Nein, das war auch nicht die richtige. Wieder eine andere Ecke, andere Häuser, neue Haustüren. Wo war nur der Eingang? Sie musste ihn finden, ihr Leben hing davon ab. Die Glocken kamen näher, wurden immer lauter. Die Schwingungen echoten in ihrem Kopf, ihr Schädel drohte zu platzen. Sie presste die Hände gegen die Schläfen. Wenn sie nicht bald die gesuchte Tür fand, war es um sie geschehen. Diese Glocken! Warum konnte der Mann mit dem Seil nicht endlich aufhören zu läuten?

Iris Terheyde, Kriminalhauptkommissarin A 11, schreckte schweißüberströmt hoch. Das Telefon! Wieso läutete es mitten in der Nacht? Schlaftrunken tastete sie nach dem Mobilteil auf ihrem Nachttisch.

»Was ist?«

»Einen wunderschönen guten Morgen. Es wird ein sonniger Tag! Na, verschlafen? Zu viel gefeiert am Wochenende?«

»Wieso verschlafen? Spielen Sie jetzt den Wetterbericht?« Sie schaute auf das Zifferblatt des Weckers. »Mist!«

»Dachte ich mir's doch«, stellte Martin Felix fröhlich fest. Felix, ihr Assistent, Felix, der stete Stachel in ihrem Fleisch. »Übrigens, hier in Lörrach wartet eine junge Frau.«

»Felix am Morgen bringt Kummer und Sorgen«, murmelte Iris vor sich hin. Sie klemmte sich das Mobilteil zwischen Ohr und Schulter und versuchte sich aus ihrem Nachthemd zu winden. Flanell, gestreift und etwas eng. Eigentlich wirkte es wie ein Herrenhemd. Eine wohlmeinende Verwandte hatte es ihr vor Ewigkeiten geschenkt. Damals war sie noch jünger und schlanker gewesen. Wenigstens hielt es warm. Sie verhedderte sich in einem Ärmel. Wieso bekam sie das blöde Ding nicht über den

Kopf? Dieses Nachthemd entwickelte die Eigenschaften eines Kraken.

»Was sagten Sie?«, erkundigte sich Felix.

»Ach nichts«, nuschelte Iris unter dem Flanellstoff hervor. Dann hatte sie es geschafft. Sie atmete durch. »Was will sie?«

»Es geht um den Tod ihrer Großmutter.«

»Verdammt!« Jetzt wollte der zweite Ärmel nicht vom anderen Arm. Zerren half nichts. Sie musste den Knopf am Handgelenk aufbekommen. Endlich.

»Was sagten Sie? Ich verstehe Sie heute Morgen so schlecht!«

»Ach egal, erklären Sie mir nachher, was los ist. Ich komme, so schnell ich kann. Ich muss allerdings vorher noch zum großen M., bin zum Rapport bestellt. Eigentlich sollte ich in zehn Minuten bei ihm sein. Sagen Sie ihm Bescheid, dass ich ... dass der Zug Verspätung hatte. Denken Sie sich etwas Nettes aus. Nein, sagen Sie einfach, ich hätte verschlafen.«

»Aber ...«

Sie drückte auf die Taste mit dem roten Telefon.

Die Hauptstraße hinunter, die Hauptstraße herauf, eine umgekehrte Parabel aus Kopfsteinpflaster: Wie jeden Morgen auf dem Weg zum Laufenburger Westbahnhof versuchte Iris, den Schwung aus dem Abwärts mit ins Aufwärts zu nehmen. Hoffentlich erreichte sie den Zug noch!

Die Sonne tat ihr Möglichstes, um den Tag und die Stimmung der Menschen aufzuhellen. Sie hatte eine für diese Jahreszeit überraschende Kraft und erreichte Iris' Gesicht, als sich die linke Zeile der alten Häuser an der Hauptstraße kurz vor der Rheinbrücke zum Fluss hin öffnete.

Iris' Magen muckte. Er vertrug Stress am frühen Morgen nicht. Das galt besonders für den Montagmorgen. Die hastig getrunkene Tasse Kaffee half da nur ansatzweise. Zu niedriger Blutdruck, obwohl er bei den Pfunden, die sie auf die Waage brachte, gemäß den ärztlichen Statistiken eigentlich zu hoch sein müsste. Ihr Kreislauf scherte sich nicht um medizinische Theorien. Ihr komplettes System war morgens heruntergefahren. Vielleicht waren das ja die Überbleibsel eines früheren Lebens als Wüstenmaus. Sie hatte einmal gelesen, dass diese Tiere ihren Kreislauf nachts auf ein Minimum reduzierten, um in der Kälte der Wüstennacht nicht zu viel Wärme zu verbrauchen. Tagsüber waren sie dafür sehr wendig.

Sie passierte das Haus gegenüber der Brücke. Dort, im dritten Stock, war der alte Satorius getötet worden. Iris dachte an Max Trautmann, angeheirateter Sohn des Alten und Schwarm ihrer Jungmädchentage. Bis heute war sie sich nicht sicher, ob er seinen Stiefvater nicht doch erschlagen hatte. Die Ermittlungen waren eigentlich abgeschlossen, Schuldige gefunden. Aber der Zweifel nagte weiter. Damals, während der Untersuchungen, hatten sie stillschweigend vom Du zum Sie gewechselt. Dabei war es geblieben.

Iris war an diesem Morgen nicht nur für den Sonnenschein, sondern auch für die Romantik der mittelalterlichen Innenstadt von Laufenburg verloren, für den Anblick der Burgruine auf dem gegenüberliegenden Burgberg, die von der morgendlichen Brise samt dem darunterliegenden Schweizer Laufenburg langsam aus dem Morgennebel geschält wurde; verloren für das Vogelgezwitscher und das Versprechen von Frühling, das in der Luft lag.

Ihre Miene passte eher zu einem grau nieselnden Novembertag. Sie hatte Muskelkater. Am Abend zuvor hatte sie in einem Anfall von Selbsterkenntnis alle gymnastischen Übungen durchgeturnt, die ihr eingefallen waren. Mehrfach. Jetzt bekam sie die Quittung. Jede Faser ihrer Muskeln protestierte, als sie das steile Stück zwischen Rheinbrücke und Laufenburger Westbahnhof emporschnaufte. Schon nach wenigen Schritten war sie außer Atem und fühlte sich, als bestiege sie den Mount Everest. Dabei waren es noch nicht einmal dreißig Meter.

Die Mechanik der Halbschranke gab den ersten einer Serie von Plings von sich und begann sich zu senken, während das Geplinge, durch den Fluss verstärkt, in Richtung des anderen Ufers hallte. Es hatte von den Anwohnern »dännet em Rhy«, den Bürgern, die in den Altstadthäusern des Schweizer Laufenburg ihre Ruhe haben wollten, ihren ungestörten Morgenschlaf, ihren Mittagsschlaf, ihr Abendnickerchen, deshalb schon Proteste gehagelt. Sie hatten ihren eigenen Bahnhof, ihr eigenes Pling. Sie wollten nicht auch noch das der deutschen Seite. Die Bahn ignorierte das, die

Züge fuhren trotzdem von West nach Ost und von Ost nach West, mindestens jede halbe Stunde, nachts etwas weniger, manchmal auch Güterzüge mit Fracht aus oder für die Schweiz, darunter Gefahrgut, das die Eidgenossen lieber über die deutsche Seite rollen sahen. Und so plingte die Anlage brav weiter, mahnte die Übermütigen, die Eiligen, die Zuspätkommer, die Morgenmuffel zur Vorsicht, wenn sie sich senkte. Und zur Geduld, bevor sie sich wieder hob.

Iris legte notgedrungen einen Zahn zu und verzog das Gesicht. Ihre übersäuerten Muskeln protestierten erneut, ihr wurde noch flauer im Magen. Sie hatte das Gefühl, langsamer zu laufen statt schneller. Gleich würde der Zug, der sie von Laufenburg nach Basel Badischer Bahnhof bringen sollte, durch den Rappensteintunnel dröhnen. Sie musste sich vorher an der Halbschranke vorbei und über die Gleise auf den richtigen Bahnsteig schlängeln – den, der direkt am alten Bahnhofsgebäude lag. Es war ihr in diesem Moment völlig gleichgültig, dass Bahnhof und Tunnel ein denkmalgeschütztes Ensemble bildeten, entstanden gegen Ende der achtziger Jahre des 19. Jahrhunderts. Ihr einziger Gedanke war die Frage, ob sie den Zug noch erreichte.

Nach der Zugfahrt ging es vom Badischen Bahnhof in Basel mit der S6 weiter Richtung Wiesental/Zell bis zum Halt Schillerstraße. Die S-Bahn fuhr alle fünfzehn Minuten. Anschließend waren es gute fünf Minuten Fußmarsch zur Polizeidirektion an der Weinbrennerstraße in Lörrach.

Während sie über die Gleise zum Bahnsteig 1 hastete, erinnerte sich Iris an eine Frau, die bei genau solch einer Überquerungsaktion bei geschlossener Halbschranke vom Zug erfasst und schwer verletzt worden war. Doch sie hatte keine Wahl, auch wenn sie damit ein schlechtes Vorbild abgab. Jeder in Laufenburg wusste natürlich, dass sie »bei der Polizei« arbeitete. Normalerweise kam es nicht so darauf an, wenn sie einen Zug verpasste, sie hatten Gleitzeit. Doch heute war sie zum großen M. bestellt. Manfred Jäger, Leiter der Mordkommission der Polizeidirektion Lörrach, legte – bei aller unbestreitbaren und oft bewiesenen Langmut ihr gegenüber – nun einmal Wert auf Pünktlichkeit. Sie konnte sich auf eine Standpauke gefasst machen.

Verdammt, dieser Muskelkater! Iris stolperte. Unwillkürlich sah sie nach unten. In diesem Moment wurde sie von einem Entgegenkommenden angerempelt, der sich offenbar ebenso wenig von Halbschranken aufhalten ließ wie sie.

»Können Sie nicht aufpassen!«

Ihr Blut geriet in Wallung, sie setzte zu einer spitzen Replik an. Diese blieb ihr jedoch im Halse stecken. Denn das Gesicht des Mannes hellte sich bei ihrem Anblick sofort wieder auf. Max Trautmann! Ausgerechnet. Was machte der Typ um diese Uhrzeit hier? Soweit sie wusste, hasste er es mindestens ebenso wie sie, in aller Herrgottsfrühe aufzustehen. Eine durchzechte Nacht bei einem der Bewohner des Westbahnhofs? Die Bahn hatte das Gebäude schon vor Jahren aufgegeben und dem Immobilienmarkt überlassen. Inzwischen war das Haus renoviert und zu Wohnungen umgebaut worden. Trautmann sah frisch und munter, sogar glücklich aus. Das ging ihr gegen den Strich. Warum hatte er es eigentlich so eilig? Egal.

Trautmann schob seine Brille zurecht. »Iris Terheyde! Wir wohnen einander gegenüber und sehen uns doch kaum. Sie hatten versprochen, sich zu melden.« Seine dicken Brillengläser gaben ihm das Aussehen eines erstaunten Kindes.

»Bald, Ehrenwort!«, antwortete sie, nicht ganz so gereizt, wie sie sich eigentlich fühlte, und machte sich hastig auf die letzten fünf Meter zum Bahnsteig. Es war höchste Zeit. Sie konnte das Donnern des herannahenden Zuges bereits hören.

Trautmann musste spurten, um von den Gleisen zu kommen.

Der Zug schob sich zwischen sie. Die Bremsen quietschten ohrenbetäubend. Das war ihr sehr recht. Sie wollte nicht mit ihm reden. Und ihn auch nicht treffen. Dieser Mann gefährdete ihren Seelenfrieden.

Iris stieg hastig ein und ließ sich auf den nächstbesten Sitz fallen. Ihre gemarterten Muskeln gaben endlich Ruhe. Seit dieser einen, dieser bestimmten Nacht war sie Trautmann wo immer möglich aus dem Weg gegangen. Gut, es war nichts passiert zwischen ihnen. Aber fast. Dieses Fast kam auch jetzt wieder hoch, steckte wie ein Kloß in ihrer Kehle. Wie jeden Morgen, wenn sie von ihrem Badezimmerfenster aus über die Hauptstraße hinüber auf seinen Balkon über dem oberen Brunnen und das Wohnzimmer dahinter schaute.

Sie lenkte sich mit dem Gedanken an all die sportlichen Übungen ab, die sie zwecks Stärkung der Kondition in der nächsten Zeit zu machen gedachte. Nein, nicht noch einmal ins Fitnessstudio, das reichte wirklich ein für alle Mal. Eigentlich spielte sie gerne Tischtennis, und das nicht schlecht, wäre am liebsten in den TV Laufenburg-Rhina eingetreten. Doch der Dienst hatte ihr immer wieder einen Strich durch die Rechnung gemacht. Was wiederum den Vereinstrainer mürrisch gemacht hatte, weil sie nicht zu den festgesetzten Trainingsstunden erschienen war. Aerobic – das hatte sie auch versucht. Sie war sich vorgekommen wie beim Damenkränzchen. Ständig ging es danach und auch davor in den Gesprächen um Kinder, Haushalt, Männer und Diäten. Sie hatte nichts von alldem vorzuweisen außer jeder Menge an Pfunden zu viel, blieb also meistens stumm und schwänzte die Treffen irgendwann.

Iris kaute am Nagel ihres linken Ringfingers und fasste einen heroischen Vorsatz: Nichts Süßes mehr. Auch keine Currywurst. Keine Hamburger. Keine Chips. Ihr Magen knurrte.

Da fiel ihr das Sportstudio ein, das sie auf ihrem Weg zur PD Lörrach immer passierte. Es bot auch Kurse im Kickboxen an. Kicken und Boxen – das konnte sie. Verbal und auch sonst.

***

»Verdammt noch mal, Mädchen, jetzt lassen Sie sich nicht so gehen!« Manfred Jäger, Leiter der Mordkommission der Polizeidirektion Lörrach, hielt, was sie sich von ihm versprochen hatte. Sie kam nach dem gemurmelten »Guten Morgen« überhaupt nicht mehr zu Wort. »Ich habe alles getan, um Sie zu fördern. Ihren Ermittlungsergebnissen nach müssten Sie längst Hauptkommissarin nach A 12 sein! Aber nein, Sie stehen sich und allen Wohlmeinenden ständig im Weg. Erst unlängst haben Sie dem Leitenden Staatsanwalt durch die Blume erklärt, er sei ein Idiot. Ihre Schießleistungen sind ja gerade noch erträglich, Ihre körperliche Kondition aber ist für eine Waffenträgerin inakzeptabel. Das hat mir der

Polizeiarzt gestern bestätigt. Tun Sie etwas, sonst muss ich das melden. Oder wollen Sie beruflich auf der Stelle treten? Keine Kondition, keine Beförderung zur Kriminalhauptkommissarin A 12, das wissen Sie doch! Und das ist im gehobenen Dienst nun mal die Mindestvoraussetzung, um weiterzukommen. Außerdem sollten Sie endlich lernen, pünktlich zu sein. Ich habe Sie übrigens fürs Amok-Training angemeldet. In drei Wochen. Wenn Sie bis dahin nicht mehr Kondition haben, japsen Sie sich bei den Übungen zur Terroristenbekämpfung die Lunge aus dem Leib. Glauben Sie ja nicht, dass Sie sich schon wieder davor drücken können. Sind Sie sich zu schade für ein normales Fitnessstudio? Dann gehen Sie eben in eine Damen-Gymnastikgruppe.«

Iris schob das Kinn nach vorne. Niemals! Sie öffnete den Mund.

»Nein! Ich will nichts hören. Hören Sie auf, sich ständig wie die Rächerin aller Enterbten zu gebärden.«

Iris klappte den Mund wieder zu und senkte den Kopf.

Der große M. ließ sich durch ihre klägliche Haltung nicht von seiner Gardinenpredigt abbringen. »Verdammt, Sie wissen doch, was auf dem Spiel steht. Sie könnten sogar meine Nachfolgerin als Leiterin der Mordkommission werden. Doch dafür brauchen Sie mindestens die Einstufung in A 12, und zwar schnellstens. Es gibt genügend Kollegen, die Schlange stehen und sich ebenfalls um meinen Posten bewerben werden, wenn ich in einem halben Jahr aufhöre. Ich weiß, was Sie können, Mädchen. Ich fordere doch nichts Unmögliches: nur etwas Sport und ein kleines bisschen Diplomatie hin und wieder. Warum fällt Ihnen das so schwer? Sie sind doch eine Frau, und Frauen sind angeblich die besseren Diplomaten. Aber Sie …«

Der große M. im Ruhestand. Das konnte er sich wahrscheinlich ebenso wenig vorstellen wie sie. Sie würde ihn vermissen.

Es klopfte. Martin Felix streckte den Kopf zur Tür herein. Jäger musterte ihn ärgerlich. »Sie auch noch! Können Sie nicht warten, bis ich ›Herein‹ sage? Im Moment passt es überhaupt nicht.«

Felix blieb gelassen. Kein Millimeter seines männlich schönen Gesichts verzog sich, jedes einzelne der ordentlich geschnittenen und für einen Mann durchaus zahlreichen Haare, die haarscharf am Kragen seiner teuren Lammlederjacke endeten, saß, wie es sollte. Wieder einmal kam sich Iris hässlich vor. Ihre schulterlangen, mausgrauen Haare hatte sie mangels Zeit für eine Wäsche mit Hilfe eines Gummibandes irgendwie am Hinterkopf zusammengezwirbelt. Sie war ungeschminkt, trug wie üblich einen Schlabberpulli und Jeans. Auch wenn der große M. das nicht gesagt hatte, sie war sich durchaus bewusst, dass sich bei ein wenig mehr an modischem Auftreten, ein wenig mehr Betonung der weiblichen Attribute, dafür weniger an Pfunden auf den Hüften, ihre Chancen auf Beförderung durchaus erhöht hätten. Doch dazu war sie zu stolz. Sie hatte Verstand und war eine gute Ermittlerin – das musste genügen. Und nur danach wollte sie beurteilt werden.

Iris hasste es, sich lieb Kind zu machen, sich anzubiedern. Sie wollte geliebt, na ja, zumindest respektiert, also schön, wenigstens geduldet werden, wie sie war. Und sie war Praktikerin. Das hieß: auf zur Ochsentour vor Ort, der tägliche Kampf gegen den männlichen Überlegenheitswahn, ackern bis zum Umfallen für den Aufstieg nach A 12 und später A 13. Zumindest, wenn sie weiterkommen wollte. Das wusste sie ja auch.

»Sie haben doch Verstand und sind eine verdammt gute Ermittlerin«, bestätigte der große M. ihre Gedanken. »Ich kenne Sie nun schon seit Ihrer Ausbildungszeit. Sie waren meine beste Schülerin ... Was ist, Felix, warum stehen Sie noch immer da?«

»Es ist wichtig. Möglicherweise ein neuer Fall. Draußen wartet eine Frau, sie sagt, ihre Großmutter ... Jedenfalls ist es eilig. Ich brauche dringend Frau Terheyde«, antwortete Iris' Assistent. Sie bevorzugte diesen Ausdruck noch immer. Auch wenn sie inzwischen, nach zwei Jahren mehr oder eher weniger reibungsloser Zusammenarbeit, eigentlich Partner waren.

»Na gut, dann gehen Sie schon, Terheyde. Und nehmen Sie wirklich die Kurse im Kickboxen, für die Sie mir ständig diese Visitenkarte unter die Nase halten. Damit können Sie wenigstens auf Ihrer Ausbildung aufbauen. Ich will Fortschritte sehen.«

Iris nickte und folgte Felix aus dem Zimmer. Es gab nur einen Menschen auf dieser großen weiten Welt, von dem sie sich so abkanzeln ließ, und das war der große M., einer der wenigen Männer, die sie achtete, ihr Vorbild, ihr väterlicher Freund. Sie hatte viel von ihm gelernt. Sie wusste, dass er ihr bei aller Kritik wirklich wohlgesonnen war. Allerdings hätte sie auf das Väterliche in ihrer Beziehung schon mehr als einmal gerne verzichtet. Vor vielen, vielen Jahren, als junge Polizeischülerin, hatte sie sich gewünscht, er wäre nicht so ein treuer Ehemann gewesen. Er war es noch immer. Ihr war klar, dass ein Nachfolger nicht so geduldig mit ihr sein würde. Selbst für den unwahrscheinlichen Fall, dass sie es selbst sein sollte.

»So, Kickboxen, aha.« Martin Felix, wie immer süffisant, unterbrach ihre Überlegungen. »Warum wollen Sie denn nicht Ringerin werden? Schlammcatchen wäre doch auch etwas.«

Der Glückliche hatte ein Abonnement auf diese Art von Bemerkungen, was seine Chefin mit schöner Regelmäßigkeit auf die Palme trieb. Ja, und diese Besserwisserei! Seine Überheblichkeit war manchmal noch schwerer zu ertragen als seine Sticheleien. Er war kürzlich zum Kriminaloberkommissar befördert worden und würde sicher eine glänzende Karriere machen. Seitdem plusterte er sich noch mehr auf. Er hatte noch alle Chancen, konnte ohne Weiteres auf die Führungsakademie in Münster. Und dann würde er als Kriminalrat zurückkommen, an ihr vorbeiziehen, am Ende vielleicht sogar Leiter der Polizeidirektion Lörrach werden. Ein schrecklicher Gedanke.

Aber noch war sie die Vorgesetzte.

»Hören Sie auf mit Ihren blöden Anspielungen. Ringerin? Weil ich mich dann einfach auf die Leute setzen und sie mit meinem Gewicht zu Tode drücken kann? Meinen Sie das? Ach, halten Sie besser die Klappe, ich will es gar nicht wissen.«

Felix grinste. »Ich wollte nur freundlich sein. So wird es mir also gedankt, dass ich Sie vor einem längerem Anschiss des Alten gerettet habe.«

»Sie und freundlich! Also ob Sie das könnten.« Am liebsten hätte Iris sich auf die Lippen gebissen, die Worte zurückgenommen. Ihr war klar, dass sie sich wieder einmal idiotisch benahm. »Also, was ist?«

»Haben Sie meinen Anruf schon vergessen? Da ist doch diese junge Frau, Felicia Herbst …«

»Wie könnte ich eine solch freudige Überraschung am frühen Morgen vergessen. Und was will sie?«

»Ihre Großmutter – aber hören Sie sich am besten selbst an, was sie zu sagen hat. Sie lässt sich sowieso nicht abwimmeln.«

Die Besucherin war blond, saß schmal und blass auf dem wackeligen Holzstuhl, ein Relikt aus den Anfängen der Polizeiarbeit, vor Iris Terheydes plastikgrauem Schreibtisch. Sie mochte etwa zwanzig sein, hatte die Schultern hochgezogen, als friere sie trotz des dicken Wollschals, den sie um sich gewickelt trug. Es war wirklich kühl im Raum, das Heizen wurde immer teurer, die Durchschnittstemperatur in den Büros war von offizieller Seite deshalb um ein Grad gesenkt worden. Der Kontrast des dunklen Schals zum weinroten Pullover und zum hellen Schopf machte sich gut, fand Iris unwillkürlich. Sie entdeckte das zusammengeknüllte Papiertaschentuch in der Hand der Frau. Die gerötete Nase und die dunklen Ringe unter den Augen deuteten darauf hin, dass sie entweder Schnupfen oder in der letzten Zeit des Öfteren geweint hatte. Sie saß da wie ein kleines Vögelchen, verwirrt, fast hilflos. Ein Fall für Felix, dachte Iris.

Sie setzte sich hinter ihren Schreibtisch. Ihr Stuhl, mit schwarzem Lederimitat überzogen, war etwas neueren Datums. »Mein Kollege sagte, es sei dringend, was kann ich für Sie tun?«

Die großen blauen Augen füllten sich mit Tränen. »Meine Großmutter ist verschwunden. Es ist so furchtbar.« Die Frau schluchzte auf.

Iris bemühte sich, ihre Ungeduld zu zügeln. Auf ihrem Schreibtisch stapelten sich die Akten. Seit im Jahr 2004 zwei Bereiche zur neuen Inspektion I zusammengelegt worden waren, hatte sich ihr Arbeitsfeld beträchtlich erweitert. Jetzt musste die Mordkommission außer Tötungsdelikten auch Fälle von Vergewaltigung, Brandstiftung, Landfriedensbruch und anderes mehr bearbeiten. Außerdem waren da noch die Ermittlungen bezüglich der Anfang Januar verschwundenen Zeitungsausträgerin aus Rheinfelden. Die Suche nach der Achtundvierzigjährigen war inzwischen ins benachbarte Ausland ausgedehnt worden, was die Angelegenheit zusätzlich verkomplizierte. Bisher keine Spur. Auch die Suche in »Aktenzeichen XY … ungelöst« hatte nichts gebracht. Sie gingen inzwischen von einem Gewaltverbrechen aus.

Sie betrachtete die junge Frau auf der andere Seite des Schreibtisches. Solche Weibchen waren nichts für sie. Diese bestimmte Form der weiblichen Hilflosigkeit machte sie unweigerlich gereizt. Im nächsten Moment schalt sie sich innerlich als ungerecht. Die Frau schien wirklich Angst um ihre Großmutter zu haben, sie war sicher nicht auf Show aus.

»Wir beschäftigen uns hier nur mit schweren Delikten und Kapitalverbrechen. Hat mein Kollege das nicht gesagt? Ihr Fall wäre bei der Vermisstenstelle besser aufgehoben. Waren Sie schon dort?«

Felix, der Glückliche, holte Luft, als wolle er etwas sagen. Ein Blick von Iris brachte ihn zum Schweigen.

Die junge Frau schluchzte erneut auf. Die Tränen kullerten über ihr Gesicht. Sie schniefte ins Taschentuch, das danach noch zerrupfter aussah. »Nein, wissen Sie, wir vermissen sie nicht ... also nicht im üblichen Sinne. Meine Großmutter ist seit zwei Tagen tot.«

Iris war verwirrt. »Was wollen Sie damit sagen? Ist sie ermordet worden?«

Wieder schüttelte die junge Frau den Kopf. »Unser Hausarzt sagte, es war ein Herzinfarkt.«

»Und wie kann sie dann verschwinden, wenn sie tot ist?«

»Das ist es ja! Ich verstehe das auch nicht! Sie ist einfach weg. Das Beerdigungsinstitut hat sie verloren. Ich wollte sie vor der Einäscherung noch einmal sehen. Als eine der beiden alten Tanten vom Beerdigungsinstitut mich zu ihr bringen wollte, lag sie einfach nicht mehr in ihrem Sarg!«

Iris schluckte trocken und war kurz davor, zu bemerken, dass das dann wohl eine Sache fürs Fundbüro sei, hielt sich aber zurück. »Das tut mir leid. Die Mordkommission kann dabei allerdings nichts tun. Wir ermitteln nur, wenn die Todesursache unklar ist. Wie wäre es denn mit den Kollegen vom Diebstahl? Ich bringe Sie gerne zu ihnen.«

»Überall werde ich nur abgewiesen, jeder hält mich für verrückt. Warum hilft mir denn niemand? Ist das denn normal, dass eine alte Frau nach ihrem Tod verschwindet?« Jetzt wurde sie energisch.

»Nein, normal ist das nicht, einen solchen Fall hatten wir noch nie«, schaltete sich Kollege Felix ein. Iris begriff, er hatte schon Feuer gefangen.

»Also ich weiß nicht …«, begann sie lahm.

»Ich lasse mich nicht so einfach abwimmeln!«

Hoppla, die junge Frau hatte Temperament.

»Sie sagen, Sie beschäftigen sich nur mit Menschen, bei denen die Todesursache unklar ist? Gut. Dann melde ich hiermit den Mord an meiner Großmutter. Wenn ich Anzeige erstatte, dann müssen Sie etwas tun, oder?«

Iris war verblüfft. »Sagten Sie nicht, es war ein Herzinfarkt?«

»Ich habe plötzlich starke Zweifel daran.«

»Anzeige? Gegen wen?«

»Gegen unbekannt?«, schlug Martin Felix vor. »Meistens kennen wir die Täter am Anfang nicht.«

Iris wusste, wann sie geschlagen war. Felix hatte die junge Frau also schon geeicht. Der Blick auf die Akten, die sich auf ihrem Schreibtisch stapelten, half ihr bei der Entscheidung. Es gab nichts Schlimmeres als diesen Papierkram. Anstatt anständige Ermittlungsarbeit zu leisten, beschäftigte sie sich rund die Hälfte ihrer Zeit damit, Formulare auszufüllen. Und täglich wurden es mehr. Sie konnte sich des Gefühls nicht erwehren, dass irgendwo in den oberen Etagen jemand saß, dessen einziges Lebensziel es war, sich ständig neue Formulare auszudenken und diese gleich mit einer mehrseitigen Ausfüll- und Ausführungsverordnung zu versehen, was an wen in welcher Zeit mit welcher Zahl von Ausfertigungen zu gehen hatte. Wenn die junge Frau Anzeige erstattete, dann kam noch weiterer Papierkram hinzu, der sie von ihrer eigentlichen Arbeit abhielt. Wozu gab es denn eigentlich diese verdammten Computer?

»Also gut. Wir werden uns um Ihre Oma kümmern. Um welches Beerdigungsinstitut handelt es sich?«

Die großen blauen Augen schauten so dankbar, dass Iris schon fast ein schlechtes Gewissen bekam.

Die Stimme war männlich und kam vom Band. Iris empfand den Ton als unangenehm freundlich. »Leider haben wir heute aus familiären Gründen geschlossen. In Notfällen wenden Sie sich bitte an das Beerdigungsinstitut Roser, Untereckstraße 6. Wir sind morgen gerne wieder für Sie da. Falls Sie uns eine Nachricht hinterlassen wollen, sprechen Sie bitte nach dem Signalton.«

Iris wartete den Piep ab. »Terheyde, Polizeidirektion Lörrach. Wir hätten einige Fragen an Sie. Mein Kollege und ich werden morgen im Laufe des Tages bei Ihnen vorbeischauen.«

»Niemand zu Hause?«, fragte der Glückliche.

»Wie Sie hören.«

»Na ja, mit Gewalt können wir uns ja schlecht Zutritt verschaffen. Es sei denn, wir hätten einen Durchsuchungsbefehl.«

»Hm.« Sie betrachte das Chaos auf ihrem Schreibtisch. Aktenberge waren wie schmutziges Geschirr. Je höher sie sich stapelten, umso geringer wurde ihre Lust, sich damit zu beschäftigen.

Sie seufzte und hoffte auf ein Wunder.

Es geschah. Der große M. streckte den Kopf zur Tür herein. »Die Kollegen im Vermisstenfall brauchen Unterstützung. Haben Sie Zeit?«

Iris sprang auf. »Klar.«

***

Max Trautmann saß in seinem Wohnzimmer am PC. Er rief die Datei mit seinen Haikus auf und suchte ein ganz bestimmtes. Eines jener dreizeiligen Gedichte aus der japanischen Tradition des Zen, die so einfach waren, so klar, die in wenigen Worten eine Geschichte erzählten. Drei Wortgruppen, siebzehn Silben in der Anordnung fünf – sieben – fünf, die kleinste lyrische Form, die in der Weltliteratur zu Bedeutung gelangt war. *Ihr* Haiku war auch darunter.

Gänseblümchen blüht
zwischen Halmen. Kaum jemand
sieht den Sternenkranz.

Gänseblümchen. Das war sein Name für sie. Eine eher unscheinbare und doch wunderbare kleine Pflanze. Sie war krautig und zäh, gedieh fast überall, trotzte Trockenheit und Kälte, war eine der Ersten, die im Frühling blühte. Manche nannten sie auch Tausendschön oder Maßliebchen. Er sah natürlich auch, dass Iris zu füllig war, ihr Haar zu dünn und ihre Gesichtshaut etwas teigig um die Nase. Und sie kaute Nägel. Das hatte sich seit damals nicht geändert. Doch gerade ihre Fehler machten sie anziehend. In der Gegenwart von perfekt gestylten Frauen fühlte Max sich ausgesprochen unwohl. Für ihn hatte sie etwas Leuchtendes. Er verstand gut, warum sie ihn mied, warum sie sich nicht auf ihn einlassen konnte. Ob sie ihn noch immer verdächtigte, den Alten getötet zu haben? Doch den Max Trautmann von damals gab es nicht mehr, er hatte ihn abgestreift. Ein Schmetterling war nicht geschlüpft. Eher ein dicker Brummer.

Er würde so gerne einen Weg finden, um seinem Gänseblümchen wieder öfter nahe zu sein. Vielleicht gab es ja eine Möglichkeit ohne die Gefahr, gleich als Stalker zu gelten. Was machte ein vergleichsweise schüchterner Mann, der dazu nicht gerade Adonis glich, um eine Frau für sich einzunehmen? Iris wurde von forschen Avancen schnell verschreckt. Ebenso wenig wie er selbst vermochte sie daran zu glauben, dass jemand sie liebenswert und anziehend finden könnte, vermutete sofort irgendwelche üblen Absichten und ergriff die Flucht. Das hatte er bei seinen mehr oder weniger direkten Annäherungsversuchen immer wieder zu spüren bekommen. Vielleicht waren sie sich in diesem Punkt auch einfach ähnlich. Wie er hatte sie wohl nie gelernt, mit Zuneigung umzugehen. Psychologen bezeichneten so etwas als gestörtes Urvertrauen. Max, streng dich an, sagte er sich und legte sich aufs Bett, um in Ruhe nachzudenken. Er hatte noch nie versucht, eine Frau zu erobern. Bisher hatten die Frauen immer ihn erobert. Na ja, zumindest seine Ex. Und das war nicht gut gegangen. Nein, überhaupt nicht.

Ein Haiku fiel ihm ein.

Im leeren Zug herrscht
Dämmerlicht. Den Mann wärmt der
Frühlingssonnenschein.

Er öffnete eine neue Word-Datei und tippte die Zeilen. Schön, es war nicht sein bestes Haiku. Aber es hatte etwas. Er erinnerte sich gut an die innere Dunkelheit, an dieses Kind der Einsamkeit. Sie überfiel ihn immer wieder, besonders wenn er versuchte, vor ihr fortzulaufen. Er würde einen Weg zu seinem Gänseblümchen finden. Wozu war er schließlich Schriftsteller und hatte Phantasie.

Max gähnte. Es war aber auch eine lange Nacht gewesen, einer seiner Streifzüge durch Basel. Am Ende hatte er mit einem sympathischen Schweizer Arzt die ganze Nacht durchdiskutiert. Über Frauen, Steuern, Politiker, den Imperialismus (insbesondere den amerikanischen und was wohl Barack Obama diesbezüglich tun würde), die kommenden Großmächte (vor allem China und Indien), die Frage, ob es nun einen Gott gab oder nicht, die neuesten wissenschaftlichen Erkenntnisse dazu. Ja, es war eine lange Nacht gewesen. Max hatte versprochen, sich zu melden, wenn er wieder einmal einen Ausflug nach Basel machte. Also bald. Was sollte er mit seinen Abenden auch sonst anfangen? Kein Mensch konnte ständig Western-Romane oder Haikus schreiben. Und das Fernsehprogramm wurde auch immer schlechter. Falls es jemals besser gewesen war.

Morgen, morgen würde er mit dem neuen Western anfangen. Das hätte er schon vor zwei Wochen tun sollen. Aber ihm fiel einfach kein neues Abenteuer für seinen Helden John Benson ein. Er sprang auf. Im Gehen konnte er besser nachdenken. Moment, wie wäre es denn, wenn Benson ausnahmsweise einmal niemanden rettete, sondern selbst gerettet wurde? Zum Beispiel weil er unter Mordverdacht geriet? Keine schlechte Idee. Er würde gleich morgen mit dem Schreiben anfangen. Max tappte zurück zum Bett. Kurz darauf war er eingeschlafen und schnarchte selig.

2

Das Haus in der Brombacher Straße, in dem die Lörracher »Jenseitswelten« ihre Kunden willkommen hießen, machte von außen einen gediegen-gepflegten Eindruck. Die Fassade war offenbar erst jüngst in frischem Gelb gestrichen worden und hob sich dadurch wohltuend von den etwas schmuddelig wirkenden Gebäuden in der Umgebung ab, die aus den verschiedensten Jahrzehnten stammten. Vom Ruß aus unzähligen Auspuffrohren angegraute Gründerzeitfassaden prunkten mit ihrem Stuck neben nüchternen Nachkriegsbauten. Die Straße war der Traum jedes Verkehrsbündelungsverfechters – vierspurig, begleitet von einem Schienenstrang samt Tram-Haltestellen; auch für die S6, Richtung Zell, Wiesental und Schopfheim, die Iris jeden Morgen zur Station Schillerstraße brachte. Die Bündelung war so gut gelungen, dass der ständig strömende Verkehr die Stadt Lörrach in zwei Hälften zerschnitt. Meist fuhren die Autos und Lastwagen dicht an dicht, zu Stoßzeiten war ständig Stau. Auch die etwas mickrigen Bäume konnten den Eindruck einer tristen und menschenfeindlichen Durchgangsstraße nicht mildern, die Unterführungen ebenso wenig.

Das Gebäude der »Jenseitswelten« lag nicht weit von der Abzweigung zur Lasser Brauerei entfernt. Um an der Gründerzeitvilla Aichele vorbei zum Meeraner Platz und zum Polizeigebäude an der Weinbrennerstraße zu kommen, musste man die andere Richtung einschlagen, über die Straße sprinten oder eben die Unterführung nehmen.

Das Haus des Beerdigungsinstitutes stammte wohl aus den sechziger Jahren. Eine geschickte Hand hatte mit fröhlichen Blumensträußen dafür gesorgt, dass die Schaufenster nicht trist, sondern sogar aufmunternd wirkten. Ein Paravent verwehrte Passanten den Blick ins Innere. Trauernde legten keinen Wert auf Öffentlichkeit.

»Das hat Stil«, formulierte der Glückliche die Gedanken seiner Vorgesetzten. »Und dann auch noch so nah am Friedhof! Wie praktisch.«

»Stimmt auffallend.«

Das Klanggeriesel eines Traumfängers aus Federn und Glöckchen empfing sie, als sie die Tür öffneten. Auch drinnen sah es ganz anders aus als bei den Bestattungsunternehmen, die Iris kannte. Sie kamen in die plüschige Atmosphäre eines Wohnzimmers mit Möbeln im Gründerzeit-Stil, daneben grünte ein Gummibaum. Ein rotes Sofa mit bestickten Häkelkissen lud ein, es sich bequem zu machen. Auf dem Tisch lag ein Spitzendeckchen. Die Jugendstillampen im Raum verströmten ein angenehm warmes Licht, nicht zu hell, aber auch nicht zu dunkel. Neben dem Sofa entdeckte sie eine kleinen Kommode mit mehreren Schubladen. Iris fühlte sich unversehens in den alten Schwarz-Weiß-Film »Arsen und Spitzenhäubchen« versetzt. Hatte nicht Cary Grant darin die männliche Hauptrolle gespielt? Die des jungen Mannes, der von der unorthodoxen Einstellung seiner Tanten zum Thema Leben und Tod überrascht wurde?

»Kommen Sie doch näher. Nur keine Scheu. Und setzen Sie sich. Welcher liebe Angehörige ist denn gestorben? Ach, was bin ich doch für eine schlechte Gastgeberin – möchten Sie etwas zu trinken? Einen Tee, einen Kaffee, vielleicht einen kleinen Likör zur Aufmunterung?«, zwitscherte eine Stimme.

Tatsächlich, »Arsen und Spitzenhäubchen«! Als sich der Vorhang vor einem Durchgang im hinteren Bereich des Raumes komplett zur Seite geschoben hatte, erschien eine ältere Dame in schwarzem Satin, die vollendet in diesen Film gepasst hätte. Das Kleid wirkte, als wäre es um die Wende des vorletzten Jahrhunderts herum geschneidert worden. Iris sah ein plissiertes Oberteil mit gerafftem Schößchen, weiße Spitzen und ein ebenfalls mit weißen Spitzenapplikationen besetztes Häubchen, das keck auf dem sorgsam hochgesteckten weißen Haar der winzigen Person saß, die ihnen da entgegenkam. Freundliche blaue Augen strahlten Iris an. Sie leuchteten in einem Gesicht, dessen etwas pergamentene Haut zwar von gelebten Jahren erzählte, aber kaum eine Runzel aufwies. Iris fühlte sich willkommen. Ziemlich erstaunlich für ein Beerdigungsinstitut, fand sie.

»Willkommen, gnädige Frau. Und das ist der Sohn?«, flötete die Stimme weiter.

Der Glücklich feixte und ergriff das Wort. »Tut mir leid, nein, das ist Kriminalhauptkommissarin Iris Terheyde, ich bin Kriminaloberkommissar Martin Felix, Mordkommission Lörrach.«

Die blauen Augen wurden groß und fragend, eine schmale, gepflegte Hand wies auf das Sofa. »Ja, der Telefonanruf auf dem Anrufbeantworter. Ich erinnere mich. Sie sind von der Mordkommission! Es wird doch nichts Schlimmes geschehen sein? Ach, es sind schon furchtbare Zeiten, in denen wir leben.«

Iris hatte sich von ihrer kurzen Verstimmung wegen des »Sohnes« erholt und beschlossen, dass dies eine der nettesten alten Damen war, die sie kannte.

»Nein, soweit wir wissen, ist nichts Schlimmes geschehen. Und wahrscheinlich ist dies alles auch nur ein Irrtum. Aber ehe ich es vergesse, warum hatten Sie denn gestern geschlossen?«

»Ach, meine Liebe, alte Frauen haben eben ab und zu ein Zipperlein hier und ein anderes da. Nichts Schlimmes, nur ein Anflug von Erkältung. Ist schon wieder vorbei. Ein anständiges Wannenbad und viel Schlaf wirken da Wunder. Aber bitte, setzen Sie sich doch!«

Die beiden Besucher folgten der Einladung und sanken nebeneinander auf das Sofa.

Die blauen Augen schauten sie erwartungsvoll an.

»Es geht um eine junge Frau. Sie war gestern bei uns und behauptete, Sie hätten ihre Großmutter verloren.«

»Ihre tote Großmutter natürlich«, ergänzte der Glückliche.

Die alte Dame blickte, unverkennbar bis ins Mark getroffen, auf ihre beiden Gäste. »Wir sollen eine Großmutter verloren haben? Niemals! So etwas geschieht nicht bei uns, das kann wirklich nur ein Irrtum sein.«

»Meine Liebe, ich sehe, wir haben Gäste. Wie nett. Willkommen in den ›Jenseitswelten‹. Wir werden alles tun, um Ihnen über die schweren Zeiten zu helfen. Vertrauen Sie uns.«

Iris und Felix starrten perplex in Richtung des Vorhangs, hinter dem offenbar ein reger Verkehr herrschte, denn sie konnten Geräusche hören, die zumindest vom Rumoren eines weiteren Menschen stammen mussten. Im Türrahmen erschien eine exakte Kopie der alten Dame, mit der sie sich gerade unterhielten.

Diese wandte sich um. »Nein, meine Liebe, keine Kunden. Stell dir vor, es gibt jemanden, die behauptet, wir hätten ihre Großmutter verloren! Die beiden Herrschaften hier sind von der Polizei. Denk dir, Annegret, diese Dame hier, das ist eine zweite Miss Marple. Sie müssen wissen, meine Schwester Annegret liebt diese Detektivin. Wir lesen beide gerne Kriminalromane. Ich bin ja mehr ein Fan von Hercule Poirot.«

Felix grinste. Iris konnte in Gedanken schon hören, wie er den Kollegen davon erzählte. Miss Marple! Das war eine alte Schachtel, eine, die zwar alle austrickste, aber nichtsdestotrotz eine alte Schachtel. Die Kollegen würden das begeistert aufgreifen.

»Oh, meine Liebe! Eine Tote verloren? Welch schrecklicher Vorwurf«, zwitscherte die Kopie zurück. »Wer kommt nur auf solch fürchterliche und ehrenrührige Gedanken, Maria?«

Beim Anblick dieser beiden alten Damen konnte Iris das ebenfalls nicht verstehen. Auch wenn sie der einen die Miss Marple schon noch nachtrug.

»Ach, meine Liebe, was sollen wir nur tun? Einen solch fürchterlichen Verdacht können wir doch nicht auf uns sitzen lassen!«, piepste Annegret unglücklich.

»Den müssen wir ausräumen, meine Liebe«, erwiderte Maria mit ihrer hohen Stimme.

»Das ist eine gute Idee, meine Liebe. Wie hieß die junge Frau denn? Vielleicht können wir einfach mal in den Büchern nachsehen, ob eine Angehörige von ihr hier ist?«, schlug Annegret vor.

»Da wären wir Ihnen sehr verbunden«, erklärte Iris. »Schauen Sie doch bitte nach. Martha Baumann. Sie muss jetzt etwa drei Tage tot sein.«

»Martha Baumann, ja, ich erinnere mich, meine Liebe. Sie heißt schließlich genau wie meine Schwester mit zweitem Vornamen«, erklärte Annegret.

»Martha Baumann. Stimmt, meine Liebe. Ich erinnere mich jetzt auch. Da müssen wir überhaupt nicht nachschauen. Seltsam, das ist doch so eine nette Familie, besonders die Enkelin. Sie war doch erst gestern da und hat noch einmal nach ihrer Großmutter gesehen.«

»Die Tote ist also demnach noch hier?«, folgerte Felix. »Das heißt, die Enkelin hat ihre Großmutter gesehen?«

»Natürlich«, zwitscherte Maria.

»Wie sollte es auch anders sein?«, zirpte Annegret. »Sie liegt bei uns in ihrem Sarg. Heute Nachmittag ist die Beerdigung.« Sie klang jetzt ehrlich entrüstet.

»Sie wird aber doch verbrannt, meine Liebe.«

»Ach ja, meine Liebe, wie konnte ich das nur vergessen. Jedenfalls liegt sie friedlich in ihrem Sarg, eine wirklich schöne Leiche. So schöne Leichen haben wir nicht oft. Kommen Sie, meine Lieben, lassen Sie uns nach hinten gehen. Wenn Sie Martha Baumann sehen, dann werden Sie das bestätigen. Sie sieht so glücklich aus.«

In diesem Moment ertönte aus dem hinteren Teil ein lautes Rumpeln. Dann das Geräusch schneller Schritte. Und schließlich huschte ein Schatten an der Vordertür mit der Milchglasscheibe vorbei.

Martin Felix reagierte sofort. Nach einem kurzen Blickwechsel mit Iris stürzte er zur Tür und rannte dem Schatten hinterher.

»So etwas, heute ist aber ein verrückter Tag.« Annegret schüttelte den Kopf. »Was hat er nur, meine Liebe?«

»Das weiß ich auch nicht, meine Liebe. Aber er ist ja noch jung und deshalb manchmal sehr ungestüm. Vielleicht hat er eine Verabredung?« Maria hielt die Hand vor den Mund und kicherte wie ein junges Mädchen.

Annegret tat es ihr nach.

Iris war auf dem besten Wege, sich in diese beiden alten Damen zu verlieben.

Maria fasste sich als Erste. »Aber lassen Sie uns doch nach hinten gehen.«

»Von wem war denn gerade die Rede?«, fragte Iris, die schon interessierte, wer sich da so hastig davongemacht hatte. Sie fand dieses Verhalten seltsam.

»Unser Neffe, Pascal. Er hilft uns. Tote sind manchmal sehr schwer, müssen Sie wissen. Aber als Kommissarin von der Mordkommission kennen Sie das ja«, antwortete Annegret.

»Da haben Sie aber einen interessanten Beruf, meine Liebe! Das ist bestimmt nicht einfach. Was wäre unsere Welt, wenn es nicht Menschen wie Sie gäbe, die bereit sind, ihre ganze Kraft und ihr Leben dem Dienst an der Gerechtigkeit zu opfern!«, fügte Maria hinzu.

Annegret und ihre Zwillingsschwester trippelten zielstrebig in einen Nebenraum und dort auf einen Kirschbaumholzsarg zu. Er stand in der hinteren Ecke des etwa dreißig Quadratmeter großen Zimmers auf einem Wagen zwischen zwei hohen Kandelabern, in denen jeweils fünf weiße Kerzen brannten. Um dieses Arrangement herum waren zahlreiche Blumengebinde angeordnet, Sträuße und Kränze. Aus einem Lautsprecher klang unaufdringlich klassische Musik. Mozart, vermutete Iris. Aber sie kannte sich da nicht so aus. Sie konnte nur zwei Werke auf Anhieb identifizieren. Die »Carmina Burana« von Orff und »Die Moldau« von Smetana.

»Die Familie hat sich wirklich einen schönen Sarg für die liebe Verstorbene ausgesucht«, zwitscherte Annegret.

»Ja, die Glückliche. Da wird sie sich bestimmt freuen. Und so viele Blumen! Ihre Angehörigen müssen sie sehr vermissen.« Maria sprach von der toten Martha Baumann, als lebe sie noch. Iris fragte sich, was so ein teurer Sarg sollte, wenn die Tote sowieso verbrannt wurde. Ehe sie es sich versah, war ihr die Frage herausgerutscht.

»Oh, meine Liebe, nein, der Sarg wird nach der Trauerfeier nicht mit verbrannt. Und die Blumen wandern aufs Grab. Die Angehörigen wollen schließlich überwiegend die Asche ihrer geliebten Toten in der Urne.«

»Es ist also so eine Art Leihsarg?«

»Ja«, antwortete Maria, während sie an den Schrauben auf der einen Seite drehte und ihre Zwillingsschwester an denen auf der anderen. »Das wäre sonst auch Verschwendung. Kirschbaumholz ist nicht billig.«

Iris fand das ziemlich seltsam, erkundigte sich aber lieber nicht danach, was die beiden netten Damen den Angehörigen von Martha Baumann für den Sarg berechneten. Sie wollte ihre gute Meinung über die Schwestern behalten. Und außerdem schienen sich die Anschuldigungen ohnehin in Luft aufzulösen.

»Können Sie uns bitte mit dem Sargdeckel helfen, meine Liebe? Wie schade, dass unser Neffe so eilig fortmusste.«

»Und Ihr Kollege auch, nicht wahr, meine Liebe?«

Gemeinsam wuchteten sie den schweren Deckel hoch. Er rutschte ihnen aus den Händen und polterte zu Boden. Die beiden alten Damen kreischten.

»Nein, so ein Schreck!«, zwitscherte Annegret.

Iris bückte sich. Das Holz schien keinen Schaden davongetragen zu haben. Sie richtete sich wieder auf.

»Oh«, sagte Annegret in diesem Moment.

»Oh«, echote Maria.

Iris begriff schnell, warum: Im Sarg lag unverkennbar eine »schöne Tote«, wohl die selige Martha Baumann. Und auf ihr, in grotesker Haltung, eine weitere Frau. Diese war ebenfalls und unverkennbar aus dem Leben geschieden. Iris hatte genug Tote gesehen, um zu erkennen, dass die Leichenstarre bereits eingetreten war. Sie begann meist zwei bis vier Stunden nach dem Todeszeitpunkt, sechs bis acht Stunden danach war sie voll ausgeprägt und löste sich zwei bis drei Tage nach dem Ableben. Die oben liegende Tote hatte wirres rotes Haar, das wie eine Perücke aussah, und war von ausgesprochen kräftiger Statur. Sie kauerte halb seitlich, halb auf dem Bauch; ein Bein umklammerte die tote Martha Baumann.

In diesem Moment stieß der keuchende Martin Felix zu ihnen. »Ich habe niemanden erwischt«, schnaufte er und trat zum Sarg.

Dann sagte er dasselbe wie die beiden alten Damen. »Oh!«

Iris hatte sich am schnellsten wieder gefasst. Sie angelte die Latex-Einmalhandschuhe, die sie immer bei sich trug, aus ihrer Manteltasche, zog sie an und schob die Haare der Toten ein wenig zur Seite. Sie sah nur einen Teil des Gesichts. Offensichtlich war die Frau stark geschminkt. Sie trug einen Schal. Vielleicht war sie ja erwürgt worden. Ob sie den Körper umdrehen und nachschauen sollte? Sie entschied sich dagegen. Vielleicht zerstörte sie damit Spuren. Auf den ersten Blick fand sie allerdings keine Hinweise auf ein Gewaltverbrechen. Sie konnte weder Blut noch Verletzungen entdecken. Vielleicht war hier einfach eine Leiche aus Versehen in den falschen Sarg geraten oder es gab eine andere Erklärung. Die beiden alten Damen waren so nett. Sie taten bestimmt nichts Illegales. Nein, die Schwestern konnten keiner Fliege etwas zuleide tun. Aber was sollte dann dieser kurze Blickwechsel?

»Weißt du denn, wer das ist?«, fragte Maria kläglich und vergaß sogar, »meine Liebe« zu sagen.

Annegret schüttelte den Kopf. »Nein, wirklich, meine Liebe. Diese Frau gehört da ganz sicher nicht hin. Aber Pascal muss es wissen.«

»Ja, Pascal weiß es sicher.«

»Nichts anfassen«, warnte Iris die Schwestern. »Wir bestellen jetzt die Spurensicherung.«

Martin Felix zückte sein Handy, drückte eine Kurzwahl. Dann verzog er sich in den anderen Raum.

Iris wandte sich wieder an die Schwestern. »Und Sie haben wirklich keine Ahnung, wer die Tote ist und wie sie in den Sarg kommt?«

Die beiden schüttelten stumm den Kopf. »Aber unser Neffe hat ganz bestimmt eine Erklärung, meine Liebe«, wiederholte Annegret, immer noch sichtlich fassungslos.

»Seltsam, dass er vorhin so schnell davongelaufen ist, meinen Sie nicht? Kann ich bitte den Totenschein von Martha Baumann sehen?«

»Ich gehe und hole ihn.« Maria verschwand ebenfalls im anderen Raum. Iris könnte hören, dass eine Schublade herausgezogen wurde. Kurze Zeit später kam Maria mit den Unterlagen zurück. Iris blätterte sie durch. Es stimmte, was die Enkelin erzählt hatte. Der Arzt hatte Herzinfarkt als Todesursache eingetragen. Sie kannte den Mediziner, ein guter Mann, erfahren. Er irrte sich nicht so leicht. Also war Martha Baumann mit großer Sicherheit eines natürlichen Todes gestorben. Blieb die Frage, ob sie nun verschwunden gewesen war oder nicht. Wer log? Und warum? Und wer war die andere Tote in dem Sarg?

Martin Felix kam zurück. Iris schaute ihm fragend entgegen. Er nickte ihr zu.

»Martha Baumann ist laut Totenschein tatsächlich an einem Herzinfarkt gestorben«, klärte sie ihn auf. »Ich denke, darauf können wir uns vorerst verlassen. Wir werden die andere Frau in die Rechtsmedizin bringen lassen, um herauszufinden, wann und wie sie umgekommen ist. Rufen Sie sicherheitshalber Buchmann an. Er soll hier am Sarg wachen, bis dieser abgeholt wird. Und der Raum wird erst einmal versiegelt.«

»Aber bitte, den brauchen wir doch! Wirklich, ich weiß auch nicht, was das soll!«, protestierte Annegret.

Martin Felix hatte sein zweites Telefongespräch bereits geführt. »Polizeihauptwachtmeister Buchmann kommt sofort. Ich habe allerdings keine Ahnung, wie wir diesen Raum versiegeln sollen, er hat nach vorne ja keine Tür, sondern nur einen Vorhang.«

»Das ist nicht unser Problem«, beschied ihn Iris. »Auf jeden Fall müssen Sarg und Zimmer gesichert werden.«

Dann wandte sie sich wieder an die beiden Schwestern. »Können Sie mir erklären, wieso die Enkelin behauptet, bei ihrem Besuch gestern sei ihre Großmutter nicht im Sarg gelegen? Wieso sollte sie lügen?«

»Meine Liebe, das weiß ich wirklich nicht! Mädchen in diesem Alter sind manchmal durcheinander. Vielleicht wird sie mit dem Tod ihrer lieben Großmutter einfach nicht fertig. Martha Baumann hat ihren Sarg nicht verlassen, seit wir sie hineingelegt haben. Wie sollte sie auch! Das ist ja alles so entsetzlich, meine Liebe! Maria, was sollen nur die Leute von uns denken? Eine zweite Frau im Sarg unserer lieben Verstorbenen, und dazu noch eine Wildfremde! Wie kommt sie nur hinein?«

»Nach Lage der Dinge ist sie wahrscheinlich nicht selbst hineingeklettert und dann eines unerwarteten Todes gestorben«, stellte Martin Felix trocken fest.

»Junger Mann, auf ein wenig mehr Pietät müssen wir schon bestehen«, meinte Maria vorwurfsvoll.

»Besonders pietätvoll scheint mir die Situation ohnehin nicht zu sein. Wenn Sie es nicht waren, dann muss jemand anderes diese Tote auf Frau Baumann gelegt haben. Fällt Ihnen außer Ihrem Neffen noch jemand ein? Hat Pascal vielleicht irgendwo eine Nachricht hinterlassen, bevor er so unvermittelt aufgebrochen ist? Hat außer Ihnen sonst jemand einen Schlüssel zum Beerdigungsinstitut?«

»Jetzt ist sie genau so streng wie Miss Marple. In die Zange nehmen heißt das doch, oder?«

Maria war schnell wieder in der Lage zu scherzen, fand Iris. »Das ist alles überhaupt nicht komisch.«

»Die Kommissarin hat recht, meine Liebe. Das ist nicht komisch. Nein, außer Pascal und uns hat niemand einen Schlüssel«, flötete Annegret.

Maria senkte den Kopf, als wäre sie beim Äpfelstehlen erwischt worden. »Ich gehe mal schauen, ob ich einen Zettel finde«, zwitscherte sie dann, ihre Stimme zitterte ein wenig.

»Haben Sie denn keine Putzfrau, die Ihnen wenigstens die schweren Arbeiten abnimmt?«, erkundigte sich Iris.

»Wo denken Sie hin, meine Liebe! Stellen Sie sich einmal vor, unseren lieben Verstorbenen geschieht etwas, nur, weil eine Putzfrau unachtsam ist. Nein, wir machen hier alles selbst.«

Iris fand diese Besorgnis um das Wohlergehen von Toten angesichts der Umstände bemerkenswert.

Sie warteten auf dem Sofa, bis Polizeihauptwachtmeister Buchmann einige Minuten später schnaufend eintraf. Ein bedachtsamer Mann, Iris arbeitete gerne mit ihm zusammen. Er war etwa fünfzig Jahre alt, hatte eine Halbglatze, sehr kurz geschorene graue Haare und einen nicht unbeträchtlichen Bauch. Er war einer der wenigen, die die sperrige Kriminalhauptkommissarin Terheyde wirklich mochten. Sie kamen jedenfalls gut miteinander aus, jeder respektierte die Fähigkeiten des anderen.

Iris setzte ihn kurz ins Bild, zusammen mit den Zwillingsschwestern gingen sie wieder zum Sarg.

»So etwas, nein, so etwas«, klagte Annegret erneut.

»Furchtbar, wirklich furchtbar«, stimmte Maria ein. »So eine schöne Tote und nun das!«

»Ach, meine Liebe, ob schön oder nicht, das ist jetzt nun sicher nicht wichtig«, fiel ihr die Schwester ins Wort. »Und die andere Tote kennen wir ganz bestimmt nicht. Ich schwöre.«

»Wir werden sehen.« Iris reichte Annegret ihre Visitenkarte. »Ich erwarte Sie beide morgen früh in meinem Büro. Acht Uhr dreißig. Und bringen Sie Ihren Neffen mit. Unser Kollege Buchmann wird Ihre Personalien aufnehmen, während Sie warten, bis die Spurensicherung sich alles angeschaut hat und der Sarg abgeholt ist.«

»Etwa von der Konkurrenz? Von einem anderen Beerdigungsinstitut?«, fragte Maria empört.

»Natürlich von der Konkurrenz«, erwiderte Martin Felix.

Der Anruf des Rechtsmediziners aus Freiburg kam noch am selben Abend. Er erreichte Iris auf dem Diensthandy, sie war gerade auf dem Weg ins Bett.

»Das ist schon eine seltsame Tote«, sagte eine männliche Stimme.

Iris erinnerte sich. Das war der muffige junge Assistent, dem sie vor etwa zwei Jahren im Fall der Frau begegnet war, die sich von der Laufenburger Rheinbrücke gestürzt hatte. Jener Fall, in den auch Max Trautmann verwickelt, genauer, in dem er ihr Hauptverdächtiger gewesen war. Danach hatten sie nur noch telefonisch miteinander zu tun gehabt. Bis Freiburg waren es von Lörrach aus immerhin rund siebzig Kilometer. Robert, mit Nachnamen Meister. Nomen est Omen. Er schien jetzt im Institut für Rechtsmedizin das Sagen zu haben. Nun ja, die Dinge änderten sich, und manche Menschen machten eben Karriere.

»So, und wieso?«

»Also, ich habe noch nicht allzu viele Fakten. Aber die Frau ist in Wirklichkeit ein Mann. Etwa vierzig Jahre alt, schätze ich. Über den genauen Todeszeitpunkt kann ich wegen der Kürze der Zeit noch nichts Genaues sagen. Er ist vermutlich am Sonntagabend gestorben, irgendwann zwischen siebzehn und zweiundzwanzig Uhr. Die Kollegen von der KT haben mir bisher noch einige wichtige Daten vorenthalten, die ich für die weitere Eingrenzung des Todeszeitpunktes benötige. War es kalt oder warm am Fundort? Feucht oder trocken? Sie wissen schon …«

»Und woran ist sie gestorben? Ich meine, er? Verdammt, nun machen Sie es nicht so spannend!«

»Ungeduldig wie eh und je. Der Mann wurde erschossen. Ein Schuss in den Kopf. Kleines Kaliber. Aus nächster Nähe. Von hinten. Ich habe ihm die Kugel aus dem Hirn geholt. Das sieht fast aus wie eine Hinrichtung. Selbstmord scheidet nach Lage der Dinge jedenfalls aus. Das alles erst einmal unter Vorbehalt. Nach der Tat hat ihm jemand die rote Perücke aufgesetzt. An der finden sich keinerlei Beschädigungen.«

»Ich habe keinen Einschuss gesehen.«

»Wie auch. Ich sagte doch, die Wunde befand sich unter der unversehrten Perücke am Hinterkopf. Haben wir es hier mit einem Sexualdelikt unter Schwulen zu tun?«

»Woher soll ich das wissen? Wir fangen mit unseren Recherchen erst an«, knurrte Iris gereizt.

»Ach so. Den Abschlussbericht bekommen Sie demnächst. Es stehen noch Untersuchungen aus. Der Tote war bis unter die Halskrause mit Drogen vollgepumpt.« Das klang pampig, offenbar hatte sie ihn beleidigt.

»Was für Drogen?«

»So eine Art Cheese vermutlich, aber das muss ich noch verifizieren.«

»Wie bitte?«

»Das ist der Begriff für eine Mischung aus Erkältungsmedizin und Heroin. Ist 2005 in den USA aufgetaucht.«

»Ja, ich weiß.«

»Warum fragen Sie dann? In unserem Fall scheint es sich aber um eine Mischung aus Erkältungsmedizin, 3,4-Methylendioxy-N-methylamphetamin, kürzer MDMA – so wie in Ecstasy – und einem Opiat zu handeln, vermutlich Morphium. Eine ziemlich wilde Kombination. Haben Sie eigentlich irgendwo Blut entdeckt?«

»Nein, zumindest nicht mit bloßem Auge. Wir vermuten, dass der Mann nicht dort umgebracht wurde, wo wir ihn gefunden haben. Um ganz sicher zu sein, müssen wir ebenfalls noch den Bericht der Spurensicherung abwarten.«

»Ich habe an der Leiche Druckspuren gefunden, die darauf hinweisen, dass der Mann nach seinem Tod transportiert worden ist.« Er gluckste. »Lag er nicht auf einer toten Oma?«

»Ja, er lag auf einer toten Oma, aber ich wüsste nicht, was es da zu lachen gibt. Leiten Sie die Kugel doch bitte an den Ballistiker von der KTU in Freiburg weiter. Ich muss genau wissen, was das für eine Waffe war. Und die Sachen des Mannes schicken Sie bitte an die Kriminaltechnik zur Untersuchung. Vielleicht finden sie Hinweise darauf, wo die Kleidung gekauft worden ist, irgendetwas, das uns hilft, die Identität des Opfers zu ermitteln. Und – danke.«

»Ich bin doch nicht Ihr Postbote. Das nächste Mal machen Sie das selbst.«

Das *klang* nicht nur beleidigt, der Mann *war* beleidigt. Iris hatte aber nicht den Nerv, darauf einzugehen.

»Dann ermitteln Sie mal schön, meine Liebe.«

Die Wendung »meine Liebe« bekam für Iris langsam einen unangenehmen Beigeschmack.

3

Iris' Muskelkater wollte und wollte nicht weichen. Sie hatte die Nacht kaum geschlafen. »Sind die Fingerabdrücke des Opfers schon da?«

Martin Felix schüttelte den Kopf. »Ich weiß es nicht, ich bin auch gerade erst gekommen. Schauen Sie doch mal auf Ihrem Schreibtisch nach. Vielleicht liegt da was. Die Kollegen von der Spurensicherung sind meistens ziemlich schnell.«

»Was wissen Sie denn überhaupt?«

Felix sah seine Chefin an. Sie hatte verquollene Augen. »Jedenfalls weiß ich, wo der Kaffeeautomat steht«, erklärte er friedfertig. »Soll ich Ihnen eine Tasse mitbringen?«

Iris musste gegen ihren Willen fast lächeln. »Sie können nett sein, wenn Sie wollen.«

»Und Sie nett aussehen, wenn Sie lächeln.«

»Schleimer.«

Er zog ein beleidigtes Gesicht. »Und so jemandem wollte ich einen Kaffe mitbringen. Das werde ich mir jetzt überlegen.«

»Unterstehen Sie sich.«

Er ging hinaus. Nicht ganz so elastisch wie sonst, stellte Iris fest. Vielleicht hatte er auch schlecht geschlafen. Für einen kurzen Moment schaute sie durchs Fenster auf den Tüllinger. Der Berg lag noch im Winterschlaf. Sie gähnte und begann auf ihrem Schreibtisch zu kramen. Tatsächlich, da war ein schmaler Ordner mit Ausdrucken. Die Kollegen von der Spurensicherung hatten die Fingerabdrücke des Toten vorbeigebracht. Noch nicht mehr, aber immerhin. Sie griff nach dem Telefonhörer. In wenigen Minuten führte sie zwei Gespräche. Das erste mit dem Schweizer Kollegen.

»Danke, ich überspiele Ihnen die Abdrücke schon mal«, beendete sie das Gespräch. »Natürlich, das Ersuchen der Staatsanwaltschaft Lörrach an die Staatsanwaltschaft Basel folgt.«

Die Kollegin im Elsass war noch jung im Job. Sie bestand auf dem offiziellen Weg. Iris hoffte, dass sie ihre Ermittlungen nicht ins Elsass würde ausweiten müssen. Die französische Justiz bewegte erst Papier, dann musste ein Richter zustimmen, dann halfen die Kollegen. Das dauerte. Wenn es der Himmel gut meinte, dann ergab sich auch ohne die Franzosen ein Hinweis auf die Identität des Toten. Falls die Dateien nichts hergaben, könnten sie noch die Zahnärzte abklappern. Oder die badische Drogenszene. Und die Lokale, in denen Transvestiten verkehrten. In der Schweiz würden die Kollegen helfen. In Frankreich? Im Notfall auf eigene Faust. Iris wusste auch bereits, wen sie ansprechen konnte. Aber jetzt würden sie es erst einmal so versuchen. Die Kollegen, die unter der Hand halfen, gingen ein sehr hohes Risiko ein.

Felix kam zur Tür herein, er hatte die Klinke mit dem Ellbogen heruntergedrückt. In jeder Hand hielt er eine dampfende Tasse Kaffee. »Heute mal kein Pappbecher. Ich habe sogar Ihre Lieblingstasse ausgewaschen.«

»Sie sind wie eine Mutter zu mir.«

»Vater, ich bestehe darauf.« Er grinste wie ein Lausbub.

Manchmal mochte sie ihn. Doch, durchaus. Sie hielt ihm die Mappe entgegen. »Hier, der Ausdruck der Fingerabdrücke. Er war tatsächlich auf meinem Schreibtisch.«

»Sagte ich das nicht?«

Manchmal konnte sie ihn überhaupt nicht leiden.

»Moment, ich muss erst mal die Tassen abstellen. Was soll ich damit?«

»Ans Landeskriminalamt überspielen. Was sonst? Vielleicht finden die ja einen passenden Gauner in ihrer Datenbank. Und mit unseren eigenen Daten abgleichen, natürlich.«

»Und Sie?«

»Ich versuche, etwas von diesem Papierkram abzubauen, bis unsere beiden Damen kommen. Ich muss Ihnen übrigens noch etwas Wichtiges sagen: Das Opfer ist keine Frau, sondern ein Mann. Der Rechtsmediziner hat …«

Weiter kamen sie nicht. Annegret und Maria erschienen pünktlich. Zwei kummervolle, etwas konfuse und von der Situation überforderte alte Damen.

»Wo ist Ihr Neffe?«, begann Martin Felix die Befragung.

Annegrets Miene wurde noch sorgenvoller. »Wir wissen es nicht, mein Lieber. Er ist die ganze Nacht nicht heimgekommen.«

»Dafür gibt es bestimmt eine Erklärung«, ergänzte Maria.

Diese Worte hatten sie schön öfter gehört. Iris wurde es zunehmend unbehaglich in der Gegenwart der Zwillinge.

»Ja, sicher, Pascal ist ein guter Junge. Wir werden ihm gleich sagen, dass er zu Ihnen kommen soll, wenn wir ihn sehen.«

»Tun Sie das, sonst könnte es unangenehm für Ihren Neffen werden. Wissen Sie inzwischen, wer die andere Tote ist?«, erkundigte sich Iris schroff. Sie würde vorläufig nicht verraten, dass es sich um einen Mann handelte. Sie würde zunächst überhaupt nichts verraten. Mal sehen, wie das Gespräch lief.

»Nein, leider nein«, antwortete Annegret. »Aber wir hätten da eine Idee!«

»Ja, wir hätten da eine Idee! Wir wollen Sie so gern unterstützen, wenn wir können.«

»Wir sind ganz Ohr«, sagte Felix.

»Vielleicht sollten Sie mit auf eine Séance kommen.«

Iris war perplex. »Was meinen Sie damit?«

»Ach meine Liebe, wissen Sie, immer wieder kommen verzweifelte Menschen zu uns und wollen ihre lieben Verstorbenen noch etwas fragen. Oder mit ihnen Kontakt aufnehmen, um zu erfahren, wie es ihnen in der anderen Welt geht. Sie tun uns immer so leid«, hob Annegret an.

»Ja, und dann helfen wir ihnen eben, indem wir ihnen die Verbindung zu ihren Angehörigen ermöglichen«, fiel Maria ein.

»Wollen Sie behaupten, dass Sie mit Toten reden?« Martin Felix wirkte ziemlich fassungslos.

»Oh ja«, zwitscherten die beiden Damen wie aus einem Munde. »Natürlich nicht selbst, sondern mit Hilfe unserer lieben Alice. Wir stellen die Fragen. Und der liebe Verstorbene antwortet dann durch sie«, erklärte Annegret.

»Wie praktisch, eine solchen Kontaktfrau sollten wir bei der Kripo auch haben«, stellte Felix fest.

Annegret ignorierte die Ironie. »Das ist den Angehörigen immer solch eine Hilfe in ihrer tiefen Trauer.«

»Ja, das ist es!«, piepste Maria.

Beinahe hätte Iris laut gelacht. Sie glaubte nicht an solchen Humbug. Doch sie hielt sich zurück. »Haben Sie inzwischen wenigstens eine Erklärung dafür, wie die zweite Leiche in den Sarg gekommen sein könnte?«

Annegret und Maria schüttelten einhellig den Kopf. »Das ist uns alles noch immer völlig rätselhaft«, flötete Maria.

Iris beschloss, es für den Moment dabei zu belassen. Ehe sie mehr sagte, wollte sie mit dem Neffen reden. Vielleicht tauchte er ja auf. Sie wollte nicht, dass die Tanten ihn vorwarnten. »Gut, Sie können jetzt gehen. Sie hören von uns. Danke, dass Sie gekommen sind.«

»Gern geschehen, es war uns eine Freude«, behauptete Annegret.

»Und die Séance? Zufälligerweise haben wir für Freitagabend eine vorgesehen, wir könnten doch auch Kontakt zu dieser Toten aufnehmen«, drängte Maria.

»Ich werde mich bei Ihnen melden«, versprach Iris.

»Warum haben Sie die beiden gehen lassen?«, erkundigte sich Martin Felix, als die beiden draußen waren und er und Iris sich von ihrer Verblüffung erholt hatten.

»Was hätte ich als Grund nennen sollen, um sie dazubehalten? Dass sie ihren Neffen nicht mitgebracht haben? Sippenhaft gibt es bei uns nicht. Übrigens, sagen Sie doch bitte der jungen Frau Bescheid, dass wir ihre Großmutter gefunden haben, und bestellen Sie sie hierher. Wir müssen auf jeden Fall noch einmal mit ihr reden. Ich will jetzt wissen, wer hier nun gelogen hat. Vor allem interessiert mich das Warum.«

»Wie geht es jetzt weiter?«

»Ich habe von zu Hause aus schon eine Durchsuchungsgenehmigung für die ›Jenseitswelten‹ beantragt. Wir müssen jetzt, nachdem klar ist, dass wir es hier mit einem Mord zu tun haben, auch die anderen Räume unter die Lupe nehmen, nicht nur den, in dem der Mann gefunden worden ist«, antwortete sie auf die Frage des Glücklichen.

»Wieso Mord? Habe ich da etwas verpasst?«

»Das wollte ich Ihnen ja schon vorhin erklären. Ehe die Schwestern kamen und uns unterbrochen haben. Wie gesagt, der Tote ist ein Mann. Jemand hat ihn von hinten erschossen. Aus nächster Nähe. Wie bei einer Hinrichtung«, erklärte Iris. »Der Rechtsmediziner hat mich gestern Abend daheim angerufen. Außerdem ist er nicht dort umgebracht worden, wo wir ihn gefunden haben.«

»Das hätten Sie mir auch früher sagen können, gleich heute Morgen.«

»Wie gesagt, ich wollte, aber da kamen die beiden Damen. Fleißig, der Rechtsmediziner, arbeitet sogar nach Feierabend, finden Sie nicht?« Kleine Anzüglichkeiten lenkten so schön vom Muskelkater ab.

Felix ließ sich nicht darauf ein. »Also ist unser Fremder von jemandem erschossen worden, den er entweder nah an sich herangelassen hat, den er also kannte, oder er war gefesselt. Die dritte Möglichkeit: Er wurde vorher niedergeschlagen. Wurde er?«

»Gut kombiniert. Nein, wurde er nicht. Außerdem scheint er ein Junkie gewesen zu sein. Ich habe dem LKA eine Suchanfrage mit einer Beschreibung überspielt. Hat der Computer der PD schon was ausgespuckt?«

»Nein, bisher kein Hinweis. Auf das Foto des Opfers warten wir noch, es muss aber jede Minute eintrudeln. Was meinen Sie, ob der oder die Täter ihn auch als Frau verkleidet und in den Jenseitswelten abgelegt haben könnten?«

»Bin ich Moses, wächst mir Gras aus der Tasche? Wir müssen auf die komplette Auswertung der Spuren warten.«

»Was für eine Droge hat er denn geschluckt? Vielleicht bringt uns das weiter. Wir können uns ja mal bei unseren Informanten umhören.«

»Cheese.« Iris musterte den Glücklichen. Ob er nachfragte?

Er tat ihr den Gefallen nicht. »Ein Mistzeug, aber eher eine Freizeitdroge. Ein Dealer dürfte er demnach nicht gewesen sein. Obwohl, alles ist möglich.«

»Intelligent gefolgert. Wie immer.«

***

Die beiden alten Damen gerieten in helle Aufregung, als die Polizei erneut anrückte. Iris hielt ihnen den Durchsuchungsbefehl unter die Nase. Sie hatte noch immer keinen Nerv für lange Erklärungen außer einer, die sie nun notgedrungen geben musste, auch ohne vorheriges Gespräch mit dem Neffen: »Die zweite Tote im Sarg von Frau Baumann ist eigentlich ein Mann. Er wurde ermordet.«

»Wie schrecklich!« Annegret brach in Tränen aus. »Und das in unserem Institut! Wie kommt nur ein Erschossener hierher?«

»Wie kommen Sie darauf, dass der Mann erschossen worden ist?«

»Ach, ich weiß auch nicht. Das passiert doch in den Krimis meistens. Wie ist der arme Mann denn umgekommen?«

»Er ist wirklich erschossen worden. Könnte das bei Ihnen geschehen sein?«, meldete sich Felix zu Wort. »Bei der ersten Überprüfung haben unsere Leute nur den Sarg untersucht, jetzt kommen alle Räume an die Reihe. Sie wissen sicher, dass man heute auch kleinste Blutspuren finden kann und bestimmen kann, wie alt sie sind?«

Maria schien Hoffnung zu schöpfen. »Das war bestimmt nicht bei uns. Niemand hier tut so etwas Fürchterliches.«

Annegret nickte vehement. »Ja, niemand hier tut so etwas Fürchterliches.«

»Haben Sie eine Waffe?« Iris wurde langsam ungeduldig.

»Nein, was sollten wir mit einer Waffe?«, erwiderte Maria.

»Wen sollten wir auch erschießen wollen? Die Leute, die wir hier beherbergen, sind schon tot«, pflichtete Annegret ihr bei. »Bitte machen Sie nicht eine solche Unordnung. Sagen Sie Ihren Männern, sie sollen vorsichtig sein. Unsere lieben Toten könnten sich sonst gestört fühlen.«

So langsam befürchtete Iris, die alten Damen könnten nicht ganz zurechnungsfähig sein.

Ein junger Kollege im weißen Schutzanzug der Spurensicherung näherte sich ihnen. »Kann ich den beiden jetzt bitte die Fingerabdrücke abnehmen?«

»Huch, wie aufregend«, zwitscherte Maria.

»Da bekommt man doch ganz schwarze Finger, wie kriege ich denn die Farbe wieder ab?« Annegret war misstrauischer.

»Keine Sorge, gnädige Frau, wir haben die neueste Technik dabei. Einen mobilen Scanner. Da legen Sie einfach einen Finger nach dem anderen drauf, rollen ihn ab, und schon ist alles erledigt.«

»Tut das weh?«, erkundigte sich Maria.

»Nein, ganz sicher nicht, gnädige Frau.«

»So ein gut erzogener junger Mann, nicht wahr, Annegret? Es muss doch eine wahre Freude für Sie sein, täglich mit so netten Menschen zusammenzuarbeiten, meine Liebe«, wandte sich Maria dann an Iris. Der Kollege hatte alle Mühe, nicht loszuprusten.

Trotz der Proteste von Annegret und Maria wurden auch die anderen Särge geöffnet. Sie waren leer. Allzu schwunghafte Geschäfte schienen die beiden Schwestern nicht zu machen. Angrenzend an das Aufbahrungszimmer fanden die Beamten hinter einer Tapetentür verborgen noch einen weiteren Raum. Er hatte kein Fenster, war vom Boden bis zur Decke weiß gekachelt und vollständig leer. Iris wollte sich schon wieder umdrehen, da entdeckte sie einige Schalter, die in der Wand neben der Tür eingelassen waren. Als sie den ersten drückte, flammte blendend helles Neonlicht auf. Sie drückte den zweiten, eine Klimaanlage sprang an. Offensichtlich hatte der Raum ein Kühlhaltesystem. Nach dem Drücken des dritten ertönte ein Summen, und ein Teil des Fußbodens öffnete sich. Langsam erschien ein Tisch. Er war komplett aus Metall.

»Was ist das hier? Können Sie mir das erklären?«

»Oh, hier richten wir die Toten her. Wir waschen sie und kleiden sie an. Sie sollen schön aussehen, wenn sich die Angehörigen von ihnen verabschieden.«

»Und warum ist der Tisch versenkt?«

»Damit wir den Raum auch anderweitig nutzen können, manchmal haben wir mehr Tote, als wir vorne unterbringen können, meine Liebe. Hin und wieder müssen wir die Leichen auch kühl halten, zum Beispiel dann, wenn sie noch weitertransportiert werden oder die Angehörigen von weit herkommen.« Annegret zwitscherte kaum noch. Für einen Augenblick hatte sie offensichtlich die Rolle der harmlosen, geschwätzigen Alten vergessen. Iris kniff die Augen zusammen. »Oh, das ist alles so fruchtbar«, begann sie sofort wieder.

»Ja, alles ist so furchtbar«, stimmte die Schwester ein.

»Wohin transportiert werden?«, fragte der Glückliche.

»Was meinen Sie, mein Lieber?«

»Sie sagten, wenn die Toten weitertransportiert werden müssen. Wohin transportiert werden?«

»Oh, nach Italien, in die Türkei, nach Russland, woher sie auch ursprünglich einmal gekommen sein mögen. Es gibt außerdem viele Menschen, die während dieses schrecklichen Krieges zu uns geflüchtet sind, damals, als es noch Jugoslawien gab, meine ich. Diese Armen, was hatten sie zu leiden«, erklärte Maria.

»Und weiter?«, unterbrach Iris die Mitleidsbekundungen.

»Nun, sie wollen eben in ihrer Heimat beerdigt werden«, kam die Antwort.

»Das sieht für mich aus wie ein Seziertisch«, meldete sich Polizeihauptwachmeister Buchmann zu Wort. »Genau wie der, den sie in der Rechtsmedizin in Freiburg haben.«

»Ja, das finde ich auch«, meinte Felix.

In diesem Moment kam einer der durchsuchenden Beamten mit einem kleinen Koffer in den Kühlraum. »Hier, das haben wir gefunden.«

Iris zog die Handschuhe an. »Stellen Sie ihn auf den Tisch.«

Der Koffer hatte etwa die doppelte Größe eines Kulturbeutels und war aus Krokoleder. Aus echtem, vermutete Iris. Er war durch ein kleines Schnappschloss zu öffnen, für das man einen Schlüssel brauchte. Er war verschlossen.

»Aufbrechen«, befahl sie.

»Oh nein, unser Neffe wird bestimmt böse«, protestierte Annegret.

»Sehr böse«, wurde sie von Maria unterstützt.

»Damit müssen wir leben«, erwiderte Iris.

Kurz danach war der Koffer geöffnet, das kleine Schloss bot keinen großen Widerstand. Der Inhalt war nicht zu verkennen: Sezierbesteck – Skalpell, chirurgische und anatomische Pinzette, Schere, Sonde, zwei Klingen; alles, was benötigt wurde, um Körper auseinanderzunehmen. Und von guter Qualität, soweit Iris das beurteilen konnte.

»Gehört das Ihrem Neffen?«

Annegret zuckte die Schultern. »Jetzt, wo ich sehe, was drin ist, bin ich mir unsicher. Ich weiß nicht. Maria, meine Liebe. Was meinst du?«

»Ach Annegret, was soll ich da sagen? Ich weiß es auch nicht, ich bin ratlos. Ich glaube eigentlich auch nicht mehr, dass dieser Koffer unserem Pascal gehört. Andererseits – nein, wenn ich es recht bedenke, ich habe diesen Koffer noch nie bei ihm gesehen.«

Das war ein ziemlich schneller Meinungsumschwung. Iris hielt das Skalpell hoch. »Das ist doch Handwerkszeug für einen Chirurgen oder einen Pathologen. Wozu wird so etwas in einem Beerdigungsinstitut verwendet? Tote muss man meines Wissens weder operieren noch sezieren. Wieso also ist dieser Koffer hier?«

Maria schluckte. »Es gibt bestimmt eine Erklärung, ganz sicher.«

»Die wüsste ich gerne, fragen Sie Ihren Neffen. So ein Chirurgenbesteck – könnte er das überhaupt brauchen?«

Maria zögerte. »Manchmal vielleicht schon, meine Liebe. Zum Beispiel, wenn die Verstorbenen nach Unfällen verstümmelt sind. Dann näht Pascal sie wieder zusammen, damit die Angehörigen sich nicht erschrecken. Aber ein Skalpell benutzt er dafür nicht. Nur Nadel und Faden.«

»Ja, neulich hatten wir einen, der hat sich vor den Zug geworfen«, sagte Annegret.

»Hat Pascal so etwas gelernt? Ist er Arzt oder Pathologe?«

»Nein, das ist er nicht. Es ist einfach wie Löcher stopfen …«

»… oder Knöpfe annähen«, ergänzte Maria.

»Sie wussten doch, was in dem Koffer ist, geben Sie es zu!«, fuhr Martin Felix die beiden alten Damen an.

»Nein, bestimmt nicht! Wieso sind Sie plötzlich so böse auf uns? So etwas! Wo kommt das nur her?«, wunderte sich Maria.

»Wir werden Pascal fragen, sobald er wiederkommt«, versprach Annegret.

»Das werden wir auch tun«, versicherte Iris. »Sobald wir ihn haben. Wir werden Ihren Neffen zur Fahndung ausschreiben. Freiwillig kommt er ja nicht. Er ist ein wichtiger Zeuge.«

»Oh nein, bitte nicht! Wir finden ihn!«, flehte Maria.

»Das kann ich Ihnen wirklich nur raten! Und Sie beide halten sich zu unserer Verfügung.«

***

»Die beiden Tanten stecken bis über die gestärkten Spitzen ihrer Halskrause in irgendwelchen schmutzigen Geschäften«, brummte Felix, als sie zurück im Büro waren.

»Mögen Sie alte Damen etwa nicht? Ich denke das allerdings auch. Aber noch haben wir nichts außer einer Leiche. Auch kein beweisbares Tatmotiv.«

»In diesem Fall habe ich noch nicht einmal den Ansatz einer Ahnung, was das soll.«

»Selten genug. Sonst haben Sie doch für alles eine Erklärung. Wir müssen also die weiteren Ergebnisse der Spurensicherung abwarten. Der Tote war ein Junkie, ich kann mir nicht vorstellen, dass er in keiner Polizeidatei zu finden sein soll. Hatten Sie dem LKA und den Schweizern das Foto des Toten inzwischen geschickt? Ja? Sagen die, warum nichts geht?«

»Zu wenig Leute, zu viel Arbeit, das Übliche. Dieser Mann findet sich jedenfalls nicht unter den Vermisstenfällen.«

»Mist.«

»Stimmt. Hoffen wir, dass Buchmann etwas findet. Er hört sich gerade in der badischen Drogenszene um. Außerdem meint er, er käme dabei an dem einen oder anderen Zahnarzt vorbei. Die Rechtsmedizin hat schon eine Aufnahme des Gebisses des Opfers gemailt. Ich habe sie für ihn ausgedruckt.«

»Wann ist Buchmann denn hier gewesen?«

»Kurz bevor wir zu den ›Jenseitswelten‹ sind. Ich glaube, Sie waren gerade auf dem Klo.«

Iris kaute an den Nägeln. »Brav. Felix, Ihnen ist das auch aufgefallen, nicht wahr?«

»Was aufgefallen?«

»Die beiden Damen wissen ganz sicher etwas. Annegret sprach sofort von einem Erschossenen. Das war nicht einfach so dahergeplappert, wie sie behauptet. Ich hatte zunächst nur erwähnt, dass der Mann umgebracht worden ist. Andererseits bin ich davon überzeugt, dass die Zwillinge keine blasse Ahnung davon hatten, dass der Mann im Sarg von Martha Baumann lag. Sonst hätten sie mich nicht so unbefangen hingeführt. Trotzdem: Irgendetwas ist faul im Staate Dänemark.«

»›Hamlet‹«, erwiderte Felix.

»Wie bitte?«

»Das ist ein Zitat aus Shakespeares ›Hamlet‹.«

»Was Sie nicht sagen. Ach, und lassen Sie die Fahndung nach diesem Neffen einleiten.«

»Was machen Sie?«

»Ich denke nach«, erklärte Iris. »Und das kann ich am besten beim Sport. Danach werde ich den Bericht über unsere bisherigen Ermittlungsergebnisse schreiben. Der große M. hat vorhin auf dem Gang schon nachgefragt. Die Staatsanwaltschaft will ebenfalls wissen, was Sache ist. Oder wollen Sie lieber den Bericht schreiben und ich …«

»Bloß nicht«, wehrte Felix mit allen Anzeichen des Entsetzens ab.

»Also sehen Sie! Machen Sie sich an die Arbeit.«

Felix ließ nicht locker. »Und worüber denken Sie nach?«

»Zum Beispiel darüber, was dieser Tote, Drogen und das Sezierbesteck miteinander zu tun haben könnten. Dazu der ominöse Neffe. Wenn ich mich nicht gestern noch beim Einwohnermeldeamt erkundigt hätte, dann würde ich fast glauben, dieser Pascal sei ein Phantom. Und ich denke noch über ein paar andere Fragen nach: Was wissen diese beiden alten Damen? Warum sagt eine junge Frau, ihre tote Oma sei verschwunden, während die Zwillinge Stein und Bein schwören, sie sei nie fort gewesen? Wer ist der Tote? Und wo hat man ihn umgebracht, wenn das nicht in den ›Jenseitswelten‹ war? In seiner Wohnung? Und wenn ja, wo ist die?«

»Viele Fragen.«

»Sie sagen es.«

»Ich hätte da auch noch eine.«

»So, und welche?«

»Wieso lag der Mann ausgerechnet auf der Oma? War das Zufall?«

Iris schaute ihn nachdenklich an. Dann nickte sie. »Gute Frage. Ich denke, wir sollten uns auch um Martha Baumann und ihr Umfeld kümmern. Na ja, eins nach dem anderen. Am besten, Sie sorgen sofort dafür, dass sie ebenfalls in die Rechtsmedizin gebracht wird. Vielleicht ist Martha Baumann ja doch nicht eines natürlichen Todes gestorben, hm? Gift käme da in Frage. Es gibt Substanzen, nach deren Verabreichung es auch für einen erfahrenen Arzt so aussieht, als habe das Opfer einen Herzinfarkt gehabt. Wir gehen jetzt auf Nummer sicher. Der Rechtsmediziner soll sie genau untersuchen.«

Iris stapfte aus dem Zimmer. Felix konnte ihre schmerzverzerrte Miene nicht sehen. Dieser Muskelkater brachte sie noch um!

***

»Kickboxen wollen Sie?« Der Mann hinter dem Empfangstresen im Sportstudio betrachtete sie zweifelnd. »Das geht nicht so einfach, da müssen Sie sich für einen Kurs anmelden. Außerdem sollte ich Ihnen noch einiges erklären.«

Iris fand die Art, in der er sie musterte, ziemlich unverschämt. Abschätzig war das richtige Wort. Ja, abschätzig. »Gut, dann melde ich mich an. Und Ihre Erklärungen brauche ich nicht.«

»Da muss ich erst mit dem Trainer reden. Ich weiß nicht, wann der nächste Kurs anfängt und ob wir überhaupt noch freie Plätze haben.«

Wollte der Mann sie etwa abwimmeln? Bevor sie die richtigen Worte für eine schnippische Erwiderung gefunden hatte, drückte er ihr einen Prospekt in die Hand.

»Vielleicht schauen Sie sich erst einmal an, was wir alles anbieten. Wie wäre es denn mit Tai-Chi? Oder Yoga? Oder einfach unsere Sportgeräte? Ich kann sie Ihnen gerne zeigen. Wir testen Sie, und dann stellen wir einen Trainingsplan auf, der genau auf Ihre Bedürfnisse abgestimmt ist. Vielleicht wäre das eher ...«

»Sie meinen, das passt eher zu mir. Schön langsame Bewegungen. Das meinen Sie doch, oder?«

»Nein, ich, also das wollte ich nicht ...«

»Ach nein? Ich weiß sehr genau, was Sie sagen wollten.«

Der Muskelmann sank unglücklich in sich zusammen.

»Also gut, ich werde es mir überlegen«, lenkte Iris ein. »Ich komme morgen wieder vorbei. Bis dahin wissen Sie hoffentlich, ob und wie das mit dem Kickboxkurs ist.« Sie ignorierte ihren Muskelkater und segelte hinaus, als verkehre sie ständig in Sportstudios.

Nach dem Schreiben des Berichtes für den großen M. und die Staatsanwaltschaft schaffte Iris gerade noch den letzten Zug nach Laufenburg. Die Waggons waren fast leer, manche der blauen Bezüge hatten Brandlöcher, durch die sie die hellere Polsterung der Bänke erkennen konnte. Offensichtlich war dies einmal ein Raucherwaggon gewesen, zu Zeiten, als man in Zügen noch rauchen durfte. Iris vermisste diese Zeiten nicht. Es war eine ihrer wenigen Tugenden, dass sie nie geraucht hatte. Vielleicht sogar die einzige. Für einen kurzen Moment ärgerte sie sich jedoch über die Gängelungen, die den Rauchern und den Kneipenwirten staatlicherseits aufgedrückt wurden. Sie hatte mit einigen radikalen Nichtrauchern unter den Kollegen neulich erst erbittert darüber gestritten. Rauchfrei in öffentlichen Gebäuden, okay. Was aber sprach dagegen, Raucher- und Nichtraucherkneipen einzurichten? Dann konnte jeder selbst entscheiden, ob er sich umbringen wollte oder nicht. Doch die Verärgerung war schnell verpufft. Sie fühlte sich nach diesem Tag rechtschaffen müde, zu müde für weitere Aufreger, und wollte sich gerade in ihre bevorzugte Döshaltung in die Ecke am Fenster drücken, als sie eine bekannte Stimme hörte.

»Iris Terheyde, na so etwas. Erst treffen wir uns nie und jetzt plötzlich andauernd. Das ist bestimmt ein Zeichen. Darf ich mich setzen?«

Sie nickte höflich. Was blieb ihr auch anderes übrig? Max Trautmann war schließlich ihr Nachbar.

»Und, wo kommen Sie her?«, fragte sie, mehr um Konversation zu machen als aus wirklichem Interesse. Momentan war sie selbst für ihn zu erschöpft.

Zu ihrer Überraschung wurde er verlegen. »Ich? Na ja, ich bin öfter in Rheinfelden in der letzten Zeit.«

»Und was tun Sie dort?«

Er räusperte sich und rückte seine Brille mit den dicken Gläsern zurecht. Iris musterte ihn verstohlen, während er nach Worten suchte. Trautmann hatte offensichtlich abgenommen. Ob er auch Fitness betrieb? Obwohl, was hieß hier »auch«?

»Also ich, ich gehe auf eine gewisse Weise wieder in die Lehre.«

»Wie interessant. Und bei wem?«

»In einem Detektivbüro in Rheinfelden, bitte lachen Sie jetzt nicht. Aber eigentlich sind Sie schuld daran!«

Iris hätte nicht gedacht, dass es an diesem an Überraschungen so reichen Tag noch etwas geben konnte, das sie zu verblüffen vermochte. »Bei einem Schnüffler? Was wollen Sie denn da? Sie, ein Schriftsteller. Und Dichter. Ich habe nie wieder so beeindruckende Haikus gelesen.«

»Sie erinnern sich also noch?«, fragte er leise.

Nun wurde sie verlegen. Sie war sich nicht sicher, ob er die Haikus meinte oder jene Nacht. Damals. Diese Beinah-Nacht.

»Was machen denn Ihre Westernromane?«, wich sie aus.

»Oh, ich schreibe hin und wieder einen. Und auch Haikus. Ähm. Wollen wir uns nicht wieder einmal darüber austauschen? Wenn ich mich richtig erinnere, sagten Sie damals, dass Sie auch Haikus verfassen.«

»Ach, die Zeit, wissen Sie. Aber wieso bin ich schuld, dass Sie bei einem Detektiv in Rheinfelden in die Lehre gehen?«

»Sie haben mich damals sehr beeindruckt. Sie sind eine so zielstrebige Ermittlerin, jedenfalls hatte ich damals das Gefühl, dass Sie genau wissen, was Sie tun. Ich wollte so etwas auch lernen. Ich habe mir gedacht, wenn ich mehr darüber weiß, kann ich das vielleicht auch für mein Schreiben verwenden. Immer Western, das wird mir auf die Dauer zu langweilig. Ich würde mich gerne mal an einem Kriminalroman versuchen. Allerdings muss ich erst einmal meinen nächsten Western fertigstellen. Haben Sie eine Idee, in welche Schwierigkeit ich meinen Helden bringen könnte?«

Iris musterte Max Trautmann einen Moment schweigend. Die alten Zweifel meldeten sich mit Macht zurück. Hatte dieser Mann einen Menschen umgebracht? Wollte er sich Insiderwissen aneignen, um sich vor der Überführung zu schützen? Ah, eigentlich müsste er sie gut genug kennen. Irgendwann schnappte sie ihn. Falls er schuldig war.

»Vielleicht könnten Sie ihn wegen Totschlags ins Gefängnis bringen«, schlug sie schließlich betont freundlich vor.

»Ähm«, antwortete Trautmann.

Touché, dachte Iris. Da kam ihr eine Idee. Warum nicht seinen toten Stiefvater selbst fragen, diesen Satorius? Die alten Damen würden ihr bestimmt diesen Gefallen tun, schon um gut Wetter zu machen. Auch wenn es nichts als Humbug war. Vielleicht verriet Trautmann sich vor lauter Schreck. Dann hätte sie endlich Gewissheit. Natürlich war das mal wieder haarscharf an den Regeln vorbei, denn gegen die Schwestern wurde ermittelt. Doch ungewöhnliche Ereignisse erforderten eben ungewöhnliche Maßnahmen.

Sie strahlte ihn an. »Hätten Sie Lust, mit mir auf eine Séance zu gehen? Im Zuge einer Ermittlung, an der ich gerade arbeite? Ich darf Ihnen natürlich nicht sagen, worum es geht. Das wäre vielleicht eine Möglichkeit für Sie, etwas über die vielen Facetten kriminalistischer Arbeit zu lernen.«

In seinen Augen lag so viel Dankbarkeit, dass sie sofort ein schlechtes Gewissen bekam. Außerdem war da noch etwas in seinem Blick – jenes Etwas, bei dem ihr schon damals die Knie weich geworden waren. Und wie damals verbot es sich für sie, weiterzudenken. Trotzdem, etwas war an diesem Mann, das sie ...

Iris setzte sich energisch auf, drückte den Rücken durch und das Kinn vor. Dabei zuckte sie zusammen.

»Ist etwas, tut Ihnen etwas weh?«, fragte er so aufrichtig besorgt, dass sie ganz gerührt war.

»Nein, nur Muskelkater. Was halten Sie von Kickboxen?«

***

Als Max Trautmann später über dieses Gespräch nachdachte, konnte er sich nicht mehr erinnern, was er auf diese Frage geantwortet hatte. Wahrscheinlich etwas Nichtssagendes. Denn all das war verdrängt worden von der absoluten Notwendigkeit, einen Detektiv zu finden, der ihn quasi als Lehrling aufnahm. Er hatte sich ganz schön in die Klemme gebracht, nur um sie zu beeindrucken. Er verfluchte sich selbst. Man sollte doch eigentlich denken, dass ein Mann in seinen Jahren über so kindisches Imponiergehabe hinaus sei! Einen Vorteil hatte die ganze Angelegenheit allerdings. Er fühlte sich ziemlich lebendig. Überraschend lebendig sogar.

Max blätterte in den Gelben Seiten. In Rheinfelden gab es ganze zwei Detektivbüros, eines davon schien zu einer Kette von Detekteien zu gehören. So ähnlich wie McDonald's. Er ging auf die Homepage. Jeder hatte heutzutage eine Homepage. Detektive sowieso.

»Sie suchen einen guten Detektiv? Wir haben genau den richtigen und erfahrenen Detektiv für Sie! Wir, die Detektive Eber® GmbH, verfügen über erfahrene Mitarbeiter auch für internationale Ermittlungen und Beobachtungen! 24 Stunden im Detektiv-Einsatz da, wo Sie uns brauchen, mit Vertretungen in über 120 Städten allein in der Bundesrepublik. Nehmen Sie hier in Sachen Detektiv Kontakt mit uns auf. Nutzen Sie unsere Detektiv-Erfahrung in Ihrer Nähe! Rufumleitung zur Detektei-Zentrale auch abends und …«

Hier brach er ab. Nein, das war wohl doch nichts. Er brauchte einen eher privateren Rahmen, etwas Heimeliges gewissermaßen. So etwas wie Sam Spade auf Badisch, abgehalftert, mit wenig Geld, der unter Umständen einen Praktikanten in seinem Alter um sich duldete. Oder einen zahlenden Gast. Er konnte ja wirklich sagen, er plane einen Kriminalroman um einen Detektiv und benötige tiefere Einblicke. Ja, das war gut. Das half sicher. Es schmeichelte dem Ego. Außerdem, warum nicht? Vielleicht schrieb er ja tatsächlich einmal einen Kriminalroman. Und gab es nicht genügend Beispiele in der Literatur, dass Krimischriftsteller eine viel bessere Aufklärungsquote hatten als die Polizei? Das musste sie doch beeindrucken. Vielleicht lieferte das auch den Vorwand für weitere Treffen. Vielleicht *brauchte* sie ihn ja irgendwann für ihre Arbeit. Nicht dass sie den Eindruck machte, sie brauche überhaupt irgendjemanden. Im Gegensatz zu ihm.

Er googelte weiter. Ah, da war etwas: *»B.E.N., Beobachtungen, Ermittlungen & Nachforschungen Detektei 24 h e.K.«* Das klang doch nicht schlecht. Das Büro lag in der Wiesentalstraße – aber in Lörrach. Er hatte ihr Rheinfelden gesagt. Na egal, da würde ihm schon eine Ausrede einfallen, falls ihr der Widerspruch auffiel. Jedenfalls klang das nach so etwas wie Sam Spade. Oder Matula zumindest. Was wohl »e.K.« hieß?

Er nahm den Telefonhörer ab und stellte sich als Kunde vor. Erst mal anschauen, dachte er sich.

Nachdem das zu seiner Zufriedenheit geklärt war, fühlte Max sich regelrecht schwungvoll. Er öffnete das Textprogramm. Nach kurzem Nachdenken schrieb er den ersten Satz seines neuen Westerns, Arbeitstitel: »Die Todesfalle«.

John Benson stieg auf den Stuhl, zog sich so weit hoch wie möglich und spähte durch die Fenstergitter. Alles, was er erkennen konnte, waren Röcke und Hosenbeine. Er hatte jedes Zeitgefühl verloren. Als sie ihn in dieses kalte Erdloch gesperrt hatten, war er bewusstlos gewesen. Genau wusste er in diesem Moment eigentlich nur zwei Dinge: dass er sich nicht erinnerte, wie er in dieses Gefängnis geraten war, und dass er demnächst wegen Mordes an einem Mann vor Gericht stehen und vielleicht gehängt werden würde, dessen Namen er noch niemals in seinem Leben gehört hatte. Und das alles, weil die Frau dieses Mannes Stein und Bein schwor, gesehen zu haben, wie er den Kerl erschossen hatte. Außerdem machte er sich Sorgen um sein Pferd. Er hoffte, der Eigner des Mietstalles kümmerte sich noch immer um das Tier und hatte den wertvollen Rappen nicht verkauft, weil sein Besitzer sich derzeit außerstande sah, die Kosten für die Unterbringung zu zahlen. Er musste hier raus. Er wusste nur nicht, wie.

4

Am nächsten Morgen waren ihre Muskeln nicht mehr ganz so säuerlich, der Muskelkater nicht mehr ganz so schlimm. Iris schöpfte neue Zuversicht und meldete sich auf dem Weg ins Büro zum Kickboxen an. An diesem Morgen bewachte eine junge Frau die Geräte, hinten knackiger Po, vorne stark geschminkt. An manchen Klischees schien etwas Wahres zu sein. Iris blickte in die Runde, wer da so alles lief, stemmte und radelte. Aha, morgens war wohl Hausfrauenstunde. Die junge Frau nahm ihre Anmeldung klaglos entgegen, ebenso ihr Geld. Und wie sich die Dinge so fügten, fand am Donnerstagabend ein Einsteigerkurs im Kickboxen statt. Das war der Kompromiss, zu dem sich Iris durchgerungen hatte. Einsteiger, das schaffte sie auf jeden Fall. Schließlich war sie in Abwehrtechniken geschult.

In ihrem Lörracher Büro saß bereits die junge Frau, die das Verschwinden ihrer Großmutter gemeldet hatte.

»Hier ist Felicia Herbst«, sagte der Glückliche völlig überflüssigerweise und strahlte ihr entgegen.

»Das sehe ich selbst.« Iris mied wo immer möglich Menschen, die morgens schon so fröhlich waren. Besonders unter diesen Umständen. Dennoch wollte sie nicht unhöflich erscheinen und nickte ihm einigermaßen freundlich zu. Die Akte lag schon auf ihrem Schreibtisch.

»Schön, dass Sie so schnell kommen konnten«, begann sie das Gespräch.

»Ich weiß, Sie haben meine Großmutter gefunden.«

»Ach ja, hat mein Kollege Ihnen schon Bescheid gesagt?«

»Nein, ich war nach meinem Besuch bei Ihnen noch einmal in den ›Jenseitswelten‹. Und da lag meine Oma wieder in ihrem Sarg.«

»Das haben wir auch gesehen. Eigentlich hätten Sie uns informieren können, finden Sie nicht? Sie bleiben also dabei, dass Ihre Großmutter verschwunden war?«

Felicia Herbst riss ihre blauen Augen auf. »Sorry, ich war so froh, sie wiederzufinden, dass ich nicht daran gedacht habe, Sie anzurufen.« Sie wirkte ehrlich zerknirscht.

»War Ihre Oma nun verschwunden, oder haben Sie uns belogen?« Iris kniff die Augen zusammen und musterte ihr Gegenüber.

»Natürlich war sie verschwunden! Sonst wäre ich doch nicht zu Ihnen gekommen.«

»Stimmt«, meldete sich der Glückliche zu Wort. Völlig unpassend, fand Iris und warf ihm den entsprechenden Blick zu. Er verzog sich in seine Ecke im Zimmer, verschränkte die Arme über der Brust und setzte sich auf die Fensterbank. Wenn sie guter und böser Polizist spielten, dann war das seine Lieblingsposition. Bei Frauen wie Felicia war er der Gute. Wegen des hereinfallenden Lichtes waren seine Gesichtszüge auf diese Weise nicht so genau zu erkennen. Der Gute aus dem Dunkel wirkte trotz aller Freundlichkeit ein wenig bedrohlich, sodass sich die »Kunden« nie ganz sicher fühlen konnten. Und darauf kam es an. Wer unsicher war, redete meistens mehr, als er wollte. Momentan hatte Felix sich den Platz auf der Fensterbank aber offenbar als Schmollwinkel auserkoren.

»Wie haben die beiden alten Damen von den ›Jenseitswelten‹ Ihnen eigentlich das Verschwinden Ihrer Großmutter erklärt? Uns gegenüber haben sie nämlich behauptet, sie sei immer dort gewesen, wo wir sie auch gefunden haben: schön zurechtgemacht in ihrem Sarg.«

»Die lügen! Als ich kam und meine Oma nicht da war, wurden sie völlig konfus, haben sofort ihren komischen Neffen gerufen. Der behauptete, meine Großmutter werde gerade zurechtgemacht, konnte mir aber nicht erklären, wer das macht und wo. Sie werde aber demnächst wieder in ihrem Sarg liegen, hieß es. Ich hielt das für eine Ausrede. Allerdings habe ich auch noch nie von einem Beerdigungsinstitut gehört, das seine Toten verliert. Gut, da gab es diesen Fall von der Entführung einer Leiche, ich glaube, es war irgendein Industrieller …«

»Friedrich Karl Flick, der Milliardär«, sprang der Glückliche von seiner Ecke aus ein. »Er ist mitsamt dem Sarg von einem Friedhof in Österreich verschwunden, aber wieder aufgetaucht. Die

Entführer wollten Geld von der Familie. Allerdings haben die Hinterbliebenen nicht gezahlt. Meinen Sie, es könnte sich bei Ihrer Oma um einen ähnlichen Fall handeln?«

Die junge Frau warf ihm einen dankbaren Blick zu. »Nein, meine Oma war nicht reich. Und meine Mutter und ich sind es auch nicht. Ja, und dann bin ich zu Ihnen gekommen.«

»Und warum sind Sie dann am selben Tag noch einmal zurück in die ›Jenseitswelten‹?«

Felicia Herbst schaute hilfesuchend zu Martin Felix. Der nickte ihr ermunternd zu.

»Ich dachte, Sie tun ja doch nichts. Jedenfalls waren Sie ...« Sie brach ab. Ihre Stimme hatte plötzlich ganz klein und leise geklungen, ihre großen blauen Augen füllten sich mit Tränen.

Jetzt wird Felix dahinschmelzen, dachte Iris.

»Wissen Sie, meine Oma war ein ganz besonderer Mensch. Ich konnte doch nicht zulassen, dass ihr toter Körper einfach so verschwindet! Ich dachte, wenn Sie schon nichts tun, dann kann vielleicht ich ...«

»Aha. Und was wollten Sie tun?«

Die junge Frau schniefte, kramte umständlich ein Papiertaschentuch aus ihrem Rucksack und prustete ausgiebig hinein.

Solche Rucksäcke waren heutzutage bei jungen Leuten Mode. Iris hätte als Jugendliche niemals so ein Ding getragen! Allerdings hatte es entscheidende Vorteile: Das Tragen fiel leichter, und man hatte die Hände frei. Inzwischen marschierte sie auch mit einem solchen Ding auf dem Rücken durch die Gegend. Das war bestimmt gut für die Haltung.

Felicia war mit dem Prusten fertig, ihr Gesicht tauchte wieder hinter dem Taschentuch auf. »Ehrlich gesagt, ich weiß auch nicht, ich dachte halt ... Da gibt es doch diesen Deutschen Verband der Beerdigungsunternehmen ...«

»Sie hätten sich ja auch gleich dorthin wenden können.«

»Hab ich. Aber die wollten mir nicht glauben.«

»Das heißt, Sie haben einen ziemlichen Wirbel veranstaltet«, stellte der Glückliche fest.

Felicia nickte. »Was hätten Sie denn getan, wenn Ihre Oma auf diese Weise verschwunden wäre?«

»Wahrscheinlich dasselbe«, lautete seine freundliche Antwort.

Felicia entspannte sich etwas.

»Und als Sie dann dort waren, was war dann? Wann war das überhaupt?« Iris ließ nicht locker.

»Es war schon gegen Abend. Ich konnte mich zunächst nicht entschließen. Dann habe ich es aber nicht mehr ausgehalten und bin in die Brombacher Straße. Sie hatten schon geschlossen. Ich habe einfach Sturm geläutet. Die beiden Alten waren noch da und haben mich freudestrahlend zum Sarg meiner Oma geführt. Und da lag sie dann.«

»Ist Ihnen etwas Besonderes aufgefallen?«

»Sie meinen, ob meine Oma wirklich zurechtgemacht worden ist?«

»Ja, unter anderem.«

Felicia zögerte. Als versuche sie, sich zu erinnern. »Nein, eigentlich nicht. Sie sah aus wie bei meinem allerersten Besuch.«

»Moment, Sie sind vorher schon einmal da gewesen?«

»Ja, meine Oma, wissen Sie, also ich mochte sie sehr.«

»Aha. Das heißt, in den ›Jenseitswelten‹ haben sie möglicherweise nicht mit einem weiteren Besuch von Ihnen gerechnet«, sagte der Glückliche.

Felicia lächelte schüchtern in seine Richtung. »Vielleicht, ich weiß nicht. Wie oft besuchen Angehörige denn normalerweise ihre Verstorbenen?«

Iris wurde die Idylle langsam zu viel. »Sie haben also wirklich nichts Ungewöhnliches gesehen?«

Die junge Frau schüttelte den Kopf. »Nein, was meinen Sie?«

»Nun, wir haben einen Toten im Sarg Ihrer Großmutter gefunden.«

Felicia wurde leichenblass. »Wie bitte? Und wo war meine Oma?«

»Ebenfalls im Sarg«, erklärte Iris.

»Das darf doch nicht wahr sein!«

»Der Mann ist ermordet worden«, ergänzte Iris.

Diese Nachricht schien die Kleine vollends aus der Fassung zu bringen. Sie schwankte auf ihrem Stuhl. Der Glückliche eilte sofort an ihre Seite, um sie zu stützen.

Felicia Herbsts Taschentuch zeigte eindeutig Auflösungstendenzen. »Ich verstehe das alles nicht«, klang es dumpf hinter dem Papier hervor.

»Jetzt beruhigen Sie sich.« Martin Felix legte ihr tröstend die Hand auf die Schulter. Völlig übertrieben, fand Iris.

»Sie ermitteln jetzt also wirklich in einem Mordfall«, brach es nach einer Pause aus Felicia heraus. Ihr Gesicht war schon wieder tränenüberströmt. Sie tupfte. Es nutzte nichts. Das Taschentuch war wohl schon zu nass, es konnte keine weiteren Fluten aufnehmen.

»Ja, das tun wir. Und ich muss Sie jetzt bitten, sich ein Foto des Toten anzuschauen.« Iris stöberte in ihren Unterlagen. Ach ja, da war es. »Kennen Sie diesen Mann?«

Felicia kramte ein neues Taschentuch aus dem Rucksack, wischte sich über die Augen und verschmierte dabei ihre Wimperntusche. Felix bedachte sie mit einem fast zärtlichen Blick. Felicia lächelte ihm erneut schüchtern zu und sah dann auf die Fotografie, die Iris ihr entgegenhielt. Noch einmal betupfte sie sich die Augen und schniefte.

»Nein. Nein, diesen Mann kenne ich nicht«, antwortete sie dann. Erneutes Schnäuzen. Auch das zweite Papiertuch würde nicht mehr lange durchhalten.

Felix griff in die Tasche seiner teuren Superjeans und gab ihr sein Stofftaschentuch. Die Hose saß knalleng über seinem zugegebenermaßen knackigen Hintern. Iris wunderte sich nicht zum ersten Mal, wie er es schaffte, in diesen Hosen noch etwas anderes unterzubringen als sich selbst. Das Taschentuch war kariert. Hm. Iris hatte Mühe, nicht zu kichern. Sie ließ Felicia Zeit, sich ein wenig zu beruhigen.

»Kann ich meine Oma jetzt wiederhaben, bitte? Wir wollen sie doch beerdigen! Ich bekam einen Anruf aus den ›Jenseitswelten‹. Demnach haben sie den Sarg in ein anderes Beerdigungsinstitut bringen lassen.«

»Ja, wir mussten ihn natürlich genau untersuchen«, antwortete Felix an Iris' Stelle. Dann brach er ab.

Aha, er überließ es ihr, der Kleinen beizubringen, dass ihre Großmutter inzwischen in die Rechtsmedizin gebracht worden war. Feigling. Aber irgendwie hatte Iris auch Mitleid. Vielleicht war sie wirklich zu streng mit der jungen Frau gewesen.

»Das geht nicht«, begann sie möglichst sanft.

Blaue Augen schauten sie fragend an.

»Wir haben Ihre Großmutter zur Obduktion nach Freiburg bringen lassen.«

»Wieso das denn?« Felicia war erneut kurz davor, die Fassung zu verlieren.

»Es kommt uns einiges seltsam vor. Abgesehen davon, dass entweder Sie lügen oder die beiden Damen von den ›Jenseitswelten‹. Schauen Sie mich nicht so beleidigt an! Wir wollen sichergehen, dass Ihre Großmutter wirklich eines natürlichen Todes gestorben ist. Außerdem haben Sie selbst erklärt, Ihre Oma sei ermordet worden, und Anzeige erstattet.«

»Aber das war doch nur … Dann ziehe ich die Anzeige zurück! Bitte, ich will meine Oma wiederhaben!«

»Tut uns leid, das geht nicht. Selbst wenn Sie Ihre Anzeige zurückziehen, werden wir weiterermitteln. Das ist so bei Verdacht auf ein Tötungsdelikt. Da muss die Staatsanwaltschaft auch ohne eine Anzeige Ermittlungen einleiten.«

Iris hätte nicht vermutet, dass ein solch zierlicher Körper ein derartiges Reservoir an Flüssigkeit besaß, denn Felicia Herbst steigerte ihre Tränenfluten noch.

»Und wann bekomme ich meine Oma dann wieder?«

»Das hängt von unseren weiteren Ermittlungen ab.«

»Bitte, darf ich jetzt gehen?«

Die junge Frau schwankte erneut auf ihrem Stuhl, der Glückliche hielt sie an einer Schulter fest und warf Iris einen fragenden Blick zu. Diese nickte.

»Ich bringe Sie hinaus«, sagte Felix zuvorkommend.

Iris schaute den beiden nach. Felix hielt der noch immer schniefenden Felicia sogar die Tür auf. Vielleicht sollte sie ihn zu gegebener Zeit darauf hinweisen, dass sie so etwas auch mochte; ihre Umwelt schien immer zu glauben, dass sie nicht der Typ für solche Höflichkeiten war. Sie musste Felix das mal erklären. Auch Vorgesetzte waren Frauen und legten Wert auf …

In diesem Moment klingelte das Telefon. Iris hob ab. Der

Rechtsmediziner aus Freiburg. Sie hatte kaum Zeit, Hallo zu sagen, da legte Robert Meister auch schon los.

»Sie schicken mir ja wirklich seltsame Tote in der letzten Zeit.«

»Wieso? Wissen Sie jetzt, wann der Mann gestorben ist? Oder haben Sie sonst noch etwas an ihm entdeckt?«

»Nein, wenn Sie mir dauernd Nachschub verpassen – ich kann nicht alles gleichzeitig. Jedenfalls ist er mit Sicherheit noch nicht so lange tot wie die alte Frau. Ich habe noch etwas anderes zu berichten. Bezüglich ebendieser alten Frau. Wissen Sie, ob ein Organspendeausweis vorliegt?«

»Nein! Nun reden Sie schon!«

»Jemand hat die Frau für ein menschliches Ersatzteillager gehalten. Anstatt der Oberschenkelknochen habe ich Besenstiele gefunden. Die Augenhornhäute sind entfernt und noch anderes Körpergewebe mehr. Die Hirnhaut zum Beispiel. Dem ersten Anschein nach muss da ein Fachmann am Werk gewesen sein oder zumindest jemand, der sich in der Chirurgie auskennt. Die Leiche ist in ziemlicher Hast wieder zusammengeflickt worden. Offensichtlich sollte die Entnahme verborgen werden, allerdings hat sich der oder die Besagte keine große Mühe gegeben. Vielleicht weil er oder sie davon ausging, dass es keine genaueren Untersuchungen mehr geben würde. Oder weil dieser Jemand es extrem eilig hatte. War eine Feuerbestattung geplant? Danach hätte niemand mehr gemerkt, was mit dem Körper dieser armen Frau angestellt worden ist.«

»Wollen Sie damit ausdrücken, dass man die alte Dame, also lassen Sie es mich mal so formulieren, ausgeschlachtet hat?«

»Nein, ihre inneren Organe sind noch alle komplett. Die sind nach dem Tod eines Menschen nicht mehr verpflanzbar. Gewebe, Knorpel und anderes kann man jedoch auch später noch entnehmen und verwenden.«

»Verwenden? Was soll das heißen?«

»Weiterverarbeiten zu allogenen Transplantaten, als ›natürliche‹ Ersatzteile, sozusagen. Zum Beispiel Knochenpräparate und Knorpel für Schönheitsoperationen – nach Unfällen, Verbrennungen und so.«

Iris musste sich erst fassen. »Schöne Bescherung.«

Der Mann am anderen Ende lachte. »Ja, so kann man das ausdrücken. Und ältere alleinstehende Menschen, nach denen nach ihrem Tod kein Hahn mehr kräht, gibt es ja genug. Ich meine, für den Fall, dass kein Organspenderausweis vorliegt, der solche Entnahmen erlaubt. Ein Tipp: Vielleicht sollten Sie sich mal mit den neuen Regelungen für Entnahme und Handel mit Produkten aus menschlichem Gewebe beschäftigen. Es geht darin um die Qualität und Sicherheit bei Entnahme und Verwendung von menschlichen Geweben und Zellen und um die Möglichkeit des Handels mit solchen Präparaten. Die Bundesärztekammer ist meines Wissens nicht sehr glücklich darüber.«

»Und wer verarbeitet Gewebe weiter? Wo könnte ich noch nachfragen?«

»Vielleicht bei der Deutschen Stiftung Organtransplantation. Oder bei einer Gewebebank. Aber hören Sie, die Ermittlungen sind Ihre Sache. Ich bin Rechtsmediziner, kein Kriminalist.«

»Ach, wenn Sie das schon erwähnen: Wissen Sie schon etwas über die Todesursache? Woran ist sie gestorben? War äußere Gewalt im Spiel? Gift?«

»Meine Liebe, zaubern kann ich nicht. Auf den ersten Blick scheint die alte Dame an dem gestorben zu sein, was der Notarzt auf den Totenschein geschrieben hat: Herzschlag. Dazu mehr, wenn die Obduktion bei beiden beendet ist. Mit der toxikologischen Untersuchung habe ich noch gar nicht angefangen. Mir hat niemand mitgeteilt, dass Sie darauf Wert legen. Haben Sie Ihren Laden nicht im Griff?«

Iris ignorierte den Seitenhieb. Sie lehnte sich für einen Moment zurück und atmete tief durch. Das war ja der Hammer. Dann beendete sie die Verbindung, ohne sich zu verabschieden. Sie musste sofort den Glücklichen erreichen! Vielleicht war Felicia Herbst noch nicht fort. Sie wählte die Nummer seines Diensthandys.

»Wo stecken Sie?«

»Wieso, ist etwas passiert?«

»Ich will eine Antwort.«

»Ups. Ich stehe am Kaffeeautomaten und warte auf den Kaffee.«

»Ist die Kleine schon weg?«

»Ja, warum?«

»Jetzt stellen Sie doch nicht dauernd so dämliche Fragen. Laufen Sie hinter ihr her und bringen Sie sie zurück. Alles Weitere erkläre ich Ihnen später. Und halten Sie bei der Vernehmung bis dahin die Klappe. Falls Sie das übers Herz bringen. Übrigens habe ich noch ein Hühnchen mit Ihnen zu rupfen.«

Kurze Zeit später tauchte ein etwas erhitzter Martin Felix im Büro auf. Wohl schnell gelaufen, dachte Iris nicht ohne eine gewisse Schadenfreude. Allerdings war er kaum außer Atem. An seinen Arm klammerte sich Felicia Herbst, als müsse er sie vor dem Ertrinken retten.

Iris wies auf den Stuhl. »Bitte setzen Sie sich. Tut mir leid, dass wir Sie noch einmal hierherholen mussten. Es hat sich eine neue Entwicklung ergeben. Darf mein Kollege Ihnen einen Kaffee bringen, einen Tee oder ein Wasser?« Vielleicht war es angesichts der Umstände besser, sie sorgte für Nachschub an Flüssigkeit, sonst trocknete dieses zierliche Persönchen noch aus. Es gab Zeiten, da hätte Iris lieber einen anderen Beruf gehabt. Putzfrau vielleicht. Oder Schriftstellerin. Wie sollte sie der jungen Frau nur beibringen, dass jemand ihre Oma auseinandergenommen hatte?

»Ja, bitte einen Tee, wenn es geht.«

Sie nickte dem Glücklichen zu. »Ich gehe schon«, erklärte der.

Felicia Herbst blickte ihm nach.

»Ich muss Ihnen etwas mitteilen …« Iris brach ab.

Die junge Frau schaute sie nur an.

»Hat Ihre Großmutter einen Organspenderausweis oder hat sie einer Entnahme von Organen beziehungsweise Gewebe nach ihrem Tod zugestimmt?«

»Nie und nimmer! Sie hatte immer Angst, dass sie für tot erklärt werden könnte, obwohl sie es eigentlich nicht war, bloß weil jemand ein Organ benötigte.«

»Also, ähem … Ich muss Ihnen sagen, dass … Jemand hat ihrer Großmutter … Gewebe entnommen. Sind Sie sicher, dass sie das nicht wollte? Hat die alte Dame denn außer Ihnen noch andere Angehörige?«

»Ja, meine Mutter. Aber was soll das heißen, Gewebe entnommen? Und wer hat das gemacht? Ich verstehe nicht ...« Felicia Herbst brach wieder einmal in Tränen aus.

Felix kam mit einer Tasse Instanttee zurück. Iris registrierte das mit Erleichterung und schaute einigermaßen hilflos zu ihm hinüber. Er war ein guter Tröster, hatte so eine Art von »eingebauter« Sanftheit, die nicht platt wirkte. Keine Floskeln wie »Die Zeit heilt alle Wunden«. Er konnte echtes Mitgefühl ausdrücken, wo sie nur hilflos reagierte. Doch an diesem Morgen verweigerte er den Dienst an der guten Sache, sondern tat so, als sei er völlig von der Arbeit an seinem Computer absorbiert.

»Bitte nicht weinen. Also, es fehlen Knochen. Zum Beispiel ...« Iris sprach nicht weiter.

»Oh nein! Meine Oma hätte das gehasst! Wer tut so etwas, wo wird so etwas gemacht? Ist das erlaubt?«

»Jedenfalls nicht ohne Einwilligung des Spenders oder der Angehörigen«, erklärte Iris.

Die junge Frau schluchzte. »Das ist ja ... widerwärtig. Einen Menschen so zu zerstückeln. Wozu soll das gut sein? Und was passiert jetzt?«

Iris sparte sich die Antwort auf die vorletzte Frage. »Ihre Oma liegt, wie gesagt, noch in der Freiburger Rechtsmedizin. Sie wurde obduziert. Deshalb wissen wir auch, was mit ihr geschehen ist. Wir müssten Sie aber bitten, sie sicherheitshalber zu identifizieren, wenn sie zurückgebracht worden ist.«

Die junge Frau starrte ins Leere. Dann explodierte sie unvermittelt.

»Das müssen diese beiden Vetteln gewesen sein! Wahrscheinlich haben sie meine Oma schnell wieder in den Sarg bugsiert, nachdem ich da gewesen war. Die konnten sich ja denken, dass ich etwas unternehmen würde, ich habe es laut genug gesagt. Lassen Sie sich von den beiden bloß nicht einwickeln, die tun nur so harmlos! Ich habe meine Mutter immer vor ihnen gewarnt. Die zelebrieren irgendwelche schwarzen Messen.«

Hoppla, die junge Dame war also lange nicht so sanft und verletzlich, wie sie tat. In ihren Augen meinte Iris blanken Hass zu erkennen.

»So, tun sie das? Wer sagt das?«

Felicia kehrte zu ihrer vorherigen Rolle zurück und schluchzte erneut. »Meine Mutter, zumindest wenn sie ausnahmsweise mal mit mir redet. Die steht auf so esoterisches Zeug.«

Felicia Herbst tat das offensichtlich nicht. Wenigstens in dieser Hinsicht war sie ein vernünftiges Mädchen, fand Iris.

»Und wer hat meine Großmutter nun umgebracht?

»Moment, vorhin sagten Sie noch, Sie wollten die Anzeige zurückziehen«, meldete sich ein verblüffter Felix zu Wort. Aha, offenbar war er also doch nicht so abgelenkt gewesen.

Tränenumflorte blaue Augen musterten ihn. »Natürlich. Aber jetzt sind das ja andere Voraussetzungen! Vielleicht ist sie wirklich umgebracht worden, damit irgendjemand an ihre, ich meine, um …« Sie brach ab. »Sie war fit und gesund. Es gab gar keinen Grund, warum sie plötzlich sterben sollte. Außerdem …«

»Wollen Sie sagen, jemand könnte sie umgebracht haben, um an ihr Gewebe zu kommen? Und was meinen Sie mit ›außerdem‹?«

»Na, fragen Sie doch mal meine Mutter nach der Lebensversicherung. Meine Oma hat ein ziemliches Sümmchen kassiert. Da ist sicherlich noch etwas übrig.«

»Sie mögen Ihre Mutter offenbar nicht besonders. Wie viel war es denn? Ist Ihre Mutter die einzige Erbin?«

»Ja, meine Mutter ist ein Einzelkind. Ich weiß nicht, wie hoch die Lebensversicherung war. Ich habe von meiner Oma nur eine alte Uhr bekommen, die ist nicht viel wert. Meine Mutter hat sie mir gegeben. Stimmt, wir streiten uns immer mal wieder. Das ist bei uns wie bei vielen Müttern und Töchtern. Das kennen Sie sicher, nichts Besonderes.«

Ja, das kannte Iris. Allerdings war ihre Mutter schon einige Jahre tot.

Sie verdonnerte Felix dazu, die Anzeige erneut und nicht mehr nur pro forma aufzunehmen, dazu die Daten der Mutter. Daniela, geborene Baumann, verwitwete Herbst lebte im badischen Teil von Rheinfelden, in der Vogesenstraße. Krankenschwester in der Frauenklinik Rheinfelden.

Iris brauchte jetzt einen Kaffee.

Als sie ins Büro zurückkehrte, war Felicia Herbst schon fort. Felix saß am Bildschirm und las etwas.

»Warum haben Sie dem Rechtsmediziner nicht gesagt, er soll eine toxikologische Untersuchung veranlassen?«

Felix zog den Kopf ein.

»Und dann kümmern Sie sich um die Mutter. Reden Sie mit ihr«, wies Iris ihn an. »Wie mir scheint, sind Sie an diesem Fall ja überaus interessiert.«

Er antwortete nicht.

Iris kaute am Nagel ihres kleinen Fingers. »Na, Sie haben doch bemerkt, dass Felicia andeutet, ihre Mutter könnte etwas mit dem Tod der Oma zu tun haben. Außerdem: Solange der Abschlussbericht aus Freiburg nicht vorliegt, ist alles möglich.«

»Stimmt. Das sind mir auch zu viele Zufälle.«

»Inzwischen schon eine Theorie, wie das alles zusammenhängen könnte?«

»Haben Sie denn eine?«

»Vielleicht betätigt sich der Neffe ja nicht nur als Bestatter, sondern handelt auch mit Leichenteilen. Falls das so sein sollte, sind unsere beiden ach so harmlosen alten Damen mit Sicherheit involviert. Vielleicht war der Tote auf unserer Oma auch als Ersatzteillager vorgesehen? Oder vielleicht wollte der Täter zwei Fliegen mit einer Klappe schlagen, das Opfer auf diese Weise loswerden und hat diesen Pascal gut dafür bezahlt? Vielleicht ist Pascal ja sogar eine Anlaufstelle für Leute aus dem organisierten Verbrechen, so eine Art Leichenentsorger? Er hätte jedes Mal doppelt verdient, nämlich auch noch am Verkauf der Leichenteile. Wenn der Mann im Sarg der Oma mit verbrannt worden wäre – wer hätte diesem Mord jemals auf die Spur kommen sollen? Dann wäre unser Unbekannter einfach nur ein Vermisster mehr gewesen. Falls ihn überhaupt jemand als vermisst gemeldet hätte. Bisher ist das offensichtlich nicht geschehen. Weiß der Teufel, der Tote kann von überall herstammen, und wir können nicht halb Europa abklappern. Ich werde die Angelegenheit auf jeden Fall noch einmal mit dem LKA besprechen.«

»Bevor ich es vergesse, aus den Kleidern des Opfers ergeben sich auch keine Hinweise. Zumeist Sachen, die in Asien für den

Export in die westliche Welt hergestellt worden sind«, unterbrach sie der Glückliche.

»Asien. So. Da stammt er, jedenfalls dem Aussehen nach, nicht her. Doch zurück zu dem, was wir haben. Ich könnte mir Folgendes vorstellen: Eigentlich war geplant, die Oma und unseren Unbekannten gemeinsam zu verbrennen. Doch dann ist denen die trauernde Enkelin in die Quere gekommen. Der Tote musste wieder raus aus dem Sarg. Die Enkelin war weg, da kam er wieder rein. Anschließend sind wir aufgekreuzt. Pascal und seine Tanten konnten ja nicht ahnen, dass wir uns für die alte Dame interessieren. Also sind sie einfach nicht mehr dazu gekommen, den Mann verschwinden zu lassen. Und er lag deshalb noch im Sarg. Oder – ja, der nette Neffe musste ihm noch Gewebe entnehmen. Der Rechtsmediziner hat bei dem Erschossenen nichts von fehlenden Körperteilen erwähnt, und das hätte er sicher. Dieser Pascal war noch nicht dazu gekommen, denn wir sind vorher aufgetaucht. Und weil er wusste, dass wir den Mann finden würden, ist er schnellstens abgehauen.«

»Gute Theorie. So könnten die Dinge zusammenhängen. Aber warum trug der Tote Frauenkleider und war geschminkt?«

»Vielleicht ist er ein Transvestit, und der Neffe hatte nicht mehr die Zeit, ihn schnell umzuziehen, zum Beispiel um seine Identität zu verschleiern. Also vermute ich, dass der Erschossene schon so angeliefert worden ist.«

»Das heißt, wir müssen unsere Informanten aktivieren und uns in den einschlägigen Lokalen umsehen.«

»Reden Sie mit Buchmann, der hat ja schon angefangen. Er soll Ihnen helfen. Viel Arbeit, ich weiß, aber zusammen schaffen wir das schon. Seien Sie tapfer, Kollege. Außerdem sind Sie ja dafür bekannt, bei Ihren Ermittlungen viel Glück zu haben. Ich werde mal im Internet recherchieren, was ich zum Thema Gewebeentnahme finde. Und machen Sie die lieben Kollegen im benachbarten Ausland noch einmal ausdrücklich auf unsere Vermutungen aufmerksam, damit die endlich ihren Hintern hochbekommen.«

»Die werden jubeln.«

»Wir müssen auf jeden Fall noch mal zu den Bestatterzwillingen. Mal sehen, wie sie reagieren, wenn wir ihnen die Mitteilung vom Zustand der Großmutter machen. Ich kann mir einfach nicht vorstellen, dass sie nichts von diesen Machenschaften wissen. Wir müssen mehr Druck machen.« Iris spürte Bedauern darüber, dass diese beiden netten alten Damen vielleicht doch nicht so nett waren. Wenn das Grauen sein freundliches Gesicht zeigte, dann war es umso fürchterlicher. Aber noch war nichts bewiesen. Vielleicht irrte sie sich ja.

»Sie haben mich gelobt! Wieso sind Sie plötzlich so liebenswürdig?«, fragte Felix.

»Das ist mein guter Charakter. In zwei Stunden hier, dann gehen wir noch mal zu den Zwillingen.«

Iris öffnete den Browser. Dann griff sie zum Telefon und rief in der Rechtsmedizin an. »Entschuldigen Sie, dass ich vorhin so schnell aufgelegt habe. Aber sonst wäre uns eine wichtige Zeugin davongelaufen. Bezüglich der toxikologischen Untersuchungen, über die wir schon gesprochen haben: Bitte veranlassen Sie, dass die alte Frau noch einmal ganz genau auf Herzgifte untersucht wird.«

»Wir haben schon angefangen. Bisher negativ. Solche Untersuchungen können dauern. Schließlich gibt es da eine ganze Palette von Möglichkeiten. Manche Gifte sind so lange nach dem Tod außerdem längst abgebaut. Für mich sieht nach wie vor alles nach einem Herzinfarkt aus. Noch eine andere Idee: Hatte die alte Dame vielleicht Diabetes?« Robert Meister klang ganz freundlich. Der Mann war offenbar nicht nachtragend.

Iris bemühte sich deshalb auch, möglichst verbindlich zu klingen. »Ihre Enkelin sagt, sie sei gesund gewesen und ziemlich unerwartet gestorben. Sie denken wohl an eine Überdosis Insulin?«

»Kluges Mädchen.«

Kluges Mädchen – diese herablassende Bemerkung hätte sich der Mensch nun wieder sparen können. Das war eine kleinliche und typisch männliche Form der Rache, fand sie. Danach arbeitete sie konzentriert, bis Felix zurückkehrte. Sie schaute ihn fragend an. Er schüttelte den Kopf.

Der Traumfänger der »Jenseitswelten« gab das schon bekannte Klanggeriesel von sich. Annegret trug gerade eine Vase mit frischen

Tulpen zum Sofatisch mit dem Spitzendeckchen. Wahrscheinlich Blumen aus Holland. Außer in Gewächshäusern gab es um diese Jahreszeit noch keine blühenden Tulpen.

»Oh, wie bezaubernd, Sie wiederzusehen! Maria, meine Liebe, schau mal, wer da ist! Die sympathische Polizistin und ihr Freund!«

Der Ärger über die Hausdurchsuchung schien vergessen. Nur wenige Leute waren nach einer solchen Aktion derart gut aufgelegt. »Das ist nicht mein Freund, sondern mein Kollege.«

Der Vorhang öffnete sich. »Das ist aber schön«, zwitscherte Maria.

Die Schwestern sahen aus wie beim letzten Besuch. Vielleicht waren diese altertümlich anmutenden Kleider ja nichts anderes als eine Art Berufskostümierung, dieses Zwitschern und Flöten ein perfider Täuschungsversuch über den wirklichen Charakter des Institutes. Iris lief ein kalter Schauer den Rücken hinunter.

»Wissen Sie, dass der toten Frau Baumann Gewebe und Knochenteile entnommen worden sind?«

»Nein! Um Himmels willen! Wie kann so etwas geschehen?« Annegret schien völlig erschüttert.

»Wer sollte denn so etwas Hässliches tun?«, fragte Maria fassungslos.

»Was sollen nur die Leute von uns denken!«

Iris konnte in den Gesichtern der Schwestern nur ehrliche Überraschung und Abscheu entdecken. Entweder wussten diese beiden alten Damen tatsächlich von nichts, oder sie waren hervorragende Schauspielerinnen.

Sie setzte die Daumenschrauben an. »Falls Sie wirklich keine Ahnung haben, kann ich Ihnen nur einen guten Rat geben: Sorgen Sie dafür, dass Ihr Neffe schnellstens bei uns in der Polizeidirektion auftaucht. Wenn er nicht freiwillig kommt, werden wir ihn holen. Die Fahndung ist eingeleitet.«

5

»Kommen Sie rein. Machen Sie die Tür hinter sich zu. Haben Sie schon etwas? Ich hatte Sie übrigens schon gestern erwartet.« Der große M. blickte ihnen erwartungsvoll entgegen, stand auf und wies mit einer Handbergung zu dem kleinen runden Besprechungstisch mit den vier Stühlen.

»Wir hatten zu tun. Außerdem müssten Sie meinen Bericht bekommen haben.«

Jäger nahm Iris' schroffe Antwort kommentarlos zur Kenntnis. »Also, wie ist der Stand der Ermittlungen?«

»Wir haben einen offenbar drogensüchtigen Unbekannten, der mit einem gezielten Schuss aus nächster Nähe getötet wurde. Derzeit versuchen wir herauszufinden, wer er ist und wo er gewohnt hat. Bei uns ist er jedenfalls nicht als vermisst gemeldet. Buchmann hat mit der Aufnahme des Gebisses unseres Unbekannten Zahnärzte abgeklappert und Informanten im Drogenmilieu befragt. Die Dateien der PD geben bezüglich der Fingerabdrücke des Opfers nichts her. Die vom LKA auch nicht. Die Schweizer Kollegen haben sich noch nicht gemeldet, fürs Elsass sind die Anträge auf Amtshilfe gestellt. Dann hätten wir die wiederaufgetauchte Großmutter. Allerdings sind der alten Dame einige Körperteile wie die Oberschenkelknochen abhandengekommen. Dazu zwei zweiundsiebzigjährige Schwestern, die ein Bestattungsinstitut führen, harmlos wirken, es aber vermutlich faustdick hinter den Ohren haben, und deren Neffe, der abgehauen ist. Die Fahndung läuft. Wir haben im Beerdigungsinstitut einen Seziertisch gefunden und einen Koffer mit Chirurgenbesteck, von dem angeblich niemand weiß, wem er gehört. Die Befragungen der Zwillinge und der Enkelin, die den Fall ins Rollen gebracht hat, haben bisher nichts Konkretes ergeben. Sie sagt, sie kennt den Toten nicht. Unsere beiden alten Damen angeblich auch nicht. Derzeit versuchen wir herauszufinden, wie das alles zusammenhängt. Die Spurensicherung wertet gerade aus, was bei der Durchsuchung des Beerdigungsinstitutes zutage gefördert worden ist. Wollen Sie meine Theorie wissen? Ich glaube, dass wir es hier mit Leuten zu tun haben, die illegal mit menschlichem Gewebe handeln. Der Unbekannte gehört entweder dazu und hat Ärger mit seinen Komplizen bekommen, oder er sollte selbst Gewebe liefern. Vielleicht beides. Es gibt da übrigens neue Regelungen.«

Der große M. nickte. »Ihre These scheint mir jedenfalls verfolgenswert.«

»Der Abschlussbericht der Rechtsmedizin mit dem genaueren Todeszeitpunkt des Erschossenen steht noch aus, die Toxikologie für die alte Frau ebenfalls. Die Kugel aus dem Kopf des Opfers liegt bei der KTU in Freiburg. Ebenfalls noch keine Aussage zum Waffentyp, sie suchen noch. Es war aber eine kleinkalibrige Pistole.

»Gut gearbeitet«, befand der große M.

Iris war kurz davor, ihm auch noch von der Séance zu berichten, die sie besuchen wollte, entschied sich dann aber dagegen. Manchmal war es besser, nicht alles zu genau zu erzählen.

»Ja, und ich habe mit der Deutschen Stiftung Organtransplantation telefoniert«, meldete sich Martin Felix zu Wort.

Der große M. beugte sich vor. »Interessant.«

»Ja, interessant«, erklärte auch Iris gedehnt. »Davon haben Sie mir noch gar nichts gesagt. Ich habe nämlich ebenfalls recherchiert.«

»Das war, bevor Sie ins Büro kamen. Ich hatte mich gestern per Mail mit dem Typen von der DSO, der Deutschen Stiftung Organtransplantation, zum Telefondate verabredet. Vom Ergebnis Ihrer Recherchen haben *Sie* mir ja auch noch nichts gesagt.« Felix klang leicht gereizt.

Der große M. lachte. »Noch immer dieses Geplänkel? Ihr kommt mir langsam vor wie zwei Liebende, die nicht zueinanderkommen, aber auch nicht voneinander lassen können. Oder wie ein altes Ehepaar.«

Iris gefiel dieser Vergleich nicht. Also tat sie, als habe sie nichts gehört.

Felix ließ sich nicht aus dem Konzept bringen. »Wo war ich? Ach ja. So eine Gewebeentnahme ist ziemlich aufwendig, wenn ich das richtig sehe.«

Iris unterbrach ihn. »Und seit Kurzem noch mehr als bisher.

Ich habe mir mal Berichte aus der Presse zu diesen neuen Regelungen angesehen. Die Anforderungen an die Entnahmebedingungen sind jetzt viel höher. Hygienisch reicht nicht mehr. Das heißt, da musste in den diversen Institutionen für Gewebeentnahmen einiges umgebaut werden. Es kostet viel Geld, die vorgeschrieben Reinraumstufen vorzuhalten. Das kann – und will – sich vielleicht nicht jeder leisten. Da kommt so ein Beerdigungsinstitut mit einem netten Seziertisch für eilige Fälle gerade recht. Auch wenn die Bedingungen nicht den gesetzlichen Regelungen entsprechen. Wo kein Kläger, da kein Richter. An Toten mangelt es jedenfalls nicht bei solch einem Geschäftspartner. Wer, wenn nicht ein Beerdigungsinstitut, kann Leichen liefern?«

»Wer sollte ein Interesse an illegal gewonnenen Gewebeprodukten oder gar dem Kauf von Leichen haben? Denn wenn ich Sie richtig verstehe, könnte es in unserem Fall um beides gehen. Gibt es da schon Hinweise?«

»Nichts Konkretes«, antwortete Iris. »Klar ist nur, seit die neuen Regelungen in Kraft sind, kann ganz legal mit prozessiertem Gewebe oder weiterverarbeiteten Zellen gehandelt werden. Das war davor anders, da unterlagen sie dem Handelsverbot und damit deren Verteilung ähnlichen Regeln wie die der Organe. Nieren, Herzen, was auch immer, werden nicht auf dem freien Markt angeboten, sondern – zumindest wenn es legal läuft – von Eurotransplant verteilt. Die führen eine Warteliste. Mit den Änderungen wären beim Vertrieb von allogenen Transplantaten im Prinzip alle im Spiel, die im weiten Feld der Medizin Geld verdienen. Suche ein Motiv, und du findest entweder Liebe oder Geld. Manchmal beides. Das hat mir jedenfalls vor langer Zeit mein Ausbilder beigebracht.«

Der große M. lachte.

Martin Felix meldete sich wieder: »Viel Geld ist damit wohl nicht zu machen, das behaupten jedenfalls die bei der DSO. Alles läuft angeblich rein altruistisch und auf Selbstkostenbasis.«

Iris wurde ungeduldig. »Das sehe ich anders. Wir reden hier nicht von gesetzeskonformem Verhalten, sondern von Leuten, die sich den Teufel um irgendwelche Hygienevorschriften scheren. Nun sagen Sie schon, haben Sie bei der DSO etwas erfahren?«

Der Glückliche räusperte sich bedeutungsvoll. »Jede Menge.«

Seine Chefin bemühte sich zumindest äußerlich um Ruhe, am liebsten hätte sie allerdings mit den Hufen gescharrt. Diese ganze unappetitliche Angelegenheit zerrte gehörig an ihren Nerven.

Felix blätterte aufreizend langsam in seinem Schreibblock vor und zurück. Es waren ziemlich viele beschriebene Blätter.

»Sie sollen keine Romane vorlesen, sondern eine Zusammenfassung liefern.«

Die beiden Männer wechselten einen verständnisinnigen Blick, der Iris innerlich auf die Palme rieb. Sie ließ sich nichts anmerken. Der Nagel ihres Zeigefingers musste für diese Zurückhaltung büßen.

»Wollen Sie nun wissen, was ich erfahren habe?«

Sie hielt eine Antwort für überflüssig.

»Also. Ich habe mit einem Andreas Dröhmer telefoniert, einem sehr nervösen Herrn. Er hat große Bedenken, die Spendenbereitschaft könnte leiden, falls die Presse von der ganzen Angelegenheit Wind bekommt. Es sei ohnehin schon schwer genug, Spender zu finden, sagt er.«

»Jetzt schweifen Sie nicht ab!« Mindestens drei Ausrufezeichen hingen in der Luft.

»Schon gut. Als ich ihm antwortete, dass wir genau das verhindern wollen, wurde er offener und erklärte, dass auch die DSO sehr an Transparenz interessiert sei, sich sogar extrem dafür engagiere. Er werde alles tun, um uns zu helfen. Die DSO wurde übrigens 1997 gegründet und ist die einzige Organisation in Deutschland, die die Entnahme und den Transport von Herzen, Nieren und Lebern koordinieren darf.«

»Moment, hier geht es aber nicht um Organe, die waren alle noch da, sondern um Einzelteile, um das Ersatzteillager Mensch«, wandte der große M. ein.

»Stimmt, es geht um Gewebe, Zellen, Knorpel, Knochen und veränderte Gesetze. Die sogenannten allogenen Transplantate fallen jetzt unter das Arzneimittelgesetz. Von den neuen und sehr rigiden, damit also teuren Entnahme- und Hygienevorschriften haben wir schon gesprochen. Und für mich ist klar, wenn Angebot und Nachfrage die Verteilung bestimmen, muss sich Geld verdienen lassen. Wer gut zahlt, bekommt das Gewebe. Fehlt bloß noch, dass allogene Transplantate bei Ebay auftauchen«, argumentierte Iris.

»Richtig. Bei Organen kommen die Empfänger auf die Liste von Eurotransplant in Holland. Dort werden die Daten von Spender und Empfänger abgeglichen.«

»Das hatten wir schon.«

Felix blieb unbeirrt. »Wussten Sie, dass Eurotransplant keineswegs für ganz Europa, sondern etwa zu neunzig Prozent für Deutschland und zu zehn Prozent für Holland, Belgien, Luxemburg, Österreich und Slowenien zuständig ist? Zumindest wenn ich das in der Eile richtig aufgeschrieben habe. Dieser Dröhmer redet ziemlich schnell.« Er blätterte. »Außer denen für die Entnahmebedingungen gibt es laut Dröhmer noch jede Menge weiterer neuer Bestimmungen für den Umgang mit Gewebe, Knochen oder Zellen. Zum Beispiel bezüglich der Zulassung für diejenigen, die sie weiterverarbeiten.«

»Was für Regelungen meinen Sie?« Iris begann, am Nagel ihres linken kleinen Fingers zu kauen. Der Glückliche ließ sich nicht antreiben. Das war noch eine dieser Eigenschaften, die sie an ihm so irritierten. Er konnte schnell sein, wenn es darauf ankam. Aber er schaltete mindestens einen, wenn nicht drei Gänge zurück, wenn man versuchte, ihn zur Eile zu bewegen. Manchmal sogar bis in den Rückwärtsgang. Und das schien momentan der Fall zu sein. »Können Sie nicht endlich konkret werden?«

»Gut, gut. Also – ich wiederhole jetzt, was dieser Herr Dröhmer erklärt hat. Bei Organentnahmen muss der Körper des Spenders noch durchblutet sein, es wird also nach dem Hirntod der Herzschlag künstlich aufrecht erhalten. Gewebe kann man Leuten entnehmen, die nicht mehr durchblutet sind.«

Iris hatte Mühe, ihre Ungeduld zu zügeln. »Und was ist, wenn es keinen Organ- und Gewebespenderausweis gibt?«

Felix sah kurz auf und fuhr dann fort. »Dann folgt das sogenannte Einwilligungsgespräch. Darin werden die Angehörigen über die Situation informiert und gefragt, ob eine Spende in Frage kommt. Das gilt gegebenenfalls nicht nur für Organe, sondern auch für alles, was der Mensch an Weiterverwendbarem so an und in sich hat. Dieser Dröhmer sagt, Gewebespenden würden in diesem Zusammenhang selten angesprochen, um die Spendenbereitschaft nicht zu gefährden ... Ja, ja, ich mache ja schon weiter. Also, wo waren wir? Der Spender muss nach seinem Tod komplett medizinisch untersucht werden, um herauszufinden, ob etwas gegen eine Entnahme spricht, zum Beispiel eine ansteckende Krankheit wie Aids oder die Creutzfeldt-Jakob-Krankheit. Für diesen Check muss ihm schnellstens nach dem Tod Blut abgezapft werden. Ich erspare uns jetzt die ganzen anderen Untersuchungen, die verlangt werden. Jedenfalls gab es schon Fälle in den USA, wo eine Frau an Aids gestorben ist, weil ihr Gewebe eines HIV-positiven Spenders transplantiert worden war. Deswegen ist es ja so wichtig, dass die gesetzlichen Regelungen genau ...«

Iris schlug ostentativ die Augen nach oben.

»Ist ja schon gut! All das muss natürlich sorgsam dokumentiert werden. Es gibt dafür anonymisierte Abfragelisten, auf die an der richtigen Stelle Häkchen gemacht werden müssen. Diese begleiten die Gewebespende überallhin. Das sind übrigens Papiere, die je nach Ort der Entnahme völlig verschieden aussehen können. Jede Klinik kann sich ihre eigenen basteln, Hauptsache, es steht alles Nötige drauf.«

»Das heißt, solche Listen sind im Zweifelsfall leicht zu fälschen«, fragte der große M. nach.

Der Glückliche nickte.

»Sie sagten vorhin, die Eurotransplant ist auch für Slowenien zuständig?«, erkundigte sich Iris.

»Ja, Slowenien, seit Mai 2004 Mitglied der EU. Wieso fragen Sie?«

»Wie schnell nach dem Tod müssen denn die Untersuchungen durchgeführt und das Gewebe entnommen sein?«

»Die Kollegin will wohl herausfinden, ob die Zeit reicht, einen Toten in ein Land zu transportieren, in dem die Kontrollen nicht so streng oder aufgrund der politischen Verhältnisse nur schwer nachprüfbar sind, habe ich recht?«, fragte der große M.

Iris nickte.

Felix blätterte. »Zum Beispiel für die Entnahme einer Augenhornhaut?«

Der große M. und Iris nickten nachdrücklich.

»Da kann unser Spender bis zu achtundvierzig Stunden tot sein, Herzklappen können bis zu vierundzwanzig Stunden nach dem Tod entnommen werden, Knochen, Knorpel und Ähnliches bis zu sechsunddreißig Stunden. Blut, das immer mitgeschickt wird, muss bis spätestens vierundzwanzig Stunden nach dem Tod entnommen worden sein. Der Spender von Kochen, Gewebe, Haut oder Hornhäuten muss noch nicht einmal sehr jung sein, er kann sogar um die siebzig Jahre alt sein. Wie unsere Oma.«

Iris war verblüfft. »Wie bitte? Das kann ich mir nicht vorstellen.«

»Doch. So eine Augenhornhaut hat, medizinisch gesehen, eine Lebenserwartung, ja, warten Sie, genau so hat er sich ausgedrückt, von hundertdreißig bis hundertvierzig Jahren. Da staunen Sie, was? Habe ich auch getan.«

»Und wie läuft das dann? Hier in der Region zum Beispiel, wer sind die Beteiligten?«

»Das Krankenhaus Basel arbeitet mit der Lions-Hornhautbank der Regio an der Uniklinik Freiburg zusammen, die wiederum auch mit dem Herzzentrum Bad Krozingen.«

»Sagen Sie das noch mal.«

»Der LIONS Hornhautbank der Regio …«

»Sie meinen, der *Lions Club* finanziert eine Bank für Hornhäute?«

»Ja, ist doch ein gutes Werk, oder?«

»Die Zeit würde also reichen, um Tote weiß Gott wohin zu transportieren. Auch in Gegenden, in denen das Auge des Gesetzes nicht so genau hinschauen kann«, fasste Iris zusammen. »Also müssen wir jetzt der Frage nachgehen, ob unter illegalen Bedingungen nicht doch Geld mit menschlichen ›Ersatzteilen‹ zu verdienen ist. Mir fällt da unwillkürlich das Stichwort ›organisierte Kriminalität‹ ein. Wenn es nicht ums Geld geht, dann sehe ich jedenfalls keinen Grund, warum jemand eine alte Frau heimlich auseinandernehmen sollte. Wie läuft denn dieser Handel eigentlich ab? Gesetzt den Fall, jemand transportiert eine Leiche nach – sagen wir, in einen dieser neuen Balkanstaaten. Dort kommt sie auf den Seziertisch. Dann wird das entnommene Gewebe weiterverarbeitet und in alle Welt exportiert. Wer kontrolliert die Importe bei uns? Zum Beispiel daraufhin, ob im Herkunftsland alles ordnungsgemäß und unseren neuen Gesetzen entsprechend abgelaufen ist?«

»Es dürfen – zumindest offiziell – nur Transplantate ins Land, die unseren Regelungen entsprechen. Dieser Mann von der DSO schwört, Unregelmäßigkeiten fielen schnell auf. Es gebe zum Beispiel Audits, Besichtigungen vor Ort.«

»Ist das auch die DSO, die das regelt?«, erkundigte sich der große M.

»Nein. Zuständig für die Kontrolle sind bei uns die einzelnen Landesbehörden. Für die Beratung und Begleitung sowie zum Beispiel für die Prüfung von Importgenehmigungen ist das Paul-Ehrlich-Institut der richtige Ansprechpartner. Noch mal: Bei Gewebe gibt es eben keine einheitliche Datenbank und damit auch keine einheitliche Warteliste, wie sie die Eurotransplant für Organe anbietet. Jeder, der unsere gesetzlichen Bestimmungen erfüllt und die Zulassung in der Tasche hat, kann allogene Transplantate herstellen, lagern und vertreiben. Die Uniklinik Freiburg arbeitet zum Beispiel mit dem Bio Implant Service in Holland zusammen. Gewebetransplantate sollen übrigens sogar im Internet erhältlich sein. Wie Pillen. Eben weil die Herstellung jetzt unter das Arzneimittelgesetz fällt. Wir in Deutschland bekommen übrigens ziemlich viele Hornhäute aus den USA, weil wir bei Weitem nicht genügend haben. Letztes Jahr gab es um die tausendachthundert Hornhauttransplantationen, und achttausend wären gebraucht worden.«

»Organisierte Kriminalität, meinen Sie also?« Der große M. schien skeptisch.

»Halten Sie das für so abwegig?«, fragte Iris. »Der Nachschub ist gesichert, allein lebende Menschen, um die sich niemand schert, gibt es genug. Der Bedarf ist groß, man muss nur an die Leichen kommen. Beerdigungsinstitute sind da die idealen Bezugsquellen. Selbst wenn pro Leichnam nicht viel zu verdienen sein sollte – die Menge macht's. Außerdem kann das nicht einer allein. Man braucht Logistik, Transportmöglichkeiten, eine Klinik oder Gewebebank, die mitspielt, Vertriebsstrukturen, Fälscher, die in der Lage sind, die erforderlichen Papiere herzustellen. Beweise haben wir nicht. Aber unmöglich ist es meiner Meinung nach auch nicht, dass diese beiden alten Damen und ihr Neffe zu einem ganzen Ring gehören.«

Der Glückliche schüttelte den Kopf. »Ich weiß nicht. Der Typ von der DSO hält einen solchen ›Menschenhändlerring‹ für sehr unwahrscheinlich.«

»Wieso?«

»Die Verdienstspanne sei in jedem Falle sehr klein, weil die sogenannte Prozessierung, also die Weiterverarbeitung, und später die Lagerung sehr aufwendig und kostenintensiv sind.«

»Der Mann von der DSO scheint wirklich einen ungebrochenen Glauben daran zu haben, dass alle, die mit diesen allogenen Transplantaten zu tun haben, die reinsten Engel sind und sich ausschließlich an die Gesetze halten«, meinte Iris.

»Wer liefert eigentlich nach Freiburg an diese Lions-Gewebebank?«, erkundigte sich der große M.

Der Glückliche blätterte in seinen Notizen. »Der größte Teil der rund fünfhundert Hornhäute kommt, ah ja, hier ist die Statistik: Das Pathologische Institut Freiburg hat – noch zu Zeiten der alten Regelungen – dreihundertachtzehn beigesteuert, aus dem Institut für Rechtsmedizin kamen hundertelf, in den Stationen des Universitätsklinikums Freiburg sind vierzig zusammengekommen. Und das Bestattungsinstitut Schmidt allein hat sechzehn geliefert.«

Iris richtete sich auf. »Ha, sagte ich's nicht? Bestattungsinstitute. Moment. Rechtsmedizin?« Sie nahm sich vor, den Kollegen Meister in Freiburg etwas zu zwiebeln.

Martin Felix nickte. »Ja, das Stichwort Bestattungsinstitut könnte zu unserem Fall passen. Aber was heißt das für unsere Ermittlungen?«

Iris' Blick sprach Bände. »Das heißt, wir müssen alle Gewebebanken, alle möglichen Stellen wie Kliniken, pathologische Institute, Institute für Rechtsmedizin abklappern, alle Bestattungsunternehmen, und das in dem Radius, den man in achtundvierzig Stunden verkehrsmäßig bewältigen kann – also England, Frankreich, Italien, Polen, den Balkan, ach überhaupt die halbe Welt. Vielleicht werden die Toten ja auch nicht immer ›am Stück‹ zur

Weiterverarbeitung transportiert, sondern wenn es mit der Entnahme eilt, nur ihr Gewebe – siehe Seziertisch in den ›Jenseitswelten‹. So ein kleines Kühlköfferchen ist unauffällig. Meine Herren, das ist ein Mammutprogramm, das können wir unmöglich in der gebotenen Eile bewältigen. Wenn ich allein an die ganze Bürokratie denke! Und wir sind notorisch unterbesetzt. Also müssen wir allein klarkommen, oder?« Ein hoffnungsvoller Blick traf den großen M.

Doch der widersprach nicht. »Sie sagen es.«

Iris sank wieder in sich zusammen. Der Nagel des linken Zeigefingers wurde attackiert.

Der Glückliche nickte betrübt. »Und diese Prämisse gilt nur, wenn man von den achtundvierzig Stunden ausgeht, die noch legal sind. Was, wenn den Leuten diese Fristen egal sind? Was, wenn die Leichen tiefgefroren oder gekühlt werden?«

Seine Chefin stöhnte auf. »Unmöglich«, sagte sie zum dritten Mal. »Das ist, als würden wir eine Nadel im Heuhaufen suchen. Vielleicht könnten Sie ja schon mal Ihre internationalen Verbindungen spielen lassen? Nur vorwarnen«, bat Iris den großen M.

Der zwinkerte ihr zu. »Mal sehen, was ich tun kann. Sie werden vorläufig vor Ort weitermachen. Wenn Sie absolut nicht weiterkommen, geben Sie Bescheid.«

»Untersuchen, zu wem die beiden netten Ladys und ihr verschwundener Neffe Kontakt haben, wer in ihrem Umfeld an diesem Gewebehandel Interesse haben und was das alles mit dem Mord zu tun haben könnte«, fasste der Glückliche zusammen.

»Das werden sie uns wohl kaum freiwillig mitteilen«, meinte Iris. »Wir brauchen mehr Informationen, um sie unter Druck setzen zu können.«

»Nein, das werden sie nicht«, bestätigte der große M. »Sind die Bücher schon ausgewertet, die bei der Hausdurchsuchung der ›Jenseitswelten‹ gefunden wurden? Vielleicht bekommen wir da Anhaltspunkte.«

»Buchmann hat angefangen, aber bisher nichts Auffälliges zutage gefördert. Er ist auch nicht sehr weit gekommen. Ich werde mich mal erkundigen, wie das beim Zoll so läuft. Buchmann soll außerdem die Alibis aller beteiligten Personen überprüfen, also der beiden alten Damen und des Neffen. Die ersten Ergebnisse der Obduktion lassen vermuten, dass der Mann am Abend oder in der Nacht vor seiner Entdeckung in den Sarg gelegt worden ist.«

»Und was wollen Sie beim Zoll?«, fragte der Glückliche.

»Herausfinden, welche Zollbestimmungen es für den Import oder Export von Leichen oder Leichenteilen gibt. Außerdem komme ich auf dem Weg dorthin bei einigen Zahnärzten vorbei, die sich die Fotos vom Gebiss des Toten genauer anschauen und mit Patienten aus ihrer Kartei vergleichen wollten. Buchmann kann nicht überall sein. Dann wollen wir mal. Schritt für Schritt, Stein für Stein. Können wir jetzt gehen?«

Der große M. nickte. »Felix, was ist?«

»Da wäre noch was!«

Zwei Augenpaare schauten ihn erwartungsvoll an.

»Ein Kollege von der Schweizer Drogenfahndung hat sich mal kundig gemacht, unverbindlich natürlich. Vorhin kam eine Mail. Ich hab mal kurz reingeschaut.«

»Und?«

»Nichts. Weder in der Transvestitenszene noch unter den Drogenleuten scheint das Opfer bekannt gewesen zu sein. In den Karteien ist er auch nicht. In der Sitte konnten sie ebenfalls nichts mit dem Foto oder den Fingerabdrücken anfangen. Ein unbeschriebenes Blatt. Es ist also überflüssig, dass die Staatsanwaltschaft den Antrag auf Amtshilfe stellt.«

»Das wäre ja auch zu schön gewesen.« Verwunderlich fand Iris das allerdings schon. Sie hatte noch von keinem Drogensüchtigen gehört, der nicht irgendwann seine Polizeiakte bekam. Es sei denn – ja, es sei denn, er kam ganz legal an die Drogen heran. Oder er hatte wirklich absolut sichere Kanäle. Zum Beispiel, indem er jemanden erpresste, der an Drogen herankam. Oder weil er für eine Organisation arbeitete, die Drogen vertrieb. Eine solche Organisation konnte dann natürlich auch diese Form des Menschenhandels für sich entdeckt haben, mit der sie es hier zu tun hatten. Die Transportlogistik war in diesem Fall ja schon mal vorhanden.

***

Zurück im Büro sank der Glückliche mit miesepetrigem Gesicht auf seinen Schreibtischstuhl. Er fand, Iris hätte wenigstens so etwas wie »gute Arbeit« sagen können oder wenigstens »fleißig«. Immerhin war er schon seit sechs Uhr dienstlich auf den Beinen. Er hatte sich viel Mühe gegeben, möglichst ausführlich zu berichten, kein wichtiges Detail zu übersehen. Andererseits, wie er sie kannte …

Er rückte geräuschvoll seinen Schreibtisch zurecht, stand demonstrativ auf und kramte in einem der Kartons, die paarweise vom Boden bis zur Oberkante seines Schreibtischs gestapelt waren: das Ergebnis der Hausdurchsuchung in den »Jenseitswelten«. Einige wenige hatten ein rotes Kreuz. Das waren die, die sich Buchmann schon vorgenommen hatte. Felix zog einen Schuhkarton und drei Ordner aus einem der Kartons und knallte sie auf seinen Schreibtisch, direkt hinter den Stapel Aktenordner, der schon darauflag.

»Kommen Sie, ich helfe Ihnen«, erklärte seine Vorgesetzte und kam zu ihm. Er schaute sie überrascht an. So etwas!

Sie erkannte seine Verblüffung. »Ich kann dich doch nicht mit alldem allein lassen – Geliebter«, säuselte sie.

Was sollte das jetzt?

Da entdeckte er das vergnügte Funkeln in ihren grüngrauen Augen. Es machte sie richtig sympathisch. Sie lächelte sogar, was ihre Grübchen zum Vorschein brachte. Er erinnerte sich an die Bemerkung des großen M. über die verhinderten Liebenden und musste lachen. Sie stimmte ein. Das waren die Augenblicke, für die er vieles in Kauf nahm.

Iris schnappte sich ebenfalls einige Ordner und den Schuhkarton. Als sie wieder an ihrem Schreibtisch saß und den Deckel abhob, entdeckte sie, dass er voller Zettel und Briefe steckte. Darunter waren viele unbezahlte Rechnungen. Seufzend machte sie sich daran, ein Papier nach dem anderen zu lesen. »Einen Saustall haben die in den ›Jenseitswelten‹«, beklagte sie sich. »Das dauert Tage.«

»Dieser Karton sieht ein bisschen so aus wie der, in dem ich meine Belege für den Lohnsteuerjahresausgleich sammle«, bemerkte Felix.

Sie lachte noch einmal. »Ja, ich weiß genau, was Sie meinen.«

Danach war für eine Weile nur noch das Rascheln von Papier zu hören. Dann herrschte plötzlich Stille an Iris' Schreibtisch. Felix schaute auf. Sie beobachtete ihn und lächelte.

»Gute Arbeit«, erklärte sie. »Und jetzt lassen Sie uns endlich etwas essen gehen, die Mittagszeit ist schon seit Stunden vorbei. Ich habe einen Bärenhunger.«

»Hieber?«

»Ja, prima Idee.«

Sie gingen oft in das Geschäftszentrum am Meeraner Platz, in dem diverse Unternehmen untergebracht waren, beispielsweise ein Elektromarkt oder der für seine biologischen Bemühungen viel dekorierte Edeka-Markt. Neuerdings auch ein Fitnesszentrum. Es war nicht weit. Auch die anderen Kollegen nutzten den Imbiss gerne – was immer mal wieder gute Gelegenheiten für informelle Gespräche bot. Iris hatte gehofft, die Kollegen von der organisierten Kriminalität dort zu sehen, wurde aber enttäuscht.

Ein junges Powermädchen mit Pferdeschwanz versuchte sie davon zu überzeugen, dass das neue Fitnessstudio nicht nur für die körperliche Ertüchtigung gut, sondern eine komplette Wellness- und Gesundheitsoase auf soundsoviel Quadratmetern sei und im Übrigen genau das Richtige für sie. Der Glückliche ließ sich einen Flyer geben.

»Lassen Sie mich bloß in Ruhe«, fauchte Iris.

Das Powermädchen zog ein muffiges Gesicht, setzte dann erneut ihr professionelles Lächeln auf und wandte sich anderen Besuchern zu.

»Na, dann melden Sie sich mal an. Vielleicht treffen Sie die Kleine wieder. Sie hätten bestimmt Chancen.«

»Ich bleibe lieber bei Ihnen«, erwiderte der Glückliche und versuchte, seine ernste Miene beizubehalten.

»So?«

»Ja.«

Inzwischen hatten sie an der Theke ihr Essen geholt. »Diese Gewebespenden – kann man da alles von einem Menschen verwenden?« Iris biss in ihre Bio-Currywurst.

»Keine Ahnung. Aber das genaue Prozedere stelle ich mir lieber nicht vor«, antwortete Felix und schob sich eine Gabel Salat in den Mund.

Nein, das stellte Iris sich lieber auch nicht vor. Trotzdem. »Was glauben Sie, wie alles zusammenhängt? Ich hatte schon vorhin beim großen M. das Gefühl, dass Sie von den Überlegungen bezüglich einer kriminellen Vereinigung nicht so viel halten. Also, raus mit der Sprache.«

Sie fragte ihn normalerweise selten nach seiner Meinung. »Mafia, Cosa Nostra, jeder Killer, der rumläuft, wäre froh um solch eine Möglichkeit, wollen Sie das sagen? Nein, also ehrlich, so viele Killer gibt es nun auch wieder nicht. Diese Theorie klingt in meinen Ohren ziemlich weit hergeholt. Ich glaube eher, dass dieser Mord ein ganz privates Motiv hatte.«

»Und wieso haben Sie beim großen M. nichts gesagt?«

»Ich wollte Ihnen nicht widersprechen.«

»Ich wusste gar nicht, dass Sie so zartfühlend sind.«

»Ich bin zartfühlender als Sie denken.«

»Jetzt mal im Ernst. Wie kommen Sie darauf?«

»Darauf, dass ich zartfühlend bin?«

»Manchmal könnte ich Ihnen den Hals umdrehen.«

Er lachte. »Ach so, Sie meinen, warum ich glaube, dass es sich um eine Beziehungskiste handeln könnte? Wegen der kleinkalibrigen Waffe, das sieht nicht nach Profikiller aus.«

»Man weiß es nicht«, antwortete Iris. »Es gibt vielleicht Profikiller, die solche Überlegungen von vornherein mit einkalkulieren.«

»Nein, man weiß es nicht«, bestätigte der Glückliche.

»Sagen Sie, haben Sie eigentlich eine Ahnung, was im Gesetz steht für Leute, die Tote durch die Gegend karren und/oder sie illegal als Ersatzteillager benutzen?«

Felix zuckte die Schultern. »Keine Ahnung. Einen solchen Fall hatten wir ja auch noch nie. Störung der Totenruhe vielleicht?«

»Leichenfledderei könnte auch noch in Frage kommen.«

Den restlichen Nachmittag verbrachten Iris und Felix mit der Durchsicht der Unterlagen des Beerdigungsinstitutes. Der Chef der Rechtsmedizin maulte, als sie schon wieder anrief. Robert

Meister fühlte sich in seiner Arbeit gestört und konnte bezüglich der Weiterverwendung von Toten nichts Neues beitragen. Die eine oder andere Leiche lieferte er schon mal an die Uniklinik – zu Forschungszwecken. Aber das war selten. Und natürlich nur – und da wurde seine Stimme sehr energisch – wenn ihm eine Einverständniserklärung vorlag.

»Jetzt sieh mal einer an«, erklärte Iris schließlich. »Wenn ich das richtig sehe, dann haben diese beiden netten alten Damen und ihr verschwundener Neffe jede Menge Kontakte in die halbe Welt. Außerdem scheinen sie auch mit anderen Beerdigungsinstituten zusammenzuarbeiten. Hier zum Beispiel geht es um eine Olga Kovač aus Berlin, die von den ›Jenseitswelten‹ in ihre Heimat Serbien transportiert werden soll. Und hier: ein Totentransport von Weimar über Lörrach nach Triest. Orsini, Karlo. Komisch, Karlo wird hier mit K geschrieben. Schreibt man das unter Italienern nicht mit C?

»Okay«, antwortete der Glückliche gedehnt. »Gibt es noch mehr davon?«

»Wieso okay?«

»Nein, O Punkt, K Punkt.«

Iris blätterte. »Ja, hier. Otto Kowalski, auch aus Berlin. Der Mann wollte unbedingt in einem Friedwald in Tschechien begraben werden. Seltsam. Sie haben recht. Okay – und alles Transporte über die Grenze. Was könnte das bedeuten?«

»Alle diese Namen auf den Totenscheinen sind gefälscht?«

»Möglicherweise. Meinen Sie, wir haben es hier mit einem Fälscher mit wenig Phantasie zu tun?«

Felix zuckte die Schultern. »Oder er will sich die Sache leicht machen. So kann man den Totenpass kopieren, den Rest bis auf die Initialen mit Tipp-Ex löschen, noch mal kopieren und wieder benutzen. Dieser sogenannte Pass ist eigentlich nur ein Papier, auf dem vermerkt ist, wie der Verstorbene heißt, wo er herkommt und hingebracht werden soll, und auf dem der Arzt eine natürliche Todesursache bestätigt. Vielleicht ist der Mensch sparsam. Oder kommt nicht an genügend Vorlagen für seine Fälschungen.«

»Bei Orsini, Karlo steht aber der Nachname vor dem Vornamen.«

»Ich glaube nicht, dass das in Italien jemandem auffällt, diese Art der Schreibweise ist dort meines Wissens gängig.«

»Stimmt.« Iris attackierte wieder ihre Fingernägel. »Und wenn dieses O.K. den Empfängern einen Hinweis geben soll? Zum Beispiel: Alle Leichen mit diesen Anfangsbuchstaben sind zur ›Weiterverarbeitung‹ bestimmt?«

»Hm. Vielleicht. Es könnte aber auch eine Kennzeichnung für die Absender sein. Autokennzeichen, sage ich nur. O.K. klingt für mich wie der Mittelteil eines Autokennzeichens. Vielleicht gibt es in den ›Jenseitswelten‹ einen Spezialwagen für diese Art der Transporte, und der hat ein OK im Nummernschild? Ein Erkennungszeichen für diejenigen, die den Transport entgegennehmen müssen, damit es nicht versehentlich der Falsche tut, der von nichts weiß. Auf diese Weise könnte vermieden werden, dass es zu solchen Irrtümern kommt. Das ist aber nur nötig, wenn viele Menschen zusammenarbeiten, die vielleicht sogar unterschiedliche Sprachen sprechen, und wenn es viele solcher Transporte gibt. Das spräche übrigens für Ihre These von der organisierten Kriminalität.«

»Klingt ziemlich wild. Trotzdem, interessante Theorie. Ich kann mich aber nicht erinnern, bei den Durchsuchungen der ›Jenseitswelten‹ mehr als einen Wagen gesehen zu haben. Also schwingen Sie sich ans Telefon, fragen Sie bei der Fahrzeugmeldestelle nach. Wir haben so wenig, wir müssen jeder Idee nachgehen. Ich gehe uns derweil einen Kaffee holen.«

»Nein danke, ich habe mir grünen Tee mitgebracht.«

»Grünen Tee für grüne Jungs«, stichelte Iris, während sie die Bürotür öffnete. »Ich brauche jedenfalls jetzt einen Kaffee. Etwas für Erwachsene und Normalbürger.« Sie wartete die Antwort nicht ab.

Als sie mit dem Automatenkaffee zurückkehrte, hatte Felix sein Gespräch gerade beendet. Er strahlte. Iris hatte eigentlich einen beleidigten Mann erwartet.

»Und?«

»Nehmen Sie erst den grünen Jungen zurück.«

»Ach, unser Sensibelchen. Also gut. Zurück.«

Er wirkte nicht begeistert über ihre Art, Aussagen zu widerrufen. Andererseits platzte er fast vor Neuigkeiten.

»In den ›Jenseitswelten‹ gibt es tatsächlich noch einen zweiten Wagen. Was sagen Sie jetzt? Und raten Sie mal, was der für ein Kennzeichen hat?«

»LÖ-OK.«

»Genau. Ich habe sofort im Bestattungsinstitut angerufen. Dort hat mir diese Annegret erzählt, der Wagen habe einen Unfall gehabt, sei schwer beschädigt und seit gestern Abend abgemeldet. Offensichtlich ist unsere Meldestelle in diesem Punkt noch nicht auf dem neuesten Stand.«

»So, der Wagen ist abgemeldet. Und wo steht er?«

»In Berlin. Dort hatte er den Unfall und ist dort auch abgemeldet worden. Soll ich mal mit den Berliner Kollegen telefonieren und versuchen, etwas über diesen angeblichen Unfall herauszufinden?«

»Tun Sie das. Diese Geschichte würde mit den Transportbelegen zusammenpassen, die wir gefunden haben. Möglicherweise ist mit diesem Wagen der Erschossene transportiert worden, und man hat das Auto dann schnell nach Berlin geschafft, damit es nicht untersucht werden kann. Vielleicht hat der Neffe ihn gefahren und war deshalb nicht aufzutreiben. Vielleicht wollten die Zwillinge aber auch einfach nur jeden Hinweis auf ihre wahre Verdienstquelle verstecken und binden uns bezüglich des Unfalls einen Bären auf. Ist doch seltsam, dass sie plötzlich mit dieser Berlingeschichte herausrücken. Sie wussten doch, dass wir ihren Neffen suchen, dass wir ihn sogar zur Fahndung ausgeschrieben haben. Haben Sie gefragt, warum von diesem zweiten Wagen nie die Rede war?«

»Ja, natürlich. Maria behauptet, sie hätten das nicht für wichtig gehalten. Wollen Sie wissen, was ich denke?«

»Ach, Sie denken? Immer raus mit der Sprache.«

Felix ließ sich nicht aus dem Konzept bringen. »Wir werden Probleme bekommen, das zu beweisen. Die Hauptstadt ist groß; wenn wir da einen einzelnen Leichenwagen finden wollen, wird das eine ziemliche Sucherei. Das Auto könnte schon längst repariert und umgemeldet worden sein. Falls es überhaupt einen Unfall hatte.«

»Hm. Vielleicht wäre es eine gute Idee, in Berlin jene Beerdigungsinstitute abzuklappern, die mit den ›Jenseitswelten‹ zusammenarbeiten.«

Der Glückliche griff zum Telefon. »Geben Sie mir die Adressen.«

»Nein, ich meine, persönlich. Am Telefon können die uns viel erzählen. Außerdem würde das alle, die mit diesen Geschäften zu tun haben, nur vorwarnen, und dann ist das Auto wirklich neu lackiert und hat ein anderes Kennzeichen. Ich will erst diesen Pascal befragen. Was meinen Sie, wäre eine Berlinreise nicht eine feine Sache?«

»Oh, ich fahre gerne!«

»Das würde Ihnen so passen. Wahrscheinlich bekommen wir sowieso keine Dienstreisegenehmigung. Aber lassen Sie uns für heute Schluss machen. Vielleicht liegen uns morgen die Auswertung der Telefongespräche der ›Jenseitswelten‹ und die Berichte der Spurensicherung, der Ballistik und der Schlussbericht der Autopsie vor. Dann sind wir hoffentlich schlauer. Übrigens, auch auf die Gefahr hin, mich zu wiederholen, zu viel Lob verdirbt zudem den Charakter und die Arbeitsmoral: gute Arbeit.«

»Jetzt werde ich besonders schöne Träume haben, bis morgen dann. Ich habe noch eine Verabredung.«

»Sagte ich es nicht, zu viel Lob verdirbt die Arbeitsmoral. Gehen Sie schon.«

Eine Viertelstunde später saß Iris immer noch am Schreibtisch und kaute Nägel. Die Frage, wie der Tote an Drogen gekommen sein konnte, ohne polizeiauffällig zu werden, wollte ihr nicht aus dem Kopf. Wo bekam man Erkältungsmedizin? In Apotheken. Und Morphium? Das gab es in Apotheken, aber nur auf Rezept. Und in Kliniken. Sie suchte die Adressen der Krankenhäuser in der Region heraus. Allein im näheren Umkreis um Lörrach gab es inklusive der Pflegeheime jede Menge. Dazu noch die Kliniken in Rheinfelden, Basel, Bad Säckingen, Zürich, Colmar, Straßburg. Da kam einiges zusammen. Iris legte einen E-Mail-Verteiler an, schrieb eine Mail und lud das Foto des Erschossenen in den Anhang. »Senden.« Sie sprach das Wort laut mit.

Danach machte sie sich auf den Weg ins Sportstudio. Sie würde beim Kickboxen gleich voll einsteigen – und einen guten Eindruck hinterlassen. Na ja, ein wenig angeben. Sie würde es diesen Anfängern zeigen.

Die ersten Übungen verliefen nach Plan: alles Pipifax, besseres Aufwärmtraining. Der Übungsleiter entdeckte in ihr nach einigen abschätzenden Blicken sogar eine geeignete »Sparringspartnerin«. Er nahm ihr rechtes Bein und drückte es nach oben. Iris balancierte, so gut es ging, auf dem verbleibenden Fuß.

»Sehen Sie diese Biegsamkeit? So geht das. Das müssen Sie trainieren«, erklärte der Leiter, ein untersetzter Mittdreißiger mit Halbglatze, den anderen Schülern. Netter Mann, fand Iris. Sie war also doch noch nicht ganz so unsportlich.

In diesem Moment schoss ihr die Hexe ins Kreuz.

»Sie haben sich wohl übernommen, Mädchen«, brummte der Notarzt eine Viertelstunde später und rammte ihr die Nadel einer Spritze in den Rücken. Sie hielt die Luft an. »So, jetzt wird es bald besser. Aber bleiben Sie die nächsten Tage daheim. Ich schreibe Ihnen noch ein Rezept für ein Schmerzmittel aus. Außerdem sollten Sie zu Ihrem Hausarzt gehen und sich gründlich untersuchen lassen. Soll ich jemanden benachrichtigen, der Sie heimbringt?«

»Mhmh.«

»Wie bitte?«

»Nein«, quetschte Iris zwischen zusammengebissenen Zähnen hervor und versuchte sich aufzurichten. Sie stieß einen Schmerzensschrei aus und sackte sofort wieder in sich zusammen. Die anderen Kursteilnehmer standen um sie herum und betrachteten sie interessiert.

»Ich bringe Sie nach Hause. So geht das nicht«, entschied der Kursleiter. Er hatte wohl ein schlechtes Gewissen. Sie war ihm trotzdem sehr dankbar.

6

Es fiel ihr keine passende Ausrede ein. Also quälte sich Iris am nächsten Morgen wieder ins Büro, vollgestopft mit Schmerztabletten, die allerdings nur sehr unzureichend taten, was der Beipackzettel versprach. Dafür war ihr schlecht. Wie so oft in ihrem Leben wunderte sie sich, wie es dem Magen ihrer Mutter über so viele Jahre hinweg gelungen war, ohne allzu große Schäden Unmengen an Pillen und Alkohol zu verdauen. Das hatte sie jedenfalls dazu bewogen, sich diesbezüglich einzuschränken. Was wiederum hieß, dass sie es sich für gewöhnlich nicht gestattete, krank zu werden. Schon allein dieser Beschluss zeitigte offensichtlich Wirkung. Sie war wirklich selten krank. Wenn allerdings, dann todkrank. Schon eine kleine Erkältung mit 37,5 Grad erhöhter Temperatur, nein, noch nicht einmal Fieber, reichte völlig aus, um ihren Kreislauf komplett absacken zu lassen und ihr Denkvermögen zum Erliegen zu bringen. Momentan war ihr Denkvermögen allerdings dadurch beeinträchtigt, dass ihr Magen gegen die Pillenfülle revoltierte und ihre Schmerznerven gegen den Hexenschuss.

Im Zug versuchte sie es mit tiefer und regelmäßiger Atmung, verbunden mit dem dazugehörigen Prusten. Letzteres ging einfach nicht leise. Sie hatte einmal gelesen, man müsse ganz tief durch die Nase einatmen, das Zwerchfell aufblähen, bis es fast platzte, und dann durch den Mund ausatmen. So als würde man eine Kerze ausblasen. Sie blies mit Inbrunst. Das lenkte wirklich etwas von den Schmerzen ab. Ein Kollege vom Diebstahl, der morgens um dieselbe Zeit im Zug saß, schaute immer wieder zu ihr herüber – und dann schnell aus dem Fenster, wenn sich ihre Blicke trafen. Wahrscheinlich hält er mich für ein Walross, dachte Iris, unterbrach ihre Atemübungen für einen Moment und grüßte übertrieben freundlich. Er tat so, als bemerke er es nicht.

Im Büro erwartete sie eine Überraschung. Der Neffe war aufgetaucht und saß, von einem Kollegen flankiert, auf dem Armesünderstuhl vor ihrem Schreibtisch. Der Glückliche kam nur wenige Momente nach ihr.

»Wollen Sie einen Kaffee?«, fragte er.

Pascal Kunz nickte.

Iris machte sich daran, die Personalien aufzunehmen. »Kunz, Pascal, dreißig Jahre, Bestatter, deutscher Staatsbürger. Eltern: Kunz, Rita. Vater: Kunz, Harald, beide bereits vor zwanzig Jahren bei einem Autounfall gestorben.« Aufgewachsen bei den Tanten. Abgebrochenes Studium der Philosophie und der Geschichte.

Martin Felix kam wieder ins Büro. Er hatte die letzten Worte gehört. »Warum haben Sie Ihr Studium denn abgebrochen und als Bestatter zu arbeiten begonnen?«, erkundigte er sich und reichte Kunz den mitgebrachten Becher mit Automatenkaffee.

»Meine Tanten wurden älter und brauchten Hilfe.«

Iris hielt das für eine Ausrede. Der junge Mann – sie nannte ihn im Geiste so, obwohl er gar nicht sooo viel jünger war als sie selbst – sah eigentlich nicht wie jemand aus, der sehr hilfsbereit war, eher wie ein, na ja, zu kurz geratener Graf Dracula. Glatt gegelte, zurückgekämmte Haare, die bis zum Kragen des Rollis reichten. Grobe Gesichtszüge mit hohen Wangenknochen und einem überdimensional großen und seltsam roten Mund, etwa wie Klaus Kinski. Ob er Lippenstift benutzte? Auch die Wimpern sahen verdächtig dunkel aus, als habe er sie mit Mascara bearbeitet. Und trotzdem war Pascal Kunz nicht das, was man einen anziehenden Mann nennen konnte. Eher schmierig, ziemlich unangenehm, ein Typ vom Schlage – ja, wirklich Klaus Kinski. Von wem er dieses Aussehen wohl hatte? Nun, vom Vater eher nicht, der war schließlich der Bruder von Annegret und Maria. Pascal sah den Tanten überhaupt nicht ähnlich. Dann musste es wohl die Mutter sein. Die arme Frau. Aber einen Ehemann hatte sie trotzdem gefunden. Im Gegensatz zu ihr selbst.

»Wo haben Sie gesteckt? Haben Ihre Tanten Ihnen denn nicht gesagt, dass wir Sie suchen?«

»Ich war für einige Tage verreist«, antworte Kunz auf Iris' Frage.

»Und Ihre Tanten wussten nichts davon?«

»Es kam ganz überraschend.«

»Und wo waren Sie?«

Kunz zögerte einen Moment. »Bei Freunden.« Bei diesen Worten maß er Martin Felix mit einem seltsamen Blick. Was sollte das denn? Verkehrten Kunz und Felix am Ende noch in denselben Kreisen? Der Glückliche schaute schnell auf seinen Block und tat so, als notiere er heftig. Komisch. Im nächsten Moment dachte Iris, sie habe sich getäuscht.

Sie rutschte unglücklich auf ihrem Stuhl herum. Sie konnte kaum noch sitzen, die Schmerzen zogen bis hinunter in ihr rechtes Bein. »Jetzt lassen Sie sich nicht alles aus der Nase ziehen!«

»Einige Freunde haben in der Nähe des Basler Barfüsserplatzes eine Wohngemeinschaft, da war ich für einige Tage zu Besuch.«

»Geben Sie uns die Adresse.«

Kunz nannte eine Hausnummer in der Gerbergasse.

Iris kannte den Basler Barfüsserplatz mit der Barfüsserkirche. Er lag vor der mittelalterlichen Kirche und war einer der bevorzugten Orte für Open-Air-Veranstaltungen und Märkte in Basel. Die Kirche beherbergte das Historische Museum. Am Barfi tobte das Leben. Dort gab es eine große Tramstation, diverse Cafés und Kneipen, und man war schnell inmitten der mittelalterlichen Gassen des Heubergs, des Spalenbergs mit dem Kunsthotel Teufelhof, den kleinen Geschäften und exklusiven Boutiquen. Nicht dass sich Iris diese Boutiquen hätte leisten können. Der Platz lag aber auch ganz in der Nähe der Fußgängerzone, genannt Freie Straße. Das Literaturhaus befand sich dort, die Heuwaage mit dem Theater und dem Tinguely-Brunnen mit seinen Wasserspielen war nicht weit weg. Im Sommer saß es sich schön dort in einem der Straßencafés. Man konnte stundenlang Leute beobachten. Iris nahm sich vor, bald wieder nach Basel zu fahren, gleich am nächsten sonnigen Tag, an dem die Kellner die Stühle und Tische ins Freie trugen. Und wenn ihr Rücken nicht mehr so wehtat.

Sie stand auf. Sie konnte einfach nicht mehr sitzen. Verdammt, wieso halfen die Pillen nicht!

»Warum tauchen Sie erst jetzt auf?«, fuhr Iris Kunz ihn unvermittelt an. »Ihre Tanten haben Sie sicher kontaktiert und Ihnen mitgeteilt, dass wir nach Ihnen fahnden.«

Kunz gab sich harmlos. »Ja, meine Tanten meinten, Sie brauchen meine Zeugenaussage. Aber ich war verhindert. Außerdem kann ich Ihnen auch nicht mehr sagen, als Sie schon wissen.«

»Sie halten das wohl für ein Spiel! Ich kann Sie nur warnen. Hier geht es immerhin um einen Mord. Und bitte verschonen Sie mich mit Ihrem ungläubigen Blick. Sie wollen mich nicht im Ernst glauben machen, dass Ihre Tanten Ihnen nichts von dem Toten erzählt haben, der plötzlich im Sarg gelegen hat? Wieso mauern Sie? Das könnte durchaus meinen Eindruck bestärken, dass Sie bis über die Halskrause in diesen Mord verstrickt sind.«

Kunz hob abwehrend die Hände. »Nein, bestimmt nicht! Ich habe keine Ahnung, wer der Mann ist und wie er zu uns ins Beerdigungsinstitut gekommen sein könnte.«

»Ach, Sie haben ihn also gesehen?«, fragte der Glückliche von seiner Fensterbank aus.

»Was meinen Sie damit? Sie drehen mir das Wort im Mund herum.«

Langsam wurde Iris ärgerlich. »Sie haben meinen Kollegen sehr gut verstanden. Sie wussten genau, dass dieser Mann bei Frau Baumann im Sarg lag. Und deshalb sind Sie so schnell fortgelaufen, als wir kamen.«

»Wirklich nicht. Ich weiß nicht, wer er ist.«

Iris hielt ihm das Foto entgegen. »Hier, schauen Sie ihn sich an. Wissen Sie es jetzt?«

Pascal betrachtete das Bild und schüttelte dann den Kopf. »Nein, noch nie gesehen.«

»Ich glaube Ihnen kein Wort«, fuhr Iris ihn an. »Seit Sie hier sind, lügen Sie. Sie waren sicher nicht die ganze Zeit in Basel. Ich halte Ihre Baselgeschichte für eine Ausrede.«

»Und wo soll ich gewesen sein?«

»In Berlin. Sie mussten einen Leichenwagen verschwinden lassen. Und zwar den, mit dem Sie vorher diesen Mann in die ›Jenseitswelten‹ transportiert hatten. Als wir dann kamen, haben Sie den Toten schnell im Sarg von Martha Baumann versteckt, weil Sie in der Eile nicht wussten, wohin mit ihm.«

Für einen Moment hatte Iris den Eindruck, sie habe einen Nerv getroffen. Es war nur ein winziges Zucken des Mundwinkels, das leichte Heben einer Augenbraue. Gleich darauf benahm sich Pascal Kunz wieder wie die gekränkte Unschuld in Person.

»Ach, das meinen Sie? Ja, ich habe tatsächlich einen Toten transportiert. Aber nach Berlin und nicht in unser Beerdigungsinstitut. Sie müssten die Unterlagen für den Transport irgendwo in den Kartons finden, die Sie bei meinen Tanten mitgenommen haben. Wir arbeiten mit verschiedenen anderen Bestattern im gesamten Bundesgebiet und auch im Ausland zusammen. In Berlin hatte ich einen Unfall. Also bin ich mit dem Zug zurückgekommen, danach bin ich dann in Basel ausgestiegen und wieder zu meinen Freunden gegangen. Wegen des Transports musste ich auch so schnell weg. Das hatte nichts mit Ihnen zu tun.«

Iris warf dem Glücklichen einen Blick zu. Dieser begriff sofort. Jetzt kam die Pingpong-Methode zum Einsatz. Fragen, schnell hintereinander, erst sie, dann er, dann sie. Und so weiter. Auf diese Weise kam Kunz nicht zum Nachdenken. So mancher Zeuge hatte sich bei diesem plötzlichen Tempowechsel in der Befragung schon in Widersprüche verwickelt. Felix saß auf seiner Fensterbank, Iris hinter ihrem Schreibtisch. Kunz musste sich bei jeder Antwort umwenden, wenn er der fragenden Person in die Augen schauen wollte. Sie begann.

»So, und wie hieß der Mann, den Sie nach Berlin gebracht haben?«

»Ehrlich, das weiß ich nicht mehr.«

»So jung und schon so ein schlechtes Gedächtnis!«

Kunz reagierte nicht.

»Was ist bei dem Unfall passiert?«

»Ich bin gegen einen Baum gefahren.«

»Wurden Sie verletzt?«

»Nein.«

»Wie schnell waren Sie denn?«

»Ziemlich langsam.«

»Wieso sind Sie dann gegen einen Baum gefahren?«

»Ich war müde, habe für einen kurzen Moment nicht aufgepasst.«

»Wo war das?«

»In der Lehrter Straße.«
»Ist der Baum beschädigt?«
»Möglicherweise.«
»Wo steht der genau?«
»In der Nähe der indonesischen Botschaft.«
»Sie haben keine Verletzungen? Keine blauen Flecken?«
»Nein, keine.«
»Mussten Sie abgeschleppt werden?«
»Nein, auch nicht. Ich habe erst später gemerkt, dass die Vorderachse völlig verzogen war.«
»Wo haben Sie in Berlin übernachtet?«, fragte Felix.
»Nirgends. Ich bin mit dem Nachtzug gefahren.«
»Um welche Uhrzeit waren Sie in Basel?«
»Ich weiß nicht mehr.«
»Sind Sie die ganze Nacht gefahren?«
»Bis morgens irgendwann.«
»Hat Sie jemand gesehen?«
»Natürlich, der Schaffner.«
»Und sonst?«
»Ich war allein im Abteil.«
»Vorne oder hinten im Zug?«
»In der Mitte.«
»Und wo steht der Unfallwagen jetzt?«
»Ich habe ihn verschrotten lassen.«
»Wieso das denn? So schlimm kann der Unfall doch nicht gewesen sein, wenn Sie nicht verletzt waren.«
»Der Wagen war alt. Das Auswechseln der Achse lohnte nicht mehr.«
»Wie hieß der Schrotthändler?«
Ein Achselzucken war die Antwort. »Das haben die Mitarbeiter des befreundeten Beerdingungsinstituts erledigt.«
»Wo liegt das?«
»Nicht weit vom Hauptbahnhof. Seydlitzstraße.«
»Wieso sind Sie nicht gleich in das Beerdigungsinstitut gefahren?«
»Ich hatte Hunger, wollte etwas essen.«
»Wo ist die Gaststätte?«

»In der Pankstraße.«

»Ist das beim Bahnhof?«

»Nein, Richtung Pankow.«

»Was wollten Sie dann in der Pankstraße?«

»Sagte ich doch, einen Kaffee trinken und etwas essen. Ich war da schon mal.«

»Was war mit der Leiche?«

»Die blieb im Wagen.«

»Wie hieß die Gaststätte?«

»Ich weiß nicht mehr.«

»Ach nein, das wissen Sie also auch nicht?«, kam die Stimme des Glücklichen aus der Ecke am Fenster. »Und was wissen Sie über das Verschwinden von Martha Baumann?«

»Wahrscheinlich wollen Sie uns jetzt weismachen, dass Sie heute zum ersten Mal davon hören«, höhnte Iris.

»Meine Tanten haben mir davon erzählt.«

»Und, war sie verschwunden?«

Pascal Kunz schüttelte den Kopf. »Ich weiß auch nicht, was sich diese Felicia Herbst da einbildet.«

»Ach nein, Sie kennen sie? Ich dachte schon, Sie leiden an chronischem Gedächtnisverlust.« In Iris' Stimme lag alle Ironie, derer sie fähig war. Also viel.

»Klar, ich sollte schließlich ihre Großmutter verbrennen lassen. Sie war mal da, um Abschied zu nehmen. Die Tochter wollte ein anonymes Urnengrab, um Geld zu sparen. Außerdem entfällt dann die ständige Grabpflege. Die Menschen heutzutage wollen sich einfach nicht mehr mit ihren Toten belasten.«

»Wieso hatte die Tote keine Oberschenkelknochen mehr, keine Augenhornhäute? Es fehlte auch diverses andere.«

Kunz riss die Augen auf. »Ich habe keine Ahnung! Als ich sie in den Sarg gelegt habe, da war noch alles dran.«

»Und wer kann so etwas in Ihrem Beerdigungsinstitut getan haben?«

Kunz zuckte die Achseln. »Das fragen sich meine Tanten auch. Wir können uns das nicht erklären. Außer uns hat niemand einen Schlüssel. Und wenn es einen Einbruch gegeben haben sollte, müssten wir das doch gemerkt haben.«

»Eben, Sie nehmen die Antworten auf meine Fragen schon vorweg. Wieso glaube ich Ihnen bloß schon wieder nicht?«

Erneut die Unschuldsmiene. »Was wollen Sie eigentlich? Ich sagte Ihnen bereits, dass ich nichts weiß.«

»Sie versuchen doch nicht wirklich, uns weiszumachen, dass die laut Ihren Tanten nicht vorhandene Putzfrau sich nächtens über die Toten in Ihrem Beerdigungsinstitut hermacht und sie auseinandernimmt?« Dem Glücklichen riss ebenfalls der Geduldsfaden.

Kunz zuckte nur die Schultern. »Vielleicht ist die Oma ja schon so angeliefert worden?«

»Jetzt ist aber Ende mit den Spielchen! Gerade haben Sie noch behauptet, als Sie die alte Frau in den Sarg gelegt hätten, sei alles dran gewesen. So haben Sie sich doch ausgedrückt, oder?« So aggressiv hatte Iris ihren Kollegen schon lange nicht mehr erlebt. »Ihre Tanten sagen, Sie richten die Toten her. Da müssten Sie das ja gesehen haben.«

Wieder dieses Schulterzucken. »Hab ich aber nicht. Bei Verbrennungen gebe ich mir nicht so viel Mühe, ich ziehe die Leute nicht ganz aus. Geht ja doch alles in Flammen auf.«

Der Junge hatte Nerven.

Iris war jedoch keineswegs gewillt, ihn vom Haken zu lassen. »Wem gehört der Koffer mit dem Sezierbesteck, den wir gefunden haben? Doch wohl Ihnen.«

Kunz lehnte sich zurück. »Mir nicht. Sie können ihn ja auf Fingerabdrücke hin überprüfen.«

Er wirkte ganz entspannt. Zu entspannt, fand Iris. Viel relaxter als vorhin, als sie von dem Ermordeten und der Fahrt nach Berlin gesprochen hatten.

»Fingerabdrücke kann man abwischen. Trotzdem werden wir das tun. Mein Kollege bringt Sie nachher zum Erkennungsdienst.«

Iris' Magen begann zu rebellieren. So kamen sie nicht weiter. »Wir haben den Mann am Dienstagmorgen gefunden. Er ist am Sonntag gegen Abend umgekommen. Wo waren Sie da?«

»Schon wieder in Basel bei meinen Freunden. Sagte ich doch. Ich kann Ihnen ja mein Zugticket zeigen.«

»Es gibt auch Flugzeuge. Easyjet fliegt mehr als einmal am Tag von Berlin nach Basel. Das ist kein Beweis.«

Wie immer, wenn sie wollte, dass jemand gut zuhörte, wurde Iris leise. »Sie wissen sehr wohl, wer der Tote ist. Sie stecken bis über beide Ohren in dieser Mordgeschichte. Und Sie sind derjenige, der Tote auseinandernimmt und deren Gewebe verkauft. Dabei haben Sie Helfer, Leute, die Totenscheine und Organspenderausweise fälschen. Nein, sagen Sie besser nichts. Und das alles geschieht hinter dem Rücken Ihrer beiden Tanten. Diese beiden Frauen haben Sie liebevoll an Kindes statt aufgenommen und großgezogen. Und nun machen sie alles kaputt, was die beiden netten alten Damen ihr Leben lang mühsam aufgebaut haben.«

An die »netten alten Damen« glaubte sie zwar schon lange nicht mehr. Doch vielleicht trieb diese Behauptung einen Keil zwischen Neffe und Tanten und brachte die Front der Lügner zum Bröckeln.

Kunz wollte etwas sagen.

Iris würgte ihn mit einer Handbewegung ab. »Die für die Gewebeentnahmen notwendigen chirurgischen Kenntnisse haben Sie sich selbst angeeignet. In einem Bestattungsinstitut gibt es ja genügend Übungsmaterial. Ich kriege Sie und mache diesem widerwärtigen Geschäft ein Ende. Egal, wie lange es dauert. Wenn Sie das nächste Mal hier sitzen, dann nicht mehr als Zeuge, sondern als Mordverdächtiger. Auf jeden Fall als Mitwisser. Das merken Sie dann daran, dass ich Sie vor dem Verhör über Ihre Rechte belehre. Vielleicht sollten Sie sich schon mal einen Anwalt besorgen.«

»Dann beweisen Sie mir das alles doch! Das können Sie aber nicht.«

Der Mann war wirklich hartgesotten.

»Das werde ich, darauf können Sie sich verlassen!«

»Kann ich jetzt endlich gehen?«

»Sie können. Vorher wird Sie der Kollege aber noch zum Erkennungsdienst bringen. Sie haben sicher nichts dagegen, uns ein wenig Speichel für einen DNA-Test zu überlassen, zum Abgleich mit den Spuren, die wir in den ›Jenseitswelten‹ gefunden haben – und die wir sicher noch im Leichenwagen finden werden. Und dann sollen die Kollegen vom Erkennungsdienst gleich noch Fingerabdrücke von Ihnen nehmen und ein Foto von Ihnen machen.«

Kunz versteifte sich. »Was wollen Sie damit? Ist doch klar, dass

Sie überall Spuren von mir im Beerdigungsinstitut finden werden. Und wozu brauchen Sie ein Foto?«

»Um alle Missverständnisse auszuschließen, wenn wir Ihr Alibi bei Ihren Freunden in Basel überprüfen. Denken Sie daran, was immer Sie auch tun: Ich sitze Ihnen im Nacken. Und halten Sie sich zu unserer Verfügung. Keine Ausflüge, ohne Bescheid zu sagen. Ist das klar? Haben Sie eigentlich ein Handy?«

Kunz nickte.

»Na, dann geben Sie uns doch mal die Nummer.«

»Glauben Sie wirklich, dass ich so blöd wäre, verfängliche Gespräche über ein Handy zu führen?«

»Haben Sie denn welche?«

»Was?«

»Verfängliche Gespräche?«

»Natürlich nicht.« Pascal Kunz gab erneut die verfolgte Unschuld.

Sie hätte ihn am liebsten verhaftet, aber es stimmte, was er sagte: Es gab keine Beweise. Sie musste ihn gehen lassen. Sie brauchten endlich einen genaueren Todeszeitpunkt zur Überprüfung des Alibis! Was trieben die in der Rechtsmedizin nur?

Fünf Minuten nachdem er mit Kunz gegangen war, kam der Glückliche zurück und setzte sich wortlos an seinen Schreibtisch. Es herrschte einen Moment Stille. Iris atmete tief durch und kaute am Nagel ihres linken Zeigefingers. Das beruhigte.

»Woran denken Sie?«, fragte Felix nach einer Weile. Auch er hatte das vorangegangene Gespräch erst einmal verdauen müssen.

Sie ließ die Hand sinken. »Mann, was für eine Type! Ein richtiger Kotzbrocken. Woran ich denke? So jemandem möchte ich selbst als Leiche nicht in die Hände fallen. Ich überlege, was wohl einmal mit mir geschieht, wenn ich gestorben bin. Es würde in meinem Fall niemanden geben, der zur Polizei kommt und erklärt, dass da die Leiche einer ehemaligen Polizeihauptkommissarin verschwunden ist. Ähm. Aber das tut nichts zur Sache.« Iris nagte erneut an ihren Nägeln, dieses Mal musste der des rechten Zeigefingers dran glauben.

Martin Felix stand auf und schaute zum Fenster hinaus, direkt auf die sanften Rundungen des Tüllingers. »Bald wird es Frühling, die Hügel bekommen schon einen Grünschimmer.« Er drehte sich um, im Gegenlicht eine dunkle Silhouette. »Bei mir ist es auch nicht anders. Wahrscheinlich wird außer den Totengräbern niemand an meinem Grab stehen.«

Iris fiel auf, dass sie eigentlich wenig über ihn wusste. »Was ist mit Ihren Eltern?«

»Tot, schon lange. Ich bin bei meinen Großeltern aufgewachsen. Nur noch meine Großmutter lebt. Sie ist im Pflegeheim. Alzheimer. Sie erkennt mich nicht mehr. Einen Bruder und eine verheiratete Schwester. Sie lebt in Südafrika. Wir haben kaum Kontakt.«

Das war eines der seltenen privaten Gespräche. »Oh, das ist nicht einfach für Sie, keine Freunde?«

Er schaute sie seltsam an. »Ebendiesen Bruder. Er wohnt in Basel. Wir sehen uns nicht oft. Er hat … andere Interessen. Und es gibt keine engen Freunde. Es fällt mir schwer, Vertrauen zu fassen. Vielleicht liegt es daran, dass wir ständig mit den Auswirkungen der menschlichen Bosheit konfrontiert sind.«

Iris betrachtete ihn nachdenklich. Ja, sie kannte das Gefühl, sich in Acht nehmen zu müssen. Sie hörte in ihrem Berufsleben einfach zu viele Lügen, sah in zu viele Abgründe. Trotzdem, das waren für einen Mann wie ihn erstaunliche Mitteilungen. Dunkle Haare, tiefblaue Augen, lange, fast mädchenhafte Wimpern, ein markantes Kinn, eine männliche Ausstrahlung, breite Schultern, schmale Hüften, ein gut gebauter, durchtrainierter Körper, der in Kleidung vom Feinsten steckte. Doch ganz tief in diesen blauen Augen entdeckte sie jetzt etwas, das er sonst sorgsam verbarg und das ihn erstaunlicherweise auch mit Max Trautmann verband, dem korpulenten, ungelenken Trautmann. Dem Ritter ihrer Jungmädchenträume. Da war diese ganz bestimmte Traurigkeit, die ihren Ursprung in der Rastlosigkeit hatte; derselben Unruhe, mit der sie ebenfalls versuchte, der inneren Leere zu entgehen. In diesem Bedürfnis, ganz zu sein, etwas zu finden, das ganz machte, wunschlos, bedingungslos lebendig. Diese ständige Suche, dieses Getriebensein, das doch nur immer weiter führte. Immer weiter nach Nirgendwohin.

Iris schüttelte den Kopf, um ihre Gedanken klar zu bekommen. Die vielen Schmerztabletten waren offensichtlich nicht nur schlecht für ihren Magen, sondern auch für ihren Verstand. Die Bewegung setzte sich fort bis zu jenem Nervenstrang, der ihr zurzeit die Hölle heißmachte. Sie zuckte zusammen.

»Was ist mit Ihnen?«

»Ach nichts. Ich werde jedenfalls zu Ihrer Beerdingung kommen«, versprach sie.

Er lachte. »Sehen Sie, deshalb arbeite ich gerne mit Ihnen. Sie sind so – mütterlich.«

Sie warf mit dem ersten Besten nach ihm, das ihr in die Finger kam. Es war der Locher.

Der traf den Kollegen am Arm, der gerade die Tür öffnete, und polterte zu Boden.

»Hey, was ist denn bei euch los! Erschlagt ihr euch jetzt?« Es klang irgendwie hoffnungsvoll.

»Sie zielt nur schlecht«, antwortete der Glückliche.

»Also gut. Ich habe hier die Ergebnisse der Spurensicherung für euch. Und den Abschlussbericht der Obduktionen.« Der Kollege warf die Akten auf Iris' Schreibtisch. Dann marschierte er wortlos wieder aus dem Raum.

»Na endlich!«

Iris griff sich die Papiere und blätterte. »Also unsere Oma ist definitiv an Herzversagen dahingeschieden. Haben Sie eigentlich mal mit der Mutter dieser Felicia Herbst gesprochen?«

»Wir haben nachher eine Verabredung mit ihr.«

»Das sagen Sie mir aber früh. Und wieso bestimmen Sie jetzt über meinen Terminkalender?«

»Tut mir leid, das habe ich völlig verschwitzt. Wir fahren zu ihr. Sie wollen doch immer wissen, wie die Leute leben.«

»Noch jemand mit Gedächtnisverlust! Das scheint ansteckend zu sein. Aber mit Ihrer zweiten Bemerkung haben Sie recht. Gut gelernt, Kollege.«

»Danke, Frau Lehrerin. Die Anzeige der Enkelin können wir dann wohl ad acta legen?«

»Das klang bedauernd. Sie werden die Kleine vermissen, was? Sie hat aber auch wirklich schöne blaue Augen.«

»Manchmal sind Sie ganz schön gemein.«

»Ich finde, ich sage nur die Wahrheit. Sicherheitshalber aber sollten wir die Akte hierbehalten, bis wir mit der Mutter gesprochen haben. Der Hinweis auf die Lebensversicherung der Oma geht mir nicht aus dem Kopf. Aber jetzt weiter im Text, was schreibt unser liebreizender Kollege Robert Meister von der Rechtsmedizin zum Todeszeitpunkt? Ah ja, hier steht es. Es ist so, wie wir es uns schon dachten. Der Mann ist am Abend zuvor erschossen worden. Etwa zwischen neunzehn und zwanzig Uhr. Plus/minus zwei Stunden.«

»Und die Spurensicherung?

»Nichts, was uns weiterhilft. Jede Menge Fingerabdrücke, die in keiner Verbrecherdatei zu finden sind. Doch, halt! Na, das ist ja ein Ding! Sie glauben es nicht! Eigentlich hätten wir uns so etwas ja denken können.«

»Was ist?«

»Unser Unbekannter scheint sich zu Lebzeiten ausgiebig im Institut zu schaffen gemacht zu haben. Seine Fingerabdrücke waren überall. Alle Beteiligten haben aber doch Stein und Bein geschworen, dass sie ihn nicht kennen! Das ist der endgültige Beweis. Die netten alten Damen und ihr Neffe lügen wie gedruckt. Kollege, so langsam bekommen wir einen Faden in die Hand, an dem wir uns entlanghangeln können. Wenn es dieser Unbekannte war, der der Oma Gewebe entnommen hat? Das würde seine Fingerabdrücke in den ›Jenseitswelten‹ erklären. In diesem Fall gehörte das Sezierbesteck ihm. Es könnte doch so gewesen sein: Es ist was schiefgelaufen, vielleicht wollte er seine Helfershelfer erpressen. Die haben ihn erschossen, und er wurde selbst zum Ersatzteillager. Sagte der Rechtsmediziner nicht, dass die Entnahmen von einem Fachmann vorgenommen worden sein müssen? Vielleicht war der Mann ja Arzt. In dem Beruf hat man jedenfalls Zugang zu Drogen, ohne dass die Polizei gleich etwas merkt.«

»Ich werde mal bei den Kliniken im Umkreis nachfragen, ob da jemand etwas zu seiner Identität sagen kann.«

»Das habe ich schon, bisher kam noch keine Antwort. Aber wieso wiegen Sie so bedeutsam Ihren Kopf?«

»Ehrlich, Sie sind immer wieder für eine Überraschung gut. Ich kenne niemanden, der so schnell seine Theorien ändern kann.«

»Sie sehen das falsch. Frauen können eben an mehr als eine Theorie denken, Männer sind da eingleisiger.« Iris nahm sich vor, noch einmal bei den Kliniken nachzuhaken, denen sie gemailt hatte. Vielleicht war ja auch schon eine Antwort genommen. Sie hatte an diesem Morgen noch keine Zeit gehabt, ihre Mails durchzusehen.

Sie blätterte weiter in den Unterlagen: »Ah, hier ist auch das Ergebnis der KTU zur Ballistik. So etwas. Der Mann ist wahrscheinlich mit einer .25-Beretta erschossen worden. Der Schütze war demnach wirklich nah dran. Das Opfer muss bei seiner Ermordung entweder geschlafen haben oder war gefesselt oder komplett zugedröhnt.«

Sie las weiter. »Nein, gefesselt war er nicht. Im Abschlussbericht der Obduktion steht nichts von Fesselspuren. So etwas übersieht man nicht. Zugedröhnt könnte dem Bericht nach eher hinkommen. Wow, der Typ hatte eine ganz schöne Dosis intus.«

Der Glückliche lachte unvermittelt. »Eine Beretta, na so was.«

»Was ist daran so lustig?«

»Die Beretta ist tatsächlich nicht mehr als eine Damenpistole. James Bond hat in seinem ersten Film eine Beretta Automatik Kaliber .25 benutzt, danach eine Walther PPK. Ian Fleming hat seinen Helden, der bekanntlich seine nachrichtendienstlichen Erfahrungen im Zweiten Weltkrieg sammelte, sogar in den ersten vier Büchern mit dieser handlichen Waffe ausgestattet – und ziemlich viel Spott dafür einstecken müssen.«

»Das ist also eine Waffe aus der Zeit des Zweiten Weltkriegs. Das ist nicht so gut, damit dürfte die Herkunft schwer zu ermitteln sein. Weiß der Teufel, durch welche Hände die Pistole schon gegangen ist. Nach dem Krieg, als die Franzosen einmarschierten, sind in der Region massenweise Waffen im Rhein versenkt worden. Bei Murg sollen im sogenannten Elendslöchle ganze Kisten mit Waffen und Munition im Fluss entsorgt worden sein.«

»Die wären längst verrostet und unbrauchbar. Wenn, dann ist die Beretta schon vor Jahrzehnten wieder aus dem Rhein aufgetaucht. Außerdem muss sich jemand mit den nötigen Mantelgeschossen versorgt haben, oder? Und die gibt es schließlich nicht in jedem Gemischtwarenladen. Ich kenne da in Basel einen Büchsenmacher, am Steinentor. Bürgin heißt er, glaube ich. Ich werde ihn mal fragen, wer solche Munition heute noch führt«, meinte Felix.

»Gute Idee. Sehr gute Idee. Und im Zweifel hilft uns vielleicht auch das Internet weiter. Aber das wäre dann möglicherweise auch wieder eine Sackgasse, weil die Munition hier im Grenzland von überall herkommen könnte.«

Der Kollege von der KT streckte den Kopf herein. »Hier, ich habe die Sachen des Toten. Wo kann ich sie hinlegen?«

Iris wies stumm auf ihren Schreibtisch. »Und, haben Sie etwas gefunden?«

Der Kollege nickte. »Ja und nein. An der Perücke waren keinerlei Schmauchspuren.«

»Wie erwartet«, sagte Iris mehr zu sich selbst und kaute erneut am Nagel ihres linken kleinen Fingers. Sie musste an die gefärbten Wimpern von Pascal Kunz denken.

Der Mann zuckte die Achseln. »Ich habe da aber noch etwas für Sie.« Er kramte in seiner Hosentasche und förderte ein kleines Plastiktütchen zutage.

»Ein Schlüssel«, stellte Iris fest. »Haben Sie einen Hinweis gefunden, worauf er passt? Wie ein Hausschlüssel sieht das nicht aus. Auch nicht wie ein Autoschlüssel. Haben Sie noch andere Schlüssel in den Sachen gefunden?«

»Nein, nur den.«

»Seltsam. Das spricht dafür, dass der Mann in seiner Wohnung umgebracht worden ist. Wer weggeht, nimmt gemeinhin seine Hausschlüssel mit. Unser Toter hatte also etwas zu verstecken.«

Martin Felix trat zu ihr. »Der gehört zu einem Schließfach, einem Bankschließfach, würde ich sagen. Sieht jedenfalls für mich nicht nach einem Bahnhofsschließfach aus.«

Iris traktierte erneut ihren Nagel. »Das richtige Schloss zu finden dürfte schwer werden.« Sie drehte das Tütchen. »Soweit ich sehen kann, steht auf dem Schlüssel nicht, wohin er gehört. Nur eine Nummer, 29. Wo haben Sie den denn entdeckt?« Sie wandte sich an den Kollegen von der KT.

»Er hatte ihn im rechten Schuhabsatz versteckt, den konnte man drehen. Das ist uns allerdings eher per Zufall aufgefallen.«

»Sie meinen, wie in den schlechten Agentenfilmen aus den sechziger Jahren?«, erkundigte sich Felix.

Der Mann grinste. »Ja, genau so.«

»Wenn er den Schlüssel in seinem Absatz versteckt hat, dann heißt das, dass er ihm sehr wichtig war«, folgerte Felix.

»Sieht so aus«, antwortete der Kollege. »Ich habe aber noch etwas für Sie. An der Leiche wurden Spuren von verschiedenen Personen gefunden. Mehrere weiße Haare älterer Personen und Hautschuppen sowie ein braunes Haar. Jedenfalls genug für jede Menge DNA-Analysen. Wenn Sie uns sagen, womit, dann können wir alle Proben zum Abgleich nach Freiburg schicken. Ich hab nachgefragt. Die sagen, das geht okay. Wenn es nicht zu viele werden. Sonst muss alles zum LKA nach Stuttgart.«

Iris seufzte. »Das ist ja fast wie Weihnachten. Die sind richtig kooperativ im Institut für Rechtsmedizin. Die weißen Haare gehören vermutlich den beiden Inhaberinnen der ›Jenseitswelten‹. Das sollten wir zunächst überprüfen. Für das braune Haar könnte der Neffe passen. – Was meinen Sie, Felix, von welcher Bank stammt dieser Schlüssel?«

»Hier im Umkreis gibt es jede Menge Geldinstitute. Ebenso in der Schweiz und im Elsass.«

Iris nickte. Ja, diese verdammte Grenze. Sie wusste nicht, ob die Schlüssel zu deutschen Bankschließfächern anders aussahen als die zu französischen oder eidgenössischen. Sie hatte überhaupt noch nie ein Bankschließfach gehabt.

»Wir werden Buchmann bitten, bei seinen Touren durch das Drogenmilieu und die Zahnarztpraxen noch nebenher nach dem passenden Schließfach zu fahnden. Die Bahnhöfe soll er sicherheitshalber auch noch abklappern. Das sind nicht so viele. Ohne Buchmann wären wir aufgeschmissen.«

»Der arme Mann hat bald Plattfüße. Das kann dauern. Sollte er nicht erst die Alibis abchecken, jetzt, wo wir die genaue Todeszeit haben?«, wandte Felix ein.

»Ja, sollte er. Aber vielleicht kommt er dabei an einer Bank vorbei. Er soll sich einen Abdruck vom Schlüssel machen lassen.

Was sollen wir machen? Wir können doch nicht einen weiteren Mann mit der Schlosssuche beschäftigen. So viele Leute haben wir hier nicht. Die anderen Kollegen stecken selbst bis Oberkante Unterlippe in Arbeit. Lassen Sie uns zu Daniela Herbst aufbrechen.« Sie stützte sich auf der Schreibtischplatte auf, um aus dem Stuhl zu kommen. Der Glückliche sah es, machte aber ausnahmsweise mal keine spöttische Bemerkung. »Vorher noch was essen?«

»Hieber?«

»Hieber. Und dann Herbst.«

»Warum zucken Sie eigentlich dauernd zusammen?«

»Können Sie nicht mal für fünf Minuten aufhören, dumme Fragen zu stellen?«

»Versprochen. Darf ich Ihnen jetzt in den Mantel helfen?«

So wollte sie das nun auch wieder nicht. »Aha, Versuche der Wiedergutmachung! Nein danke, das kann ich selbst.«

Daniela Herbst war eine gepflegte Mittvierzigerin. Blondierte Haare, leichtes Make-up, Mascara. Sie sah müde aus. Vielleicht hatte sie Nachtdienst gehabt.

»Darf ich Ihnen einen Kaffee anbieten?«

»Nein danke«, sagte der Glückliche.

»Ja bitte«, sagte Iris.

Die Blondine schaute fragend von einem zum anderen. »Ja bitte, sie ist der Chef«, scherzte Felix.

Sie hörten, wie die Kaffeemaschine brodelnd und fauchend ihrer Aufgabe nachkam. »Zucker und Milch?«, fragte ihre Gastgeberin aus der Küche. »Bitte legen Sie doch ab.«

»Beides«, antwortete Felix und schälte sich aus seiner Lammfelljacke.

»Nur Kaffee!«, rief Iris und behielt ihren Mantel an.

Auch die Wohnung sah gepflegt aus, etwas kühl vielleicht mit den Aluminiumstühlen, die sich um einen Glastisch gruppierten, und dem weißen Sofa, auf das sie sich setzten. Irgendwie antiseptisch. Aber das passte zu Daniela Herbsts Tätigkeit als Krankenschwester.

In diesem Moment kam sie mit zwei Tassen zurück und reichte Iris und Felix jeweils eine. »Bitte, einmal Kaffee schwarz und einmal mit allem.«

Ihre Stimme klang locker, doch Iris konnte das Misstrauen in den blauen Augen erkennen. Sie ähnelten denen der Tochter, standen nur etwas weiter auseinander und waren von mehr Falten umkränzt.

Daniela Herbst holte sich selbst noch ein Glas Wasser und zog dann einen der Aluminiumstühle zum Sofa, während Iris nach einer anderen Möglichkeit suchte, ihre Kaffeetasse abzustellen als auf dem Glastisch. Sie hatte eine tief sitzende Abneigung gegen diese Möbel. Die Platte musste ständig geputzt werden. Es gab keine.

»Was kann ich für Sie tun?«, erkundigte sich Daniela Herbst.

»Als Ihre Tochter das erste Mal zu uns kam, hat sie behauptet, Ihre Mutter sei ermordet worden. Können Sie sich einen Grund dafür vorstellen?«

Bei dieser Frage des Glücklichen veränderte sich die Haltung der Frau unmerklich, sie wurde steifer, angespannter. Iris registrierte das mit Interesse.

Daniela Herbst schüttelte den Kopf, ihre Miene blieb unverändert freundlich, doch dazu hatte sich ein Ausdruck von Verblüffung gesellt. »Nein, ich kann mir beim besten Willen nicht vorstellen, warum sie das denken sollte.«

»Und warum, glauben Sie, ist Ihre Tochter dann zu uns gekommen, um uns mitzuteilen, dass die Leiche Ihrer Mutter aus dem Beerdigungsinstitut verschwunden ist?«

Der Ausdruck der Verblüffung im Gesicht von Daniela Herbst steigerte sich zu Fassungslosigkeit, ihre Haltung wirkte auf Iris noch ein wenig angespannter. »Hat sie das getan? Wirklich, das ist seltsam. Warum sollte sie? Ich weiß nichts von einem Verschwinden. Felicia ist manchmal, lassen Sie es mich so ausdrücken, sehr phantasievoll.«

»Sie sagte, Sie beschäftigen sich mit Esoterik«, sagte Iris.

Daniela Herbst nickte. »Ja, und wo ist da der Zusammenhang?«

»Sie hat auch angedeutet, Sie beide hätten ein etwas angespanntes Verhältnis, stimmt das?«, führte Martin Felix das Gespräch weiter.

»So kann man das ausdrücken. Wissen Sie, meine Tochter ist mir gegenüber sehr … kritisch. Nachdem mein Mann vor einigen Jahren gestorben ist, habe ich den Zugang zu ihr verloren. Sie schottet sich ab. Nein, ich verstehe nicht, warum sie solche Sachen behauptet.«

Felix stellte seine Tasse auf den Glastisch und kramte in der Innentasche seines Anoraks. Dann hielt er Daniela Herbst das Foto von Pascal Kunz entgegen. »Kennen Sie den?«

»Ja klar. Das ist der unangenehme Typ aus den ›Jenseitswelten‹, der Neffe der beiden Inhaberinnen, glaube ich. Ich habe ihn einmal gesehen, als wir die Beerdigung meiner Mutter besprochen haben.«

»Hat Ihnen eigentlich jemand dieses Beerdigungsinstitut empfohlen? Oder wie sind Sie darauf gekommen?«, fragte Iris.

»Aus den Gelben Seiten.«

Felix kramte erneut und hielt Daniela Herbst das Foto des Ermordeten entgegen. »Kennen Sie diesen Mann auch?«

Das Wasserglas landete auf dem hellen Teppichboden. Es zersprang nicht, aber der Inhalt bildete dunkle Flecken. Es gab eine sekundenlange Pause, während Daniela Herbst auf das Foto starrte.

»Der Mann ist tot, nicht?«

»Woran sehen Sie das?«, fragte der Glückliche.

»Ich bin Krankenschwester, ich habe schon mehr als einen Toten gesehen.«

»Dafür war das eben aber eine ziemlich heftige Reaktion«, befand Iris. »Sie haben die Frage meines Kollegen noch nicht beantwortet. Also: Kennen Sie diesen Mann?«

Daniela Herbst schüttelte wieder den Kopf. »Nein. Für einen Moment dachte ich, ich hätte ihn schon einmal gesehen, deswegen diese Reaktion. Aber ich glaube, das ist ein Irrtum. Ich kann mich jedenfalls nicht mehr erinnern, wo das gewesen sein könnte.«

Iris' Misstrauen wurde stärker. Diese Frau log oder sagte jedenfalls nur die halbe Wahrheit. »Vielleicht im Zusammenhang mit Ihrer Arbeit?«

»Nein, ein Patient war dieser Mann nicht, zumindest nicht in letzter Zeit. Ich arbeite ja in der Frauenklinik, das kann nicht sein.

Und die Ehemänner, die Freunde und die Väter … Wirklich, ich kann mich nicht an jeden erinnern.«

»Vielleicht ein Arzt oder Pfleger?«, meinte der Glückliche.

Erneut machte Daniela Herbst eine verneinende Kopfbewegung. »Wenn, dann ist das jedenfalls niemand, mit dem ich zusammengearbeitet habe. War dieser Mann denn Arzt? Was ist mit ihm geschehen?«

»Dazu kann ich Ihnen nichts sagen«, antwortete Felix.

»Ist er ermordet worden?«

»Wie kommen Sie darauf? Das Bild ist in den Zeitungen nicht abgedruckt worden.«

»Ach, ich weiß auch nicht. Etwas an seinem Gesichtsausdruck vielleicht.«

Iris musterte ihr Gegenüber. So würden sie nicht weiterkommen. Sie hatte eine Idee. »Darf ich bitte kurz Ihre Toilette benutzen?«

Daniela Herbst nickte. »Ja, die Tür dort, da ist das Bad.«

Das Bad wirkte wie die restliche Wohnung: antiseptisch. Iris öffnete den Spiegelschrank über dem Waschbecken.

Dort lag ein Nassrasierer neben einer Haarbürste mit blondierten Haaren und einem Kamm. Daniela Herbst hatte also einen Freund. Oder störende Haare an den Beinen, Achseln oder sonst wo. Moment, da stand auch noch eine fast leere Flasche Rasierwasser. Iris zückte ein durchsichtiges Plastiktütchen, klaubte einige Haare aus der Bürste und packte sie in das Tütchen. Einige Haarreste aus dem Nassrasierer wanderten in ein weiteres Tütchen. Vielleicht war Frau Herbst ja in Wirklichkeit brünett. Sie steckte die Tütchen ein.

»Leben Sie eigentlich allein?«, fragte sie, während sie wieder auf das Sofa zusteuerte.

»Ja, seit dem Tod meines Mannes vor sieben Jahren.«

»Aber eine attraktive Frau wie Sie hat doch sicherlich einen Freund«, assistierte der Glückliche, als ob er Gedanken lesen könnte.

Daniela Herbst schenkte ihm ein Lächeln. »Nein, es gab zwar mal eine Beziehung, aber die ging nicht gut. Meine Tochter mochte den Mann nicht.«

»Bevor ich es vergesse, Ihre Tochter sagte, Sie hätten beim Tod Ihrer Mutter eine große Erbschaft gemacht. Hatte sie nicht eine Lebensversicherung?«

»Also manchmal ist Felicia seltsam. Sie weiß doch, dass meine Mutter sich ihre Versicherung hat auszahlen lassen. Sie hatte nur eine kleine Rente und brauchte das Geld. Als sie starb, waren nur noch einige tausend Euro übrig. Und die gehen wohl für die Beerdigung drauf.«

Iris erhob sich. »Danke, dass Sie Zeit für uns hatten. Ach, ehe ich es vergesse: Wo waren Sie am Sonntagabend zwischen halb sieben und halb neun?«

Daniela Herbst wirkte wie jemand, der ein Gespenst gesehen hat. »Ich? Wieso? Sie bringen mich doch wohl nicht mit diesem Mord in Verbindung? Ich sagte es doch, ich kenne den Mann überhaupt nicht.«

»Reine Routinefrage. Bitte antworten Sie.«

Daniela Herbst schluckte. »Sonntagabend?«

»Ja.«

»Da war ich zu Hause.«

»Kann das jemand bestätigen?«

Daniela Herbst antwortete erst nach einer längeren Pause. »Ja, meine Tochter. Um diese Zeit telefonieren wir meistens.«

Während der Rückfahrt von Rheinfelden nach Lörrach frischte der Wind auf, die Böen bogen die noch kahlen Bäume und trieben dunkle Wolken über den Himmel. Iris saß am Steuer. Wann immer es ging, fuhr sie selbst. An diesem speziellen Tag lenkte es auch von diesen widerlichen Rückenschmerzen ab. Wobei: Männer als Beifahrer waren manchmal noch schwerer zu ertragen als Männer hinter dem Steuer. Es begann in Strömen zu regnen.

»Mistwetter«, nörgelte sie.

»Die Wettervorhersage lautet auf Schnee bis dreihundert Meter«, konstatierte der Glückliche gut gelaunt.

Iris beschloss, das Thema zu wechseln. »Glauben Sie ihr? Ich habe den Verdacht, dass Frau Herbst den Toten auf dem Foto sehr wohl kennt.«

»Ja, das denke ich auch«, erwiderte der Glückliche. »Ich frage mich nur, warum sie lügt.«

»Stimmt«, antwortete Iris. »Die Antwort könnte uns möglicherweise weiterbringen. Wir sollten das Umfeld der Dame ein wenig näher beleuchten. Und ihre Kontoauszüge.«

»Das sollten wir«, bestätigte Felix. »Ich übernehme das.«

»Schön, dass wir da einer Meinung sind. Dann können Sie gleich damit anfangen.«

»Und Sie?«

»Ich schaue mal in meine Mails.«

Iris schälte sich aus dem Mantel. Felix übernahm das Aufhängen. Sie akzeptierte es dankbar; die Hexe ließ ihr keine andere Wahl. Dann setzte sie sich behutsam auf ihren Stuhl. Der PC war noch an.

»Sieh mal einer an! Heute sind wir zwar nach Strich und Faden belogen worden, es gibt aber auch Lichtblicke!«

Felix hatte gerade zum Telefon greifen wollen und hielt in der Bewegung inne.

»Was ist?«

»Heureka! Autsch.« Iris griff sich an den Rücken.

»Archimedes. Sie ziehen sich jetzt aber nicht nackt aus, oder?«

»Wie bitte?«

»Archimedes von Syrakus rannte völlig unbekleidet durch die Stadt und rief laut ›Heureka!‹. Davor hatte er allerdings in der Badewanne das archimedische Prinzip entdeckt. Geht es bei Ihnen auch ums Prinzip? Oder müssen Sie vorher baden gehen?«

»Witzbold.«

»›Heureka‹ ist also griechisch und heißt ›ich hab's gefunden‹.«

»Klugscheißer. Autsch!«

»Das kommt davon, wenn man seine Mitarbeiter als Klugscheißer beschimpft. Also, was haben Sie gefunden?«

»Wir wissen endlich, wer der Tote ist!«

»Wow. Das ist wirklich ein Fortschritt. Und?«

»Ich drucke die Mail aus.«

Der Drucker ratterte. Felix holte das Blatt heraus und reichte es Iris. Dann stellte er sich neben sie und las mit, was das Kantonsspital Basel mitzuteilen hatte. Der Tote hieß Gerd Neubert, war fünfundvierzig und bis vor einigen Jahren Unfallchirurg am Kantonsspital Basel gewesen.

»Na, dann werden wir uns in Basel mal näher über den Mann erkundigen«, befand Iris. »So falsch sind wir mit unseren Überlegungen also nicht gelegen, dass er auch für die Gewebeentnahmen in Frage kommt. Rufen Sie doch gleich mal in Basel an und fragen Sie nach der Adresse. Vielleicht wissen die von der Personalabteilung auch etwas über seinen Drogenkonsum, was für ein Typ er war, warum er nicht mehr dort arbeitet. Und so fort. Die ganze Fragenpalette eben.« Sie wollte sich wie üblich wieder bequem in ihren Bürostuhl lümmeln. Die Hexe im Kreuz quittierte das ausgesprochen gereizt. Iris stöhnte auf.

»Nun sagen Sie endlich, was los ist. Etwa Sport gemacht?«

»Ach, halten Sie die Klappe. Was sollen diese Anspielungen? Ich habe einfach einen Hexenschuss.«

»So, einfach einen Hexenschuss.«

»Ja, das soll vorkommen. Deswegen gehe ich jetzt zum Arzt. Und Sie können sich schon mal um die finanziellen Verhältnisse von Daniela Herbst kümmern. Ach, haben Sie eigentlich schon bei Ihrem Büchsenmacher bezüglich der Munition für die Beretta nachgefragt?«

Felix hob in gespielter Verzweiflung die Hände. »Wieder alles auf einmal? Schon gut, ich stelle Ihnen keine unerwünschten Fragen mehr.«

»Ist auch besser«, knurrte sie. Der Schmerz wurde langsam unerträglich. Und die Tabletten waren alle.

Sie packte ihren Mantel und zog ihn vom Haken des Kleiderständers. Er hatte schon lange keinen Aufhänger mehr. Der Glückliche eilte herbei und wollte ihr galant hineinhelfen.

»Lassen Sie das. Ich bin doch nicht invalide.«

»Na, ich weiß nicht. Hier, Ihr wunderbarer Rucksack, vergessen Sie den nicht.«

Iris kam zu keiner Replik, in diesem Moment klingelte ihr Handy. Wo war es nur? Sie angelte es schließlich aus der Manteltasche. Max Trautmann war dran. Er erkundigte sich, ob es bei dem Treffen heute Abend bliebe. Da fiel es ihr siedend heiß ein, heute war ja die Séance anberaumt. Und sie hatte so darauf gehofft, sich langlegen und ihre Wirbelsäule entspannen zu können. Doch vorher brauchte sie unbedingt noch eine Schmerzspritze.

»Wir treffen uns in der Pizzeria mit dem schönen Namen Mephisto. Liegt in der Lörracher Turmstraße«, erklärte sie Trautmann. »In einer Stunde.«

»Eine Verabredung?«, erkundigte sich Felix.

»So kann man das nennen.«

Als sie draußen war, zückte sie das Handy und rief den Arzt an, der sie im Sportstudio behandelt hatte. Wenn er nicht gerade Notdienst hatte, betrieb er in der Fußgängerzone eine Internistenpraxis, ganz in der Nähe der PD.

Der Mediziner war nicht sonderlich glücklich, dass gleich noch eine Patientin in die Praxis kommen wollte, doch er sah ein, dass es sich um einen Notfall handelte. »Wenn es der Gerechtigkeit dient ...«

Iris fand diesen Scherz nur mäßig komisch. Warum mussten die Menschen nur immer so ablehnend oder so bemüht witzig werden, wenn sie erfuhren, dass sie bei der Polizei arbeitete? Sie bekam plötzlich Heißhunger auf ein Stück Schokolade. Hmmm, Crunch. Oder mit Nüssen. Oder mit Karamell und Marzipan. Ach, am besten mit allem. Auf dem Weg zur Arztpraxis kam sie an einem kleinen Supermarkt vorbei und kaufte sich von allem. Die ersten Stücke schob sie sich sofort in den Mund. Das half zwar nicht gegen die Schmerzen, aber es tröstete. Wogegen auch immer. Vielleicht gegen das Leben an sich.

»Sie müssen endlich zu Ihrem Hausarzt«, mahnte der Internist.

Iris versprach es. Sie hätte alles versprochen, um diese ziehenden Schmerzen loszuwerden, die vom Bein bis in den Kopf ihr gesamtes Nervensystem erschütterten und zerrütteten.

»Er muss Sie genauer untersuchen und eventuell an einen Orthopäden überweisen. Wir müssen sicherstellen, dass das wirklich nur ein Hexenschuss ist und kein Bandscheibenvorfall. Sonst kann es Ihnen noch blühen, dass ein Bein taub wird. In diesem Fall müssten Sie schnellstens operiert werden.«

Iris nickte. Die Erleichterung war fast unendlich und das Glück groß, als die Spritze zu wirken begann. »Können Sie mir vielleicht noch einmal einige von diesen Schmerztabletten mitgeben?«

»Ungern.«

»Ich verspreche hoch und heilig, ich gehe gleich morgen früh zu meinem Hausarzt in Laufenburg. Nur für den Fall der Fälle. Ich habe heute noch einen dienstlichen Termin.«

»Morgen ist Samstag. Hat Ihr Arzt denn dann Sprechstunde?«

»Ja, am Vormittag, für bestellte Patienten. Er nimmt mich schon dran, meine Familie kennt ihn schon lange.«

Er musterte sie zweifelnd. »Hm. Dafür reicht die Schmerzspritze auf jeden Fall. Es wäre nicht gut, wenn Sie zusätzlich noch Tabletten nähmen. Das sind ziemliche Hämmer. Ich habe Ihnen doch schon welche gegeben.«

»Bitte! Nur zwei und nur für heute Nacht. Bis ich mit der Arbeit fertig bin, haben die Apotheken schon längst geschlossen. Ich verspreche, sie wirklich nur im Notfall zu nehmen.«

Iris konnte sehr treuherzig schauen, wenn sie wollte. Der Arzt gab nach.

7

Das Reihenhaus von Alice Müller, in dem die Séance stattfinden sollte, machte von außen einen völlig harmlosen Eindruck. Allerdings musste man bei Tageslicht von dort einen weiten Ausblick haben, denn es lag am Hang mit Blick auf die Industrieanlagen im Lörracher Kessel. Der Bewegungsmelder neben der Eingangstür ging an. Auf ihr Klingeln hin öffnete ihnen eine rundliche Frau in den Vierzigern. Sie entsprach in nichts dem Bild, das sich Iris von einem Medium gemacht hatte, das Séancen veranstaltete. Sie war der Typ Hausfrau, konservativ, um nicht zu sagen altbacken gekleidet, selbst für Iris' Begriffe. Stoffhose, Pullover, Slipper. Keine Schminke, ein rundes Allerweltsgesicht, braune, etwas eng stehende Augen. Kurz, eine durchschnittliche Frau mittleren Alters in einem durchschnittlichen Haus. Vielleicht veranstaltete sie ja solche Treffen, um ebendieser Durchschnittlichkeit zu entkommen.

»Herzlich willkommen, Sie sind uns schon angekündigt worden. Allerdings war von einem Begleiter nicht …« Der skeptische Blick der Gastgeberin sagte, was ihr Mund nicht aussprach. Was will dieser fremde Kerl hier? Können wir ihm vertrauen?

»Das ist Max Trautmann, ein bekannter Schriftsteller und guter Freund. Ich hatte ihn gebeten, mit mir zu kommen.«

»Nicht wirklich bekannt«, wehrte Max bescheiden ab. Den »guten Freund« kommentierte er nicht.

Ihre Gastgeberin entschied wohl, dass dieser Mann keine Gefahr für ihren Zirkel bedeutete. »Wir müssen uns vor schlechten Energien hüten«, erklärte sie eifrig. »Aber gehen wir doch ins Wohnzimmer, die anderen warten schon. Unsere lieben Verstorbenen sind bezüglich fremder Energien sehr empfindlich, wissen Sie. Wenn sie unangenehme oder gar feindliche Schwingungen spüren, dann werden sie ungehalten oder melden sich erst gar nicht. Und das wollen wir ja nicht.«

Iris nickte wissend, obwohl sie keine Ahnung von solchen Séancen hatte, aber natürlich eine Vorstellung. Und dazu gehörten auf jeden Fall zugezogene Vorhänge, jede Menge flackernde Kerzen und Menschen, die um einen großen, runden, alten Tisch saßen, Stühle, die knarrten. In dieser Beziehung entsprach die Szenerie ihren Erwartungen.

Das war aber auch alles. Im Raum hielten sich völlig normale Leute auf, zumindest solche, die sie auf der Straße keines zweiten Blickes gewürdigt hätte. Sie musterte die Gesichter. Da war ein jüngerer Mann, der aussah wie ein Banker, eine Frau mittleren Alters, die ihrem Outfit nach offenbar annahm, sie sei noch zwanzig, dann ein Mann älteren Semesters mit einem Haarschopf, der Einstein in seinen besten Jahren alle Ehre gemacht hätte.

»Oh, hallo, meine Liebe, wie schön!«, zwitscherte Annegret.

»Ja, hallo, meine Liebe, das ist wirklich schön, dass Sie kommen konnten!«, flötete Maria.

Iris drehte sich herum. Die beiden alten Damen kamen gerade durch eine Tür, die den Blick in die Küche des Hauses freigab. Beide jonglierten Silbertabletts mit Häppchen. »Oh, Sie haben auch einen Gast mitgebracht!« Maria setzte das Tablett auf einem Beistelltisch ab, der etwas abseits neben einem großen Ohrensessel stand. Dabei wandte sie das Gesicht ab, Iris konnte nicht erkennen, ob sie die Gegenwart von Max Trautmann missbilligte oder nicht.

»Ja, und er schreibt Haikus«, antwortete sie.

Der Mann mit dem Einsteinschopf schaute interessiert. »Ich beschäftige mich auch hin und wieder damit, eine wunderbare …«

»Nun, meine Lieben, dann wollen wir mal.« Die hohe Stimme von Annegret unterbrach ihn. »Sie, meine Liebe, setzen sich hierhin, und Sie, Herr … Ach ja, unsere vollen Namen nennen wir hier nicht. Außer dem unserer lieben Alice. Aber der steht ja auch auf dem Klingelschild. Also Sie, Herr Haikudichter …«

»Max, ich heiße Max.« Trautmann verbeugte sich leicht. Iris erkannte, dass er den Anblick der Zwillinge noch nicht so ganz verkraftet hatte.

»Also Sie, mein lieber Max, setzen sich neben unsere liebe Iris, nicht wahr?«

Von der Gastgeberin kam kein Widerspruch. Diese thronte bereits am großen runden Tisch und hatte die Augen geschlossen.

»Pst, leise. Unsere liebe Alice bereitet sich gerade auf den Kontakt mit dem Jenseits vor.« Die Möchtegernzwanzigjährige warf ihnen einen strafenden Blick zu. In diesem Moment begann ihre Gastgeberin mit dem Oberkörper vor- und zurückzuwippen, wie jemand, der auf einem Schaukelpferd saß. Aha, so ging das also.

Iris und Max setzten sich so leise wie möglich. Annegret und Maria platzierten sich links und rechts der schaukelnden Alice, nahmen sanft je eine ihrer Hände und ergriffen etwas weniger sanft die des jeweiligen Nachbarn. Iris verstand, dass hier ein Handkreis gebildet werden sollte.

Plötzlich ertönte die Stimme eines Mannes. Sie kam aus dem Mund von Alice und klang ungehalten. »Was wollt ihr?«

»Hallo, mein lieber Machiavelli, schön, dass du es möglich machen konntest«, flötete Annegret.

Iris stutzte. Machiavelli? »Ist das der Niccolò Machiavelli? Ich meine, der aus dem 16. Jahrhundert, dieser italienische Politiker, der rücksichtslose Machtpolitik gepredigt hat?«, erkundigte sie sich flüsternd.

»PSSSSST.« Die Möchtegernzwanzigjährige war jetzt wirklich empört und rutschte nervös auf dem Stuhl hin und her. Maria zwinkerte ihr zu.

Iris wunderte sich. Aber warum eigentlich nicht? In Zeiten, in denen von Bankangestellten Milliarden verzockt und Manager Millionen am deutschen Fiskus vorbei nach Liechtenstein schleusten, war es vielleicht ganz natürlich, dass ein Mann wie Machiavelli mal wieder auf der Erde vorbeischaute. Es würde ihm hier sicher gefallen, dachte sie. Es gelang ihr einfach nicht, die Situation ernst zu nehmen. Auch wenn die vorher so weibliche Stimme ihrer Gastgeberin nun entschieden männlich klang.

»Unsere liebe Helga hier hätte gerne gewusst, ob ihre Tante gut bei euch angekommen ist und wie es ihr geht. Außerdem kann sie das Testament nicht finden«, sagte Annegret.

Die Möchtegernzwanzigerin nickte, quetschte eine Träne aus dem Augenwinkel, schniefte leicht.

»Deine Tante sagt, es geht ihr gut. Und sie würde jetzt gerne in Ruhe gelassen werden. Sie habe zunächst genug von ihrer Familie.« Machiavellis Stimme klang ziemlich unfreundlich. Der Geist hatte eindeutig schlechte Laune. Aber vielleicht war er ja auch zu Lebzeiten schon so miesepetrig gewesen.

Helga begann zu schluchzen.

»Deine Tante sagt außerdem, du sollst aufhören, Krokodilstränen zu vergießen. Es gibt kein Testament. Sie hat nichts hinterlassen, sondern vor ihrem Tod allen Besitz ans Tierheim verschenkt.«

Lag da etwa Häme in der Stimme aus dem Jenseits? Iris warf Trautmann einen Blick zu. Der war für Seitenblicke verloren, seine Augen hingen an Alice.

Helgas Schluchzen endete abrupt. Ihre Miene versteinerte.

»Gerd hätte auch eine Frage. An seine liebe verstorbene Frau.«

Der Mann mit dem Einsteinschopf richtete sich auf.

»Manuela, ihre gemeinsame Tochter, ist seit Tagen spurlos verschwunden. Er macht sich Sorgen und hätte gerne gewusst, wo sie sein könnte.«

»Sie kommt schon wieder, wenn sie Geld braucht. Er soll froh sein, dass er sie für eine Weile los ist«, erklärte Machiavelli. Dieser Mann war auch nach seinem Tod kein wirklicher Menschenfreund geworden, überlegte Iris und vergaß fast, dass die Stimme ja aus dem Mund ihrer Gastgeberin kam, deren Oberkörper noch immer vor- und zurückschwang. Inzwischen hatte Alice Schweißperlen auf der Stirn. Dieses Schaukeln musste sehr anstrengend sein.

Iris stellte fest, dass ihr ebenfalls heiß wurde: die zugezogenen Vorhänge, die Wärme der unzähligen Kerzenflammen, die Hände, die ihre umfassten. Sie hätte sie gerne fortgezogen, fühlte sich eingeengt und festgenagelt. Ihr war ausgesprochen unwohl.

Ein kaum spürbarer kühler Luftzug strich durch den Raum. Der Mann mit dem Einsteinschopf sackte wieder in sich zusammen.

»Ja, und dann haben wir noch unsere liebe Iris hier. Sie ist Kriminalkommissarin. Sie hätte gerne gewusst, was es mit dem Mann auf sich hat, der im Sarg unserer lieben verstorbenen Martha Baumann gefunden worden ist. Kennt ihr im Jenseits ihn, weiß vielleicht unsere liebe Verstorbene etwas darüber?«

»Ja, sie kennt ihn«, antwortete Machiavelli zu Iris' Überraschung.

»Und wie kommt er in ihren Sarg?«, erkundigte sie sich. Die Einmischung wurde nicht gern gesehen, alle am Tisch musterten sie entrüstet.

»Dazu hat sie nichts zu sagen«, antwortete Machiavelli. Es klang endgültig. »Hier am Tisch sitzt aber noch jemand. Ich soll ihn von einem Franz Satorius grüßen«, fügte der Geist dann an.

Iris horchte auf. Was sollte das jetzt? Sie sah, wie sich Max Trautmann versteifte. »Hat Max etwas mit dem Tod von Satorius zu tun?« Sie musste es einfach wissen.

»Stell nicht so dumme Fragen, Frau. Du weißt längst, was du wissen musst. Ich mache hier doch nicht das Hermännchen. Ich wünsche …«

Iris fühlte, wie Max Trautmann ihre Hand losließ. Die Stimme brach ab.

»Oh nein!«, kreischte Annegret. »Warum haben Sie den Kreis unterbrochen? Das kann für unsere liebe Alice sehr gefährlich werden, wenn ihre Seele so plötzlich aus dem Jenseits hinauskatapultiert wird.«

»Man sollte keine Fremden …«, begann die Möchtegernzwanzigerin.

Alice schrie auf und fasste sich ans Herz. Dann begann sie zu keuchen und riss die Augen auf. Maria stürzte in die Küche und erschien kurz darauf mit einer Wasserkaraffe; Alice japste, Annegret fächelte ihr mit den Händen Kühlung zu. Maria besprenkelte das aus der Fassung geratene Medium mit Wasser.

»Da sehen Sie, was Sie angerichtet haben«, zwitscherte Maria vorwurfsvoll.

Alice griff sich an die Kehle, schnappte nach Luft, wies auf Max Trautmann und wollte offensichtlich etwas sagen. Doch es kam nur ein unverständliches Krächzen heraus.

»Ich denke, wir gehen besser«, stellte Iris fest.

Es kam kein Widerspruch.

»So, Sie misstrauen mir also noch immer«, sagte Max Trautmann, als sie draußen waren. »Und ich dachte …«

»Was dachten Sie?«

»Nun ja, dass …«

»Was?« Du weißt alles, was du wissen musst, hatte Machiavelli behauptet. Und warum zum Teufel wollte sie von Trautmann so gerne hören, dass er etwas für sie empfand? Nein, es war besser, wenn sie nicht weiterfragte. Besser für sie beide. »Wie ist es, Sie gehen doch jetzt bei einem Privatdetektiv in die Lehre. Wollen Sie mir nicht hin und wieder bei meinen Ermittlungen helfen?«, hörte sie sich zu ihrer eigenen Überraschung sagen. Ihr schlechtes Gewissen hatte ihr schon wieder einen Streich gespielt. Die Psychologen nannten ein solches Verhalten ihres Wissens eine Übersprungshandlung. Ihre Übersprungshandlungen bestanden mit schöner Regelmäßigkeit darin, dass sie Dinge tat oder sagte, die sie gar nicht tun oder sagen wollte. Oder ersatzweise an den Nägeln kaute. Jedenfalls hatten Privatpersonen in polizeilichen Ermittlungen außer als Zeugen oder Verdächtige nichts zu suchen.

»Ja, gerne.« Sie konnte das Erstaunen in Trautmanns Stimme hören.

Auf dem Heimweg schwiegen sie.

»Na dann«, sagte Trautmann, als sie sich auf der Laufenburger Hauptstraße voneinander verabschiedeten, um jeder in seine Wohnung zu gehen. Er nach links, zum Berg hin, in das Haus mit dem Balkon über dem Brunnen, sie nach rechts, zum Rhein hin, unter den Arkaden hindurch in ihre Wohnung im ersten Stock.

»Na dann«, antwortete Iris.

Seltsam, überlegte sie, als sie die Stufen aus nachgemachtem Marmor emporstieg. »Hermännchen machen«, hatte Machiavelli gesagt. Sie hätte nie vermutet, dass ein Mann aus dem 16. Jahrhundert diesen Begriff kannte. Als ihr auffiel, was sie da gerade überlegte, musste sie schallend lachen. Nun hatte sie diese Farce doch tatsächlich für einen Moment ernst genommen. Nur, woher wusste Alice Müller von Satorius? Natürlich, aus der Zeitung. Die hatten damals sogar ein Bild von Max gebracht.

Ihr Anrufbeantworter blinkte. Die Stimme von Martin Felix. »In der Personalabteilung des Kantonsspitals waren bis auf eine Sachbearbeiterin schon alle weg. Freitagspätnachmittag, da arbeiten die nicht mehr. Die Frau war ziemlich zurückhaltend, wollte nicht viel sagen. Mit dem Büchsenmacher werde ich morgen wegen der Munition reden. Ich muss sowieso nach Basel.«

Iris wählte die Nummer von Felix' Handy. »Danke für die Nachricht. Hatte dieser Neubert ein Handy? Das sollten wir prüfen. Am besten bitten Sie die Kollegen in der Schweiz, das auch mal bei ihren Providern abzuchecken. Vielleicht kommen wir auf diese Weise an die aktuelle Adresse. Für Frankreich brauchen wir dafür ja erst wieder eine Genehmigung.«

»Das kann dauern. Da muss ich eine offizielle Anfrage starten. Sonst rücken die Anbieter nichts raus.«

»Machen Sie das. Bringen Sie das möglichst gleich auf den Weg.«

»Gute Nacht. Schlafen Sie gut.« Hörte sie da einen gewissen Unterton von Frust heraus?

Iris war völlig erledigt. Während des Einschlafens fiel ihr auf, dass sie keine Rückenschmerzen mehr hatte. Doch sie war selbst zu müde, um das richtig genießen zu können, und dämmerte hinüber ins Land der Träume. Diese mutierten irgendwann zu einem Alptraum. In ihrem Schlafzimmer hing ein Toter an der Decke, glotzte sie an und ließ sein Blut auf sie heruntertropfen. Kollege Felix stürmte ins Zimmer. Selbst im Traum fand Iris, dass er in ihrem Schlafzimmer nichts zu suchen hatte. Außerdem hatte er plötzlich sechs Arme. Gerade als er einen davon ausstreckte, schrak sie hoch. Es klingelte Sturm.

Mühsam kehrte sie in die Wirklichkeit zurück. Der Wecker zeigte ein Uhr nachts. Sie schimpfte und rappelte sich auf. Das Klingeln hörte nicht auf. Sie schimpfte weiter, schlüpfte in ihren alten Frotteebademantel, der früher einmal weiß gewesen, inzwischen aber mit den Wäschen und den Jahren schon ziemlich grau geworden war. Ich muss mir endlich einen neuen kaufen, überlegte sie wie schon tausendmal zuvor. Dann schlurfte sie zur Sprechanlage. Zunächst wollte ihre Stimme noch nicht so recht, es kam nur ein Krächzen heraus. Sie räusperte sich.

»Wer ist da?«

»Martin Felix«, lautete die Antwort. Die Stimme klang dumpf.

»Verarschen kann ich mich selber. Wenn es etwas Dienstliches wäre, dann hätte er angerufen. Verpissen Sie sich.« Manchmal war Deutlichkeit angebracht.

»Bitte, ich bin es wirklich. Und es ist nicht dienstlich. Ich habe ein Problem. Ich brauche Ihre Hilfe!«

Felix und ein Problem? Nicht zu glauben. Iris gestand sich für einen kleinen Moment ein, dass es ihr schmeichelte, dass er mit seinen Problemen zu ihr kam. Er schien also immerhin Vertrauen in ihre Problemlösungsfähigkeiten zu haben. Ihre Stimme wollte noch immer nicht so recht, sie räusperte sich erneut und drückte den Türöffner.

»Also gut, kommen Sie rauf.«

Sie griff sich den Haargummi, der wie immer auf der Kommode neben der Tür lag, dort, wo sie ihn jeden Abend hinpfefferte, wenn sie heimkehrte. Das war ihre Art, den Feierabend zu beginnen. Weg mit allen Zwängen. Durch die geöffnete Tür hörte sie zu ihrem Erstaunen die Schritte von zwei statt einem Menschen. Verdammt, also doch jemand, der sich unter falschem Namen eingeschlichen hatte. Ihre Waffe lag im Schlafzimmer.

Gleich darauf erblickte sie das gerötete Gesicht von Martin Felix. Hinter ihm trabte ein schlaksiger Jugendlicher in dunkler Kleidung und mit Nasenpiercing die Stufen empor. Er trug eine muffige Miene zur Schau. Kein Wunder, fand Iris, als sie die Piercings in seinen Augenbrauen und Ohren entdeckte. Das einzige irgendwie Farbige an ihm war sein Hahnenkamm. Nein, anders konnte man das wirklich nicht nennen. Der Schädel des Jünglings war an beiden Seiten rasiert, und in der Mitte standen die restlichen Haare steif in die Höhe. Ein Drittel dunkel, dann rot, die Spitzen neongrün. Der junge Mann trug eine Tasche. Iris schwante Übles.

»Kommt rein«, sagte sie notgedrungen und führte die beiden nächtlichen Besucher in ihr Wohnzimmer, das in die Küche überging. Nur ihr Schafzimmer und das Bad waren abgetrennt. Auf diese Weise machte die Wohnung einen großzügigen Eindruck.

»Schön haben Sie's hier.« Der Glückliche wies auf den antiken geschnitzten Eichenschrank, der an der Westwand des Wohnzimmers stand. »Tagsüber ist es bestimmt sehr hell in der Wohnung, Sie haben Südsonne, und der Blick auf den Rhein muss phantastisch sein.«

»Was wollen Sie?« Iris war nicht nach Smalltalk zumute.

Der Glückliche zögerte. »Ich wusste nicht, an wen ich mich

wenden kann. Ich habe ein Problem. Das ist Niklas, mein Neffe, der Sohn meines Bruders. Er ist von daheim ausgerissen. Bitte, kann er für einige Tage bei Ihnen übernachten?«

Obwohl sie Übles geahnt hatte, war Iris wie vom Donner gerührt. »Wie bitte? Warum schläft er denn nicht bei Ihnen?«

Martin Felix wand sich. »Ich kann jetzt nicht darüber sprechen. Bitte. Er kann nicht bei mir bleiben. Ich verspreche, Montag im Büro erkläre ich alles. Nur einige Tage.«

Es waren nicht die Worte, die Iris überzeugten. In Felix' Augen stand die schiere Verzweiflung. »Also gut. Ist er stubenrein?«

Der Glückliche lachte erleichtert, der Jüngling blickte womöglich noch muffiger.

»Er kann hier auf dem Sofa schlafen. Und morgen früh holen Sie ihn ab. Sonntag auch. Ich brauche meine Ruhe. Tagsüber müssen Sie sehen, wie Sie mit Ihrem Neffen klarkommen. Ich hole eine Decke und Kissen. Sonderlich bequem ist das allerdings nicht, es ist ein altes Sofa. Ich hoffe, es reicht von der Länge.«

»Es wird schon gehen«, erklärte Felix. Der Junge sank statt einer Antwort auf die Polsterung und schaute sich um. Dann kramte er in seiner Sporttasche und zog eine Packung Zigaretten heraus.

»Hier ist Nichtraucher«, sagte Iris scharf. »Können Sie eigentlich auch selbst reden?«

»Kann ich«, bestätigte Niklas mit dem Hahnenkamm, schien aber nicht geneigt zu sein, mehr zu sagen.

»Ja, dann lasse ich euch jetzt allein«, sagte Felix. »Und danke. Das vergesse ich Ihnen nie.«

Iris nickte und betrachtete ihren Gast zweifelnd. »Ich gehe jetzt die Decken holen. Falls Sie Durst haben, in der Küche ist Mineralwasser. Etwas anderes habe ich nicht.«

Als sie mit einer Wolldecke und einem Kissen zurückkam, lag Niklas bereits auf dem Sofa und schlief. Sie deckte ihn vorsichtig zu. Für einen Moment dachte sie darüber nach, wie es sein mochte, eigene Kinder zu haben. Sie hatte den Gedanken immer verdrängt, beiseitegeschoben. Sie wollte nicht um etwas trauern, das sowieso nie sein würde. Dann ging sie ins Bett. Als sie einschlief, hörte sie den Hahnenkammjüngling schnarchen. Laut schnarchen. Sie war zu müde, um sich davon stören zu lassen. Und irgendwie hatte es auch etwas Tröstliches, nicht allein zu sein. Sie hörte nicht mehr, dass das Schnarchen abbrach.

***

Max Trautmann konnte in dieser Nacht nicht einschlafen. Er wälzte sich im Bett von einer Seite auf die andere, brütete über derselben Frage, die Iris Terheyde bewegt hatte. Woher wusste Alice/Machiavelli etwas über Satorius? *Was* wusste er? Er hatte nicht gut geklungen. Vielleicht hatte Alice in der Presse davon gelesen und den Namen erkannt. Andererseits, woher hätte sie wissen sollen, dass er Trautmann hieß? Es sei denn, das Gänseblümchen hatte ihn angekündigt.

Was tat sie nun? Würde sie sich wieder mit dem Fall Satorius beschäftigen? Dass sie ihn nach wie vor in Verdacht hatte, etwas mit dem Tod des Alten zu tun zu haben, war ja wohl klar. Sonst hätte sie die Frage nicht gestellt. Konnte es sein, dass die ganze Séance sogar abgesprochen gewesen war? Wieso konnte sie die Vergangenheit nicht endlich ruhen lassen?

Er stand auf, zog seinen Jogginganzug und die Schlappen an, tappte in die Küche und schenkte sich ein Glas Rotwein ein. Damit schlurfte er ans große Fenster, öffnete die Balkontür und ging hinaus. Es war Vollmond, klirrend kalt. Die Laufenburger Hauptstraße lag ruhig da. Hier lebten ordentliche Menschen, sie gingen zu anständigen Zeiten ins Bett – falls nicht gerade die alemannische Fasnacht tobte. Oder sonst ein Fest wie der Apfelmarkt oder die Kulturtage. Dann war es schwer, Ruhe zu finden. Nicht so sehr wegen der Besucher, sondern wegen der Betrunkenen, die sich an den Häuserecken erleichterten und grölend die Hauptstraße hinauf- und hinuntertorkelten.

Doch im Moment lagen die mittelalterlichen Häuser und die Neubauten dazwischen dunkel da, mit heruntergeklappten Lidern, wie die Menschen, die in ihnen wohnten. Es war still und friedlich, als gäbe es kein Übel, keine Kriege auf dieser Welt. Auch hinter den Fenstern des Gänseblümchens war es dunkel. Er war noch nie in ihrer Wohnung gewesen und versuchte sich vorzustellen, wie sie wohl in ihrem Bett lag. Vielleicht zusammengerollt auf der

Seite wie ein kleines Mädchen, mit leicht geröteten Wangen, die Haare fielen ihr ins Gesicht. Es musste schön sein, ihr beim Erwachen zuzusehen, wenn das Misstrauen noch nicht in ihren Augen lag, wenn sie verträumt und noch warm vom Schlaf in den neuen Tag blinzelte, sich die Augen rieb und überlegte, was er ihr wohl bringen mochte.

Ein neuer Tag ist
wie das Zwitschern der Vögel
in Frühlingszweigen.

Ein weiteres Haiku. Sie inspirierte ihn. Er beschloss, es gleich aufzuschreiben, wollte sich nur noch für eine Minute in diese friedliche Stille hineinfallen, sich von ihr einhüllen lassen. Dann würde er wieder ins Bett gehen und schlafen.

Doch auch nachdem er sich Notizen gemacht hatte, war er hellwach. Er beschloss, an der »Todesfalle« weiterzuschreiben. Wo war er gewesen, ach ja, Benson saß im Gefängnis.

Der Richter war fettleibig, schwitzte wie ein Schwein und deutete mit einem Wurstfinger auf ihn. »Glauben Sie ja nicht, dass Sie mich mit Ihren Unschuldsbeteuerungen einseifen können. Alles vergessen, hä? Hier sitzt jedenfalls eine Frau, die nichts vergessen hat.«

Ein Schluchzen ertönte, der Wurstfinger des Richters, der in dieser Stadt zugleich Sheriff und Saloonbesitzer war, wanderte weiter zu einer zierlichen jungen Frau, komplett in Schwarz. John Benson konnte ihr Gesicht nicht erkennen, denn sie hielt den Kopf geneigt, der Schleier ihres schwarzen Hutes fiel über ihre Augen. Der rote Mund ähnelte einer Kirsche. Irgendwo im hintersten Winkel von John Bensons Gehirn begann sich eine Erinnerung zu rühren, doch sie war sofort wieder verschwunden, flüchtig wie ein Geist.

Das erinnerte ihn wieder an die Séance.

Aber eines wusste Benson genau. Er hatte diese Frau schon einmal gesehen. Sie richtete sich auf, das brachte ihre Wespentaille und den ziemlich prachtvollen Busen gut zur Geltung. »Das ist er, das ist der Mörder. ER hat meinen lieben Mann erschossen, obwohl mein Fred doch gar keine Waffe hatte«, erklärte sie in Richtung des richterlichen Wurstfingers, den Kopf noch immer gesenkt.

Ja, es ist furchtbar, ich verstehe Ihren Schmerz«, dröhnte der Richter.

Plötzlich fiel es ihm wie Schuppen von den Augen: Sie war eines der Animiermädchen im Saloon. Auch wenn sie ihr Gesicht versteckte, diesen Busen vergaß kein Mann. Selbst keiner, der so enthaltsam lebte wie er selbst. Sie schien etwas gemerkt zu haben, seine Gedanken gespürt. Vielleicht hatte der tote Gatte ihr ja einen Wink aus dem Jenseits gegeben. Falls es ihn gab. Sie stöhnte auf und sank in sich zusammen, genau gegen die Schulter eines neben ihr sitzenden Farmers. Eine gute Vorstellung, fand Benson.

»Wir unterbrechen die Verhandlung, die arme Frau muss sich erst einmal erholen. Außerdem ordne ich an, dass der Gaul samt Sattel und den weiteren Habseligkeiten dieses Mörders sofort verkauft wird, damit wir die Kosten decken können. Die Schindmähre bringt nicht viel, aber es muss reichen.«

In dieser Sekunde war John Benson klar, warum er hier vor Gericht stand. Jemand wollte seinen wertvollen Rappen. Ein prachtvolles Tier wie seines, ein sorgsam gearbeiteter Sattel, das teure Zaumzeug – das war jemandem ein Menschenleben wert. Ein solches Pferd galt in diesen Tagen mehr als ein Leben. Und der Richter machte bei dieser Farce mit.

Gut, das war gut. Max Trautmann hob den Kopf und sah hinüber zur Wohnung von Iris Terheyde. In diesem Moment ging bei ihr ein Fenster auf. Ein Mann lehnte sich hinaus und zündete sich eine Zigarette an. Im Licht der Straßenlaternen bekam Max den Eindruck, dass er noch jung war. In ihm wallte Eifersucht hoch. Sollte sie einen Freund haben? Nein, dieser hier war zu jung. Sein Gänseblümchen vergriff sich nicht an Kindern. Schon gar nicht an solchen, die aussahen, als wären sie den »Simpsons« entflohen. Doch so ganz beruhigten ihn diese Gedanken nicht. Er ging erneut hinaus auf den Balkon.

»Hi«, sagte der Junge in einer Art lautem Flüstern und erzeugte eine weitere Rauchfahne, die zwischen den Häusern aufstieg, zerfetzte und sich im Nachthimmel verlor.

»Hi«, antwortete Max. »Na, neu hier?« Er war davon überzeugt, dass demnächst ein Fenster aufgehen und jemand »Ruhe« brüllen würde. Ihm kamen das bemühte Flüstern des Jungen und sein eigenes in der Stille sehr laut vor. Doch nichts geschah. Die Bewohner der Laufenburger Altstadt hatten offenbar einen festen Schlaf.

»Eher abgeladen bei dieser komischen Tante.«

Komische Tante, Soso. Ihr Liebhaber war er also keinesfalls. Das hätte er sich denken können. Max fühlte, wie ein plötzliches Glücksgefühl in seinem Bauch gluckste. »Aha.«

»Ja.«

»Und von wem?«

»Von meinem Onkel.«

»Und wer ist das?«

»Martin Felix. Die Tante, die hier wohnt, ist wohl so etwas wie seine Vorgesetzte.«

»Der Schönling?« Max hätte sich am liebsten auf die Zunge gebissen.

Der Junge saugte erneut an seiner Zigarette und lachte dann. »Ah, Sie kennen ihn.«

»Ja«, bestätigte Max. Er hielt es für besser, den Neffen nicht näher über die Umstände aufzuklären, unter denen sie sich begegnet waren.

»Schöne Nacht!«, sagte der Jüngling.

»Ja, und schon ziemlich warm für diese Jahreszeit. Auch wenn es noch kalt ist«, antwortete Max. »Bleiben Sie denn lange?«

»Sie können ruhig Du sagen.«

»Bleibst du lange?«

Max konnte das Schulterzucken mehr ahnen als sehen. »Weiß nicht. Ein paar Tage, einen Monat. So lange, bis mein Onkel die Angelegenheit geregelt hat.«

»Welche Angelegenheit?«

»Ach, 'ne Privatsache.«

Der Junge schien nicht geneigt, nähere Auskünfte zu geben.

»Also dann«, sagte Max.

»Also dann«, antwortete der Junge.

Auf dem Weg zurück in seine Wohnung hatte Max eine Idee. Als er zum Telefonhörer griff, hörte er, wie das Fenster der Wohnung gegenüber wieder geschlossen wurde. Es dauerte eine Weile, bis seine Cousine ans Telefon ging. Sie war nicht glücklich darüber, dass er sie mitten in der Nacht aus dem Bett klingelte. Doch seine Idee fand sie schließlich gut. Vielleicht wollte sie ihn aber auch bloß loswerden und wieder ins Bett.

»Ich werde gleich morgen mit ihr reden«, versprach sie.

Am nächsten Morgen hatte es sich das Wetter anders überlegt. Auf den Hausdächern lag zwar noch der Raureif der klaren, kalten Nacht, doch es war wirklich wärmer geworden. Der Himmel hatte sich bezogen, es war neblig grau und sah nach Regen aus. Und die Hexe war wieder da. Iris erinnerte sich an den Frühling vor drei Jahren. Damals hatte es bis Ende April geschneit. Glücklicherweise hatte sie die dicken Pullis und die Stiefel noch nicht eingemottet. Sie quälte sich mühsam aus dem Bett – die üblichen zehn Minuten nach dem Läuten des Weckers – und fragte sich, ob sie selbst einmal versuchen sollte, Kontakt mit Machiavelli aufzunehmen. Vielleicht wusste er ein Rezept gegen Hexen. Sie entschied sich dagegen. Sie musste sich um diesen Jüngling kümmern.

Im Wohnzimmer war noch alles still. Als sie in die Küche schlurfte, um ihre morgendliche Tasse Kaffee aus den Bohnen-die-extra-jedes-Mal-frisch-gemahlen-werden zu brauen, entdeckte sie, dass der Junge schon fort war. Felix hatte sein Versprechen also gehalten. Die Decke lag säuberlich zusammengefaltet in der Sofaecke, das Kissen darauf. Sie atmete erleichtert auf. Der Neffe des Glücklichen schien jedenfalls eine ordentliche Erziehung genossen zu haben, auch wenn sie am Abend zuvor nicht diesen Eindruck gehabt hatte. Überhaupt, der Glückliche! Na, der konnte sich auf etwas gefasst machen. Sie war gespannt, welche Erklärung er für sein Verhalten anbieten würde.

Sie trank ihren Kaffee, zog sich hastig an und machte sich auf den Weg, um in der Bäckerei Hahn eine Brezel zu holen. Frühstück gab's im Zug.

Als sie unten zur Haustür rausstürmte, rempelte sie direkt in ihren Gast.

»Sie sind noch da?«

Er strahlte. Der Brilli auf dem rechten Schneidezahn blitzte, sein Hahnenkamm stand stramm, als hätte er niemals eine Nacht auf einem Sofa überstehen müssen. »Sagen Sie ruhig Du zu mir. Ja, ich habe Brötchen geholt. Und dabei außerdem Ihren Nachbarn getroffen.«

Ob er wohl eine Freundin hatte? Das musste bei all diesen Piercings und Zahnbrillis jedenfalls ein komisches Gefühl für sie sein, wenn er sie küsste, vielleicht noch mit Zungenpiercing.

»Guten Morgen«, sagte Max Trautmann, hielt ebenfalls eine Brötchentüte der Bäckerei Hahn hoch und grinste Niklas verschwörerisch zu.

Iris war perplex. So, Brötchen geholt. Eine nette Geste. Dagegen war ja grundsätzlich nichts einzuwenden, zumindest wenn man nichts gegen Überraschungsgäste hatte. Aber dass er sich gleich mit Trautmann verbrüdern musste!

»Ich habe keine Zeit für ein Frühstück«, beschied sie ihren Gast. »Ich muss ins Büro. Mein Zug fährt gleich.«

»Am Samstag? Das ist aber schade«, antwortete Niklas.

»Also, ich dachte, du bist weg. Deine Tasche habe ich auch nicht mehr gesehen.«

»Ich hatte sie in eine Ecke des Wohnzimmers gestellt, damit man nicht darüber fällt«, sagte der Junge freundlich. Er schien wirklich nicht übel zu sein. Dennoch war sie unschlüssig. Ihr gefiel der Gedanke nicht, dass er allein in ihrer Wohnung hockte und möglicherweise in ihren Sachen kramte. Andererseits konnte sie ihn ja auch schlecht hier auf der Straße stehen lassen. Wiederum andererseits brauchte sie ihren Hausschlüssel selbst.

»Also mein Schlüssel …«, begann sie.

»Machen Sie sich keine Sorgen, dann frühstücken wir beide eben zusammen«, schlug Trautmann vor. »Sie geben ihm jetzt den Schlüssel zu Ihrer Wohnung. Und falls der junge Mann später wegwill, kann er den ja bei mir deponieren.«

Auch diese Aussicht gefiel Iris nicht. Doch sie war noch zu morgenmuffelig, und es fiel ihr auf die Schnelle keine passende Alternative ein.

»Danke«, sagte sie nicht besonders freundlich und machte sich auf den Weg zum Bahnhof.

Die neue Pflasterung der Hauptstraße kam selbst im Grau dieses Morgens gut zur Geltung. Ebenso die neuen Parkplätze, die im Rahmen der Altstadtsanierung am Westbahnhof angelegt worden waren. Weniger schön fand sie die unzähligen Baumstümpfe am steilen Felshang beim Westbahnhof, deren Flächen trotz des trüben Wetters wie helle Wunden leuchteten. Es war geplant, dort ein Sechsfamilienhaus in den Fels zu treiben. Oder war das weiter westlich gewesen? Oder gänzlich abgesagt worden? Iris konnte sich nicht mehr genau erinnern. Sie hatte gerüchteweise erfahren, dass die Baugesellschaft pleite sein sollte. Dann war das vielleicht nur eine der offenbar üblichen Tabula-rasa-Aktionen für mehr Sicherheit gewesen. Das sagten die Verantwortlichen vom Bauamt immer, wenn es mal wieder ans Abholzen ging. Iris hatte allerdings den Verdacht, dass sich manche, im Alltag eigentlich sehr umgängliche Menschen irgendwie verwandelten, sobald sie eine Motorsäge in die Hand bekamen. Als ob sie dann vom Zwang getrieben würden, einfach alles abzusäbeln, was sich absäbeln ließ, ohne Ansehen der Pflanze. Vielleicht wurde unter dem neuen Bürgermeister Ulrich Krieger alles anders. Ein junger Mann erst, sechsundzwanzig Jahre alt, trotz sieben Gegenkandidaten bereits im ersten Wahlgang mit überwältigender Mehrheit von über sechzig Prozent gewählt. Offenbar war die kleine Stadt vom Obama-Effekt erfasst worden. Er machte aber auch einen sympathischen und kompetenten Eindruck, hatte trotz seiner Jugend eine Menge Verwaltungserfahrung. Außerdem wirkte er älter als seine Jahre und hatte eine sehr nette Lebensgefährtin. Iris hoffte, dass diese ein Gespür für Bäume besaß, Bäume mochte und ihren Liebsten dahingehend beeinflusste, die letzten der alten Riesen in der einstigen Waldstadt zu schonen. Bäume schienen Frauensache zu sein. Vielleicht begriffen Frauen das Geheimnis des Lebendigen, des Vergehens und Wiedererstehens besser, das Bäume verkörperten.

Hier irgendwo, hoch über dem Rhein im Gewann Ofteringen, sollte außerdem einst Burg Ofteringen über die Rheinenge bei Laufenburg gewacht haben – eine Schwester der Habsburger Burg auf der anderen Rheinseite sozusagen. Zumindest gab es Hinweise, dass nicht nur auf der Schweizer, sondern auch auf dieser Seite des

Rheins eine Festung gestanden hatte. Doch mit der Sprengung des Felsens für den Bau des Bahnhofes und der Schienen waren auch die verbliebenen Reste verschwunden, die diese Hinweise hätten untermauern können.

Im Büro kam ihr Martin Felix strahlend entgegen.

»Was machen Sie denn hier? Sie hatten versprochen, diesen Jüngling tagsüber abzuholen. Außerdem wollten Sie doch heute nach Basel. Oder irre ich mich?«

»Ich hole Niklas gleich nachher. Ich habe noch schnell mit dem Basler Büchsenmacher telefoniert und ihm auch das Foto dieses Neubert gemailt. Sie werden es nicht glauben ...«

»Ich glaube Ihnen fast alles.«

»Also, Herr Bürgin hat noch einige Kunden, denen er Mantelgeschosse für die .25-Beretta besorgt. Im Zweifelsfall stellt er sie selbst her. Und wissen Sie, wer einer dieser Leute ist? Raten Sie mal.«

»Ich bin heute nicht für Ratespielchen aufgelegt. Wissen Sie, gestern hat jemand mitten in der Nacht vor meiner Tür gestanden und seinen Neffen bei mir einquartiert. Ich bin unausgeschlafen.«

Der Glückliche schaute unglücklich. Es bereitete Iris eine gewisse Genugtuung, das zu sehen.

»Unser Unfallchirurg.«

Damit hatte er sie. »Was? Der Typ ist also möglicherweise mit seiner eigenen Waffe erschossen worden?«

Felix nickte. »Ja, nun müssen wir die Pistole nur noch finden. Aber die kann inzwischen überall sein. Neubert hatte übrigens keinen Waffenschein, hab's nachgeprüft. Ich habe Bürgin dann noch gefragt, ob er etwas über die Herkunft der Waffe sagen kann. Er konnte nicht.«

»Gute Arbeit, Kollege.« Sie klang schon sehr viel freundlicher. »Aber jetzt interessiert mich mindestens ebenso brennend, was die ganze Chose gestern Nacht sollte, warum können Sie Ihren Neffen nicht bei sich beherbergen?«

»Weil da schon mein Bruder schläft. Also sein Vater.« Felix machte eine Pause.

Iris schaute ihn erwartungsvoll an.

»Es ist eine unangenehme Geschichte. Mein Bruder hat sich verliebt und ist bei seiner Frau ausgezogen.«

»So etwas soll öfter passieren, habe ich gehört. Warum können Vater und Sohn dann nicht zusammen bei Ihnen schlafen?«

»So einfach liegen die Dinge nicht. Mein Bruder hat sich in einen Mann verliebt.«

»Oh«, meinte Iris.

»Genau, oh! Seine Frau heult sich abwechselnd die Augen aus oder wirft teures Porzellan an die Wand. Da ist der Junge geflüchtet. Niklas ist komplett durcheinander, seit er weiß, dass sein Vater homosexuell ist. Die beiden würden einander an die Gurgel gehen, wenn sie zusammen wären. Ich muss sie irgendwie auseinanderhalten. Bis sich die Wogen etwas geglättet haben und der Junge diese Nachricht einigermaßen verdaut hat.«

»Und dann bringen Sie ihn ausgerechnet zu mir?«

Martin Felix ließ den Kopf hängen. »Mir fiel niemand anderes ein, der so, na ja, der eben so ein Mensch ist wie Sie.«

»Aha. Und was bin ich für ein Mensch?«

»Sie wirken oft nicht so, aber ich halte Sie für einen der mitfühlendsten Menschen, die ich kenne, jemand, der gut zuhören und trösten kann.«

»Ich wirke auf Sie wie eine Kummerkastentante?« Iris wusste nicht genau, ob sie jetzt geschmeichelt sein sollte oder nicht. Dass jemand sie so sah, hieß, dass sie sich wohl nicht nur Feinde gemacht hatte. Das war jedenfalls eine überraschende Feststellung.

»Nein, natürlich nicht, aber eben wie jemand, der die Probleme der anderen versteht, weil er selbst in seinem Leben schon welche hatte, wie jemand, der keine vorschnellen Urteile fällt, der überhaupt keine Urteile fällt, bevor er dafür nicht genügend Beweise hat. Der andere Menschen akzeptiert und eigentlich nichts anderes will, als selbst einfach so akzeptiert zu werden, wie er ist. Ich glaube, Sie sind sehr verletzlich und setzen Himmel und Hölle in Bewegung, um das vor jedermann zu verbergen. Deswegen sind Sie gut für Leute, die ebenfalls verletzt worden sind.«

Getroffen. »Sind Sie jetzt unter die Psychologen gegangen?« Aus Iris' Stimme klang beißender Spott.

»Sehen Sie, genau das ist es, was ich meine. Tut mir leid, ich wollte Ihre Gefühle nicht verletzen. Wissen Sie ... nun, jedenfalls traue ich Ihnen einiges zu. Äh, Positives natürlich. Ich glaube, der Junge ist bei Ihnen gut aufgehoben.«

»Wie lange wollen Sie ihn denn unter meinem ach so günstigen Einfluss deponieren?«

Felix schmunzelte, seine alte Selbstsicherheit kehrte langsam zurück. »Nicht lange, bestimmt. Nur bis sich die Lage etwas beruhigt hat.«

»Also gut, aber höchstens eine Woche.« Iris musterte den Glücklichen forschend. »Seit wann sind Sie überhaupt im Büro?«

Er errötete.

»Sagen Sie nur, Sie waren heute Nacht überhaupt nicht zu Hause!«

Felix schüttelte den Kopf. »Ich muss mich erst an das Schnarchen meines Bruders gewöhnen.«

Sie lachte. »Aber bei mir ist kein Platz mehr. Ihr Neffe schnarcht übrigens auch.«

Er schmunzelte. »Ist klar. Bei dem Vater!«

»Zurück zu unseren Ermittlungen. Wir müssen uns nächste Woche noch mal mit den Kantonsspital in Verbindung setzen. Vielleicht erfahren wir ein wenig mehr über diesen Vorfall. Sie wissen schon, von dem Sie mir auf den Anrufbeantworter gesprochen haben. Was meinen Sie, könnten sich Neubert und Daniela Herbst vielleicht doch gekannt haben?«

»Ausgeschlossen ist das nicht. Immerhin arbeiten sie ja in derselben Branche. Bevor ich es vergesse: Bei uns in Deutschland hatte der Ermordete kein Handy angemeldet.«

»Schnelle Arbeit. Gut. Ich nehme an, von den Kollegen aus der Schweiz ist noch nichts zu Neubert gekommen? Sie haben ihnen die gute Nachricht doch sicher mitgeteilt. Mit Antwort aus dem Elsass ist sowieso erst in einigen Tagen zu rechnen.«

Er feixte. »Stimmt. Ist Ihnen eigentlich aufgefallen, dass Sie mich trotz Ihrer Wut auf mich gelobt haben?«

»Ich glaube, ich verweichliche langsam.« Iris grinste zurück. »Übrigens: Montag früh gehe ich zu den Kollegen vom Zoll. Mal nachhören, ob in der letzten Zeit mehr Leichen als sonst über die Grenze transportiert worden sind. Kann ja sein, dass unser heimischer Seziertisch jetzt ausgedient hat. Vielleicht haben diese Leute ja doch so etwas wie ein Gewissen und karren die Toten dorthin, wo sie wenigstens einigermaßen fachgerecht ›behandelt‹ werden können. Vermutlich legen sie außerdem keinen gesteigerten Wert darauf, aufzufliegen, weil ihr Gewebe andere mit Aids infiziert. Und dann will ich wissen, wie das mit den Im- und Exportbestimmungen in diesem Bereich überhaupt aussieht.«

»Holen Sie mich vorher ab?«

»Ich gehe allein.«

»Warum kann ich da nicht mit?«

»Weil wir ja gerade festgestellt haben, dass es für Sie anderes zu tun gibt. Zum Beispiel die Klärung der Frage, ob unser Chirurg schon mal in Rheinfelden oder Daniela Herbst schon mal in Basel gearbeitet hat. Außerdem könnten Sie Buchmann sagen, dass er sich nicht weiter um die Zahnärzte kümmern muss.«

Nun ja, dass der Glückliche zu beschäftigt war, um sie zu begleiten, war nicht die ganze Wahrheit. Kurt Hächsler, der zuständige Kollege am Zoll, war ein ausgesprochen attraktiver Mann. Dunkle Haare, braungelbe Augen mit einem manchmal schon fast verträumt-melancholisch wirkenden Blick, charmantes Lächeln, höchstens zwei, drei Jahre älter als Iris. Er entsprach überhaupt nicht dem Bild, das man sich von einem Papiertiger machte. Dafür war er aber genau der Typ Mann, der Frauen magisch anzog. Nicht dass sie sich in Sachen ihres brachliegenden Liebeslebens etwas erhoffte. Nein, natürlich nicht. Aber eine kleine Ablenkung von Max Trautmann war das schon. Max Trautmann. Ja. Oder besser: Nein! Sie musste sich ihn endlich aus dem Kopf schlagen. Verdammt.

»Haben Sie sich denn angemeldet?«, erkundigte sich Felix.

Hatte sie nicht. Sie überhörte also die Frage.

»Ich fahre jetzt heim. Wenn Sie wollen, können Sie diesen Jüngling für heute bei mir lassen. Er ist bei einem Nachbarn untergekrochen. Aber morgen wünsche ich dann meine Ruhe«, verkündete sie.

***

Niklas und Max Trautmann amüsierten sich prächtig. Sie dichteten. Und weil es draußen so düster war, braute Max dazu einen kräftigen Grog. Niklas hatte daraufhin jede Menge Ideen, wie es denn nun mit John Benson weitergehen könnte. Sie waren allerdings nicht brauchbar. Der Junge schien ein Manga-Fan zu sein, und falls Max keinen Japaner in seinen Western einbauen wollte, dann passte das einfach nicht. Er wollte keinen Japaner einbauen. Es dauerte eine Weile, bis er seinen jungen Gast davon überzeugt hatte. Er lenkte ihn schließlich mit dem Hinweis auf Haikus ab, die stammten ursprünglich ja auch aus Japan. Niklas machte sich mit Feuereifer an die Arbeit.

Kalter Frühling ist
der schönen Kommissarin
guter Laune Tod.

Nicht übel. Max hatte das Gefühl, dass in dieser Stunde ein weiterer Dichter geboren worden war. Er musste Niklas mindestens dreimal und beim Barte Josefs und aller Heiligen, die einen Bart hatten, schwören, dass er niemandem, aber auch gar niemandem etwas von diesen Dichtversuchen erzählen würde. Er schwor es. Dann trennten sie sich. Jeder fand, es war Zeit für ein Nickerchen. Sie verabredeten sich fürs Abendessen. Max bot an, zu kochen. Niklas kam. Iris nicht.

8

Iris fand die Adresse des deutschen Zollamtes Weil am Rhein, in Nord-Süd-Richtung gesehen links von der A5, immer wieder amüsant. Zumal das Haus nicht im Mindesten so aussah, wie es die Anschrift vermuten ließ. »Lustgartenstraße 1«. Und nicht zum ersten Mal fragte sie sich, wie die Gegend zu diesem Namen gekommen sein mochte. Das spiegelverkehrt errichtete Gegenüber, das Gebäude des Schweizer Zolls, sah mindestens ebenso lustfeindlich aus und lag im »Kränzliacker« – was sie an sonnenbeschienene Wiesen und Mädchen mit Blumenkränzen im Haar erinnerte. Die gab es aber auch nicht. Stattdessen sah sie graue Gebäude sowie breite Fahrbahnen aus Beton. Unter der Autobahn lag ebenfalls Beton – in Form einer etwa anderthalb Meter breiten Tunnelröhre, die die beiden Zollämter miteinander verband.

Innen hatte sich, zumindest im Erdgeschoss auf der deutschen Seite, dort, wo die Mitarbeiter der Abteilungen Reise- und Warenverkehr hinter verglasten Schaltern residierten, jemand redlich bemüht, etwas Farbe ins Grau zu bringen, das angesichts der kahlen Bäume und des nasskalten Schmuddelwetters noch grauer wirkte als sonst. Der PVC-Boden wies ein ungewöhnliches, weil sechseckiges Riffelmuster auf, die Türen waren lindgrün gestrichen. Iris vermutete, dass sich diese Riffel nur schwer sauber halten ließen. Doch an solche Marginalien dachten die Ausstatter öffentlicher Gebäude eher selten. Dafür gab es ja ein Heer von Putzfrauen, das sich mit Steuergeldern gut bezahlen ließ. Wenigstens geriet hier niemand in Gefahr, auszurutschen, und das war es wohl, was die Sechsecke bewirken sollten.

Sie grüßte kurz in Richtung der Schalter. Das Büro des Kollegen Kurt Hächsler lag ein Stockwerk höher. Sie ignorierte den Lift und steuerte auf die Treppe zu. Komisch, die Rückenschmerzen waren plötzlich wie weggeblasen.

»Halt, wo wollen Sie hin?«, brüllte eine Männerstimme.

Sie drehte sich um. »Terheyde, Kripo Lörrach«, erklärte sie kurz.

Der Mann hinter dem Schalter wedelte mit den Armen, die Erklärung schien ihm nicht zu genügen. Sie ignorierte ihn und erklomm die Stufen. Gerade als sie Hächslers Bürotür nach kurzem Klopfen öffnete, hatte der Mann sie eingeholt. Der Leiter des Abfertigungsdienstes, halb verborgen hinter mehreren Stapeln von Akten, blickte auf, sah sie, sah den Kollegen mit dem geröteten Gesicht und nickte.

»Ist schon gut, Franz, ich kenne die Dame. Hallo, Iris, du hast offenbar noch immer die Angewohnheit, unangemeldet aufzutauchen.«

»Ich bin eben eine durch und durch berechenbare Person.«

Beide lachten. Das entspannte die Atmosphäre. Iris wurde in der Gegenwart gut aussehender Männer, von denen sie vermuten musste, dass sie der Schwarm vieler Frauen waren, mit schöner Regelmäßigkeit von einer lästigen Schüchternheit übermannt, die sie einfach nicht ablegen konnte. Einerseits wünschte sie sich natürlich die Aufmerksamkeit eines solchen Mannes, andererseits konnte sie sich nicht vorstellen, dass dieser sich dann mit einer Frau wie ihr begnügen könnte. Vielleicht mal für ein Abenteuer, vielleicht auch als eine Art Nutzpflanze zur Pflege des Heims, fürs Vergnügen würde er sich aber sicher andere nehmen. Sie wollte aber einen Mann ganz für sich allein. Sie war notorisch eifersüchtig. Solche Anfälle bekäme eine Frau wie sie bei einem Mann wie ihm unweigerlich, wenn sie ihn zu nahe an sich heranließe. Es gab allerdings überhaupt wenige Männer, mit denen sie dieses Problem nicht hatte. Max Trautmann war einer dieser raren Spezies. Aber da hielt sie ein nicht ausgeräumter Verdacht auf Abstand.

»Was kann ich für dich tun? Ich habe gleich einen Termin. Du weißt sicher, dass wir diverse Umstrukturierungen hatten und das Zollkommissariat seit gut einem Jahr ein Sachgebiet des Hauptzollamtes ist. Gleich kommt Stieglitz, du kennst ihn, der ehemalige Leiter des Kommissariats. Er ist jetzt stellvertretender Leiter des Hauptzollamtes. Wir haben einiges an Organisatorischem zu besprechen, demnächst kommt wieder ein junger Schweizer Kollege und macht eine Hospitanz bei uns.«

Iris nickte. »Die Verschlankung, ich weiß.«

Hächsler war klar, dass Iris damit nicht Stieglitz meinen konnte. »Tritt ein, setz dich. Warte, ich räume dir den Stuhl frei.«

Er lächelte sie an. Sie schmolz dahin. Aber deswegen war sie nicht hier. Kurt hatte ein unglaubliches Gedächtnis. Die Kollegen nannten ihn manchmal das wandelnde Lexikon. Und das war genau die Eigenschaft, auf die Iris hoffte.

»Tut mir leid, dass ich hier so hereinschneie, aber wir stecken gerade mitten in einer seltsamen Ermittlung. Es geht um diese neuen Regelungen bezüglich der Weiterverwendung von menschlichem Gewebe für medizinische Zwecke. Du weißt schon.«

Hächsler nickte und wies auf eine eher küchenstuhlartige Sitzgelegenheit an einem kleinen Tischchen, das direkt an seinen Schreibtisch grenzte. »Jetzt setz dich endlich.«

Das schlauchartige Büro mit Blick auf die Autobahn bot nur wenig Bewegungsfreiheit. Es war mit dem Schreibtisch, dem »Beistelltisch«, der gleichzeitig die Funktion einer Besprechungsecke für weniger offizielle Anlässe erfüllte, sowie den fast deckenhohen plastikgrauen Rolltüren-Aktenschränken, die die andere Längswand säumten, ziemlich vollgestellt. Vier mal anderthalb Meter, das war die Arbeitswelt von Kurt Hächsler. Dagegen empfand Iris ihr Büro als den Inbegriff von Luxus.

»Ja, sie sind seit August 2007 in Kraft. Nur an brauchbaren Durchführungsbestimmungen vom Regierungspräsidium hapert es noch immer«, griff Hächsler den Faden auf.

»Was würdest du tun, wenn dir bei der Abfertigung plötzlich jemand begegnet, der menschliche Gewebeteile in einem Kühlkoffer über die Grenze bringen will?«

Er schaute verblüfft. »Wie bitte? So ein Fall ist mir noch nicht untergekommen. Die Schweizer Kliniken schicken manchmal Gewebe in deutsche Labors, weil die Untersuchung dort billiger ist …«

»Nein, das meine ich nicht. In umgekehrte Richtung. Also Export.«

»Von welcher Art Gewebe sprechen wir denn? Was meinst du?«

»Füllmaterial, das zum Beispiel in der Kieferchirurgie eingesetzt wird – elastisches Bindegewebe, das meist vom Oberschenkelmuskel stammt, Hirnhaut, Augenhornhäute, Knochen, eben alles, was sich für medizinische Zwecke weiterverarbeiten lässt und von Toten entnommen wird. Wir haben es augenblicklich nicht nur mit Mord, sondern auch noch mit Typen zu tun, die offenbar gewerbsmäßig mit Leichenteilen handeln. Wahrscheinlich illegal.«

»Na, du drückst dich aber hart aus. Meinst du schon prozessiertes oder noch nicht weiterverarbeitetes Gewebe?«

»Beides.«

»Hm. Unangenehmes Thema. Die Kommerzialisierung des menschlichen Körpers macht inzwischen auch vor dem ›Recycling‹ nicht halt. Wie ich gehört habe, wird im Ausland zum Beispiel Gewebe abgetriebener Kinder seit Jahren für die Produktion von Impfstoffen verwandt. Da wird es einem ganz anders.«

»Brrrr.« Iris schüttelte sich. »Das Gewebe und die Zellen, von denen ich spreche, stammen allerdings von erwachsenen Toten, möglicherweise solchen, die keine Angehörigen mehr haben oder deren Hinterbliebene im Ausland leben. Wir haben in einem Beerdigungsinstitut den Körper einer Siebzigjährigen entdeckt, dem Knochen und auch sonst so einiges entnommen worden sind.«

»Hat man sie umgebracht, oder warum beschäftigt ihr von der Mordkommission euch mit dem Fall?«

»Nein, sie nicht, ihre Enkelin hat ihre tote Oma bei uns als vermisst gemeldet. Als wir das dann nachgeprüft haben, fanden wir im Sarg noch eine zweite Leiche, einen Mann. Und der ist erschossen worden. Daraufhin haben wir das Beerdigungsinstitut durchsucht.«

»Das ist ja ein Ding! Und was willst du nun genau von mir wissen?«

»Zum Beispiel: Welche Regelungen gibt es, wenn du in einer Kühltasche Gewebe findest, das jemand ins Land bringen will, und du das Gefühl hast, da stimmt etwas nicht. Natürlich gilt das auch für den Weg in die Schweiz. Gibt es dafür überhaupt Zollbestimmungen? Wie schwer ist es eigentlich, so etwas über die Grenze zu schaffen? Fällt euch so etwas überhaupt auf?«

»Während der BSE-Krise haben wir Kühltaschen untersucht. Auch zu Zeiten der Geflügelpest, um zu verhindern, dass verseuchtes Fleisch ins Land kommt. Aber menschliches Gewebe? Mir ist noch kein solcher Fall bekannt. Wenn jemand es importieren wollte und wenn ich wüsste, dass es sich um menschliches Gewebe handelt, und das ist ja wohl nicht immer gleich zu erkennen, würde ich mich ans Regierungspräsidium Freiburg wenden. Allerdings nur, wenn mir der Transport suspekt vorkommt. Außerdem, du weißt es ja selbst: Schmuggler nutzen eher die unbewachten Grenzübergänge, und das werden immer mehr. Außerdem gehören die Eidgenossen jetzt zum Schengen-Raum, und die Kontrollen verlagern sich ins Hinterland. Ich bin sowieso gespannt, was das für unsere Aufklärungsquote bedeutet. Für die Bürger ist es gut, nicht mehr kontrolliert zu werden. Und wir haben jede Menge Pendler, die in der Schweiz arbeiten. Aber dasselbe gilt eben auch für Straftäter. Wir werden sehen.«

»Ich weiß. Wahrscheinlich würden illegale Gewebetransporte über die Grenzübergänge laufen, auf denen ausschließlich nicht motorisierter Verkehr erlaubt ist. Die Toten am Stück kommen eher bei euch vorbei. Es wird sich wohl kaum jemand eine Leiche im Teppich über die Schulter werfen und über die Laufenburger Altstadtbrücke in die Schweiz marschieren. Oder umgekehrt. Müssen Hirnhäute oder Leichen eigentlich verzollt werden? Ich meine, gibt es da Tarife?«

»Nein. Tote sind keine Waren im Sinne des Zolltarifs.«

»Es muss aber doch irgendwie geregelt sein.«

»Leichen und Urnen sowie Särge fallen unter den Tarif 3001, im Klartext: Sie sind tariffrei. Das gilt auch für menschliche Teile wie Blut, Gewebe und so weiter. Leichen benötigen nur einen sogenannten Leichenpass.« Hächsler ging zum Aktenschrank. »Hier ist einer.«

Iris warf einen Blick auf das Papier. »Diesen Zettel kann ja jeder ohne Probleme selbst anfertigen.«

»Stimmt schon.«

»Und was macht ihr beim Zoll, wenn ihr einen Leichentransport habt? Wird der Sarg aufgemacht?«

»Nein, normalerweise nicht. Wir schauen uns an, ob die notwendigen Papiere dabei sind, und winken die Fuhre durch.«

Das waren schlechte Nachrichten. »Das heißt also, es gibt überhaupt nichts zu verzollen? Wer die vorgeschriebenen Papiere vorweist, der kann so viele Tote und so viel Gewebe, wie er will, über die Grenze bringen, ohne jedwede Zollabgaben? Es ist demnach gar kein Verstoß gegen irgendwelche Tarife oder Vorschriften möglich? Es werden also keine Statistiken geführt, und ihr habt wahrscheinlich auch keine Unterlagen über irgendwelche Auffälligkeiten?«

»Hm. Um welches Beerdigungsinstitut handelt es sich denn?«

»Um die ›Jenseitswelten‹ in Lörrach.«

»Die kennen wir, die kommen öfter mit ihrem Wagen bei uns durch. Ich glaube, das ist der Neffe, der da fährt. Aber wie oft – ich bezweifle, dass jemand von uns das gezählt hat. Ich weiß nur, dass viele der Toten laut Totenpass nicht aus der Region stammen, sondern aus Orten, die in ganz Deutschland verstreut liegen. Bis hinauf nach Hamburg und Berlin, wenn ich mich richtig erinnere.«

In Iris keimte wieder Hoffnung. »Ja, das deckt sich mit den Unterlagen und Listen, die wir bei der Hausdurchsuchung gefunden haben. Irgendwie scheint da eine ganze Kette von solchen Instituten zusammenzuarbeiten, und die Lörracher bringen die Leichen dann weiter über die Grenze. Warte mal, ich habe hier Namen von Toten, sagen die dir was?«

Sie kramte in ihrer Tasche, zog den Zettel heraus und gab ihn ihm. »Alle haben die gleichen Initialen. Das ist außergewöhnlich. Könntet ihr bitte mal auf Totentransporte achten, die ebenfalls ein O.K. aufweisen, und dann notieren, wohin sie gehen? Und auf ein entsprechendes Autokennzeichen? Kann ja sein, dass auffällig oft ein bestimmter Wagen genutzt wird.«

Hächsler zuckte die Schultern. »Ich sage den Kollegen Bescheid. Wir melden uns auf jeden Fall, wenn uns etwas ungewöhnlich erscheint. Bisher hatten wir ja keine Veranlassung, uns genauer umzutun.«

»Könntest du mir noch einen Gefallen tun?«

»Klar, was soll ich machen?«

»Erkundige dich doch bitte auch bei den Kollegen in der Schweiz, ob sie etwas Auffälliges beobachtet haben.«

»Kein Problem, mache ich.«

»Ich danke dir.«

In diesem Moment klopfte es an der Tür, der angekündigte Alex Stieglitz streckte den Kopf herein.

»Ich sehe, du hast charmanten Besuch. Die Kollegin von der Mordkommission. Was führt Sie denn her? Was, Sie wollen schon wieder gehen? Das ist aber schade. Demnächst ist ja wieder Schießtraining in Freiburg. Was ist, sollen wir eine Fahrgemeinschaft bilden? Wir können Sie gerne mitnehmen. Wie kommen Sie eigentlich mit Ihrer neuen P 30 zurecht?«

»Oh, ganz gut«, versicherte Iris. Was sogar stimmte, die neue Neun-Millimeter-Pistole lag ihr. Sie war schon immer eine gute Schützin gewesen. Allerdings erinnerte sie die Frage wieder an ihr Problem. Waffenträger, insbesondere solche, die bei der Polizei Karriere machen wollten, mussten Kondition vorweisen, sonst schaltete sich der betriebsärztliche Dienst ein. Was er in ihrem Fall ja auch getan hatte. Die Hexe in ihrem Rücken, die sich während des Gesprächs mit Kurt Hächsler bemerkenswert friedlich verhalten hatte, meldete sich mit Vehemenz zurück. Dabei hatte sie gedacht, der ruhige Sonntag mit viel Schlaf hätte das Problem behoben.

Sie verkniff sich das Stöhnen und stand auf. »Danke für das Angebot, ich weiß noch nicht, wann ich zum Schießtraining fahre.«

»Sechsmal im Jahr müssen Sie, das wissen Sie doch.«

»Ja, ich weiß, aber der Fall … Jedenfalls, ich muss jetzt los. Danke, Kurt, tschüss, Herr Stieglitz. Wir hören voneinander.« Noch ehe einer der Männer eine weitere Bemerkung machen konnte, war sie aus der Tür.

Als sie ins Büro zurückkam, telefonierte der Glückliche gerade. Beim Ausziehen des Mantels schoss die Hexe erneut, und Iris zuckte zusammen. Den Aufhänger hatte sie noch immer nicht angenäht, also drapierte sie ihr gutes Stück irgendwie auf dem Garderobenständer neben der Tür. Es fiel auf den Boden. Aufstöhnend bückte sie sich, dabei knisterte etwas in der Tasche. Sie griff hinein und bekam zwei Plastiktütchen zu fassen. Stimmt, die Haarproben aus dem Bad von Daniela Herbst! Sie mussten noch nach Freiburg zur DNA-Untersuchung.

Martin Felix legte den Hörer ab. »Wo haben Sie das denn her? Na, ich glaube, ich frage besser nicht weiter.«

»Die müssen noch ins Labor.« Iris wies mit dem Kopf Richtung Telefon. »Gibt es etwas Neues?«

»Ich habe mit der Frauenklinik Rheinfelden telefoniert. Daniela Herbst scheint eine gute Mitarbeiterin zu sein, eine sehr einfühlsame Krankenschwester. Der Personalchef hat sie jedenfalls in den höchsten Tönen gelobt. Über ihr Privatleben weiß er jedoch so gut wie nichts. Sie ist wohl ziemlich zurückhaltend. Ach ja – in der Klinik sind vor einiger Zeit Medikamente gestohlen worden, starke Schmerzmittel und auch Opiate. Das hat jedoch vor etwa zwei Monaten aufgehört.«

Iris horchte auf. »Warum muss ich da nur an unseren toten Unfallchirurgen denken? Ob es da einen Zusammenhang gibt?«

»Wäre jedenfalls möglich. Ich denke, wir sollten schnellstens mal ins Kantonsspital fahren, vielleicht finden wir persönlich mehr heraus.«

»Das hatte ich auch schon auf der Agenda. Aber vorher machen wir einen Plan.« Iris zog ein Blatt Papier aus der Schreibtischschublade. Malen half ihr beim Denken. Das war das Zweitbeste nach Nägelkauen. Kreise, Pfeile, Männchen. Die Methode hieß Mindmapping. Sie hatte sie auf ihre Weise weiterentwickelt. Die Kollegen spotteten schon darüber.

»Außerdem habe ich mich beim Landeskriminalamt erkundigt, ob sie dort schon einmal von ähnlichen Fällen in Sachen Gewebe gehört haben«, sagte Felix.

»Und?«

»Nix und. Sie waren völlig perplex, dass es Menschen gibt, die Teile von Toten illegal – lassen Sie es mich einmal so ausdrücken – recyceln. Dann habe ich dieselbe Frage bei den Kollegen der Kantonspolizeien Baselland, Basel-Stadt und Aargau gestellt. Übrigens, Viktor lässt Sie grüßen. Er sagt, er fühlt sich von Ihnen vernachlässigt, und fragt, wann Sie sich mal wieder bei ihm melden. Er wird sich auf jeden Fall umhören und ruft dann an.«

»Sparen Sie sich diesen bedeutungsschwangeren Blick. Viktor ist ein guter Freund, mehr nicht. Und selbst wenn da mehr wäre, ginge Sie das gar nichts an. Was haben die anderen Kollegen gesagt?«

»Sie fanden die ganze Angelegenheit ziemlich merkwürdig, haben noch nichts dergleichen gehört, wollen aber Augen und

Ohren offen halten. Den elsässischen Kollegen und den Verantwortlichen für die Zollübergänge Mulhouse und Colmar habe ich eine Vorwarn-Mail geschickt, aber noch keine Antwort erhalten. Ohne französisch-richterliche Genehmigung geht da ohnehin nichts. Und der für den Import von Gewebetransplantaten Zuständige vom Regierungspräsidium Freiburg war ziemlich zugeknöpft. Er könne sich nicht vorstellen, warum jemand Leichen durch die Gegend fahren sollte. Ich habe ihn gebeten, einmal in den Unterlagen nachzuschauen, von wo aus solche Transplantate nach Baden-Württemberg importiert werden. Er klang nicht sonderlich begeistert, als er das versprach. Wahrscheinlich wird er uns irgendwann ein Fax schicken mit dem Hinweis, dass eigentlich jemand anders zuständig ist.«

»Also treten wir momentan auf der Stelle bei der Frage, wie genau der Handelskreislauf aussieht.«

»Wieso? Was haben Sie herausgefunden?«

»Es ist ganz einfach, Gewebeteile über die Grenze zu bringen, egal, ob hin oder zurück.«

Zwei Kreise, zwei Pfeile.

»Nach dem, was ich jetzt über die – praktisch nicht existierenden – Kontrollen weiß, könnten die Täter die Leichen aber auch ohne Weiteres am Stück ex- oder importieren, sie weiterschicken und das Gewebe dann in einem Land entnehmen und prozessieren, wo die Vorschriften nicht so streng sind wie bei uns. Oder nicht überprüft werden. Wo niemand zu genau auf die Begleitpapiere achtet. Die zweite Möglichkeit: Sie entnehmen das Gewebe hier unter illegalen Bedingungen. Dazu eignet sich ja der Seziertisch. Dann fälscht man die Begleitpapiere. Anschließend werden die Teile über die Grenze zur Weiterverarbeitung transportiert. Ersteres kommt mir in unserem Fall aber wahrscheinlicher vor, denn dann brauchen die ›Zulieferer‹ eigentlich nur einen getürkten Totenpass auf irgendeinen Namen. Die anderen für allogene Transplantate nötigen Begleitpapiere werden dann irgendwo im Ausland gefälscht. Vielleicht machen sie auch beides. Je nachdem, wie sehr es eilt, wie ›alt‹ die Leiche schon ist, wenn sie in den ›Jenseitswelten‹ eintrifft. Beide Möglichkeiten zeitigen dasselbe Ergebnis.«

Wieder Kreise, wieder Pfeile, dazu Männchen, kleine Vierecke und Autos und Kreuzchen.

»Ich sehe das so: Seit der Perestroika gibt es unzählige neue Länder, die noch im Aufbau begriffen sind. Und das Regierungspräsidium Freiburg ist weit, zumindest was den Zollübergang Weil am Rhein betrifft. Wenn von dort keine Hinweise kommen ... Wissen Sie, was mein Eindruck ist? Jeder, der die notwendigen Papiere hat, ob gefälscht oder nicht, sei jetzt dahingestellt, kann Leichen und/oder Gewebe über die Grenze transportieren, ohne dass sich jemand sonderlich dafür interessiert. Warum auch? Es gibt nämlich nichts zu verzollen und deshalb kaum Kontrollen. Seit die Schweiz zum Schengen-Raum gehört, gleich gar nicht.«

»Ups, der vorletzte Satz reimt sich sogar.«

»Ha. Ha. Eines hat der Kollege vom Zoll allerdings gesagt: Die ›Jenseitswelten‹ bringen immer wieder Tote über die Grenze in die Schweiz und vielleicht weiter. Leichenwagen halten die an der Grenze aber nicht an. Es sei denn, es kommt ihnen etwas merkwürdig vor. Aber bisher gab es meinen Recherchen nach noch keinen solchen Fall. So, dann lassen Sie uns mal nach Basel aufbrechen. Sie fahren.« Iris zerknüllte das Blatt mit den Zeichnungen und warf es in den Papierkorb.

»Nanu. Das sind ja ganz neue Sitten.«

»Das Papier? Ach, Sie meinen das Fahren. Irgendwann müssen Sie das auch mal lernen. Übrigens, gibt es schon Neues bezüglich der Alibis?«

»Ja, Buchmann hat sich gemeldet. Die Freunde von Kunz in der Gerbergasse in Basel bestätigen seine Version. Die beiden alten Damen von den ›Jenseitswelten‹ behaupten wie aus einem Mund, sie hätten an diesem Abend wie an allen anderen Abenden auch gemeinsam zu Nacht gegessen und dann noch eine Weile Mozart gehört. Sie mögen offensichtlich keine Fernseher und gehen auch nicht mehr aus. Ich halte es außerdem für eher unwahrscheinlich, dass sie allein stark genug sind, um einen schweren Mann in einen Sarg zu wuchten.«

»Stimmt, dabei hilft mit Sicherheit der Neffe. Kunz scheint ohnehin der Mann fürs Grobe zu sein.«

»Mit Felicia Herbst habe ich selbst gesprochen.«

»Sagen Sie bloß.«

»Sie bestätigt die Version ihrer Mutter, wonach die beiden Frauen am Mordabend zwischen achtzehn Uhr dreißig und zwanzig Uhr miteinander telefoniert haben.«

»Die ganze Zeit?«

»Die ganze Zeit.«

»Das ist aber lang für Frauen, die sich eigentlich nicht viel zu sagen haben, finden Sie nicht? Wir sollten das mal von der Telefongesellschaft überprüfen lassen. Im Klartext heißt das: Alle Beteiligten haben ein mehr oder weniger starkes Alibi. Wir haben keinen Mordverdächtigen und stehen wieder ganz am Anfang. Zumindest falls wir nicht eines dieser Alibis erschüttern können. Ich traue hier niemandem über den Weg. Vielleicht sollten wir diesen Schweizer Freunden von Kunz mal durch die Blume klarmachen, dass sie eine Menge Ärger bekommen, wenn sie lügen, und mitnichten darauf hoffen können, dass die deutsche Polizei sie in diesem Fall nicht zu packen bekommt. Sagen Sie mal, hat Daniela Herbst eigentlich einen PC? Ein Handy?«

»Ich habe in der Wohnung nichts Derartiges gesehen.«

»Vielleicht überprüfen Sie das gleich mit. Checken die Provider ab.«

»Ich habe das Gefühl, Sie mögen mich nicht.«

»Wie kommen Sie denn darauf?«, fragte Iris gedehnt.

»Ich muss immer die blöde Kleinarbeit machen.«

»Oh doch. Ich mag Sie. Manchmal. Und ich bin kein Unmensch. Wie wär's, vielleicht hat Buchmann Zeit und kann Ihnen helfen?«

»Neubert, sagen Sie?« Die Sachbearbeiterin in der Personalabteilung des Basler Kantonsspitals war der Aussprache nach eine Deutsche.

Felix strahlte die junge Frau an. »Ja, er hat hier gearbeitet. Haben wir nicht miteinander telefoniert?«

Sie nickte. »Schon, aber eigentlich darf ich Ihnen nichts sagen. Sie sind nicht von der schweizerischen, sondern von der deutschen Polizei. Außerdem geben wir grundsätzlich keine persönlichen Daten unserer Angestellten …«

Der Glückliche packte seinen ganzen Charme aus. Iris sah staunend zu, wie er seine Wirkung entfaltete.

»Ich verstehe das vollkommen. Natürlich.« Er zwinkerte der Frau zu. »Und wenn wir versprechen, nicht zu erwähnen, woher wir die Informationen haben?«

Das konnten sie sowieso nicht. Sie hatten nun mal in der Schweiz keine Ermittlungen anzustellen. Falls bei der Befragung jetzt etwas herauskam, würden sie die offizielle Anfrage stellen. Es war manchmal besser, vorher herauszufinden, ob sich die ganze Bürokratie überhaupt lohnte. Das ersparte allen Beteiligten lästigen Papierkram. Fand wenigstens Iris.

»Ich weiß nicht ...«

»Bitte!«

Wo hatte Felix nur diesen flehenden Hundeblick geübt?

»Herr Neubert arbeitet nicht mehr hier. Schon seit mehr als zwei Jahren, glaube ich. Aber das war vor meiner Zeit. Ich habe nur davon gehört.«

»Und was haben Sie gehört?« Wieder dieses Zwinkern. Iris konnte förmlich spüren, wie die junge Frau dahinschmolz.

»Ich ... Also es gab da einen Zwischenfall. Einen Kunstfehler, ziemlich gravierend, glaube ich. Herr Neubert soll im Operationssaal betrunken gewesen sein. Jedenfalls wurde er sofort entlassen.«

»Hat die Klinik Anzeige gegen ihn erstattet?«

»Nein, soweit ich weiß, nicht. Die Sache wurde ...«

»Vertuscht«, half Iris nach.

Die Sachbearbeiterin musterte sie verwirrt. Sie hatte angesichts der geballten Männlichkeit, die der Glückliche auf sie einwirken ließ, offensichtlich völlig vergessen, dass Iris auch noch da war.

»Nein, nicht direkt, es kam aber nie an die Öffentlichkeit.«

»Sie helfen uns wirklich sehr«, meldete sich Felix wieder zu Wort. »Ohne Sie kommen wir mit unseren Ermittlungen einfach nicht weiter.«

Sülzer, dachte Iris.

»Ja?«

Er lächelte die junge Frau bestätigend an. Diese errötete.

»Wenn Sie uns jetzt noch die Adresse nennen könnten, die Sie in der Personalakte haben? Wir wären Ihnen wirklich sehr verbunden.«

»Also gut. Einen Moment.«

Sie ging ins Nebenzimmer.

Jetzt sagte Iris es laut. »Sülzer.«

»Aber es wirkt.«

»Probieren Sie so etwas bloß nie bei mir.«

»Wo werde ich denn? Ich weiß doch, dass es keinerlei Wirkung hat. Sie sind dafür viel zu intelligent.«

»Schleimer.«

»Das finde ich aber nicht nett.«

»Ich bin nicht nett.«

»Stimmt.«

»Wie bitte?«

In diesem Moment kam die junge Frau wieder zur Tür herein. »Unsere Adresse ist alt. Rheinfelden, Vogesenstraße 8.«

Felix verbeugte sich galant. »Vielen herzlichen Dank. Wirklich, ohne Sie wären wir aufgeschmissen. Falls ich mal wieder in der Nähe bin, darf ich dann mal …?«

Die Sachbearbeiterin errötete erneut.

»Meine Herren, Ihr Charme hat gewirkt wie die Blubber in der Brause«, stellte Iris fest, als sie wieder im Auto saßen. »Sie haben sie ja richtig zum Sprudeln gebracht. Bevor ich es vor lauter Bewunderung über Ihre effizienten Befragungsmethoden vergesse: Ist Ihnen etwas aufgefallen?«

»Sie hat geredet.«

»Nein, das meine ich nicht. Vogesenstraße in Rheinfelden. Da wohnt doch auch Daniela Herbst. Können Sie sich noch an die Hausnummer erinnern?«

»Sie haben recht. Nein, die Nummer weiß ich nicht mehr.«

»Ich habe oft recht.«

In der PD stellten sie fest, dass Daniela Herbst im Haus Nummer 11 wohnte.

»Außergewöhnlich, dass sie Neubert dann nicht gekannt haben will«, meinte der Glückliche.

»Das finde ich auch. Sie wohnten einander praktisch gegenüber. Das ist schon der zweite Hinweis auf eine mögliche Verbindung zwischen Gerd Neubert und Daniela Herbst.«

»Und was war der erste?«

»Na, die Diebstähle in der Rheinfelder Frauenklinik.«

»Sie vermuten, Frau Herbst hat für Neubert gestohlen?«

»Wer weiß? Was war mit Neuberts Handy?«

»Satz mit x. Er hat offensichtlich keines. Auch nicht jenseits der Grenze. Daniela Herbst übrigens auch nicht.«

»Das ist aber ungewöhnlich für einen Mediziner. Wir müssen trotzdem irgendwie herausfinden, wo er zuletzt wohnte. Rufen Sie doch mal bei der Rheinfelder Meldestelle an. Vielleicht wissen die, wo er hingezogen ist.«

»Mach ich.« Felix schaute auf die Uhr. »Falls da überhaupt noch jemand arbeitet. Es ist schon fast achtzehn Uhr.«

»Nein, vermutlich kommen wir da heute nicht mehr weiter. Dann machen wir Schluss. Bringen Sie mich noch zum Badischen Bahnhof in Basel? Sie müssen doch in diese Richtung. Dann kann ich mir das Umsteigen von der Tram in den Zug sparen. Übrigens, wann gedenken Sie, Ihren Neffen abzuholen?«

»Ich hole Niklas, so schnell ich kann. Versprochen. Bitte geben Sie mir noch etwas Zeit.«

»Hat der Jüngling eigentlich ein Handy?«

»Wieso?«

»Habe ich Ihnen das nicht erzählt? Er hängt dauernd bei den Nachbarn rum, wenn ich nicht da bin. Da sollte ich ihm vielleicht besser eine SMS schicken, dass ich im Anmarsch bin. Muss er denn eigentlich nicht in die Schule?«

»Eigentlich schon. Aber ich konnte den Arzt überzeugen, ihn krankzuschreiben.«

»Ah, welche Diagnose?«

»Borderline.«

Das passte. Iris fand die Situation auch grenzwertig.

Niklas antwortete nicht auf ihre Nachricht. In ihrer Wohnung brannte kein Licht. Also klingelte Iris notgedrungen bei Max Trautmann. Der Summer ertönte sofort.

»Kommen Sie hoch, Ihr Neffe ist bei mir!«, rief er durch die Sprechanlage. Das war ihr gar nicht recht. Sie wollte eigentlich nur in ihre eigenen vier Wände, einen Tee kochen, vielleicht noch etwas essen. Siedend heiß fiel ihr ein, dass der Kühlschrank leer war. Also essen gehen. Oder hungern. Geschähe diesem Piercing-Monster eigentlich recht. Und ihr täte es gut. Aber eigentlich war das ungerecht. Der Junge konnte ja nichts für die Situation. Und sie hatte auch keine Lust darauf, zu hungern.

Sie stieg hinauf in den ersten Stock, die Wohnungstür stand offen. »Kommen Sie rein, ich koche gerade«, rief Max Trautmann ihr entgegen.

Sie deutete auf ihren Rucksack, in dem die Akte des Mordfalls steckte. »Tut mir leid, ich kann nicht, hab noch einiges aufzuarbeiten.«

»Kommen Sie, geben Sie Ihrem Herzen einen Stoß.«

»Mein Herz verträgt keine Stöße«, erwiderte sie patzig. Es roch einfach zu gut, die Aussicht, das zu essen, was so gut roch, war sehr verlockend.

»Seien Sie nicht so kratzbürstig, ich tue Ihnen schon nichts«, erwiderte Trautmann. »Außerdem wäre es doch schade, die beiden jungen Leute zu stören, schauen Sie mal, ist das nicht ein trautes Bild?«

Iris blickte hinüber zum Esstisch. Niklas schien wirklich keine Kontaktschwierigkeiten zu haben. Da saß er in fröhlicher Eintracht mit einem etwa gleichaltrigen und recht hübschen Mädchen. In diesem Moment lachten beide laut. Offensichtlich hatte der Neffe des Glücklichen die Gabe, die Damenwelt für sich einzunehmen. Beide hielten Spielkarten in der Hand, weitere lagen auf dem Tisch vor einem leeren Stuhl. Wahrscheinlich hatte Trautmann darauf gesessen.

»Ah, da sind Sie ja«, begrüßte Niklas sie. »Sie können gleich mitmachen.«

»Wobei mitmachen?«

»Wir spielen Poker.«

»Ich kann keine Glücksspiele.«

»Ach, jetzt seien Sie doch nicht so … polizistisch. Es ist echt geil. Wir spielen auch nicht um Geld, bloß so.«

»Pfänderspiele, was? Wer verliert, muss ein Kleidungsstück ablegen?«

»Mannomann, haben Sie eine miese Laune.« Wenn es sein musste, dann nahm der Jüngling offenbar kein Blatt vor den Mund. Iris bekam ein schlechtes Gewissen.

Trautmann half ihr aus der Patsche. Er hatte sich zu ihnen gesellt. »Das ist Martina, meine Nichte. Sie macht eine Weile Urlaub bei mir. Vielleicht finden wir für sie auch eine Lehrstelle. Ist das nicht praktisch, dann können die beiden jungen Leute mal gemeinsam etwas unternehmen? Und wir vielleicht mit, was meinen Sie?«

Sofort erwachte ihr Misstrauen. »So ein Zufall. Ich habe aber zu arbeiten.«

»Nun ja, zum Essen bleiben Sie aber, oder?«

Sie musterte ihn von oben bis unten. »Das Küchenhandtuch als Schürze steht Ihnen gut. Können Sie denn überhaupt kochen?«

»Ja, kann ich. Am besten Wasser. Kommen Sie doch in die Küche und kontrollieren Sie, ob ich auch alles richtig mache.« Er wandte ihr den Rücken zu.

Da hatte sie wohl jemanden beleidigt. Stumm stapfte sie hinterher. Die Bolognesesoße brodelte auf dem Herd und roch genau so, wie sie Bolognesesoße am liebsten mochte. Mit viel Knoblauch und Rosmarin. Das Nudelwasser siedete bereits, die Spaghetti lagen bereit. Auf der Anrichte stand eine große Glasschüssel, unten sah sie die Soße, darüber Tomatenschnitze und darauf viel grünen Salat. Gekrönt wurde das Ganze von kleinen Würfeln aus Schafskäse, gehackten Kräutern und klein geschnittenen schwarzen Oliven. Er hatte den Salat noch nicht mit der Soße vermischt.

»Wow«, sagte sie.

Er folgte ihrem Blick. »Das mache ich erst, wenn die Nudeln fertig sind, sonst wird der grüne Salat lommelig.«

»Was wird er?«

»Lommelig. Sie können wohl kein Schwäbisch, oder?«

»Ich kann nur Badisch«, erklärte sie.

»Mögen Sie Spaghetti bolognese?«

»Ja, ich mag Spaghetti bolognese.«

Das war untertrieben. Sie liebte Spaghetti bolognese. Und so, wie es in dieser Wohnung roch, fürchtete sie um ihren Kaloriensparplan.

»Nudeln machen nicht dick, nur glücklich«, erklärte Trautmann. Konnte der Mann Gedanken lesen? »Aber legen Sie doch den Mantel ab, einfach auf mein Bett werfen. Wo das Schlafzimmer ist, wissen Sie ja.«

Sie wurde flammend rot und hatte das Gefühl, dass die beiden jungen Leute interessiert zuhörten. Doch sie schaute nicht zum Tisch, als sie an ihnen vorbei ins Schlafzimmer rauschte. Ja, das kannte sie. Nein, lieber nicht daran denken, dass sie beinahe mit ihm in diesem Bett gelandet wäre. Sie pfefferte den Mantel darauf und stellte erst jetzt bewusst fest, dass es in der Trautmann'schen Wohnung sehr aufgeräumt aussah. Damals, als sie im Fall Lara ermittelt hatte, hatte hier das reinste Chaos geherrscht. Wenn stimmte, was die Psychologen sagten, nämlich dass die äußeren Umstände die inneren Zustände widerspiegelten, dann hatte dieser Mann sein Leben inzwischen gehörig in Ordnung gebracht.

Sie ging zurück ins Küche-Wohn-Esszimmer. »Kann ich etwas helfen? Tischdecken oder so?«

»Na, Schlafzimmer gefunden?«

»Was soll diese blöde Frage?« Sie warf ihren Rucksack aufs Sofa. Dabei rutschte die Akte heraus. Sie hatte die Reißverschlüsse mal wieder nicht richtig zugemacht. Die Papiere verteilten sich auf dem Teppich und neben dem Couchtisch. »Oh nein!«

»Das hat man von zu vielen Temperamentsausbrüchen, warten Sie, ich helfe Ihnen.«

»Jawohl, Herr Oberlehrer.«

Trautmann klaubte einige Papierbögen zusammen und reichte sie ihr. Dabei fiel ihm auch das Foto Neuberts in die Hände.

»Der Mann sieht aber ziemlich tot aus. Wer ist das denn? Ein Opfer, dessen Mörder Sie suchen?« Er drehte die Fotografie um. »Ah, Gerd Neubert heißt er also.«

»Ein abgehalfterter Unfallchirurg, er hat früher am Basler Kantonsspital gearbeitet.«

»Ich kenne den Oberarzt der Basler Ambulanz ganz gut. Soll ich mal? Ich meine, Sie hatten doch gesagt, dass ich Ihnen helfen kann …«

»Hey, ermitteln, das wäre ja voll krass! Können wir mitmachen?«, meldete sich Niklas zu Wort.

»Au ja«, stimmte Martina ein.

»Untersteht euch! Das ist allein Sache der Polizei. Und abgesehen davon kann selbst ich nicht einfach in Basel aufkreuzen und irgendwelche Ermittlungen anstellen.« Iris' Tonfall klang schärfer als beabsichtigt. Sie hoffte, man sah ihr nicht an, dass sie genau das getan hatte.

»Ist ja schon gut«, beschwichtigte Trautmann und reichte ihr das Foto. »Ja, Sie können sich wirklich nützlich machen. Da drüben im Küchenschrank finden Sie Teller und Besteck. Am besten nehmen Sie Suppenteller. Außerdem muss jemand den Parmesankäse reiben. Und falls Sie ein Lätzchen benötigen, damit Sie sich nicht mit Tomatensoße bekleckern, sagen Sie Bescheid, dann gebe ich Ihnen eine Serviette.«

»Rachsucht steht Ihnen nicht.«

Er maß sie mit einem seltsamen Blick. »Meinen Sie?«

Die Spaghetti schmeckten, wie sie rochen. Wunderbar. Entgegen Iris' Erwartungen wurde auch der Abend wunderbar, sie spielten »Scrabble« und »Mensch ärgere Dich nicht«. Wenn sie die jungen Leute lachen hörte, dann beschlich sie das Gefühl, dass sie sich langsam, aber sicher in eine muffige alte Jungfer verwandelte. Es wurde Zeit, dass sie ihre Unbefangenheit zurückbekam. Sie hatte keine Ahnung, wo die nun wieder geblieben war. Schwungvolle Bewegungen wie einige – möglicherweise vom Rotwein angeregte – verwegene Tanzschritte samt dazugehörigem Hüftschwung zur Musik beim Geschirrabtrocknen machten das auch nicht besser. Sofort erhob die Hexe Einspruch. Iris zuckte zusammen. Trautmann musterte sie aufmerksam, sagte aber nichts. Dafür war sie ihm dankbar.

Eine schöne Aussicht tröstete etwas. Am Dienstag hatten die jungen Leute – ja, die jungen Leute, so hatte auch ihre Mutter sie immer genannt, wenn sie jemanden mit heimbrachte –, also, da hatten die jungen Leute sich vorgenommen, den Hotzenwald zu erobern. Max Trautmann versprach, sie zu fahren und ihnen den Teil der Welt zu zeigen, den der Rest von Deutschland nicht Hotzenwald, sondern südwestlichen Schwarzwald nannte – Orte wie Görwihl, Rickenbach, Herrischried, Todtmoos oder St. Blasien. Ob sie sich denn nicht abends treffen sollten?

Iris wiederholte ihren Hinweis, dass sie zu arbeiten habe.

Am Mittwoch war eine gemeinsame Baselfahrt geplant, am Sonntag Brunch ab elf Uhr.

Ob sie nicht wenigstens dann könne?

»Vielleicht. Mal sehen.«

Max Trautmann strahlte, Niklas und Martina blickten interessiert von einem zum anderen. Iris stellte fest, dass sie sich auf diese Verabredung freute. Und erschrak. Sie musste wieder mehr Abstand zwischen sich und Trautmann bringen. Schnellstens. Es wurde Zeit, dass sie eine Reise unternahm. Gute Gründe gab es genug.

Am Dienstagmorgen führte sie einige Telefongespräche und marschierte dann zum großen M. Gegen elf Uhr verkündete sie dem perplexen Kollegen Felix aufgekratzt: »Ich fahre nach Berlin. Ich will mir mal einige der Beerdigungsinstitute anschauen, mit denen die Lörracher zusammenarbeiten. Außerdem habe ich Verabredungen mit einer Vertreterin der Bundesärztekammer und dem Leiter der Gewebebank der Charité, einem Schrotthändler und einem Baum in der Lehrter Straße sowie den Gaststätten in der Pankstraße. Spätestens bis zum Wochenende bin ich wieder da. Wahrscheinlich früher.«

»Und was ist mit meinem Neffen?«, erkundigte sich der Glückliche.

»Der hat einen Schlüssel, inzwischen sein Herz an eine junge Frau verloren, Haushaltsgeld, um sich etwas zu essen zu kaufen, und eine Anlaufstelle bei meinem Nachbarn gegenüber.«

»Danke, das Geld gebe ich Ihnen wieder.«

»Nicht nötig, er kauft für mich mit ein. Wahrscheinlich isst er sowieso beim Nachbarn.«

»Und wer ist der gastfreundliche Nachbar?«

»Max Trautmann«, erklärte sie fröhlich.

Felix zog die Stirn in besorgte Falten. »Vielleicht sollte ich mal nach dem Rechten sehen«, murmelte er.

»Tun Sie das«, erwiderte Iris ungerührt.

»Und wo haben Sie Ihren Koffer?«

»Ich brauche nur eine Tasche.« Sie zog den Mantel vom Ständer, griff sich den Rucksack, den sie unter dem Schreibtisch verstaut hatte, und marschierte zur Tür. »Ich bin dann mal weg. Sie können ja derweil hier weiterermitteln, zum Beispiel über Daniela Herbst und den Unfallchirurgen. Ob es da vielleicht eine Verbindung geben könnte. Klappern Sie die Nachbarn ab, vielleicht weiß einer von denen mehr über Neubert, dessen soziale Kontakte und seine aktuelle Adresse. Das gilt auch für Daniela Herbst. Aber machen Sie nicht die Pferde scheu. Dann sind da noch die Freunde von Kunz in der Basler Gerbergasse, wie wäre es mit einem kleinen Besuch? Außerdem will der große M. einen weiteren Bericht … Ach, Sie wissen schon.«

»Ja, ich weiß schon«, erklärte der Glückliche säuerlich. »Damit bin ich tagelang beschäftigt.«

»Sehen Sie es unter dem sportlichen Aspekt.«

Im Zug führte sie sich »Die kleine Feldenkraisschule« von einem Autor namens Steven Shafarman zu Gemüte; Trautmann hatte ihr das kleine Büchlein zum Abschied in die Hand gedrückt. »Von meiner Ex«, hatte er gesagt. »Sie hat auf diese Übungen geschworen.«

Nun, es hatte ihr auch nicht geholfen zu überleben, dachte Iris boshaft und erinnerte sich wieder daran, wie Margit Trautmann gefunden worden war – mit zerschmetterten Gliedern am Fuße eines Felsens, hinuntergestoßen von einer eifersüchtigen Sekretärin. Auch das war eine der vielen Facetten des Falles Lara gewesen.

Sie las das Vorwort. Das Schicksal dieses Dr. Moshé Feldenkrais, Begründer der ersten Pariser Judoschule und Träger des schwarzen Gürtels, war das vieler Juden gewesen. Er hatte den Einmarsch von Hitlers Truppen 1940 überlebt und konnte nach England fliehen. Weil er dort einer Operation am Knie entgehen wollte, hatte er sich schließlich mit Bewegungsabläufen beschäftigt, seinen Körper beobachtet und daraufhin die Feldenkrais-Methode entwickelt. Und die war Iris auf Anhieb sympathisch.

Denn da las sie Sätze wie: *»Ob Sie zwanzig, fünfzig oder achtzig Jahre alt sind, ob Sie im Wesentlichen im Sitzen arbeiten, Sport machen oder täglich ins Fitness-Studio gehen, ob Sie im Großen und Ganzen gesund sind oder mit einer Behinderung leben, dieses Buch wird Ihnen dabei helfen, sich angenehmer und effektiver zu bewegen.«* Oder: *»Bewusstheit heilt.«* Oder: *»Führen Sie jede Bewegung mit möglichst geringem Kraftaufwand aus, da überflüssige Anstrengung nur Müdigkeit verursacht…«* Oder: *»Tun Sie immer weniger, als Sie eigentlich könnten.«* Das war genau das Richtige für Sie!

Das Handy klingelte – der Glückliche, das konnte sie an der Nummer erkennen.

»Ja, was ist?«

»Daniela Herbst und ihre Tochter haben telefoniert, allerdings bereits um siebzehn Uhr dreißig. Und auch nur für wenige Minuten.«

»Ah ja? Und was sagt Frau Herbst dazu?«

»Sie sagt, sie hätten später noch geskypt. Können Sie mir erklären, was das ist?«

»So jung und so unwissend. Das ist ein Internetprogramm, mit dem man kostenlos in die ganze Welt telefonieren oder Sofortnachrichten versenden kann, inklusive Video. Zumindest, falls der Partner diese Software auch installiert hat, und Letzteres natürlich nur mit Webcam.«

»Wow.«

»Also hat Frau Herbst einen PC. Wenn sie Skype benutzt, dann muss sie einen Provider haben. Und dieser wiederum muss eigentlich seit Anfang 2008 die Internetdaten seiner Kunden vorhalten, ein halbes Jahr, glaube ich. Also: Mailwechsel checken und Nummern von Internettelefonie, na ja, all das eben.«

»Geht klar, Chefin. Aber dafür brauche ich sicher einen Gerichtsbeschluss.«

»Nein, ich denke nicht. Die Surfprotokolle dürfen, soweit ich weiß, an Polizei, Bundeskriminalamt, Geheimdienste sowie an die Unterhaltungsindustrie herausgegeben werden. Eine richterliche Anordnung ist nicht vorgeschrieben, eine Beschränkung auf schwere Straftaten nicht vorgesehen. Also haken Sie nach.«

»Dieses Gesetz ist ja schon der Hammer. Gilt das eigentlich auch für Ihre und meine Daten?«

»Ich glaube schon. Ehrlich gesagt, besonders glücklich bin ich auch nicht damit. Besonders vor dem Hintergrund der Bespitzelung von Telekom-Mitarbeitern durch das eigene Unternehmen und den Millionen privater Datensätze von Telekom-Kunden, die in Umlauf sein sollen. Aber vielleicht hilft es uns jetzt weiter.«

»Eine einfache Beschlagnahme des PCs täte es auch.«

»Ja, aber dafür bekommen wir beim jetzigen Stand der Beweislage keine richterliche Genehmigung. Zumindest solange wir vorher nicht alle anderen Mittel ausgeschöpft haben.«

»Ziemlich absurde Situation. Ich wollte noch ...«

Das Gespräch brach ab. Keine Verbindung mehr. Der Glückliche rief auch nicht wieder an. Also war es wohl nicht so wichtig, was er noch hatte sagen wollen.

Die nächste Stunde der Reise, so ab Frankfurt herum, verbrachte Iris mit der ersten Feldenkrais-Lektion – sie lernte sich zu spüren. Den Rücken an der gepolsterten Lehne samt Nackenstütze, den Kopf, der immer schwerer wurde. Dabei schlief sie selig ein – und wachte erst kurz vor Berlin wieder auf. Ohne Rückenschmerzen. Sie begann, Herrn Feldenkrais zu lieben, und schickte ihm einen stillen Gruß ins Jenseits.

9

Die Kollegen der organisierten Kriminalität im Landeskriminalamt Berlin gaben die drei Affen – nichts sehen, nichts hören, nichts sagen. Soso, neue gesetzliche Regelungen bei Gewebeentnahmen. Nein, sie hatten noch keine Unregelmäßigkeiten registriert. Die »Jenseitswelten«, aha. Ja, Beerdigungsinstitute gab es auch in Berlin. Nein, die Faktenlage war nun wirklich zu dünn, um in allen Beerdigungsinstituten auf Iris' Liste eine Hausdurchsuchung zu veranstalten. Im Übrigen seien erst sehr dürftige Durchführungsverordnungen zu den geänderten Regelungen bei ihnen angekommen.

Iris verstand die Einstellung der Kollegen. Auf deren Schreibtischen türmten sich noch mehr Akten als auf ihrem. Aber Berlin begann mit B, ebenso wie Baden. Iris beschloss, das als gutes Zeichen zu werten, und warf die ganze Wucht ihrer Überzeugungsfähigkeit in die Waagschale. Am Ende versprach ein Kollege, er könne ja mal in einem der Beerdigungsinstitute vorbeischauen und unverbindlich nachfragen, wohin sie denn ihre Toten transportierten. Falls sie sie transportierten. Iris strahlte ihn an. Der etwa sechzigjährige Beamte mit dem Schmerbauch lächelte zurück. Und Iris stellte mit nicht unerheblicher innerer Befriedigung fest, dass die Berliner für ihren herben badisch-alemannischen Charme nicht ganz unempfänglich waren. Zumindest Kollegen kurz vor der Rente und mit Schmerbauch. Sie selbst machte sich auf zur Herzklappenbank der Charité.

Bei ihrem Anruf hatte ihr die Sekretärin von Professor Müller zwar eine andere Wegbeschreibung mitgegeben, Iris zog aber – wegen der schönen Lage – den Seiteneingang am Nordufer des Berlin-Spandauer Kanals vor. Das rächte sich. Mindestens eine halbe Stunde lang irrte sie auf dem riesigen Gelände umher, ehe sie das alte Brauhaus aus roten Backsteinen fand, in dem die Herzklappenbank untergebracht war. Gehorsam gab sie dann in der dafür vorgesehenen Apparatur neben der Eingangstür die Nummern ein, nach deren Eintippen sich angeblich jemand an der

Sprechanlage melden und dann nach Nennung ihres Namens und ihres Anliegens die Tür öffnen sollte. Das Klingeln eines Telefons ertönte, und Iris überlegte nicht ohne einen gewissen Zynismus, ob es so viele Einbrecher in Herzklappenbanken gab oder was diese Abschottungsmaßnahmen sollten. Vielleicht boten aber auch so viele Leute Herzklappen an, dass sich die Bank vor diesem Besucheransturm schützen musste.

Professor Müller machte keine Bemerkung zu ihrer mehr als halbstündigen Verspätung. Er wirkte auf sie wie ein gemütlicher Bär, den nichts so schnell aus der Ruhe bringt. Ständig streckte ein Mitarbeiter, eine Laborantin oder die Sekretärin den Kopf zur Tür herein oder das Telefon klingelte, doch Müller blieb gleichbleibend freundlich. Die Anfragen rissen nicht ab, und Iris begann, den Sinn des Abschottungsmechanismus zu verstehen.

Seinem Idiom nach kam der Professor aus Deutschlands Osten. Sachsen oder Thüringen, vermutete Iris. Er war eigentlich Pathologe, erklärte er – und als solcher, das hatten seine Oberen beschlossen, genau der richtige Mann, um die neuen strengeren Regelungen für Gewebebanken umzusetzen.

Iris bekam Gelegenheit, sich selbst davon zu überzeugen, wie strikt diese waren. Nachdem sie zwei Schleusen samt Desinfizierungsmaßnahmen und Kleiderwechsel passiert hatten, erreichten sie schließlich einen etwa zwei mal zwei Meter großen Raum, der den spröden Charme einer zu klein geratenen Großküche verströmte. »Reinraumstufe A«, war Müllers Kommentar. Die Schränke blitzten in makellosem Metall. Der Professor deutete schweigend auf einen Glaskasten mit darin angebrachten Handschuhen. Das war offensichtlich der Ort der eigentlichen Entnahme der Herzklappen. Iris verstand nicht viel davon, aber so viel begriff sie: Das neue Gesetz verteuerte die Entnahme immens. Die Charité musste Hunderttausende ausgeben und sich diversen Besichtigungen und Audits stellen, um die Zulassung als Gewebebank zu behalten, erläuterte Müller. Dazu kamen die Mitarbeiterschulungen.

»Gibt es eigentlich viele Gewebebanken?«

»Oh, Hunderte«, erklärte der Professor. »Doch durch die neuen

Regelungen werden es aufgrund der Kosten sicher weniger. Die Charité muss sich eine solche Bank aber leisten, sonst kämen die Herzchirurgen kaum noch an Herzklappen. Mangelware, wissen Sie.«

Iris nickte wissend.

Der Aufbewahrungsort der Begleitpapiere besagter Herzklappen wirkte eher wie ein antiquiertes Büro. Nach dem Besuch des Reinraums war der Kontrast ziemlich augenfällig. Kästen enthielten Hängeordner, in denen die Papiere aufbewahrt wurden, die wiederum von den diversen Untersuchungen kündeten, die bei einer Entnahme von Herzklappen notwendig wurden – weiße Zettel, mehrfach kopiert, DIN-A4, mit Häkchen in allen notwendigen Kästchen. Die Spendernamen waren durch Nummern verschlüsselt, im Notfall, beispielsweise im Falle einer Ansteckung durch ein Transplantat, also auch zurückverfolgbar. Iris suchte nach dem Ort der digitalen Datenbank und deutete auf den einzigen Computer im Raum, der so aussah, als wäre er eine Neunziger-Jahre-Antiquität.

»Werden die Daten hier auch digitalisiert?«

Sie erntete einen mitleidigen Blick. »Die Datenbank ist erst im Aufbau.«

Sie sah das Funkeln in den Augen des Professors und fragte lieber nicht weiter. Also lief alles über diese Papiere, die wirkten, als kämen sie aus dem Copyshop von nebenan.

Danach ging es wieder in das Arbeitszimmer des Professors. Er bot ihr einen Kaffee an. Iris akzeptierte dankbar. Die Maschine stand im Schrank. »Sicherheitsvorkehrungen«, erklärte Müller. Iris verstand nicht ganz, warum eine Kaffeemaschine im Schrank sicherer sein sollte als eine davor, entschied dann aber, dass die Sitten in Preußen und schon gar die einer Hauptstadt möglicherweise anders, auf jeden Fall aber rätselhafter waren als die in Baden. Der Kaffee des Professors schmeckte jedenfalls.

Sie trank drei Schlucke und erklärte dann die Hintergründe ihrer Ermittlungen. Die Antworten auf ihre Fragen waren enttäuschend. Nein, von illegalen Entnahmen wisse er nichts. Und Geld könne man mit Transplantaten auch nicht verdienen. Die Entnahme und die Weiterverarbeitung seien einfach zu teuer, um viel daran zu verdienen. So weit bestätigte das die Aussagen der DSO, von denen Felix berichtet hatte.

»Aha«, sagte Iris. Dann verabschiedete sie sich.

Ein Blick in den Stadtplan machte ihr klar, dass es vom Gelände der Charité aus nicht allzu weit zur Lehrter Straße und jenem Baum war, den sie besuchen wollte. Vor dem Hauptausgang des Krankenhauskomplexes warteten Taxis. Sie leistete sich eines. Allerdings war sie nicht sicher, ob sie das Geld hinterher unter Spesen abrechnen konnte. Sie hätte ja auch die Berliner Kollegen darum bitten können, sich die Bäume in der Lehrter Straße anzusehen. Und zwar von Lörrach aus. Egal. Sie hatte keine Geduld zu warten, bis die Preußen in die Gänge kamen. Auf Schweizer, Franzosen und Preußen zu warten war einfach zu viel für ihre Fähigkeit zu Gleichmut. In Anbetracht der Aktenstapel, die sie gesehen hatte, verließ sie sich lieber auf sich selbst.

Der Taxifahrer sah aus, als stamme er aus der Türkei, sprach nach Iris' Eindruck lupenreines Berlinerisch und entpuppte sich als wandelndes Geschichtslexikon. Ob er ihr die Fremde ansah? Sie erfuhr, dass das Gelände des Fritz-Schloß-Parks – er lag zwischen der Lehrter und der Rathenower Straße – bis Ende des Zweiten Weltkrieges eines der größten Exerziergelände Deutschlands gewesen war. Eigentlich hatten dort drei Militärgelände mit drei Kasernen gelegen. In einer, der Ulanenkaserne, waren 1943 in der sogenannten Fabrikaktion über zweitausend jüdische Berliner über mehrere Tage ohne Essen, Wasser und sanitäre Anlagen kaserniert gewesen. Dann waren sie am alten Güterbahnhof in der Nähe des Poststadions in Züge nach Auschwitz gepfercht worden.

Plötzlich war deutsche Geschichte ganz nah.

»Un Stauffenberg – wissnse, det ist der vonne 20. Juli, der Hitler ermorden wollte? Da hammse doch 'n Film jedreht mit diese Scientologen-Schauspieler ...«

»Ja, weiß ich«, antwortete Iris vom Rücksitz aus.

»Jedenfalls is der Jraf inne Bendlerstraße vom Wachregiment Großdeutschland unter Führung von Major Remer erschossen worn – und det war inne Kaserne Rathenower Straße stationiert. Det Jebäude könnse noch sehn.«

»Und wo ist das Schloss?«

Er lachte. »Jibtet nich. Fritz Schloß war der erste Bürjermeister von Bezirk Tiergarten nachm Zweiten Weltkriech.«

»Sie kennen sich aber unheimlich gut aus!«

Der Taxifahrer strahlte. Zum Abschied drückte er ihr seine Visitenkarte in die Hand. »Beim nächsten Mal jerne wieda.«

Iris stellte fest, dass sie Berliner Taxifahrer mochte. Vom Hauptbahnhof aus marschierte sie die Lehrter Straße zweimal auf und ab. Einmal Richtung Perleberger Straße. Zunächst an einer Art Open-Air-Museum vorbei, das an ein Gefängnis erinnerte, in dem der Hauptmann von Köpenick gesessen haben sollte. Zumindest stand das auf der Infotafel. Sie passierte Schrebergärten, die laut Schild den Eisenbahnern gehörten, danach Häuser, gebaut aus roten Backsteinen um die letzte Jahrhundertwende herum, in denen sich eine Art Kulturzentrum befand; dann die indonesische Botschaft und eine Moschee in einem Wohnblock. Auf dem Rückweg Richtung Invalidenstraße und Hauptbahnhof ging sie an Läden vorbei, einem Einkaufsmarkt, einem Sportstadion, an den vergitterten Fenstern eines Gefängnisses und an der Stadtmission. Die Bürgersteige bestanden aus großen Granitplatten, nicht aus so kleinem Kopfsteinpflaster, wie es in der Laufenburger Altstadt verlegt worden war. Außerdem waren sie fast so breit wie die Hauptstraße hinunter zur alten Brücke. Iris begriff, worin einer der entscheidenden Unterschiede zwischen Laufenburg und der Hauptstadt lag: in den Dimensionen der Details. Ob es wohl auch einen Unterschied für die Befindlichkeiten der Menschen und ihre Einstellung zum Leben machte, worauf sie gingen? Militärisch-preußischer Stechschritt auf Kopfsteinpflaster? Schwer vorstellbar. Außerdem waren die Stechschrittzeiten glücklicherweise vorbei. Vielleicht lag es auch an den Gehwegen, dass manche Geschichten nur in Berlin spielen konnten und nirgendwo sonst.

Die Bäume standen wie in einer Allee beiderseits der Lehrter Straße. Sie mussten schon alt sein und waren offenbar ein beliebtes Ziel von Hunden. Iris hatte große Mühe, nicht aus Versehen in einen der zahllosen Haufen zu treten. Hatten die Berliner denn keine Plastiktüten für die Hinterlassenschaft ihrer Vierbeiner beim Gassigehen dabei? Iris fand bei ihrer Suchaktion mehrere demolierte Bäume. Aber keinen, dessen Beschädigungen relativ frisch aussahen. Kunz log.

Also auf zum Beerdigungsinstitut an der Seydlitzstraße, in dem Kunz den Unfallwagen zurückgelassen haben wollte. Nach einigen misstrauischen Blicken und dem Zücken ihres Dienstausweises – der ihr dummerweise in Berlin keinerlei Befugnisse verlieh, aber das wusste der Inhaber offenbar nicht – bekam sie die erwünschten Auskünfte. Bestatter Tilo Weber trug den üblichen schwarzen Anzug. Er hatte Schuppen.

»Ja, wir arbeiten schon lange und vertrauensvoll mit den ›Jenseitswelten‹ zusammen«, bestätigte er.

Das glaubte Iris aufs Wort.

»Und zu welchen Gelegenheiten?«

»Es gibt immer mal wieder Fälle, in denen Angehörige ihre Verstorbenen in der alten Heimat beerdigen wollen. Italien, Bosnien, Serbien – Sie wissen schon. Dann transportieren wir die Särge nach Lörrach, und der Neffe dieser beiden reizenden alten Damen bringt sie weiter an ihren Bestimmungsort. Oft werden sie dann dort verbrannt, weil es keine Angehörigen vor Ort gibt, die das Grab pflegen.«

Also könnte es durchaus sein, dass das Berliner Institut überhaupt nichts davon wusste, was in Lörrach mit den Leichen geschah. »Sind eigentlich oft Tote mit einem Organspenderausweis darunter?«

»Nein, wieso fragen Sie? Ich hatte jedenfalls noch keinen. Die meisten sind Heimatflüchtlinge. Solche Leute tendieren meiner Erfahrung nach zu ihren Lebzeiten nicht dazu, einen deutschen Organspenderausweis auszufüllen.

»Wir haben im Rahmen unserer Ermittlungen mit dem Neffen der beiden Inhaberinnen, Pascal Kunz, gesprochen. Er sagte, er hatte in Berlin einen Unfall mit seinem Leichenwagen und habe ihn bei Ihnen stehen lassen. Kann ich das Auto mal sehen?«

»Ja, stimmt. Die Vorderachse war nach einem Unfall – ich glaube, er ist gegen einen Baum gefahren – so verzogen, dass er ihn für die Weiterfahrt nicht mehr nutzen konnte. Aber Sie können das Auto nicht sehen.«

»Wieso, ist es schon verschrottet?« Iris versuchte es mit einem Bluff.

»Verschrottet? Nein. Wir haben es einem Polen weiterverkauft.«

»Und dieser Pole kann damit fahren?«

Tilo Weber zuckte die Schultern. »Wir haben ihm von dem Unfall erzählt, aber er wollte den Wagen unbedingt haben.«

»Dann haben Sie das Auto aber abgemeldet.«

»Ja, natürlich.«

»Und wo ist die Bestätigung?«

»Oh, die haben wir zusammen mit der Summe für den Verkauf und dem Vertrag gerade gestern an die ›Jenseitswelten‹ geschickt.«

»So ein Zufall. Können Sie sich an das Nummernschild erinnern?«

»Ja, aber das haben wir auch nicht mehr.«

»Ich meine, was daraufstand. War das etwas mit LÖ-OK?«

»Also ehrlich, da fragen Sie mich zu viel.«

»Jetzt würde ich gerne mal Ihre Wagen sehen, darf ich?«

»Glauben Sie mir etwa nicht?«

»Doch, natürlich. Ist nur, um alle Missverständnisse auszuschließen.«

»Dann kommse mal mit«, brummte Weber und führte sie in den Hinterhof. Dort standen vier Leichenwagen. Sie sahen um einiges neuer aus als der im Hof der ›Jenseitswelten‹.

»Sind das alle?«

»Ja, momentan ist keiner unterwegs.«

»Könnten Sie mir bitte die Autonummern aufschreiben?«

»Was soll das denn nun wieder?«

»Ich dachte, ich frage wegen der Abmeldung mal bei der zuständigen Meldestelle nach. Ich kann doch eben von Ihnen aus telefonieren, oder? Und dann können mir die Leute dort auch gleich bestätigen, dass Sie keine weiteren Fahrzeuge besitzen. Wirklich, ist nur, um alle Eventualitäten auszuräumen. Bitte, könnten Sie mir die Nummer der zuständigen Meldestelle heraussuchen?«

Weber war nicht gerade begeistert, tat aber, was sie verlangte. Das sprach für den Wahrheitsgehalt seiner Geschichte.

»Terheyde, Mordkommission Kripo Lörrach, ich hätte eine Nachfrage bezüglich einiger Autokennzeichen.«

»Un ick bin die Kaiserin von Schina. Da könnte ja jeda komm. Wir jebn am Telefon keine Auskünfte. Da müssense schon selba hier ufftauchn. Mitn Dienstausweis und die Kollegen hier aus Berlin. Ansonsten is nüscht.«

Iris wollte lieber nicht, dass die Kollegen von ihrem Alleingang erfuhren, und suchte fieberhaft nach einer Ausrede. »Ich habe aber nicht so viel Zeit. Und die Berliner Kollegen auch nicht.«

»Det is Ihr Problem.«

»Und wenn mir der Inhaber der Autos eine Vollmacht erteilt?«

»Meine Dame, Sie ham offensichtlich die Jabe, die Leute zu beschäftign. Hamse 'n Fax? Jut, dann faxnse mal. Danach redn wa weita. Det is aba nur ausnahmsweise.«

»Danke.«

»Mordkommission?« Tilo Weber war bleich geworden.

»Ja, hatte ich vergessen, das zu sagen?«

»Vielleicht habe ich das ja auch überhört. Meinen Sie, wir sollten die Zusammenarbeit mit den ›Jenseitswelten‹ einstellen? In eine solche Sache wollen wir nicht hineingezogen werden.«

Das konnte sich Iris lebhaft vorstellen. »Ich brauche eine Vollmacht von Ihnen, dass ich Auskünfte zu Ihrem Fuhrpark einholen darf. Und die muss ich dann faxen.«

»Selbstverständlich.« Nachdem das Stichwort »Mordkommission« gefallen war, gab sich Weber richtig hilfsbereit.

Das zweite Telefonat ergab: Zum Bestattungsinstitut Weber gehörten vier Wagen. Einer mit Lörracher Kennzeichen war zwei Tage zuvor abgemeldet worden. Nein, den Wagen selbst hatte die Dame nicht gesehen. Nur das Kennzeichen.

»Könnten Sie bitte mal nachschauen, wie das lautete? Ich brauche nur die Buchstaben.«

»Sonst noch wat?«

»Nein, das wäre es dann, danke.«

»Also jut, aber ick habe dann noch anderes zu tun, Jnädigste.« Sie hörte es rascheln. »LÖ-OK.«

»Danke vielmals.«

Draußen auf der Straße zückte Iris ihr Handy noch einmal.

Der Glückliche hob sofort ab. Sie erklärte ihm, was sie bisher erfahren hatte.

»Dieser Weber macht zwar keinen schlechten Eindruck, aber ich glaube trotzdem nicht, dass Kunz überhaupt in Berlin war. Vielleicht hat er das Ticket von einem Freund. Oder online gebucht. War es eigentlich abgestempelt? Ich bin die Lehrter Straße auf und ab marschiert. Da hat es keinen Unfall mit einem Baum gegeben. Zumindest nicht in letzter Zeit. Wissen Sie, was ich glaube?«

»Sie werden es mir bestimmt sagen.«

»Ich glaube, Kunz hat nur ein Nummernschild nach Berlin geschickt und diesen Tilo Weber gebeten, den Wagen mit Hinweis auf einen angeblichen Unfall abzumelden. Ich glaube, die Geschichte mit dem Verkauf an einen Polen ist eine Schutzbehauptung, und das Auto steht noch ohne Nummernschilder in irgendeiner Garage. Falls Buchmann demnächst an den ›Jenseitswelten‹ vorbeikommt, soll er mal nachschauen. Irgendwo in den Unterlagen müsste auch das Zugticket sein. Schauen Sie mal, ob es abgestempelt ist. Und was gibt es bei Ihnen Neues?«

»Ich habe die Nachbarschaft in der Vogesenstraße abgeklappert. Gerd Neubert muss sehr zurückhaltend gelebt haben. Die Nachbarn hatten wenig zu ihm zu sagen, wussten nur, dass er Arzt war. Keine Rede von irgendeinem Kunstfehler, einer Entlassung oder so. Und niemand wusste, wo er hingezogen ist. Ein älterer Herr sagte, er habe Neubert hin und wieder in einer Kneipe in der Nähe sitzen sehen und ein, zwei Bier mit ihm getrunken. Also bin ich in die Kneipe. Die Wirtin ist sehr nett. Und erinnerte sich gut. Neubert war wohl ein Stammkunde. Sie meinte, er habe mal im Suff erzählt, er wolle nach Frankreich ziehen. Wohin genau, daran erinnerte sie sich nicht.«

»Na, das ist doch schon was. Jetzt können Sie sich weiter im Antrageschreiben üben. Wir brauchen Auskünfte von den französischen Providern. Irgendeine Verbindung zur Außenwelt muss Neubert doch gehabt haben. Ist auf unsere bisherigen Anfragen eigentlich schon irgendeine Reaktion aus dem Elsass gekommen?«

»*Mais non, Madame.*«

»*Oh, vous parlez français, Monsieur!* Gut gemacht.«

»Da sehen Sie mal, was ich alles zustande bringe, wenn man mich in Ruhe meine Arbeit tun lässt.«

»Kaum ist die Katze aus dem Haus, schon tanzen die Mäuse auf dem Tisch. Noch was Neues?«

»Ja, die Freunde von Kunz haben etwas rumgedruckst, bestätigen aber nach wie vor sein Alibi.«

»Und was noch?«

»Sind Sie eigentlich jemals zufrieden?«

»Selten«, bestätigte Iris wahrheitsgemäß. »Ich melde mich wieder.«

Später im Café neben dem Admiralspalast an der Friedrichstraße überlegte sie, wie es weitergehen sollte. Sie mussten unbedingt diesen Leichenwagen finden. Sie wusste noch immer nicht, ob und wie weit die Berliner Bestatter in den Handel mit menschlichem Gewebe verstrickt waren. Und die entscheidende Frage: ob es sich lohnte. Und wenn ja, was das alles mit dem Mord an Neubert zu tun hatte. Reichte die Gewinnspanne, um jemanden deswegen zum Mörder werden zu lassen?

Nein, sie war nicht bereit, so schnell aufzugeben. Noch hatte sie ja die Gespräche mit einer Vertreterin der Bundesärztekammer und dem Leiter der Gewebebank der Charité vor sich. Außerdem wollte sie noch die Cafés und Gaststätten entlang der Pankstraße abklappern. Mal sehen, ob sich wenigstens diese Geschichte als wahr erwies, ob jemand Kunz anhand des Fotos erkannte. Dann könnte vielleicht sein Alibi stimmen. Wenn nicht … Sie wollte auf jeden Fall ganz sichergehen.

Sie sah sich um. Das Café war riesig und tat so, als wäre es ein Wiener Kaffeehaus. Das gelang aber nicht so ganz. Es sah weniger wienerisch als ostig aus, auf jeden Fall besaß es nicht den viel zitierten Schmäh, sondern wirkte eher nüchtern. Eigentlich wusste Iris wenig über das andere Deutschland. Sie war etwa achtzehn Jahre alt gewesen, als die Mauer fiel. Hier also waren früher die großen Aufmärsche der DDR vorbeidefiliert.

Iris fand, sie hatte genug Kaffee getrunken, und zahlte. Einige Meter und eine Brücke über die Spree weiter lag ihr Hotel. Eines mit Wellness-Oase. Es war zwar nicht gerade billig, aber Iris hatte beschlossen, die amtlichen Zuteilungen lieber aus ihrem eigenen Geldbeutel aufzustocken und sich zwischen den Ermittlungsbesuchen eine geballte Packung Wohlfühlen zu gönnen. Das hatte sie sich nach all den Aufregungen der letzten Zeit verdient.

Sie fragte sich, ob die Kollegen von der organisierten Kriminalität in Berlin schon etwas herausgefunden hatten. Sie würde sich später erkundigen, jetzt kam erst mal das Vergnügen. Wozu war sie schließlich in Berlin!

Iris steuerte den nächsten Friseursalon an. Die lustige Friseuse erzählte mit Berliner Kodderschnauze jede Menge Großstadtklatsch. So ganz nebenbei überzeugte sie ihre Kundin, dass rote Strähnen doch toll wären, sie brächten kleine Leuchteffekte selbst in die langweiligste Haarfarbe. Außerdem, erklärte die Friseuse weiter, habe Iris wunderschöne Augen. Und dann die hohen Wangenknochen – einfach die ideale Gesichts- und Kopfform für einen flotten Kurzhaarschnitt! Falten? »Woher denn. Die paar Knitter verdecken wir mit Fransen. Sie haben doch kaum welche.«

Iris glaubte ihr.

Als sie aus dem Laden trat, hatte sie einen Bubikopf nach Beatlesmanier mit mehr oder weniger roten Leuchteffekten. Vorne länger als im Nacken. Sie fand sich schick, kam sich nicht mehr ganz so als Provinzpomeranze vor. Dazu passten nun wirklich keine Latschen. Und auch kein altmodischer Rock …

Iris stieg in die S-Bahn Nummer 1 in Richtung Potsdamer Platz. Auf die riesigen Gebäude samt verglastem Sonycenter am Potsdamer Platz warf sie nur einen kurzen Blick. Dafür war vielleicht ein andermal noch Zeit, sie stiefelte zurück in den Untergrund. Dort nahm sie die U2, Richtung Ruhleben. Die Untergrundbahn passierte auf ihrem Weg nach außerhalb nämlich den Wittenbergplatz. Und da, ganz in der Nähe der Gedächtniskirche, stand das KaDeWe, das Kaufhaus des Westens, auch nach der Wende noch immer der Ort der Sehnsucht jeder stilbewussten Berlinbesucherin. Außerdem sollte es dort eine ganze Etage voll der außergewöhnlichsten Fressalien geben – Tausende von Quadratmetern vollgestopft mit den leckersten Spezialitäten aus aller Welt! Dieses Schlaraffenland würde sie in neuem Outfit erleben.

Zuerst kaufte sich Iris Stöckelschuhe. Nicht allzu hoch, sie hatte wenig Übung darin, zu stöckeln. Anfangs ging sie sehr beschwingt. Sie habe außergewöhnlich schlanke Knöchel, und die würden durch diese Pumps sehr schön betont, meinte die Verkäuferin mehrfach. Die Schuhe waren sehr teuer. Der Rock ebenfalls, genauso der Kaschmirpulli, den sie in einem Anfall von Realitätssinn etwas schlabbriger wählte, auch wenn die Verkäuferin meinte, ihr Busen komme dann nicht so gut zur Geltung. Das musste dann eben der neue Push-up-BH ausgleichen. Und weil sie schon einmal dabei war, suchte sie sich auch gleich eine neue Hose aus. Die zog sie an. Die Hose saß im Bund und am Bauch sehr eng. Das hatte zwei Vorteile: Der Bauch wirkte flacher, und sie konnte all den wunderbaren Köstlichkeiten in der Fressalienetage besser widerstehen. Sonst wäre womöglich der Reißverschluss geplatzt.

Der Mann hinter der Rezeption erkannte sie zunächst nicht, als sie mit der neuen Hose unter dem neuen Mantel, mit Taschen beladen und auf Strümpfen in die Hotelhalle wankte. Die neuen Schuhe hatten gehörige Blasen hinterlassen. Nein, essen wollte sie nichts mehr. Nein, auch keine weitere Wellness.

Als sie in ihrem Zimmer die neuen Sachen penibel in den Schrank schichtete – es waren wieder mal zu wenige Bügel da –, wünschte sie sich die große Zeit von Alice Schwarzer und »Emma« zurück. Damals, als die Studenten revoltierten, als bequeme Schlappen und ein Hängebusen noch als Symbol emanzipatorischer Gesinnung gegolten hatten. Als Kochen nicht Pflicht, sondern Lust bedeutete und die Frauen nicht in den an die Männer gerichteten Bitte-habt-mich-lieb-Stil einer bestimmten, auf blond getrimmten Ex-Moderatorin verfielen, die mit Vornamen auch noch Eva hieß. Oder seitenweise Plattitüden über weibliche Intimbereiche von sich gaben, die ebenso abgedroschen waren wie die Macho-Witze über Blondinen. Warum nur gehörte es zum Schwierigsten im Leben, einfach akzeptiert und geliebt zu werden, wie man war? Ohne Biegen und Brechen, ohne Strategien? Von Frau zu Mann, also von Mensch zu Mensch?

Im Land des Schlafes und des Unterbewussten wurde ihr neuer Push-up-BH lebendig, verließ seinen Platz über dem Stuhl und begann, sie zu würgen. Am nächsten Morgen wurde sie in aller Herrgottsfrühe wach und fühlte sich immer noch, als wäre sie zur falschen Zeit geboren. Sie pflasterte die Blasen an den Füßen – glücklicherweise war der Portier der fürsorgliche Typ und konnte jede Menge Pflaster auftreiben, sogar gepolstertes – und zog wieder die bequemen Schlappen an. Nicht ohne einen wehmütigen Blick auf die neuen Stöckler. Dafür zwängte sie sich in die neue Hose. Und verzichtete aufs Frühstück. Sie verstand nicht, wie man ohne Abendessen und quasi über Nacht so zunehmen konnte.

Das Gebäude der Bundesärztekammer war vielglasig verspiegelt, hatte einen Brunnen vor der Tür und lag ganz in der Nähe des S-Bahnhofs Tiergarten sowie einer einst berühmten Porzellanmanufaktur, die inzwischen zum Museum umgewandelt worden war. Die junge Ärztin, die Iris empfing, passte zum nüchternhellen Ambiente: eher der nordische Typ. Uta Schüler wirkte sympathisch, war mindestens zehn Jahre jünger als Iris, schlank, gut aussehend, mit dezent-klassischen Stöckelschuhen zu den Jeans über schlanken Hüften. Iris kam sich mit ihren Tretern schon wieder vor, als sei sie aus der Zeit gefallen.

Im Besprechungszimmer standen viele Stühle im Buchenholzlook um einen ebensolchen Tisch, darauf entdeckte Iris einige kleine Getränkeflaschen, Gläser, eine Thermoskanne und Tassen. Sie nickte erleichtert, als ihr Kaffee angeboten wurde. Den hatte sie nach ihrem nächtlichen Kampf mit einem wild gewordenen Push-up-BH bitter nötig. Danach vergaß sie ihre persönlichen Probleme und schöpfte wieder Hoffnung bezüglich der möglichen Motive von Leuten, die die toten Körper anderer Menschen als gewinnbringendes Ersatzteillager betrachteten. Ihre Gesprächspartnerin konnte sich im Gegensatz zum Vertreter der Deutschen Stiftung Organtransplantation nämlich durchaus vorstellen, dass sich mit Gewebeprodukten im freien Handel Geld verdienen ließ. Allerdings konnte sie keine Summen nennen. Oder wollte es nicht.

»Das Arzneimittelgesetz sieht keinerlei altruistische Verpflichtungen mehr vor, es gibt kein Verteilungsmonopol mehr und damit einen sehr viel schwerer zu überwachenden Markt«, erläuterte sie. »Wir von der Bundesärztekammer sind darüber nicht gerade glücklich.«

»Der Privatpatient, der mehr zahlt, bekommt also im Zweifelsfall die Augenhornhaut oder die Herzklappe? Und könnten Enkel also nach dem Motto verfahren: Ich verkaufe meinen Opa zu Teilen?«

Uta Schüler lachte. »Sie drücken das sehr drastisch aus. Das Handelsverbot ist für mit industriellen Verfahren be- oder verarbeitete Gewebezubereitungen aufgehoben worden, nicht aber für sogenannte klassische Gewebe wie Augenhornhäute und Herzklappen. Es gibt aber aus Sicht der Bundesärztekammer noch ein weiteres Problem. Mit den neuen Regelungen haben sich die Entnahmen erheblich verteuert. Im Endeffekt bedeutet das wahrscheinlich das Ende einiger kleiner Gewebebanken, also eine weitere Verknappung. Das heißt: Die Preise steigen. Und die Anbieter werden notgedrungen nach neuen Wegen suchen müssen, um an ihre Gewebe als Ausgangsmaterialien zur Herstellung von Gewebezubereitungen zu kommen.«

»Womöglich im Ausland?«

»Womöglich. Da kommt heute schon vieles her.«

»Sind Ihnen nach Einführung der neuen Regelungen schon Fälle zu Ohren gekommen, dass illegal Tote beschafft und als Ersatzteillager benutzt worden sind?«

»Nein, nicht dass ich wüsste.«

»Und gibt es Berichte, dass zum Beispiel Berliner Beerdigungsinstitute Menschen außer Landes schaffen?«

»Wohin meinen Sie?«

»Zum Beispiel nach Polen, vielleicht in ein Balkanland, in den Kosovo oder sonst wohin.«

Das Gesicht der jungen Frau wurde ernst. »Haben Sie Hinweise darauf?«

Iris zuckte die Schultern. »Ich versuche gerade herauszufinden, ob manche Leichentransporte über die Hochrhein-Grenze illegal waren oder nicht. Auffallend viele der Toten waren angeblich alleinstehend und sollten verbrannt werden. Dabei wäre es doch viel einfacher, gleich zu verbrennen und dann die Urnen zu verschicken. Wer beschließt eigentlich solche Gesetze? Wer steckt dahinter? Gibt es so etwas wie eine Lobby der menschlichen Ersatzteilhändler?«

»Nein, das glaube ich nicht. Der Hintergrund ist ein anderer.

Noch kurz vor Toresschluss musste eine EU-Richtlinie in nationales Recht umgesetzt werden, obwohl jahrelang Zeit gewesen wäre. Es wurde also mit heißer Nadel eine Gesetzesvorlage gestrickt. Und dann war der Aufschrei durchgängig. Die Krankenkassen bemängelten, das treibe die Kosten nach oben, die Ärzte erhoben Einspruch, weil sie den ungebremsten Handel mit menschlichen Teilen kommen sahen. Und genauso ist es ja auch eingetreten. Im Mai 2006 gab es eine tumultartige Anhörung, damals vor Vertretern des Bundesministeriums für Gesundheit in Bonn. Ehrlich, so etwas habe ich noch nie erlebt. Danach folgten erneute Gespräche mit Verbänden. Außerdem kamen die Länder auf den Trichter, dass sie ja nach Umsetzung der Richtlinien mit der Kontrolle befasst sein sollten. Sie sahen da Probleme und taten sich zusammen – es gab also auch viel Kritik aus dem Bundesrat. Die Länder stimmten sich über Auflagen ab und formulierten achtzig Seiten Änderungsvorschläge. Das ist viel. In einer erneuten öffentlichen Anhörung sollte alles im Schweinsgalopp durchgepeitscht werden. Schließlich schaltete sich jedoch der Bundestag ein und veranlasste einige Änderungen, unter anderem bezüglich der Kontrolle.«

»Das heißt, es ist einiges schiefgelaufen. War das in anderen Ländern auch so?«

»Nein, in der Schweiz ist das besser geregelt. Haben Sie sonst noch Fragen?«

»Nein, das wär's dann. Danke.«

Zum Abschied schlug ihr die freundliche junge Frau vor, doch noch einmal vorbeizuschauen, wenn sie wieder in Berlin wäre und mehr Zeit hätte. Iris versprach es.

Dr. Heinz Knoll, Transplantationsmediziner, Herr über die Gewebebank der Charité, residierte im Ida-Simon-Haus, Monbijoustraße 2/2a, einem roten Gründerzeitgebäude direkt an der Spree, allerdings Hinterhofeingang, Erdgeschoss. Eigentlich sah die Umgebung aus wie ein aufgelassenes Fabrikgelände. Dafür lag es gegenüber dem Bode-Museum, und das wiederum thronte wie eine dicke Taube in ihrem Nest gleich vorne auf der Berliner Museumsinsel. Iris nahm sich vor, bei nächster Gelegenheit etwas für ihre kulturelle Bildung zu tun. Wenn die Blasen an den Füßen verheilt waren.

Knoll, etwa vierzig Jahre alt, sah aus, wie er hieß: knuffelig-kompakt, leicht untersetzt, um eins siebzig groß. Eigentlich wirkte er nicht wie der Leiter einer Gewebebank, eher wie ein Sozialarbeiter. Außerdem war Iris hingerissen von der Art, wie er die Worte aus seinem Mund unter dem dunklen Schnauzer in die Welt spuckte. Zum Gespräch gab es Bonbons und Kaffee. Knoll hatte viel zu erzählen. Sie kam für eine Viertelstunde aus dem Nicken nicht heraus. Er nannte als Erster auch konkrete Zahlen. Später schrieb sie auf: *»Drei große Gewebebanken in Deutschland aktiv: Charité, etwa 1000 Produkte/Jahr; Deutsches Institut für Zell- und Gewebeersatz (DIZG, hat Homepage), etwa 10.000; dazu die Firma Tutogen, USA; etwa 200–250 kleinere, lokale Gewebebanken, meist Hüftknochen, etwa 20 Hornhautbanken, 5 Herzklappenbanken.«*

Der Mann kannte sich auf dem Markt der menschlichen Ersatzteile aus, so viel war sicher. Vielleicht konnte er ihr jetzt auch Genaueres über Gewinnmöglichkeiten erzählen.

»Was kostet denn so ein Stück Knochengewebe, von der Entnahme über die Untersuchungen und die Weiterverarbeitung, bis es im Handel angeboten werden kann?«

Er grinste. Offenbar wusste er genau, worauf sie hinauswollte. »Dann lassen Sie uns doch mal rechnen: Nehmen wir einfach das Beispiel Charité. Aus einem Menschen können dreißig bis fünfzig Transplantate gewonnen werden. Wir haben Selbstkosten von etwa dreihunderttausend Euro im Jahr, ein Transplantat kostet uns im Schnitt dreihundert Euro, bei ordnungsgemäßer Vorgehensweise, versteht sich. Die Kosten müssen wir übrigens genau aufschlüsseln, danach richtet sich unser ›Verkaufspreis‹. Wir geben das Gewebe zum Selbstkostenpreis ab. Das kann bei privaten Gewebebanken, die ausschließlich unter marktwirtschaftlichen Gesichtspunkten arbeiten, natürlich anders sein. Zum Beispiel Cornea, Augenhornhäute: Es gibt bei uns in Deutschland etwa siebzehnhundert Transplantationen im Jahr, es werden aber achttausend Hornhäute benötigt. Kommen Sie, wir schauen mal ins Internet und googeln. Von Internetapotheken wird unter dem Stichwort

»Cornea« Verschiedenes angeboten. Haben Sie da schon mal reingeschaut?«

»Ja, hab ich. Aber ich konnte mit den Preisen allein nichts anfangen. Um beurteilen zu können, wie viel sich an einem solchen Transplantat verdienen lässt, brauchte ich auch die … reinen Produktionskosten. Sie sind der Erste, der mir da eine Hausnummer nennt.«

»Sie werden staunen.«

Iris staunte tatsächlich. Da wurden jede Menge Produkte aus menschlichem Gewebe angeboten, auch solche, die sie mangels Latein- und medizinischen Kenntnissen nicht gefunden hatte. Die Gewinnspannen lagen selbst bei ordnungsgemäßer Prozessierung bei bis zu fünfhundert Euro. Je nach Produkt.

»Das wären ja dann nach Adam Riese und wenn wir von der von Ihnen genannten Zahl von fünfzig Transplantaten ausgehen, pro Leiche immerhin fünfundzwanzigtausend Euro Reingewinn! Bei zehn Leichen zweihundertfünfzigtausend Euro, bei hundert …« Sie brach ihre Rechnung ab und nahm sich erneut ein Bonbon. Zur Belohnung gewissermaßen. Sie hatte es doch geahnt. Damit war ein Geschäft zu machen. Und was für eines! Wenn solche Summen auf dem Spiel standen und der Chirurg das Geschäft womöglich gefährdet hatte, dann gab es pro »bearbeiteter« Leiche bei seinen Komplizen ein Fünfundzwanzigtausend-Euro-Motiv für einen Mord. Es waren schon Menschen für weniger umgebracht worden.

Vielleicht wusste der Doktor ja noch mehr. »Haben Sie schon etwas davon gehört, dass Tote über die Grenzen gebracht und dort – ähm, quasi weiterverarbeitet werden?«

Er nickte. »Ja, aber in einem anderen Zusammenhang.«

»Was meinen Sie damit?«

»Oh, in Deutschland werden Beerdigungen immer teurer. In Tschechien hingegen ist eine Urnenbestattung schon für siebenhundert Euro zu haben.«

»Also könnte das der Grund sein, warum die Toten nicht direkt vor Ort verbrannt und dann in einer Urne verschickt werden. Ich dachte eigentlich, das ist billiger.«

»Nicht unbedingt, das hängt vom jeweiligen Land ab. Ich kenne Leichenbestatter, die bieten regelrechte Kaffeefahrten an, Bestattungssightseeing inklusive. Hinter dem Bus fährt dann meistens auch gleich der Leichenwagen, damit die Leute eine solche Bestattung live erleben können.«

»Das ist ja ziemlich makaber.«

»Auch nicht makabrer als Ihr Fall, finden Sie nicht? Aber jetzt habe ich auch mal eine Frage: Wie wäre es denn mit einem gemeinsamen Bier heute Abend? Ich wüsste da eine nette Kneipe.«

Iris hielt das für eine gute Idee. Und sagte das auch.

Zurück im Hotel rief sie die Kollegen vom Berliner Landeskriminalamt an. Diese hatten zu ihrer Überraschung sogar Neuigkeiten. Nachdem sie im ersten Beerdigungsinstitut Namen gefunden hatten, die auch auf ihrer Liste standen, waren sie zu einem zweiten marschiert. »Es scheint so zu sein, als gebe es einen regen Nord-Süd-Verkehr«, erklärte ihr die Stimme am Telefon. »Ihre ›Jenseitswelten‹ tauchen jedenfalls immer wieder als Empfängeradresse auf. Sind Sie sicher, dass dort ein Leichen-Verschiebebahnhof für illegale Gewebeentnahmen besteht?«

»Es deutet einiges darauf hin.« Sie dachte an die Geschichte mit Tschechien. »Vielleicht ist es aber auch einfach so, dass die Beerdigungen im Ausland billiger sind und die Leute das nutzen.«

»So, hm. Trotzdem sollten wir da am Ball bleiben und uns austauschen. Übrigens, Kollegin, einen gewissen Tilo Weber vom gleichnamigen Bestattungsinstitut haben wir nur telefonisch erreicht. Er erklärte uns, dass wir nicht mehr kommen müssten. Es sei schon eine Kollegin da gewesen. Wir gehen davon aus, dass Sie das nicht waren. Denn Sie wissen ja, dass Sie nicht in unserem Revier wildern dürfen, nicht wahr?«

Ihr wurde heiß. »Hmhm. Ich werde Sie auf jeden Fall auf dem Laufenden halten, was unsere Ermittlungen betrifft. Ganz formlos, wenn Sie wollen, ohne großen Papierkram. Immer diese Formalitäten, das hält nur von der Arbeit ab.«

Sie hörte sein Lachen durchs Telefon. »Sie sagen es, Kollegin.«

Vielleicht war das ja doch noch der Beginn einer langen Freundschaft zwischen der Polizeidirektion Lörrach und dem Berliner Landeskriminalamt.

Es wurde jedenfalls der Anfang eine schönen Abends. Trotz Blasen an den Füßen stöckelte Iris Knoll entgegen, als er sie abholen kam. Die Blasen taten auch schon nicht mehr so weh. Das redete sie sich erfolgreich ein. Natürlich trug sie ihr neues Outfit, hatte sogar die Haare großstadtmäßig wild geföhnt. Sie genoss seinen anerkennenden Blick.

Er führte sie in eine kleine Kneipe in Alt-Moabit namens Prima. Irgendwo in der Nähe sollten einst auch Brecht und Tucholsky gelebt und später dann die DDR-Bautrupps die Mauer errichtet haben. Von Mauern war an diesem Abend nichts zu spüren, auch nicht von deutsch-deutschen. Die Wirtin hieß Mathilda, mit Betonung auf dem ersten a. Wie Knoll war auch sie ein Kind der DDR, die beiden schienen sich schon länger zu kennen. Doch sie ließen Iris an ihren Geschichten teilhaben. Diese wiederum genoss es, ein kleines Spandauer Bier nach dem anderen zu trinken und zuzuhören. Berlin – das war früher so fern gewesen. Und plötzlich betraf sie die deutsche Vergangenheit, der Bau und der Fall der Mauer, für die Berlin das Symbol war. Plötzlich hatte die große Politik jede Menge mit ihr selbst zu tun. Weil sie jetzt Menschen kannte, die dies alles miterlebt hatten.

»Dieses Bier könnte zu meinem Lieblingsgetränk werden«, nuschelte sie gegen Mitternacht verträumt. Sie dachte gerade darüber nach, in diese Stadt umzuziehen, in der es so sympathische Wirtinnen gab und so nette Gewebebankleiter. Die außerdem Singles waren. Eine Stadt, die dazu noch so viele Parks und Bäume an den Straßen vorweisen konnte. Große Bäume, deren Äste über die Fahrbahn ragten, Linden, Platanen und viele andere.

»In Laufenburg und auch sonst am Hochrhein hätte bestimmt schon jemand gesagt, das ist zu gefährlich, die müssen wir abhacken«, murmelte sie.

Mathilda und Knoll musterten sie irritiert. »Na, die Bäume«, hob Iris mit ihrer Erklärung an.

»Ich glaube, ich bringe Sie jetzt lieber in Ihr Bett«, befand Knoll. Mathilda nickte. Iris hatte nichts einzuwenden. Für einige Sekunden hoffte und fürchtete sie zugleich, dass er mit auf ihr Zimmer kommen wollte. Doch er verhielt sich ganz, wie es sich für einen Gentleman geziemt. Das fand sie dann auch wieder bedauerlich. Aber immerhin hatten sie die Telefonnummern ausgetauscht. »Daas ist die Berliner Luft, Luft, Luft«, summte sie noch und wunderte sich, woher sie dieses Lied eigentlich kannte. Dann schlief sie ein und fühlte sich dabei leicht wie ein Luftballon.

Am nächsten Morgen klapperte Iris noch die Kneipen in der Pankstraße ab. Dafür nahm sie sich wieder ein Taxi. Die Aktion kostete ein Heidengeld, denn die Pankstraße war lang, das Ergebnis hingegen gleich null. Niemand konnte sich an Pascal Kunz erinnern. Obwohl er doch eigentlich ein einprägsames Äußeres hatte. Einige Gaststätten hatten noch zu. Die musste sie den Berliner Kollegen überlassen, sonst verpasste sie ihren Zug.

Danach holte Iris ihr Gepäck aus dem Hotel und nahm am S-Bahnhof Friedrichstraße Abschied von Berlin. Hier, das erfuhr sie aus dem Stadtführer, stand sie auf historisch bedeutsamem Gelände: *»Berühmter kann ein Bahnhof in Berlins Mitte wohl kaum sein.«* Demnach war er anlässlich der Olympischen Sommerspiele 1936 entstanden. Und später, zu DDR-Zeiten, donnerten hier dann die sogenannten Geisterbahnen durch. Sie transportierten Westler unter DDR-Gebiet hindurch in den Westen. Sie hatte gehört, dass die DDR diese U-Bahn-Tunnel auf ihrem Gebiet mit aufwendigen Sicherungsmaßnahmen versehen hatte, damit kein sozialistischer Bürger auf die Idee kam, einen Fluchtversuch mit einer solchen Geisterbahn zu unternehmen. Es gab Nagelkissen zwischen den Gleisen, blanke Stromleitungen an den Wänden, die es unmöglich machten, sich dort entlangzuhangeln. Es sollte auch Wachtposten in den aufgelassenen S-Bahnhöfen unter Ost-Erde gegeben haben, immer drei Leute, deren Zusammensetzung ständig wechselte. Damit sie sich niemals gut genug kannten, damit sicher war, dass jeder Fluchtversuch gemeldet werden würde. Diese Wachleute hatten wenig zu tun, außer Statistiken zu schreiben. Jeder auch noch so kleine Vorfall musste akribisch aufgezeichnet werden. Besonders oft in diesen Logbüchern des Grauens stand offenbar: »Bewurf mit Medien«. Iris stellte sich vor, wie die Westberliner ihre Zeitungen aus den S-Bahn-Fenstern warfen und diese von den Wächtern sorgsam eingesammelt wurden. Was sie wohl damit gemacht hatten?

Die S-Bahn brachte sie zum Hauptbahnhof. Iris warf aus dem Zugfenster einen letzten Blick auf den gläsernen Koloss, dann raste der ICE in Richtung Süden. Er ging durch bis Basel. Sie war immer noch beschwingt, immer noch fasziniert vom Rhythmus, in dem Berlin atmete.

Als sie am romantischen Laufenburger Westbahnhof ausstieg, war die Hochstimmung verflogen. Wenigstens kein Regen. Der Weg zu ihrer Wohnung über das Kopfsteinpflaster der Hauptstraße rief ihr wieder in Erinnerung, warum sie sich normalerweise keine Stöckelschuhe kaufte.

Ihre Wohnung lag im Dunkeln, als sie die Tür aufschloss. Sie war dankbar dafür. Fünf Minuten später klingelte das Telefon. Max Trautmann war dran.

»Ich habe Licht gesehen, Sie sind also wieder zurück.«

Das ließ sich nicht abstreiten.

»Ihr junger Mann ist bei mir. Wir essen gerade. Wollen Sie nicht herüberkommen?«

Sie wollte nicht und versuchte, das möglichst nett zu kommunizieren.

Die Stimme Trautmanns klang trotzdem enttäuscht.

»Schade. Wir hätten Ihnen einiges zu erzählen.«

»Hat das nicht Zeit? Ein anderes Mal?«

»Wie wäre es mit morgen?« Er ließ nicht locker.

»Ist es wichtig?«

»Ja, sehr wichtig, denke ich.«

»Also gut. Morgen koche aber ich.«

»Sie können kochen?«

»Wasser. Sagte ich das nicht?«

Sie hörte ihn leise lachen. »Das ist mein Spruch. Na schön. Ich bringe den Wein mit. Und Ihren jungen Mann schicke ich nach dem Abendessen rüber. Er unterhält sich gerade prächtig mit meiner Nichte.«

Da waren sie wieder, ihre Probleme.

10

»Ich glaube, Sie haben sich festgebissen. Wenn ich das richtig sehe, dann haben Sie außer einem Verdacht gegen Pascal Kunz und seine Tanten keine Ahnung, wer Gerd Neubert umgebracht haben könnte. Ziemlich wenig für eine teure Dienstreise nach Berlin, finden Sie nicht? Das hätten Sie auch telefonisch klären können.« Der große M. sah nicht glücklich aus.

Iris streckte das Kinn nach vorne. »Es hätte aber sehr viel länger gedauert. Jetzt wissen wir jetzt wenigstens definitiv, dass Kunz uns bezüglich seiner Berlinreise belogen hat. Auch wenn wir sein Alibi bisher nicht widerlegen konnten, bleibt er für mich ein Hauptverdächtiger. Den angeblich verschwundenen Leichenwagen finden wir noch, Sie werden sehen. Und wir kennen jetzt die Dimension der Gewinnspannen … Unglaublich. Ich habe mir das mal im Internet angeschaut, wenn Sie wollen …«

»Ist ja schon gut. Übrigens, die neue Frisur steht Ihnen.« Sie konnte das Lächeln in seiner Stimme hören. »Also, was haben wir noch?«

Felix übernahm. »Ich überprüfe gerade die Internetprovider. Wenn Daniela Herbst Skype benutzt hat, muss es auch einen Netzzugang geben. Wir brauchen ihren PC. Vielleicht finden wir ja mit Hilfe der Daten heraus, wo Neubert zuletzt wohnte. Die Wohnung des Opfers könnte auch der Tatort sein. Da weist die Spur jetzt nach Frankreich. Ich habe mit der Wirtin der Rheinfelder Kneipe gesprochen, in der Neubert vor seinem Wegzug manchmal ein Bier getrunken hat. Sie sagt, er habe ihr im Suff erzählt, er wolle ins Elsass ziehen.

»Und genau das ist unser Problem«, hakte Iris wieder ein. »Ohne umständliche Bürokratie geht da gar nichts. Das heißt, das Elsass ist für uns bisher ein schwarzes Loch. Die Wohnung kann aber nicht weit jenseits der Grenze liegen …«

»Wieso glauben Sie das?«

»Neubert ist zwischen neunzehn und zwanzig Uhr umgebracht worden – plus/minus zwei Stunden –, sagt der Rechtsmediziner, und könne nicht lange danach auf der Großmutter abgelegt worden sein. Das deutet für mich auch aufs Elsass hin.«

Wieder Felix: »Unsere Nachfragen im Drogen- und Transvestitenmilieu haben nichts ergeben.«

»Kunz?«

»Wir glauben, dass es Kunz – und zwar in dem angeblich in Berlin verschrotteten Leichenwagen – war, der den Ermordeten Neubert, von wo auch immer, nach Lörrach transportiert hat. Ich stelle mir das so vor: Neubert ist drogenabhängig. Nach seiner Entlassung aus dem Kantonsspital kommt er nicht mehr so leicht an seine tägliche Dosis. Also brauchte er mehr Geld und hat seine Partner erpresst. Die hatten viel zu verlieren und brachten ihn um. Es passt alles ins Bild«, antwortete Iris.

»Organisierte Kriminalität, professionelle Leichenverschieber und Killer, die sich einer alten Beretta bedienen, Drogengeschäfte, Erpressung, Ärger unter Transvestiten, also das ganze Programm? Und was ist mit einer Beziehungstat?«

»In diesem Punkt hat sich eine interessante Entwicklung ergeben. Wir wissen noch etwas!«, meldete sich Martin Felix zu Wort.

Zwei Augenpaare, ein braunes und ein grüngraues, musterten den Glücklichen erwartungsvoll. Warum sieht er nur immer aus wie aus dem Ei gepellt?, dachte Iris irritiert.

Felix grinste. »Ja dachten Sie denn, ich bin untätig, während Sie sich in Berlin amüsieren? Übrigens, die Frisur steht Ihnen wirklich.«

»Sparen Sie sich Ihre scheinheiligen Komplimente. Was haben Sie herausgefunden?«

»Wem die Mordwaffe gehört. Oder besser: gehörte.«

»Jetzt machen Sie es nicht so spannend!« Iris war kurz davor, zu platzen.

»Sie war ursprünglich auf den Ehemann der toten Martha Baumann eingetragen. Er hatte einen Waffenschein. Muss wohl ein Waffennarr gewesen sein.«

»Und Sie konnten noch nicht herausfinden, wer die Waffe dann bekommen hat?«

»Leider nein. Es gibt keinen eingetragenen Nachbesitzer. Ich vermute, unsere Oma hat sie als Andenken an ihren Seligen in irgendeiner Schublade aufgehoben. Aber die war ja schon vor dem Chirurgen tot, kommt also als Täterin nicht in Frage. Es muss jemand anderes in den Besitz der Beretta gelangt sein, auf welche Weise auch immer. Da kommen besonders nahestehende Personen in Betracht.«

»Also ist der Unfallchirurg mit der Waffe des Mannes unserer verschwundenen Oma umgebracht worden. Pikanterweise mit Munition, die er selbst gekauft hat. Was dafür spricht, dass die Waffe in seinem Besitz war, warum sonst hätte er sich dafür Munition kaufen sollen? Und das wiederum legt nahe, dass er doch Kontakt zu Daniela Herbst hatte«, fasste Iris zusammen.

»Und wer Munition kauft, glaubt vielleicht, dass er sie braucht. Das könnte zur Theorie eines Streits zwischen Komplizen passen. Mir ist nur völlig unklar, wie Daniela Herbst in der Geschichte drinsteckt. Sie hat so getan, als wisse sie nichts vom Verschwinden der Oma. Und sie ist Krankenschwester, wenn ich daran erinnern darf. Das heißt, ihr Beruf würde sie durchaus in die Lage versetzen, bei Gewebeentnahmen zu assistieren«, sagte Felix.

»Sie glauben, sie hat mitgeholfen, bei ihrer eigenen Mutter Gewebe zu entnehmen? Das halte ich doch eher für unwahrscheinlich«, wandte der große M. ein.

»Und wenn …« Iris machte eine Denkpause. »Gesetzt den Fall, sie hat herausgefunden, dass Neubert das ohne ihr Wissen getan hat. Und als sie dahinterkam, hat sie ihn mit der Beretta erschossen. Das würde zum Tatverlauf passen, zumindest sofern sich die beiden wirklich kannten, wofür ja einiges spricht. Außerdem gibt es schlechtere Mordmotive. Daniela Herbst könnte die Beretta nach dem Tod der Mutter an sich genommen haben.«

»Gut, dann finden Sie heraus, wer die Pistole am Tag des Mordes hatte. Oder sie sich angeeignet hat und warum. Vielleicht haben wir dann unseren Täter – oder die Täterin«, ordnete der große M. an.

»Wir werden noch einmal Mutter und Tochter Herbst befragen. Und ich brauche eine Genehmigung, den PC von Frau Herbst zu beschlagnahmen. Auch, um das Alibi zu überprüfen. Mutter und Tochter wollen über Skype miteinander kommuniziert haben, als der Mord geschah. Und wenn Daniela Herbst Verbindungen zu Neubert hatte, dann finden sich auf dem PC bestimmt ebenfalls Spuren.«

»Gute Idee«, befand der große M.

Damit waren sie entlassen.

***

Die Verhöre von Mutter und Tochter Herbst brachten sie nicht weiter. Keine der beiden wusste angeblich, was nach dem Tod von Fritz Baumann mit der Beretta geschehen war. Die Großmutter habe die Waffensammlung nach dem Tod ihres Mannes verkauft, erklärten beide übereinstimmend. Sie habe mit dem Hobby ihres Mannes nie viel anfangen können, Waffen jeglicher Art verabscheut. An wen die Sammlung verkauft worden war, wussten sie nicht.

Daniela Herbst zuckte jedoch sichtlich zusammen, als Iris ihr mitteilte, dass die Polizei ihren Computer beschlagnahmen werde.

»Kein Grund zu erschrecken«, meinte der Glückliche. »Das dient nur zur Abklärung Ihres Alibis zum Tatzeitpunkt. Sie sagten doch, Sie hätten sich mit Ihrer Tochter über Skype unterhalten. Das wollen wir nachprüfen.«

Daniela Herbst entspannte sich sichtlich.

»Wenn wir auf dem PC nichts zur Verbindung Neubert–Daniela Herbst finden und das Skype-Verlaufsprotokoll das Gespräch zwischen Mutter und Tochter bestätigt, werde ich wohl alle Waffenhändler der näheren und weiteren Umgebung befragen müssen«, stellte Felix ergeben fest. »Solche Aufgaben bleiben ja immer an mir hängen.«

»Kluger Junge. Apropos Aufgaben. Wann planen Sie denn, Ihren Neffen wieder bei mir abzuholen?«

»Am Wochenende, versprochen.«

Diese Nachricht erleichterte Iris ungemein. So war sie ziemlich guter Dinge, als sie in Lörrach noch schnell die Lebensmittel für das versprochene Abendessen einkaufte. Sie hatte beschlossen, ihren Gästen Putengeschnetzeltes mit Apfel-Curry-Sahnesoße und Reis vorzusetzen. Dazu Rapunzelsalat mit schön viel

Knoblauch und fein geschnittenen Tomaten fürs Auge. Und ein Baguette.

Alle lobten das gelungene Abendessen. Etwas kam Iris allerdings seltsam vor. Die drei warfen sich ständig bedeutungsvolle Blicke zu. Da war doch etwas im Busch, aber das Trio tat harmlos.

Niklas nahm sich seinen dritten Teller Reis und Geschnetzeltes, und Iris fragte sich zum wiederholten Mal, warum die Reiskörner nicht an seinem Zahnbrilli hängen blieben. Vielleicht hatte der Junge da seine eigenen Strategien entwickelt. Martina brach ein Stück Baguette ab.

»Kann ich bitte auch einen Schluck Wein haben?«, fragte sie.

»Eigentlich bis du dafür noch zu jung. Deine Mutter reißt mir den Kopf ab, wenn ich dir Alkohol gebe.«

»Ach bitte, nur einen kleinen Schluck, Onkel Max. Zur Feier des Tages.«

Feier des Tages. Onkel Max. Wie sich das anhörte! »Nun redet endlich, was ist hier los? Ihr rutscht schon den ganzen Abend so komisch auf euren Stühlen herum!« Iris hatte genug von dieser Schauspielerei.

»Also, wir waren im Kantonsspital Basel«, hob Niklas an und erntete sofort einen strafenden Blick der beiden anderen.

Iris schwante Übles. Doch sie beherrschte sich. »Und was habt ihr da gemacht? Hatte jemand einen Unfall?«

Max Trautmann schob sich die letzte Gabel Reis mit Geschnetzeltem in den Mund, wischte dann mit einem Stück Baguette sorgfältig die Soße vom Teller, kaute, trank einen Schluck Wein und erklärte: »Ich finde, wir haben einen hervorragenden Wein mitgebracht. Und das Essen war einfach köstlich.«

Iris schwante noch Übleres. »Lenken Sie nicht ab.«

»Also, ich sagte doch, ich kenne dort einen Arzt ganz gut. Und ich habe …«

»Sie haben waaas?«

»Nun, weil ich doch bei einem Detektiv in die Lehre gehe und weil ich Ihnen doch helfen wollte …«

Iris' Miene glich dem Himmel kurz vor Ausbruch eines Gewitters.

»Wirklich, Frau Terheyde, wir haben es doch nur gut gemeint«, mischte sich Martina ein.

»Ich hatte euch verboten, so etwas zu tun! Wie konnten Sie nur! Haben Sie den Verstand verloren? So etwas ist Polizeiarbeit!«

»Ihnen hätte mein Freund bestimmt nichts gesagt«, antwortete Trautmann verschnupft. »Außerdem habe ich so getan, als wäre mir schlecht, und meine Fragen eher so nebenbei gestellt.«

Niklas nickte. »Es war wirklich total cool, wie er da auf der Liege in der Ambulanz lag und sich vor Schmerzen krümmte. Geile Vorstellung. Dieser Typ hat die Schau sofort geschluckt.«

Wider Willen musste Iris lachen. »Ich wusste schon immer, dass Sie ein guter Schauspieler sind.«

»Also ehrlich. Normalerweise tue ich so etwas nicht. Aber wenn es um die Beförderung der Gerechtigkeit geht …«

»Und ein verdammter Heuchler sind Sie auch noch.«

»Bitte hört auf zu streiten! Wollen Sie denn nicht hören, was wir herausgefunden haben?« Das war Martina.

»Also schön. Jetzt ist das Kind ja schon in den Brunnen gefallen.«

Trautmann strahlte. »Dieser Unfallchirurg, Neubert, wurde entlassen, weil er ein Junkie war, Medikamente geklaut und auch noch einen Kunstfehler gemacht hatte, der zum Tod eines Patienten führte.«

»Das wissen wir.« Das mit dem toten Patienten war zwar neu, aber das musste das Trio ja nicht wissen.

Die drei schauten enttäuscht.

»Aber wissen Sie auch, dass er früher verheiratet gewesen war?«

»Wissen wir«, behauptete Iris. Sie würde den Teufel tun, sich eine Blöße zu geben und diese Laienermittler damit auch noch in ihrem Tun zu bestätigen.

»Die Frau war Krankenschwester und kam aus dem Kosovo, glaube ich. Die beiden haben sich in Basel kennengelernt. Die große Liebe. Aber schon ein Jahr später waren sie wieder geschieden, und Neuberts Frau musste zurück in den Kosovo. Wissen Sie das auch?«

Iris richtete sich auf. »Aus dem Kosovo? Woher?«
»Mein Freund meinte, die Stadt hieß Kosovo Pilje oder Pulje. Irgendwo in der Nähe der Hauptstadt.«
»Von Priŝtina?«
Niklas nickte eifrig. »Ja, und der Ort heißt Kosovo Polje.«
»Wie heißt die Frau?«
»Milena«, ergänzte Martina.
»Milena Mustafa«, fuhr Niklas fort. »M.M. Geiler Name, was?«
»Und was ist aus dieser Frau geworden?«
»Genaues wusste mein Freund nicht«, antwortete Trautmann. »Er denkt, dass sie vielleicht jetzt irgendwo in ihrer Heimat in einem Krankenhaus arbeitet.«
»In ihrer Heimat. So.«
Drei Köpfe nickten heftig und im Takt.
Iris versuchte ihre unwillige Miene beizubehalten, aber es gelang ihr nicht so recht.
»Das wussten Sie noch nicht!«, behauptete Niklas triumphierend.
Iris gab keine Antwort. Sie log nur ungern. Danach war sie für den Rest des Abends etwas geistesabwesend. In ihrem Kopf arbeitete es fieberhaft. Sie fragte sich, wie sie zu weiteren Informationen über diese Milena Mustafa kommen konnte. Und ob es in Kosovo Polje eine Gewebebank gab. Oder in Priŝtina. Vielleicht sogar mit einer angeschlossenen Klinik.

***

»Ich denke, wir müssen bezüglich unserer Theorien noch einmal neu ansetzen«, verkündete Iris ihrem etwas verblüfften Assistenten Felix am nächsten Morgen.
»Was soll das denn heißen?«
Sie klärte ihn darüber auf, was sie von ihrem Hilfsdetektiv-Trio erfahren hatte.
»Die haben waaas?«
»Sich erkundigt. Und bevor Sie sich aufregen, Ihr Neffe Niklas war ebenso mit Feuereifer dabei wie die beiden anderen. Kommt

ganz nach dem Onkel. Vielleicht sollte er eine Polizeilaufbahn einschlagen.«

»Glauben Sie, ich bin völlig sarkasmusresistent?«

»Nicht?«

»Nein!«

Iris schmunzelte. »Also, wo waren wir? Ach ja, wir sollten noch einmal von vorne anfangen. Bevor Sie gekommen sind, habe ich schon mit dem Kantonsspital telefoniert. Die Sachbearbeiterin bestätigt, dass Neubert verheiratet war, mit einer Milena Mustafa. Nach der Scheidung hat die Frau gekündigt. Angeblich ist sie zurück in den Kosovo. Ihre Freundin in der Personalabteilung dachte, das sei nicht so wichtig, und hat es uns deshalb nicht erzählt. Vielleicht war sie aber auch von Ihrem Charme so hypnotisiert, das sie gar nichts mehr gedacht hat.«

»Haha. Was heißt das jetzt?«

»Wir werden mit den Nachbarn der verstorbenen Martha Baumann sprechen. Denn jetzt ist auch ein anderes Szenario vorstellbar. Neubert und seine Ex haben die Kontakte in den Kosovo geknüpft. Auf der Suche nach alten Menschen, die bald sterben, ist Neubert dann Martha Baumann begegnet. Er könnte sie auf der Straße getroffen haben, als sie auf dem Weg zu ihrer Tochter war. Wer weiß. Außerdem müssen wir die Kollegen im Kosovo einschalten, herausfinden, wo diese Milena jetzt lebt, und sie befragen. Allerdings traue ich den Akten der dortigen Meldebehörden nicht so recht. Durch den Krieg ist vieles zerstört worden.«

»Was machen Sie eigentlich da, während Sie mit mir reden?«

»Ich schreibe eine Mail an einen Kollegen, der nach dem Krieg als Berater im Kosovo war. Vielleicht kennt er die richtigen Ansprechpartner. Ich meine solche, die auch inoffizielle Anfragen beantworten. So, die Mail ist weg. Wir versuchen es erst einmal auf diesem Weg.«

»Sie meinen, wir suchen irgendwelche merkwürdigen Knochenjäger mit kosovarischem Akzent, die aus dem Kosovo anreisen und nach für ihre Zwecke brauchbaren alten Menschen suchen?«

»So in etwa.«

»Mir tun schon jetzt die Füße weh. Also auf zu den Nachbarn der Oma. Wo hat sie eigentlich gewohnt?«

»Moment.« Iris blätterte in der Akte. »Im Seidenweberhof in Rheinfelden.«

Der Glückliche stöhnte auf. »Auch das noch.«

Iris konnte seine Gefühle gut nachvollziehen. »Wir werden uns Unterstützung holen müssen. Wir beide werden mit den Wohnungen anfangen, die in direkter Nachbarschaft darunter- und darüberliegen, das andere Team mit den Wohnungen links und rechts.«

Sie wusste, selbst zu viert würden sie Tage brauchen, um alle Mieter abzuklappern. Diese Wohnanlage war riesig. Es mussten Hunderte Menschen dort leben. Trotzdem wirkte der Komplex luftig und nicht beengend. Für die um einen weitläufigen Platz mit Bäumen und Bänken gruppierten Wohngebäude war viel Glas verwendet worden. Die Wohnungen im Erdgeschoss hatten zum Teil kleine Gärten, oben auf den Häusern saßen, leicht zurückgesetzt, Maisonettewohnungen mit Terrassen. In den Innenhof gelangte man durch ein Tor, das der Rheinfelder Künstler Willi Raiber ebenso gestaltet hatte wie die Betonfassaden: Blumenornamente an Säulen, großformatige Bilder auf Grau. Besucher und Bewohner wurden bereits am Tor von zwei abstrahierten, schon fast picassoesken Figuren empfangen, die aus der griechischen Mythologie stammten, Helena und Paris. Die Fassadenbilder sollten fünfzehn Meter hoch und zehn Meter breit sein, das hatte Iris früher einmal der Lokalzeitung entnommen. Sie waren in einer speziellen Maltechnik ausgeführt, mit der der Künstler die Wirkung eines Aquarells auf eine Außenfläche hatte übertragen wollen. Falls sie sich richtig erinnerte. Egal. Jedenfalls gefielen sie ihr, auch wenn die Farben durch Wind und Wetter schon etwas ausgebleicht waren.

Für alte Menschen waren die Wohnungen auf dem einst verwahrlosten Gelände der alten Seidenweberei ideal. Sie lagen in der Nähe des Bahnhofs und hinter einer kleinen Einkaufspassage, die neben einer Apotheke und einem Discounter alles bot, was fürs tägliche Leben notwendig war. Die alte Weberei war Anfang der neunziger Jahre abgerissen worden, nachdem das Gelände samt den Gebäuden der stillgelegten Seidentuchfabrik rund zwanzig Jahre brachgelegen hatte – ein vor sich hin dämmerndes und bröckelndes Mahnmal der großen Vergangenheit der Textilindustrie am Hochrhein. Soweit sie wusste, war die Seidenweberei von Badisch Rheinfelden die älteste Fabrikansiedlung am Ort gewesen und war, wie so viele Industrieanlagen in der Zeit der industriellen Revolution, von einer Schweizer Firma gegründet worden, etwa Ende des 20. Jahrhunderts. Baumann, Streuli & Co. Zürich? So ähnlich jedenfalls.

Die Zeit, in der die Textilindustrie vielen Menschen der Region Arbeit und Brot gegeben hatte, war längst vorbei. Und auch die Webstühle der Heimwerkerinnen und Bandweberinnen auf dem Hotzenwald, die damit das karge bäuerliche Einkommen aufgebessert hatten, klapperten schon lange nicht mehr. Mit der Konkurrenz der Billigprodukte aus dem Ausland, vor allem aus Asien, hatten die Firmen nicht mithalten können. Heute war die Chemieindustrie einer der Hauptarbeitgeber der Region, die Alu Rheinfelden, Roche, Ciba Geigy, Novartis oder wie die Chemiegiganten auch immer inzwischen hießen. Nach diversen Zusammenschlüssen, Fusionen, Trennungen, Aus- und Eingliederungen sowie Umbenennungen in Syngenta oder Clariant hatte Iris diesbezüglich die Übersicht verloren. Nur ein Name hatte sich tief in ihr Gedächtnis eingebrannt, war 1986 zu trauriger Berühmtheit gelangt: Schweizerhalle, zwischen den Gemeinden Muttenz und Pratteln kurz vor den Toren Basels gelegen, der Ort des großen Chemieunfalls, des Großbrandes bei der Firma Sandoz, bei dem das giftige Löschwasser zum großen Fischsterben im Rhein geführt hatte.

»Was macht eigentlich Ihr Hexenschuss? Waren Sie beim Arzt?«, fragte der Glückliche in ihre Gedanken hinein.

»Welcher Hexenschuss?«

Manchmal hatte der Mensch Glück, selbst der kriminalistisch tätige.

»Ha, kommen Sie doch herein«, krähte Anna Kuttner, eine alte Dame, die ein Stockwerk unter der ehemaligen Wohnung von Martha Baumann lebte. Martin Felix hielt ihr ein Foto der Verstorbenen vor. Sie setzte ihre Brille ab, zog ein Taschentuch aus dem Ärmel ihrer Bluse, putzte sie sorgfältig, schüttelte den Kopf und setzte sie wieder auf.

»Kennen Sie diese Frau?«

»Hä?«

»Kennen Sie diese Frau?«

»Brüllen Sie nicht so, junger Mann. Sie schreien ja das ganze Treppenhaus zusammen. Waaas, von der Polizei sind Sie? Na ja, die muss es auch geben, nicht? Ich gehe voraus.«

Anna Kuttner hatte zwar einen Gehstock, so einen von den altertümlichen, mit geschnitztem Griff aus Elfenbein, doch sie schwang ihn behände und marschierte ziemlich stramm voraus ins Wohnzimmer. Sie wies auf eine plüschige Garnitur, die aus der Zeit nach dem Ersten Weltkrieg stammen musste.

»Bitte setzen Sie sich doch. Einen kleinen Likör?«

Felix hob abwehrend die Hand.

»Ich bin vierundneunzig und damit zu alt, um Widerspruch zu akzeptieren«, brüllte Frau Kuttner fröhlich, die wie höchstens fünfundsiebzig aussah und wirklich sehr schlecht hörte. »Übrigens, ich kann Lippen lesen. Ich hasse diese Hörgeräte. Entweder sie pfeifen, oder die Batterie ist alle. Sie müssen also nicht laut sprechen. Schauen Sie mich einfach an, wenn Sie reden.«

Iris sah davon ab, ihr mitzuteilen, dass sie selbst ziemlich laut sprach. Sie hielt Anna Kuttner noch einmal die Fotografie vor die Augen. Diese war jedoch gerade damit beschäftigt, Likör in drei wunderschön geschliffene Kristallgläser zu gießen, die mindestens ebenso alt waren wie die Couchgarnitur. Giftgrünen Likör. Iris schauderte. Die alte Dame ergriff offenbar gern die Gelegenheit, sich einen zu genehmigen.

»Erst probieren.« Sie schlürfte genießerisch. »Das ist beste Hausmarke!«, behauptete sie und reichte ihnen die Gläser. »Aber setzen Sie sich doch!«

Iris und der Glückliche folgten der Aufforderung und versanken fast in den Polstern.

»So, nun zeigen Sie mir das Bild noch einmal!« Iris reichte es über den Wohnzimmertisch aus Marmor und legte es vor ihrer Gastgeberin ab.

Anna Kuttner setzte die Brille ab, packte sie sorgsam in ein rotes Etui. Dann griff sie sich ein grünes Etui von einem Beistelltischchen, entnahm diesem eine weitere Brille, deponierte das rote

Etui auf ihrem Schoß und legte das grüne wieder auf das Beistelltischchen. Ihre blauen Augen blitzten und straften ihre folgende Behauptung Lügen: »Ich muss immer alles ganz genau machen, sonst kann ich mir nichts mehr merken. In meinem Alter wird man halt gebrechlich, nicht nur körperlich.« Anna Kuttner wusste ganz genau, dass sie die Geduld ihrer Besucher strapazierte. Und es machte ihr Spaß.

Nachdem sie umständlich die neue Brille zurechtgerückt hatte, nahm sie das Foto, betrachtete es, drehte es um, dann noch einmal alles von vorne.

»Ja, natürlich, ich kenne sie! Eine nette Frau. Man könnte fast sagen, wir waren befreundet. Jedenfalls haben wir immer mal wieder einen Kuchen zusammen gegessen oder ein Glas Likör getrunken. Sie war allerdings manchmal etwas tüddelig. Obwohl sie viel jünger war als ich.«

»Tüddelig?« Über dem Glücklichen hingen mindestens fünf Fragezeichen.

Anna Kuttner lachte. »Der Ausdruck kommt aus dem Rheinland. Es bedeutet ›geistig etwas unkonzentriert‹.«

»Aha.«

Ihre Gastgeberin nickte freundlich. »Aber bitte, trinken Sie doch.«

Folgsam hoben Iris und Felix die Gläser an die Lippen und nippten. Es schmeckte ziemlich süß, ein wenig wie hochprozentiger Hustensaft. Sehr hochprozentiger.

»Ist doch ein guter Likör, nicht wahr?« Anna Kuttner stand auf und schenkte sich nach. »Auch noch einen kleinen?«

»Wir sind im Dienst«, erklärten Iris und Felix unisono.

»Soso«, trompetete die Gastgeberin. »Ich aber nicht.«

»Haben Sie öfter mal fremde Leute bei Ihrer Freundin gesehen?«, erkundigte sich Felix.

»Sie meinen Leute mit einem polnischen Akzent oder so?«

Iris setzte sich auf. Wie kam Frau Kuttner nur darauf? »Ja, oder so.«

Anna Kuttner schüttelte den Kopf. »Nein, habe ich nicht.«

»Wie kommen Sie dann auf den Akzent?«

»Na ja, es waren keine fremden Leute, sondern so etwas wie

der Schwiegersohn. Der kam immer mit einer Krankenschwester. Die hatte einen solchen Akzent. Rührend, der Mann. Wie er sich um die alte Dame gekümmert hat! Sagte ich, dass sie schon etwas hinfällig war?«

Martin Felix nickte und reichte das Foto des toten Unfallchirurgen zu ihr hinüber. »War es etwa dieser Mann?«

Wieder begann die Brillenzeremonie, dann das genaue Betrachten. Dann blickte die alte Dame auf und strahlte.

»Ja, der war das. Manchmal kam er aber auch mit einer jungen Frau.«

»Und die Krankenschwester, können Sie die beschreiben?«, erkundigte sich Felix.

»Oh, so Ende dreißig, ziemlich dick, wenn Sie mich fragen. Ich kann mich aber nicht mehr so genau erinnern. Es ist schon lange her.«

»Woher wissen Sie, dass die Frau Krankenschwester war?«, fragte Iris.

»Und wie lange ist das her?«, hakte der Glückliche nach.

Anna Kuttner wiegte nachdenklich den Kopf mit den hochgesteckten weißen Haaren. Für ihr Alter hatte sie noch einen ziemlich dichten Schopf, fand Iris. Sie musste früher attraktiv gewesen sein.

»Ich weiß nicht genau, ein bis zwei Jahre ungefähr? Außerdem trug sie Krankenschwesterntracht. Ich habe sie natürlich nicht gefragt, ob sie wirklich eine ist.«

»Haben Sie mit Ihrer Freundin nie darüber gesprochen?«

»Nein, es gab eine Vereinbarung zwischen uns. Wenn wir uns trafen, war das Thema Krankheiten tabu.«

»Hat der Mann noch jemand anders mitgebracht?«

»Ja, aber nicht oft. Ich glaube, das war die Tochter. Daniela heißt sie. Den Nachnamen weiß ich nicht.«

Also hatten sich Daniela Herbst und Gerd Neubert tatsächlich gekannt. Fragte sich nur, welcher Art die Beziehung gewesen war. »Hat Frau Baumann Ihnen erzählt, was ihre Tochter mit dem freundlichen Besucher zu tun hatte?«

»Ach, da war sie ziemlich wortkarg. Ich glaube, sie stand mit ihrer Tochter nicht so gut. Schade, so etwas, nicht wahr? Immer dieser Streit in den Familien. Aber wenn ich das Wenige richtig deute, dann waren die beiden ein Paar. Zumindest für einige Zeit, später dann nicht mehr. Da bin ich mir jedoch nicht sicher. Ich könnte Martha auch missverstanden haben. Jedenfalls kam die Tochter selten. Die Enkelin dafür umso öfter. Ein nettes kleines Ding.«

Iris und Felix warfen sich einen Blick zu.

»Haben Sie noch mehr Besucher beobachtet?«

»Hin und wieder Essen auf Rädern.«

»Und sonst?«

Anna Kuttner schüttelte den Kopf. »Nicht dass ich wüsste.«

Martin Felix stand auf. »Danke, Sie haben uns sehr geholfen.«

»Das ist aber schade, wollen Sie wirklich schon gehen?«

Anna Kuttner strahlte Martin Felix an. Täuschte Iris sich, oder flirtete die Vierundneunzigjährige schamlos mit ihrem jungen Kollegen?

Felix flirtete ebenso schamlos zurück. »Ja, das finde ich auch. Mit so charmanten Damen wird sogar eine dienstliche Angelegenheit zum Vergnügen.«

Anna Kuttner kicherte wie ein junges Mädchen und drückte ihm noch eine Flasche des grünen Likörs in die Hand. »Wirklich, beste Hausmarke. Ich bekomme ihn immer von einem Freund. Nein, eine Ablehnung akzeptiere ich nicht. Und jederzeit wieder. Vielleicht haben Sie ja noch andere Fotos.«

Das brachte Iris auf eine Idee.

Polizeihauptwachmeister Buchmann kam besäuselt vom grünen Likör ins Präsidium, hatte aber eine passable Zeichnung der Krankenschwester dabei.

»Gut gemacht, Buchmann«, lobte Iris.

Die Erstellung des Phantombildes zusammen mit dem Polizeizeichner habe der alten Dame viel Spaß gemacht, berichtete Buchmann – und ganzer Ströme von grünem Likör bedurft. Iris schmunzelte. Der Polizeihauptwachtmeister wirkte sehr vergnügt und hatte leicht gerötete Wangen. Der Polizeizeichner war bereits unauffällig in seinem Büro verschwunden. Iris konnte sich schon denken, warum. Wahrscheinlich war er in einer ähnlichen Verfassung wie Buchmann.

Sie legte die Zeichnung der Krankenschwester auf den Scanner und mailte das Bild dann an die Kollegen der Basler Polizei mit der

Bitte herauszufinden, ob das eine gewisse Milena Mustafa war, die offenbar im Kantonsspital Basel gearbeitet hatte und dann angeblich in den Kosovo zurückgekehrt war. Oder lebte sie noch immer in der Schweiz? War sie verheiratet, polizeiauffällig geworden? Nun eben das ganze Programm. Es war schon Freitagnachmittag, sie würde also warten müssen.

Als Iris in ihre Wohnung kam, war Niklas gerade dabei, seine Habseligkeiten zu packen.

»Jetzt geht es also wieder heim. Aber warum so eilig, dein Onkel kommt doch erst morgen?«

Sie bekam keine Antwort. Der Jüngling schien sich entschlossen zu haben, an diesem Tag muffig zu sein.

Iris beschloss, so zu tun, als merke sie nichts. Sie ahnte allerdings, warum er beleidigt war. Sie hatte die Bemühungen ihrer selbsterkorenen detektivischen Helfer nicht genügend zu schätzen gewusst.

»Hey, nun sei nicht sauer. Ich darf es einfach nicht erlauben, dass sich Privatleute in Ermittlungen einmischen.«

»So. Und warum sucht die Polizei dann alle naselang Zeugen für dies oder das? Warum werden die Bürger dann ständig aufgerufen, sich zu melden, falls ihnen etwas komisch vorkommt?«

»Niklas, das ist doch etwas völlig anderes, als auf eigene Faust zu ermitteln. Wir wollen in Deutschland keine Selbstjustiz, auch nicht im Ansatz.«

»Das ist keine Selbstjustiz.«

»Nein, klar. Aber es gibt Leute, die könnten es vielleicht so auslegen. Da ist es besser, vorzubeugen. Außerdem habt ihr mir eigentlich sehr weitergeholfen.«

Der Junge sah sie an. »Wirklich?«

»Ja, wirklich.«

Niklas zog die Stirn in Falten. Dabei wackelten seine Ohren. Iris fand, das war eine nette Art, nachzudenken. Dann strahlte er.

»In diesem Fall könnten wir und Onkel Max doch weiter mitermitteln, oder? Onkel Martin kommt ja erst morgen Abend. Wenn wir …«

»Neeeeeiiiiin, könntet ihr nicht!« Und »Onkel Max«, wie das

klang. Komisch. Trautmann hatte einen Neffen dazugewonnen. Das war sehr geeignet, um Felix damit aufzuziehen.

»Ach Mann, das wäre aber schon *der* Burner.«

»Das wäre was?«

»Ein Burner, also eine heiße Sache, krass, geil. So was eben.«

»Ach ja, ein Burner. Ich fürchte, daraus wird nichts. Im Moment nicht. Aber ich habe deinem Onkel Martin schon gesagt, dass ich dich für einen sehr begabten Ermittler halte.«

»Ehrlich?«

»Ja, ehrlich. Jetzt versprich mir aber, dass ihr nicht noch einmal auf Ermittlungstour geht.«

»Hm.«

»Versprich es!«

»Also gut.«

Es wurde ein netter Abend. Max Trautmann kam vorbei, uneingeladen, im Schlepptau seine Nichte, im Arm eine Flasche Grauburgunder. Er wusste, dass Iris den besonders mochte. Sie nahm es zur Kenntnis, war gerührt und damit unfähig, ihn rüde abzuweisen. Martina hielt ihr einen Blumenstrauß entgegen. Es kam nicht mehr in Frage, die ungebetenen Besucher wegzuschicken.

»Wir müssen doch den Jungen verabschieden«, erklärte Trautmann der überrumpelten Iris. Wenn er wollte, dann war der Mann der Charme in Person.

»Kommt schon rein. Aber nicht für lange. Ich bin müde.«

»Bestimmt nicht«, beteuerte Trautmann.

Sie spielten einige Runden »Mensch ärgere dich nicht«, die Niklas weidlich nutzte, um Martina zu necken, und Trautmann, um Iris zu umwerben. Alles in allem tat das sehr gut. Später, im Bett, rief sie sich zur Ordnung und alle Gründe in Erinnerung, die gegen jedwede Annäherung sprachen. Trotzdem schlief sie mit einem Lächeln ein.

***

Max Trautmann konnte nicht schlafen. Er hatte noch kurz bei seiner Nichte ins Zimmer geschaut. Der Lichtstrahl, der durch den

Türspalt in die Dunkelheit fiel, beleuchtete ein entspanntes Gesicht und rosige Wangen. Sie atmete ruhig und regelmäßig. Auch Max lächelte bei diesem Anblick. Sich noch einmal so fühlen, voller Hoffnung auf das Leben mit Schmetterlingen im Bauch.

Die erste Zeile eines Haikus fiel ihm ein.

Schmetterlinge im Wind
tanzen

Er überlegte einige Minuten. Mit wem konnten sie denn tanzen? Er brauchte sieben Silben, ah ja:

Der Tanz der Pflaumenblüten
gleicht ihrem Werben

Ja, das war schön, das erzählte eine Geschichte von Frühling und Hoffnung. Er schrieb das Haiku auf.

Schmetterlinge im Wind,
der Tanz der Pflaumenblüten
gleicht ihrem Werben.

Er war noch immer nicht müde. Max ging in die Küche und schenkte sich ein Glas Rotwein ein. Das hieß, es war wieder Zeit für John Benson, den armen Kerl, der im Gefängnis vor sich hin schmorte.

Benson konnte nicht schlafen. Er versuchte die Schatten zu zählen, die die Strahlen des Vollmondes, zerteilt durch die Fenstergitter, auf den Lehmboden der Zelle warfen. Es waren seltsamerweise mehr Schatten als Gitterstäbe. Draußen war es still. Nur ab und an bellte ein Hund. Er hörte Tritte und das Geräusch eines schweren Schlüssels, dann öffnete sich die eisenverstärkte schwere Holztür. Im Rahmen erschien eine weibliche Gestalt, hinter ihr stand ein Mann, wohl der Hilfssheriff.

»Klopfen Sie laut und deutlich, wenn Sie wieder hinauswollen«, erklärte dieser. Dann fiel die Tür wieder zu, der Schlüssel drehte sich.

Die Frau schlug den Schleier zurück, der ihr Gesicht bedeckte.

»Sie?«

»Ich habe Ihnen etwas zu essen mitgebracht.«

»Ich will Ihr Essen nicht. Dank Ihrer freundlichen Mithilfe baumle ich demnächst am Galgen.«

»Bitte. Bitte nehmen Sie es. Ich weiß, ich habe etwas Furchtbares angerichtet, aber mir bleibt keine andere Wahl. Mein Kind, sie haben gedroht, meinem Kind etwas anzutun, wenn ich nicht tue, was sie sagen. Bitte, ich wollte wenigstens, dass Sie verstehen ...« Sie brach ab.

John Benson, sonst einer der verständnisvollsten Männer unter der Sonne des Wilden Westens, hatte keinerlei Lust, Verständnis zu zeigen. »Sie müssen mir helfen, dass ich hier wieder herauskomme.«

»Ich kann nicht ... mein Sohn ... bitte verzeihen Sie mir.«

»Mir wird etwas einfallen. Wenn ich einen Plan habe, der Sie und Ihren Sohn nicht gefährdet, helfen Sie mir dann? Werden Sie wiederkommen?«

Sie zögerte, dann nickte sie. »Es ist gefährlich. Ich ... die anderen dürfen von nichts wissen. Ich hoffe, der Hilfssheriff verrät mich nicht. Er ist einer der wenigen anständigen Menschen, die es in dieser Stadt noch gibt.«

Das Leben schlug seltsame Kapriolen, dachte John Benson, als sie gegangen war. Ausgerechnet die Frau, die ihn mit ihrer falschen Aussage in diese Lage gebracht hatte, entpuppte sich als sein einziger Strohhalm für eine mögliche Rettung.

Max schaute auf den Notizblock mit dem Haiku. Es schien, als müsse er immer erst ein Haiku schreiben, um mit John Benson weiterzukommen. Vielleicht sollte er ja doch einen Japaner in die Geschichte einführen, einen, der Haikus dichtete. Hatte es eigentlich Japaner gegeben, damals im Wilden Westen? Wahrscheinlich schon. Er würde das recherchieren. Wozu gab es das Internet? Aber morgen war auch noch ein Tag.

11

Der Erste, den Iris am Montagmorgen traf, war Polizeihauptwachtmeister Buchmann.

»Gut, dass ich Sie sehe, ich wollte gerade in Ihr Büro kommen.«

»Guten Morgen, Buchmann. Was gibt's?«

»Ich glaube, ich habe den Leichenwagen gefunden, den Sie suchen.«

»Buchmann, Sie sind der Größte! Und wo?«

»Ich dachte mir, ich schaue mich mal ganz unverbindlich bei den Lörracher Mietgaragen um. Manchmal stehen dort die Türen sogar offen. Und stellen Sie sich vor, so war es. Da habe ich dann einen Leichenwagen ohne Nummernschilder gesehen. Ich denke mal, das ist der, den Sie suchen. So viele verschwundene Leichenwagen gibt es ja nicht in der Stadt.« Er blinzelte vielsagend.

Iris verstand. Sie fragte besser nicht genauer nach, wie er in die betreffende Garage gekommen war. »Buchmann, Sie sind klasse! Jetzt müssen wir nur noch die Spurensicherung …«

»Von den Kollegen komme ich gerade. Ich habe mir erlaubt, sie in Ihrem Namen auf die neuen Aufgaben hinzuweisen, die sie erledigen sollten.«

»Mir fällt gerade kein weiterer Superlativ für Ihr Engagement ein, aber wenn, dann werde ich sofort mit Ihnen Kontakt aufnehmen.«

Buchmann strahlte.

»Bis dahin ein dickes Dankeschön!«

Buchmann strahlte noch mehr.

Die Antwort der Schweizer Kollegen trudelte per Mail ein, kaum dass Iris ihren Mantel über dem Ständer drapiert hatte, und zwar so, dass er dort auch blieb. Den alten. Der neue passte nach Berlin. Zum Flanieren. In der PD Lörrach hätte sie sich damit … overdressed gefühlt.

Sie druckte die Nachricht aus. Das Ergebnis war wie erhofft. Die Zeichnung zeigte tatsächlich Milena Mustafa. Diese war laut

Zeugenaussagen nach der Scheidung vor einem guten halben Jahr mit unbekannter Adresse in den Kosovo zurückgekehrt. Möglicherweise arbeitete sie wieder dort, wo sie vor ihrem Auftauchen in der Schweiz angestellt gewesen war: als Krankenschwester an einer Augenklinik in Priŝtina. Von Neubert noch nichts Neues. Aber vielleicht halfen da die Daten der Ex-Frau weiter.

»Da haben wir's! Endlich kommen die Dinge in Gang! Buchmann hat den Leichenwagen gefunden, und hier ...«, rief Iris triumphierend, wedelte mit dem Papier herum und knallte es dem Glücklichen auf den Tisch, »Augenklinik!«

»Der Leichenwagen? Toll. Und jetzt das! Sie meinen, wo die Klinik ist, gibt es sicher auch eine Hornhautbank?«

»Sie haben es erfasst. Damit hätten wir einen Hinweis zu mindestens einem ›Wiederverwerter‹. Ich werde auf jeden Fall mal beim Regierungspräsidium und beim Paul-Ehrlich-Institut nachfragen, ob jemand diese Klinik kennt und ob es dort eine Gewebebank gibt, die Augenhornhäute und anderes in die EU exportiert.«

»Ich habe am Wochenende nachgedacht«, erklärte Felix.

»Das behaupten Sie immer mal wieder.«

»Diese Milena hat mich darauf gebracht. Neubert und diese Frau hatten sicher nach wie vor Kontakt. Und sei es nur aus geschäftlichen Gründen. Anna Kuttner hat erzählt, Neubert und Daniela Herbst seien ein Paar gewesen. Was, wenn Milena das nicht gefiel?«

»Sie denken an ein Eifersuchtsdrama? Frau Kuttner hat aber auch gesagt, die Geschichte von Daniela Herbst und Neubert sei zu Ende gewesen.«

»Frau Kuttner wusste das nicht genau. Vielleicht irrt sie sich ja. Ich finde, Daniela Herbst gehört inzwischen zu unseren Hauptverdächtigen. Zumal wenn sie mitbekommen hat, dass ihr ehemaliger oder auch noch derzeitiger Liebhaber ihre Mutter in Teilen verkauft – und das auch noch mit Hilfe seiner Ex, die vielleicht gar nicht so sehr Ex war.«

»Und Neubert hat Mutter und Tochter dazu bewogen, sich die ›Jenseitswelten‹ als Beerdigungsinstitut auszusuchen. Dann hätte Daniela Herbst gelogen, als sie aussagte, sie habe die Adresse aus den Gelben Seiten.«

»Gelogen hat sie auf jeden Fall, als sie behauptete, Neubert nicht zu kennen. Wie hätte sie da sagen können, dass er ihr die Adresse gegeben hat?«

Iris traktierte ihren Daumennagel. »Zeitlich könnte das durchaus hinkommen. Neubert hätte vor seinem Tod die Möglichkeit gehabt, Martha Baumann auf seinen Seziertisch zu holen. Sie lag – wenn es nach der Aussage von Felicia Herbst geht – ja schon seit zwei Tagen in den ›Jenseitswelten‹ und sollte an genau dem Tag verbrannt werden, an dem wir sie gemeinsam mit Neubert gefunden haben.

Mit Daniela Herbst und Milena Mustafa haben wir jetzt zwei Frauen in Neuberts Umgebung. Warten Sie mal – und wenn nun nicht Daniela Herbst, sondern Milena die Eifersüchtige war? Wenn sie ihren Ex umgebracht hat, weil der geschäftlich Zicken machte und auch noch ein Verhältnis mit Daniela Herbst angefangen hatte?«

»Oh nein, nicht noch eine Verdächtige!«

»Mir wäre es anders auch lieber, aber wir müssen uns um diese Milena kümmern. Doch wie kam der tote Mann dann in den Sarg zu unserer Oma?«

»Was halten Sie davon: Sie bugsiert den Mann, der sie betrogen und den sie ermordet hat, in den Sarg von Martha Baumann, um Daniela Herbst eins auszuwischen, vielleicht sogar, um sie in Verdacht zu bringen. Martha Baumann ist immerhin deren Mutter. Als Helfer käme wieder Pascal Kunz ins Spiel. Oder Kunz hat für sie nur die Leiche transportiert, und der Rest ist wie gehabt: Als wir auftauchten, hat er Neubert in aller Eile bei der alten Frau versteckt.«

»Milena, Neubert, die ›Jenseitswelten‹ und andere Bestattungsinstitute tun sich also zu einem Gewebehändlerring zusammen. Neubert macht nicht nur die chirurgische Arbeit, sondern klappert zusammen mit Milena unter dem Deckmantel der Nächstenliebe alleinstehende alte Menschen ab, um herauszufinden, ob sie sich als Spender eignen. Eines Tages besuchen die beiden Martha Baumann. Über sie lernt Neubert die Tochter Daniela kennen. Dann scheitert die Ehe, die Geschäfte gehen jedoch weiter. Milena Mustafa kehrt in den Kosovo zurück, Neubert bleibt. So weit, denke ich, stimmen wir überein. Dann Ihre Version: Milena bekommt mit, dass ihr Ex mit der Tochter der auserkorenen Gewebespenderin angebandelt hat. Sie ist noch immer in ihn verliebt und kehrt als Racheengel zurück. So in etwa? Hm, klingt ziemlich abenteuerlich, wenn Sie mich fragen.«

»Hat Daniela Herbst nicht etwas von einem Ex-Freund erzählt? Ob sie damit Neubert gemeint haben könnte? Ich habe im Labor übrigens noch mal wegen der Haare aus ihrem Bad nachgefragt. Von Neubert stammen sie nicht. Und das braune Haar konnten sie noch niemandem zuordnen.«

»Das wäre auch zu schön gewesen. Für mich ist Daniela Herbst trotzdem nicht aus dem Spiel.«

»Für mich auch nicht.«

Iris kaute hingebungsvoll am Nagel des linken Zeigefingers. »Sie hat aber nun einmal für die Tatzeit ein Alibi. Bestätigt von ihrer Tochter. Und was, wenn Felicia ihre Mutter nur schützen wollte? Falls nämlich Daniela und Neubert noch immer ein Paar waren, wäre sie eine der Ersten, auf die ein Verdacht fällt. Felicia leugnet also, den Toten zu kennen, und verhilft der Mutter zu einem Alibi. Gut, die beiden verstehen sich nicht besonders. Aber dass ihre Mutter ins Gefängnis wandert, will sie bestimmt auch nicht. Und das bedeutet logischerweise: Felicia kommt zum selben Schluss wie wir und verdächtigt ihre Mutter, etwas mit dem Tod Neuberts zu tun zu haben. Tsts, auch den nettesten jungen Frauen kann man heutzutage nicht mehr trauen. Nicht wahr, Felix?«

Der antwortete nicht.

Iris ging dazu über, zu malen. »Aber das bleibt pure Spekulation, solange wir keine Beweise haben. Was ist denn nun mit dem PC?«

»Keine Ahnung. Wir haben die Genehmigung für die Beschlagnahme ja erst Freitag bekommen. Dazwischen lag ein Wochenende, an dem die Kollegen freihatten. Kann gut sein, dass er noch nicht im Haus ist.«

Iris kaute am Kuli. Felix wirkte erleichtert. Sie ignorierte das. Anders konnte sie sowieso nicht darauf reagieren, dass seine Augen immer an ihrem Mund hingen, wenn mal wieder ein Nagel dran glauben musste, einer, den sie in den Wochen vorher sorgsam gepflegt und gepäppelt hatte. Nägelkauen und Denken, das gehörte für sie einfach zusammen. Bereits ihre Mutter hatte mit allerlei bitteren Tinkturen auf den Nägeln versucht, sie davon abzuhalten. Vergeblich. Das galt fürs Kauen und fürs Denken.

»Also, dann tun wir jetzt zweierlei. Zuerst werde ich an die Kollegen im Kosovo ein offizielles Ersuchen um Amtshilfe stellen, mit der Bitte herauszufinden, wo Milena Mustafa abgeblieben ist und was die Polizei dort über sie weiß.«

»Und was ist das Zweite, was wir tun werden?«, fragte Felix.

»Wir sorgen dafür, dass wir schnellstens an die Daten im PC von Daniela Herbst kommen. Ich gehe mal nachschauen, vielleicht steht der Computer bereits bei unseren Internetspezialisten. Könnte doch sein? Übrigens, da ist noch immer diese komische Verkleidung Neuberts. Haben wir inzwischen Neuigkeiten aus der Transvestitenszene? Aus den Homolokalen? Aus dem Drogenmilieu? Bezüglich seines Providers? Schwingen Sie sich doch mal ans Telefon und rufen Sie die Kollegen jenseits der Grenze an.«

»Ach bitte, nicht schon wieder ich.«

»Finden Sie nicht auch, dass die Kollegen von ›dännet em Rhy‹ eigentlich sehr nett sind?«

»Ich wusste gar nicht, dass Sie Alemannisch können.«

»Oh, ich kann viel mehr, als Sie wissen. Außerdem bin ich schließlich hier aufgewachsen und stamme nicht aus einer Familie von Zugereisten wie Sie. Wie geht es übrigens Niklas?«

»Soweit ich gehört habe, ganz gut. Die Lage stabilisiert sich langsam, die Beteiligten fangen an, sich mit der Situation zu arrangieren. Ach, ehe ich es vergesse, ich habe Ihnen etwas mitgebracht.«

Der Glückliche ging zu seinem Schreibtisch und kramte in einer Schublade herum. Dann griff er in den Papierkorb. Iris hörte eine Folie rascheln und begann zu ahnen, was auf sie zukam: Blumen. Zumindest war das grün, was sie da unter der durchsichtigen Folie sah. Grün und stachelig.

»Soll dieser Kaktus eine Anspielung sein? Vielleicht sogar auf meine Eigenschaften als Gastgeberin?«

Felix mimte den Harmlosen. »Nein, wie kommen Sie denn darauf? Außerdem habe ich noch etwas.« Er hielt ihr eine große Schachtel mit Marzipanpralinen entgegen.

Ihre Lieblingspralinen! Iris wusste nicht, ob sie lachen oder weinen sollte. Schon wieder eine Versuchung mehr. Und dabei musste sie abnehmen. Und Sport machen. Kickboxen? Nein, wohl lieber doch nicht. Nach den Erfahrungen! Aber was dann? Sie würde in Ruhe darüber nachdenken, ein anderes Mal. Ach ja, das Leben war voller Versuchungen und der rechte Weg mit Hindernissen gepflastert.

»Glauben Sie etwa, ich verhungere? Ich kann sehr gut kochen.«

Ihr Assistent lachte. »Ich weiß, Niklas hat mir von Ihrem Geschnetzelten vorgeschwärmt. Aber im Ernst, ich wollte eigentlich nur Danke sagen.«

»Und mich ein bisschen in Gewissensnöte stürzen, weil ich der Versuchung nicht widerstehen kann, was? Tun Sie nicht so unschuldig, *Onkel Martin*. Übrigens: Dann sagen Sie es doch.«

»Was?« Der Glückliche runzelte die Stirn.

»Na, danke.«

»Ach so. Danke!«

»Bitte. Wollen Sie eine Marzipanpraline? Hm, die sind fein. Danke auch, *Onkel Martin*. Jetzt gehe ich mal und treibe den PC von Daniela Herbst auf. Und wenn ich ihn höchstpersönlich aus ihrer Wohnung holen muss. Dann hat das Herumspekulieren hoffentlich ein Ende.«

Als sie das Zimmer verließ, stellte Felix fest, dass seine Chefin Stöckelschuhe trug. War da was im Busch? Er ahnte nicht, dass Iris den tollkühnen Einfall, sich mit Pumps ins Büro zu begeben, schon längst wieder verfluchte.

Zweieinhalb Stunden später kam sie mit bequemen Tretern zurück. Felix hatte sich schon gefragt, ob er eine Vermisstenanzeige aufgeben sollte. Er konnte aus ihrer Miene nicht herauslesen, ob sie nun guter oder schlechter Laune war. Sie sah – resigniert aus. Iris Terheyde resigniert? Nein, das konnte nicht sein.

»Was Neues? War Neubert nun ein Transvestit?«, erkundigte sie sich, ohne ihn zu Wort kommen zu lassen.

»Ich habe den Eindruck, die Kollegen wissen meine ständigen Nachfragen nicht zu schätzen. Sie haben bei ›dännet em Rhy‹ bestimmt bessere Karten. Nix Neues. Aber Sie. Zumindest sehe ich neue Schuhe.«

»Also ich finde, die Fähigkeit der Eidgenossen, unkonventionell, ja sogar unbürokratisch zu reagieren, wird bei uns oft unterschätzt.«

Was sollte das? Wollte sie von ihren Neuigkeiten ablenken? »Doch wenn es ein Schweizer darauf anlegt, konventionell und bürokratisch zu sein, dann erledigt er das sehr gründlich und weicht keinen Millimeter von seiner Linie ab. Wie Sie, Sie Alemannin. Was ist nun mit den neuen Schuhen? Und, vor allem, mit dem PC?«

»Ach, die Schuhe? Ja, die sind neu. Ich bin mal kurz los, während sich die Kollegen noch den Computer von Frau Herbst vorgenommen haben.«

»Er war also tatsächlich schon da?«

»Ja, es geschehen heute lauter Zeichen und Wunder. Daniela Herbst hatte allerdings jede Menge Daten gelöscht. Unter anderem die Verlaufsprotokolle ihrer Skype-Sitzungen. Die Kollegen konnten sie aber rekonstruieren. Am Rest, wie gelöschten Mailadressen und weiteren Dateien, arbeiten sie noch. Sie sagen nichts. Sind Sie so beeindruckt?«

»Ich warte, dass Sie mir erzählen, worauf Sie so weitschweifig zusteuern.«

»Zuerst die gute Nachricht: Wir haben Neubert! Ich meine, wir haben seine Adresse im Elsass. Er hat tatsächlich mit Daniela Herbst via Skype kommuniziert und ihr vor etwa einem halben Jahr schriftlich via Sofortmitteilung – das ist so eine Art Skype-Chat – seinen neuen Wohnort genannt. Vor einigen Wochen schien die Dame nichts mehr mit ihm zu tun haben zu wollen. Sie hat ihn nämlich übel beschimpft und ihm erklärt, er solle sich an seine Ex halten und sie in Ruhe lassen.«

»Also ist er der Ex mit einer Ex.«

»Geistreichen Tag heute? Sieht so aus. Ich wüsste zu gerne, was zwischen den beiden vorgefallen ist. Aber darüber schreibt sie nichts.«

»Was ist mit dem Alibi? Hat sie zur fraglichen Zeit tatsächlich mit ihrer Tochter geskypt?«

»Das ist die schlechte Nachricht. Hat sie, aber nicht telefoniert, sondern die beiden haben sich schriftlich ausgetauscht. Wir haben auch das Verlaufsprotokoll dieser Skype-Sitzung gefunden. Es zeigt die Uhrzeit an. Allerdings liegen große zeitliche Abstände zwischen den einzelnen Mitteilungen. Es ging darin auch nicht um Neubert oder die Oma. Jedenfalls nicht im engeren Sinn. Unsere Felicia wirft ihrer Mutter vor, sie habe Omas Erbe verprasst. Und die Mutter erklärt, es habe nie ein Erbe gegeben. Martha Baumann habe mit dem Geld aus der Lebensversicherung ihre karge Rente ergänzt.«

»Das hat Daniela Herbst auch uns gegenüber so gesagt. Und die Kontoabfrage bei Martha Baumann bestätigte das. Wie groß sind denn die zeitlichen Abstände zwischen den Sofortmitteilungen?«

»Mal eine Viertelstunde, dann zwanzig Minuten. Offenbar saßen beide an diesem Abend an ihrem PC, waren aber eigentlich mit anderen Dingen beschäftigt, Surfen vielleicht, was weiß ich, sodass es immer eine Weile dauerte, bis die eine der anderen antwortete. Oder sie mussten sich vor jeder Antwort erst abregen, die beiden haben sich nämlich ganz schön beharkt. Mutter und Tochter waren auf jeden Fall wirklich zwischen achtzehn Uhr fünfunddreißig und einundzwanzig Uhr zehn online.«

»Also nach Felicias erneutem Besuch in den ›Jenseitswelten‹ – und wie beide bestätigt haben. Dann fällt Daniela Herbst als Täterin aus.«

»So scheint es zu sein. Und damit wären wir eine Hauptverdächtige los.«

»Mist. Das heißt, noch mal alles von vorne?«

»Nicht ganz, etwas haben wir. Ziehen Sie sich an.«

»Wohin wollen Sie?

»Meine neuen Schuhe ausführen natürlich.«

»Und wo?«

»Im Elsass, in Mulhouse.« Iris sprach den Stadtnamen gedehnt französisch aus: »Mühlhuuuse«.

»Und was wollen wir da?«

»Anscheinend ist der Schlauch sehr lang, auf dem Sie gerade stehen. Ich sagte Ihnen doch, wir haben die Adresse von Neubert. Denken Sie wirklich, ich warte, bis die französischen Kollegen geruhen, auf unsere offiziellen Anfragen zu reagieren und in der Wohnung mal nachzuschauen? Felix, ich glaube, wir sind ganz nah dran, diesen Mord aufzuklären. Also fahren wir jetzt los.«

»So. Und hätten Madame die unermessliche Güte, ihrem gehorsamen Diener mitzuteilen, wie wir diese Extratouren dem großen M., der Staatsanwaltschaft und dem Rest der Welt erklären sollen?«

»Diener, das gefällt mir. Ist schon gut, ziehen Sie nicht so ein Gesicht, ich entbinde Sie vom Schuheputzen und übernehme die volle Verantwortung. Wir werden uns jedenfalls die Wohnung Neuberts in Mulhouse anschauen.«

»Woher haben Sie denn den Wohnungsschlüssel?«

»Sagte ich, dass ich den habe, Felix? Ich kann mich nicht erinnern.«

»Und wie sollen wir dann in die Wohnung kommen?«

»Jetzt bemühen Sie mal Ihre Phantasie. Sagte ich nicht, dass wir französische Kollegen besuchen? Einen ganz bestimmten, um genau zu sein. Wo ein Wille ist, ist auch ein Weg.«

»Sind Sie sich eigentlich im Klaren darüber, was Sie dem französischen Kollegen da antun? Sie wissen doch genau, dass ohne die Genehmigung eines Richters in Frankreich nichts geht.«

Iris schob das Kinn vor. »Wir fahren trotzdem. Gegen einen Besuch kann niemand etwas einzuwenden haben.«

Der Glückliche nickte ergeben. »Also gut, aber vorher muss ich noch woandershin. Bin gleich wieder da.«

Iris schaute nach draußen, während sie auf Felix wartete. In den Regen mischten sich Schneeflocken. Petrus hatte offenbar seine schüchternen Versuche aufgegeben, nach diesem frostigen Winter so zu tun, als könne er sich erinnern, wie Frühling geht. Endlich kam der Glückliche wieder.

»Sind Sie jetzt endlich fertig? Können wir los? Wieso lächeln Sie eigentlich so penetrant, Kollege?«

»Ach, ich habe noch schnell eigene Nachforschungen betrieben.«

»Ich dachte, Sie waren für kleine Jungs. Und? Würden Sie mich nun bitte teilhaben lassen?«

»Gerne, Madame, aber Sie lassen mich ja nicht zu Wort kommen. Ich habe noch einmal Polizeihauptwachtmeister Buchmann interviewt, ob er schon weiß, zu welcher Bank der Schließfachschlüssel gehört. Erinnern Sie sich?«

»Ja, und? Hat der die Bank gefunden?«

»Nein, hat er nicht.«

Sie zog ein enttäuschtes Gesicht. »Warum erzählen Sie mir das dann?«

»Nun, er vermutet, dass er zu einer französischen Bank gehört. Alle deutschen und Schweizer Institute in der Umgebung hat er nämlich schon abgeklappert. Außerdem lässt er Ihnen ausrichten, die Leute von der Spurensicherung seien unterwegs zum Leichenwagen.«

Iris hob das Tütchen hoch. »Ach wirklich? Wie gut, dass wir ins Elsass fahren, nicht wahr? Dieser Buchmann ist ein Goldschatz.«

»Zu mir sagen Sie so etwas nie!«

»Das wird schon seine Gründe haben.«

»Mit welchem Auto fahren wir denn?«

»Na, mit Ihrem natürlich.«

»Wieso das? Wir könnten noch den roten Flitzer vom Betrug nehmen, den braucht heute niemand, ich habe mich schon erkundigt.« Die Stimme des Glücklichen hatte bei diesen Worten einen sehnsüchtigen Klang angenommen. Er liebte den Pontiac Firebird und überlegte schon eine Weile, ob er sich nicht einen solchen Oldtimer aus der ersten Generation kaufen sollte, Baujahr 1968, 6,6-Liter-Motor, 340 PS. Der Wagen des Betrugsdezernates stammte allerdings aus einer der späteren Serien. Einzig der Spritverbrauch hatte ihn bisher davon abgehalten. Das Auto war vor einiger Zeit beschlagnahmt worden.

»Das geht leider nicht. Es ist keine Dienstfahrt. Außerdem regnet es und ist kalt. Kein Coupé-Wetter, mein Goldschatz.«

»Sehr lustig.« Der Glückliche seufzte. Und fügte sich ins Unvermeidliche.

Trotz des Schmuddelwetters genoss Iris die Fahrt. Es war nicht weit, eine knappe Stunde vielleicht, je nach Verkehr: über die A 98, weiter auf der A 5, dann über die Grenze, die schon lange fast nur noch in den Köpfen der Menschen bestand. Zwar gab es die alten Zollgebäude noch, und dort fanden auch hin und wieder Stichprobenkontrollen statt, doch an diesem Tag sahen sie keine Streife vom Zoll.

Zunächst wollten sie die Banken in Mulhouse abklappern. Sie hatten Glück. In der dritten wurden sie fündig. Iris gab sich als die in Deutschland verheiratete Schwester des verstorbenen Gerd Neubert aus. Der Bankangestellte hatte offenkundig schlecht geschlafen, er wirkte müde und verschnupft. Als Iris ihm den Schlüssel vorweisen konnte, beließ er es dabei, sich die Daten ihres Personalausweises zu notieren, und führte sie zu den Schließfächern. Die Nummer 99 war eines von den kleineren.

Sie fanden nicht viel darin, dafür aber sehr Interessantes: eine Liste mit Adressen. Iris warf einen kurzen Blick darauf. Dann packte sie den Glücklichen am Arm. »Das ist es! Wir haben den Beweis!«

»Was ist denn mit Ihnen los? Haben Sie gerade das Ei des Kolumbus gefunden?«

»So in etwa. Hier geht es um die Gewebebanken, mit denen der so jäh ums Leben gebrachte Unfallchirurg zusammengearbeitet hat. Und zu jeder hat er genau notiert, was dort hingeliefert worden ist. Allerdings ohne Datum. Jetzt haben wir es sogar schriftlich, von Neubert selbst bestätigt! Er war bis zur Halskrause in den Handel mit menschlichem Gewebe involviert. Und hier, Felix, schauen Sie!«

»Könnten Sie bitte meinen Ärmel loslassen? Wenn Sie so weiterzerren, haben Sie ihn gleich abgerissen.«

»Jetzt stellen Sie sich nicht so an.« Iris hielt ihm die Papiere unter die Nase. »Hier ist die Augenklinik im Kosovo verzeichnet. Und sie werden es nicht glauben ...«

»Ich glaube Ihnen fast alles.«

»Unterbrechen Sie mich nicht dauernd. Hier steht, zur Augenklinik gehört auch eine Hornhautbank!«

»Das ist ja ein Ding! Aber könnten Sie jetzt bitte endlich meinen Ärmel ...«

»Ist ja schon gut. Obwohl: ein bisschen Ärmel könnten Sie in Anbetracht unseres Erfolges schon opfern. Seien Sie nicht immer so kleinlich.«

Der Kollege von der Polizei Mulhouse war gebremst begeistert, als sie eintrudelten, begrüßte Iris und Felix jedoch, als wären sie lang erwartete, besonders liebe Bekannte mit Küsschen hier und Küsschen da. Nach der Schau für die Kollegen winkte er sie hastig in sein Büro, versuchte Iris davon zu überzeugen, schnellstens wieder heimzufahren. Sie war nicht zu überzeugen. Dem Kollegen gingen die Argumente aus. Felix sprach zwar nicht so gut Französisch, erkannte jedoch am Gesichtsausdruck des Mannes, wie er langsam, aber sicher kapitulierte. Er schuldete ihr wohl etwas. Sie gab deutlich zu erkennen, dass sie nicht aufzugeben gedachte, egal, wie lange es dauerte. Und wenn sie in den Sitzstreik gehen musste. Das wirkte. Seine Chefin sprach übrigens überraschend fließendes Französisch, fand Assistent Felix. An der Seite des Kollegen rauschte sie hinaus, den Kopf hocherhoben. Ihr französischer Begleiter murmelte etwas von »Kaffee trinken« und »einen Bekannten besuchen«.

Felix war klar, dass der Franzose seinen Job riskierte, wenn das aufflog. Als vorteilhaft erwies sich, dass der Verstorbene nicht weit von der Polizeistation entfernt, nämlich am Boulevard de la Marseillaise, gewohnt hatte. Das mehrstöckige Gebäude im klassizistischen Stil hatte schon bessere Tage gesehen. Der Boulevard auch.

»'aben Sie eine Schlüssel?«, erkundigte sich der französische Kollege, als sie schließlich vor der Wohnungstür Neuberts im zweiten Stock standen.

Iris begann in ihren Taschen zu kramen. Sie kramte. Und kramte. Und kramte. Ihre beiden Begleiter wechselten mehrfach von einem Bein aufs andere. Schließlich schüttelte sie mit betrübter Miene den Kopf. *»Oh non! J'ai oublié la clef!«*

Das schien den Franzosen nicht zu überraschen. *»Pas de problème«*, erklärte er und stapfte die Treppe hinunter. Kurz danach kam er im Begleitung des Concierge zurück.

»Hier haben die Menschen wenigstens noch Respekt vor der Polizei«, raunte sie Felix zu.

Der Glückliche hatte Mühe, ernst zu bleiben. Allerdings weniger der Folgsamkeit französischer Hausmeister wegen, sondern weil er zum wiederholten Mal die schauspielerischen Talente seiner Vorgesetzten bewundern konnte.

Die Wohnung war aufgeräumt, keine Spuren eines Kampfes, kein Blut.

»Sammeln Sie sämtliche Putzlappen und Eimer ein, die Sie finden können«, ordnete Iris an. Der französische Kollege ließ sich auf das Sofa fallen und schaute ausgiebig weg. Der Concierge lehnte an der Tür des Wohnzimmers und bedachte ihn mit einem Schwall von Worten, den dieser mit einem Brummen oder einem gelegentlichen Wiegen des Kopfes beantwortete. Und den Iris ihrerseits komplett ignorierte. Sie hatte sich darangemacht, die Schubladen des Wohnzimmerschranks aufzuziehen und zu durchsuchen.

Sie fand das Übliche, was in solche Schlamperschubladen wanderte: Pillen, Gummibänder, Schrauben, Schraubenzieher, Glühbirnen, Untersetzer – nichts von Belang. Dann gab es eine Schublade mit Silberbesteck. In der Vitrine standen billige Gläser, einige sahen so aus, als wären sie früher mit Senf gefüllt gewesen. Im Schränkchen unter dem Glasaufsatz fand sie Tischwäsche, teilweise sogar aus Batist. Reste einer Aussteuer?

Ah, Bingo, endlich eine Schublade mit Papieren. Rechnungen für Telefon, Strom und Heizung. Fotos, auf denen Neubert in die Kamera lächelte. Neubert in Shorts im Zoo, Neubert auf der Mittleren Brücke in Basel, Neubert auf der Burg Haut Königstein im Elsass. Der Mann war in der Region herumgekommen. Sie drehte die Abzüge um: Nach dem Datum zu urteilen, waren sie im letzten Sommer entstanden. Sie steckte einen davon unauffällig ein. Und da war noch ein weiteres Bild, wohl von Neubert aufgenommen. Eine lächelnde Daniela Herbst. Wurde sie beobachtet? Nein. Das Foto wanderte in ihre Manteltasche.

Hallo, da waren auch einige Dokumente. Ein deutscher Ausweis und ein Pass. Der Ausweis gehörte Neubert. Außerdem ein alter Schweizer Führerschein. Der gehörte auch ihm, ausgestellt auf einen jungen Neubert, gerade einmal achtzehn Jahre alt. Den Pass konnte Iris zunächst nicht einordnen, so einen hatte sie noch nie gesehen. Als sie ihn öffnete, blickte ihr ein Gesicht entgegen, das sie von einem Phantombild her kannte: Milena Mustafa, geboren 1962 in Priŝtina. Die Zeichnung, die Buchmann von Anna Kuttner mitgebracht hatte, wies eine bemerkenswerte Ähnlichkeit auf. Seltsam. Sie konnte sich nicht vorstellen, dass die Frau ihre Papiere bei ihrer Rückkehr in den Kosovo vergessen haben sollte. Hatte der Glückliche doch die richtige Intuition gehabt, lief die ganze Angelegenheit auf ein Beziehungsdrama zwischen Neubert und Milena Mustafa hinaus? War die Frau überhaupt in ihre Heimat zurückgekehrt? Gehörte das braune Haar, das sie im Sarg gefunden hatten, möglicherweise sogar ihr? Es passte ja zu keinem der anderen Beteiligten. Um das festzustellen, mussten sie die Frau zwecks Vergleich aber erst einmal haben. Hatte Neubert dafür gesorgt, dass sie verschwand? Ein Pass war ein wichtiges Dokument, das ließ man nicht einfach so liegen. Iris steckte ihn ein. Es gab ja noch die Möglichkeit, dass die Papiere gefälscht waren. Das LKA musste das überprüfen. Aber welche Erklärung sollte sie liefern bei der Frage, woher sie den Pass hatte? Das würde sie sich später überlegen.

Vielleicht hatte ja nicht Milena den Chirurgen erschossen, sondern er sie? Musste er eine Komplizin loswerden? Eine eifersüchtige Ehefrau? Aber wer zum Teufel hatte dann Neubert auf dem Gewissen? Doch der Neffe? Und der hatte ihn dann mit dem Leichenwagen abtransportiert, auf deutsches Staatsgebiet. Wenn, dann hatte er in der Eile nicht daran gedacht, Neuberts Pass mitzunehmen.

Sie stöhnte innerlich. Nun würde sie um den offiziellen Dienstweg doch nicht herumkommen. Das hieß: jede Menge Möglichkeiten, dass ihre Aktion aufflog. Schon wieder so ein Eiertanz. Manchmal wünschte sie sich weit weg aus dem Grenzland. Die Ermittler mussten Hoheitsgebiete respektieren, die Verbrecher scherten sich nicht darum.

Iris kaute am Nagel ihres Mittelfingers, der ohnehin schon ziemlich mitgenommen war. »Autsch«, rutschte es ihr heraus.

»Was ist los?«, erkundigte sich der Glückliche, der in der Zwischenzeit Neuberts Schlafzimmer durchsucht hatte und bereits wieder in der Tür zum Wohnzimmer stand.

Iris ließ die Hand sinken. »Nichts. Ich habe mich nur in den Finger gebissen. Sie blickte hinüber zum französischen Kollegen. Der schien noch immer ganz ins Gespräch mit dem Hausmeister vertieft. »Haben Sie etwas entdeckt? Warum verstecken Sie eigentlich eine Hand hinter Ihrem Rücken?«

»Das habe ich im Nachttisch gefunden. Das Bett war übrigens ordentlich gemacht.« Der Glückliche hob ein durchsichtiges Päckchen mit einem weißen Pulver in die Höhe. »Und dann ist da noch etwas, das wird Sie umhauen.«

Sie legte warnend die Finger auf die Lippen und winkte ihn zu sich. Iris drehte dem Sofa den Rücken zu. Felix auch.

»Hier!«

Ihre Augen wurden groß, als sie erkannte, was er ihr da – verpackt in eine durchsichtige Plastiktüte, um keine Spuren zu verwischen – entgegenhielt.

»Isch gehen draußen, rauchen«, erklärte eine männliche Stimme.

»Ah oui, à tout à l'heure«, antwortete Iris, ohne sich umzusehen.

»Heiliger Bimbam. *Die* Beretta?«, flüsterte sie.

»Ja, wahrscheinlich *die* Beretta.«

Sie griff nach ihrem Rucksack. »Geben Sie her.«

»Sie wollen sie doch wohl nicht einfach einstecken?«

»Klar. Was glauben Sie, warum der Kollege sich gerade jetzt verdünnisiert hat? Er hat mitbekommen, dass wir etwas Wichtiges gefunden haben. Und er weiß, dass es lange dauern kann, bis die Ermittlungsergebnisse über den Amtsweg bei uns angekommen sind. Für die Kollegen bedeutet das nicht weniger Arbeit als für uns – und wir verlieren wichtige Zeit. Glauben Sie, das weiß er nicht? Auf einmal mehr Wegsehen kommt es jetzt auch nicht mehr an. Ist ein kluger Mann. Außerdem werden wir das meiste hierlassen, sonst ist es zu auffällig. Neuberts Pass und Führerschein zum Beispiel. Schreiben Sie sich die genauen Daten ab, Passnummer, Ausstellungsdatum und so weiter. Und packen Sie die Drogen wieder dahin, wo Sie sie gefunden haben.«

»Was sagen wir, woher die Waffe plötzlich kommt?«

»Ich schätze, da müssen wir uns etwas einfallen lassen.«

»Ja, das schätze ich auch. Aber Sie haben ja Phantasie, werte Vorgesetzte.«

»Was soll das denn heißen?«

Felix kam nicht mehr zu einer Antwort. Der Kollege kehrte zurück. Iris strahlte ihn an. Dann erklärte sie ihm, dass demnächst ein offizieller Antrag für die zuständigen Justizbehörden eintreffen werde mit der Bitte, Neuberts Wohnung genauer unter die Lupe zu nehmen.

Der Kollege zog eine Augenbraue hoch. *»Bon.«*

Iris legte Neuberts Pass und Führerschein ostentativ in die Schublade zurück. Den Besuch in der Wohnung Neuberts hatte es nie gegeben. Dafür veranstalteten sie viel Brimborium im nächstgelegenen Café. Sicher war sicher.

Iris hörte das Telefon schon im Gang, als sie in die PD zurückkehrten. Sie hechtete ins Büro. Max Trautmann war am Apparat.

»Niklas hat erzählt, Sie wollen herausfinden, wo dieser Unfallchirurg vor seinem Tod gewohnt hat. Ich könnte doch meinen Freund …«

»Nichts könnten Sie!«, blaffte Iris in den Hörer. »Und wenn wir schon mal dabei sind: Jetzt ist Schluss mit diesem Familienkram. Ich habe keinen Gast mehr, also ist es völlig unnötig, dass Sie mit Ihrer Nichte anrücken. Und ich will mich auch nicht mit Ihnen verabreden! Lassen Sie mich einfach in Ruhe!« Iris knallte den Hörer auf.

»Hoppla, hat Ihnen jemand den Salat verhagelt?«, erkundigte sich Felix.

Sie antwortete nicht.

»Gemeinsam finden wir denjenigen, der den Chirurgen umgebracht hat. Kunz steht noch immer auf der Verdächtigenliste ganz oben. Und auch diese Daniela Herbst. Ach so, Sie machen sich wegen unseres Besuches Sorgen. Keine Bange. Ich verrate nichts. Da können Sie sicher sein.«

Iris traute ihm, das war es nicht. Aber sie mussten sich jetzt beeilen. Den Schuldigen gefunden haben, bevor den Franzosen klar wurde, wo Neubert gestorben war. »Ich weiß, also reden Sie nicht so begütigend auf mich ein, als wäre ich ein krankes Huhn! Lassen sie uns hoffen, dass uns die Beretta weiterbringt. Vielleicht sind Fingerabdrücke drauf. Oder die Spuren aus dem Leichenwagen. Oder die Haare.«

»Sie meinen die Haare, die Ihnen zufällig zugelaufen sind? Hab noch nichts gesehen. Vielleicht sammeln die im Labor unsere diversen Aufträge und packen dann alles in einen Bericht.«

»Fragen Sie nach! Sie können ruhig auch mal mitdenken.« Iris wusste, dass sie sich ungerecht benahm. Aber die innere Anspannung war einfach zu groß. Auch wenn sie es sich nicht anmerken ließ, sie hatte einen Riesenbammel, dass die Frankreich-Geschichte aufflog. Warum konnte sie nicht einfach mal Dienst nach Vorschrift tun? Sich an die Regeln halten? »Ach, lasst mich doch alle in Ruhe! Ich gehe jetzt noch einen Kaffee trinken. Allein. Ich muss nachdenken. Und Sie sorgen dafür, dass hier in der nächsten Stunde ein Übersetzer auftaucht, der sich mit dem Kosovo verständigen kann. Und geben Sie die Daten von Neubert weiter an die Kantonspolizei Aargau. Laut Führerschein ist er in deren Hoheitsgebiet geboren worden.«

»Aber ...«

»Es ist mir egal, wie Sie das deichseln, machen Sie Dampf. Ich schicke die Beretta zur KTU nach Freiburg. Verflucht noch eins! Seien Sie nicht immer so ... verbindlich.« Damit marschierte sie zur Tür hinaus, als wolle sie einer ganzen Horde Gallier den Garaus machen.

Nach einer Dreiviertelstunde war sie wieder da. Sie sah immer noch nicht friedlich aus. Kurz danach traf der Übersetzer ein. Das besänftigte sie etwas. Sie gab dem Mann die Daten aus Milena Mustafas Pass und wies ihn an, die Kollegen im Kosovo telefonisch zu bitten, sich um den Verbleib dieser Frau zu kümmern. Außerdem bat sie um Überprüfung der Augenklinik. Die notwendige Bürokratie würde folgen. Ja, natürlich in übersetzter Form.

»Die Leute im Labor der Rechtsmedizin sagen, ein DNA-Abgleich dauere eben. Außerdem hätten sie noch anderes zu tun. Auch im Fall der vermissten Zeitungsausträgerin gebe es Spuren auszuwerten. Aber wir könnten das Material ja auch ans LKA schicken, wenn es uns zu langsam ginge«, klärte Felix sie auf, als der Übersetzer wieder weg war.

»Bloß nicht.«

»Wer schreibt eigentlich den Bericht?«

Iris sah von ihren Unterlagen auf. In Anbetracht des Umstandes, dass sie wieder ziemlich eigenmächtig vorgegangen war und dazu ziemlich an den internationalen Gepflogenheiten der offiziellen zwischenbehördlichen Kommunikation vorbei, war es wohl besser, sie besorgte das selbst. Sie wollte niemanden in Schwierigkeiten bringen. Allerdings musste sie wohl oder übel dem großen M. beichten. Das hieß, sie konnte sich auf einen gehörigen Anschiss vorbereiten. Ihrer Karriere war das mit Sicherheit nicht förderlich. Nun, damit musste sie klarkommen. Sie erlebte so etwas ja nicht zum ersten Mal.

»Ich mach das.«

»Dann gehe ich mal. Familienangelegenheiten regeln.«

Erneut schrillte das Telefon. Iris nickte Felix zu und nahm das Gespräch entgegen. »Trautmann, jetzt hab ich aber genug von Ihnen!«, fauchte sie in den Hörer.

»Hesch Stress, mini Schöne? Trautmann? Do hesch doch ermittelt?«

»Viktor! Tut mir leid. Nur ein lästiger Nachbar. Aber nenn mich nicht ›meine Schöne‹! Ich hasse das.«

»Bisch megisch vergräzt, hä?«

»Sag schon, was ist?«

»Mir hännen.«

»Wen?«

»Dä Neubert. Wa hesch du denkt?«

»Ach was, jetzt schon?«

»Ich find, ich bin der Falsche für schlechte Laune und dein ironische Saich.« Wenn Viktor wollte, konnte er fast Hochdeutsch. »Weisch du eigentlich, du Schese, wie viel Neuberts s in dr Schwyz hät un wie viel Chollege den gsuecht hän? Vom Uswies unem Führerschi weiß i erscht sit hüt Nomittag. Und scho häsch mini Antwort. Also …!«

»Wirklich, Viktor, es tut mir leid.«

»'s Fax chunt. Un wenn gömmer go zämme esse?«

»Bald, ich versprech's.«

»Wer's glaubt.«

Dem Fax entnahm Iris folgende ergänzende Informationen: Gerd Neubert, geboren 1958 in Aarau, Vater Deutscher, Mutter gebürtige Kosovo-Albanerin, eingebürgerte Schweizerin. Beide Eltern tot. Keine weiteren Geschwister. Letzte in der Schweiz bekannte Adresse: Vogesenstraße, Rheinfelden/Baden. Unfallchirurg. Während des Jugoslawienkrieges freiwilliger Dienst als Arzt im Kosovo. Seit 1983 deutscher Staatsbürger. Geschieden. Name der Ex-Ehefrau: Milena Mustafa. Soweit bekannt, keine Vorstrafen.

Interessant, die Mutter war also Kosovo-Albanerin gewesen. Und Neubert hatte sich während des Jugoslawienkrieges im Kosovo aufgehalten. Milena Mustafa stammte aus dem Kosovo. So langsam fügte sich endlich ein Bild zusammen. Zumindest was diesen Mann und seine Geschäfte betraf. Möglicherweise hatte er mit seinen Verbindungen diesen ganzen illegalen Handel mit menschlichem Gewebe überhaupt erst eingefädelt.

Es war schon still in der PD, keine Schritte mehr auf dem Gang, keine Stimmen. Iris dachte an ihre nun wieder leere Wohnung, und ihr wurde blümerant. Es war nett gewesen, jemanden bei sich zu haben in diesen kalten Zeiten. Vielleicht sollte sie tatsächlich mal mit Viktor essen gehen.

***

Max Trautmann saß eine Weile einigermaßen fassungslos neben seinem Telefon. Mit einer derart drastischen Abfuhr hatte er nicht gerechnet. Iris Terheyde schien sich in seiner Gegenwart doch zuletzt ganz wohlgefühlt zu haben. Seine Nichte würde morgen ohnehin abfahren, sie lieferte also keinerlei Vorwand für ein Treffen mehr.

Also, was sollte er tun?

Bist keine Rose,
hast trotzdem Dornen und Grün
in jedem Sommer.

Wenn das so weiterging, würde er einen Band mit Iris-Terheyde-Haikus veröffentlichen, es wurden immer mehr.

Dann grinste er. Jetzt wusste er, was er tun würde. Gänseblümchen sammeln. Er hatte noch keine Ahnung, wo; auf den Wiesen gab es zu dieser Jahreszeit höchstens vereinzelt welche. Aber er würde schon eine Lösung finden. Und wenn er sie malen musste. Doch zuerst hatte er noch etwas anderes zu erledigen. Er griff zum Telefon, die Nummer war bereits eingespeichert. Danach wählte er noch eine andere. Er brauchte Rückendeckung.

12

Felix kam zur Tür herein. »Na, geht es Ihnen heute besser?«

Iris' Mail-Programm meldete einen Posteingang. Das enthob sie einer Antwort.

»Ach, das ist ja interessant«, murmelte sie, nachdem sie die Mail gelesen hatte. »Warten Sie, ich drucke sie aus.« Der Drucker begann zu rattern. Er war nicht mehr der jüngste.

»Können Sie mir nicht sagen, worum es geht?«, erkundigte sich der Glückliche.

»Das Paul-Ehrlich-Institut hat geantwortet. Demnach hat die Klinik in Priŝtina eine Zulassung zum Betreiben einer Gewebebank, eine nach dem alten Recht. Die dortigen Räumlichkeiten seien aber bereits entsprechend der EU-Richtlinie umgebaut worden. Außerdem habe eine Nachfrage beim Regierungspräsidium ergeben, dass es beim Import von Produkten mit dieser Gewebebank noch niemals irgendwelche Schwierigkeiten oder Auffälligkeiten gegeben habe. Nach Absprache mit den Verantwortlichen im Regierungspräsidium werde die Klinik jedoch sicherheitshalber aufgefordert, Fotos der umgebauten Räumlichkeiten vorzulegen. Nach Lage der Dinge bestehe für ein Audit vor Ort keine Notwendigkeit. Dazu müsse es schon konkrete Anhaltspunkte geben, dass dort illegal Gewebe gewonnen und weiterverarbeitet werde. Übrigens: Die Mutter von Neubert war Kosovo-Albanerin, hab ich gestern Abend noch erfahren. Das Fax von Viktor liegt auf Ihrem Tisch.«

»Und was hat die Klinik nach Deutschland exportiert?«, fragte Felix.

»Moment. Ach ja, hier steht es. Eigentlich alles, was wir bisher so kennen, wobei Augenhornhäute und Knochenprodukte den Löwenanteil ausmachen.«

»Das würde also passen«, resümierte der Glückliche.

»Ja, schon«, stimmte Iris zu.

Das Telefon. Es war der charmante Kollege vom Zoll.

»Ach«, sagte sie. Dann: »Das ist aber interessant. So etwas. Danke, dass Sie uns geholfen haben. Ein Glas Wein? Ja, gerne.«

Martin Felix musterte seine Chefin interessiert. »Was säuseln Sie denn so in den Hörer?«

»Ich säusle nicht! Seit dem Tod von Gerd Neubert kommen wesentlich weniger Leichentransporte über die Grenze. Offenbar haben wir gehörig Staub aufgewirbelt, und die Geschäfte wurden wohl erst mal ausgesetzt, bis wir aufhören zu ermitteln. Oder sie haben mit Neubert ihren wichtigsten Drahtzieher verloren und müssen erst jemand anderes finden, der die Transporte organisiert. Die ›Jenseitswelten‹ sind überhaupt nicht mehr aufgetaucht. Das haben auch die Schweizer bestätigt.«

»Das beweist an sich nichts. Haben die Kollegen vom Zoll denn bei früheren Fuhren die Papiere kontrolliert?«

»Ja, haben sie. Hin und wieder.«

Das Fax piepte. Dann begann es zu rattern.

»Und?«

»Sie schienen alle in Ordnung zu sein. Aber wie wir schon wissen, ist so etwas leicht zu fälschen.«

Das Telefon klingelte erneut. »Terheyde, Inspektion eins. Oh, Sie sind das! Ihr Anruf kommt wie bestellt. Ja, Sie können Ihre Oma verbrennen lassen. Die Leiche ist freigegeben. Hat Ihnen niemand Bescheid gesagt? Na, vielleicht Ihrer Mutter, sie ist schließlich die Auftraggeberin. Halt, bevor Sie auflegen, wir haben da noch einige Fragen. Formalitäten. Könnten Sie bitte noch einmal vorbeikommen? Um vierzehn Uhr? Prima.«

»Haben Sie eigentlich den Bericht über unsere Ermittlungen schon geschrieben?«, erkundigte sich Felix.

»Na ja, fast. Ich gehe jetzt dran.«

Iris kam mit ihrem Bericht nicht sehr weit. Die KTU meldete einen Treffer: Die Kugel in Neuberts Kopf und die Beretta passten zusammen. Und zwei Stunden später trudelten per Mail auch die digitalisierten Fingerabdrücke ein, die sich auf der Pistole gefunden hatten. Sie stammten von mehreren Personen. Ein erster Vergleich bestätigte: Eine der Personen war Neubert. Iris kündigte dem Labor weitere Vergleichsabdrücke an. Die Kollegen baten eindringlich darum, dies bitte nicht für jeden weiteren am Fall Beteiligten einzeln zu tun, sondern die Anfrage zu bündeln. Das sah Iris ein. Kunz hatten sie schon erkennungsdienstlich verarztet.

Blieben noch Felicia und Daniela Herbst. Felicia Herbst kam ohnehin am Nachmittag vorbei. Die Mutter von Felicia wurde ebenfalls einbestellt. Nach ihrer Tochter.

Die junge Frau erschien pünktlich – und dieses Mal fröhlich wie ein Frühlingsvogel. Sie hatte die Trauer um die Großmutter inzwischen offenbar überwunden. Felicia bedachte den Glücklichen mit einem neckischen Blick aus ihren großen blauen Augen, dann wandte sie sich Iris zu. Sie schien inzwischen bemerkt zu haben, wer hier der Chef war. Täuschte Iris sich, oder zog Felix ein säuerliches Gesicht?

»Sie sagten, da gebe es noch die eine oder andere Kleinigkeit.«

Iris nickte. »Wie ich schon sagte, wir müssen noch das eine oder andere klären.«

»Und das wäre?«

»Wir brauchen Ihre Fingerabdrücke. Und dann wird der Kollege noch eine Speichelprobe nehmen.«

Die junge Frau runzelte die Stirn, die blauen Augen blitzten schon nicht mehr so fröhlich. »Warum das denn?«

»Wir haben da an den Sachen Ihrer Großmutter jede Menge Fingerabdrücke und Spuren von anderen Menschen gefunden und müssen nun eingrenzen, wem sie gehören könnten, um alle Unverdächtigen auszuschließen«, meldete sich Felix zu Wort. »Das ist so etwas wie die Ausschlussmethode.«

Schlaue Erklärung, dachte Iris und nickte. »Ja, genauso ist es. Ihre Großmutter ist zwar nicht umgebracht worden, wie wir Ihnen schon mitgeteilt haben, sehr wohl aber der Mann, der mit ihr im Sarg lag. Vielleicht sind der oder die Täter versehentlich auch mit Ihrer Großmutter in Berührung gekommen, als sie den Toten dort hineingelegt haben. Dessen Leiche haben wir natürlich ebenfalls nach Abdrücken untersucht.«

»Ach so.« Felicia Herbst schien beschwichtigt.

»Ihre Mutter kommt auch noch«, ergänzte Felix beruhigend. Das hatte jedoch die gegenteilige Wirkung. Felicia Herbst wirkte plötzlich wieder nervös.

»Meine Mutter?«

Iris nickte. »Ja, wie mein Kollege schon sagte, wir müssen die

Fingerabdrücke und Speichelproben aller in diesen Mordfall Involvierten abnehmen, damit wir die Spreu vom Weizen trennen können.«

»Keine Angst, das tut nicht weh.« Felix versuchte, die junge Frau mit einem Scherz zu entspannen. Ganz der beschützende Ritter. Er wollte wohl Punkte sammeln. Es wirkte. Der Glückliche wurde mit einem strahlenden Lächeln belohnt.

Iris versteckte ihr Gesicht hinter einem Aktenordner, um ihr Schmunzeln zu verbergen. »So ist es«, nuschelte sie dahinter hervor, legte den Ordner wieder flach vor sich auf den Tisch, kramte und förderte nach einigem Papiergeraschel die Fotografie zutage, die sie in der Wohnung des toten Gerd Neubert gefunden hatte. Sie legte sie vor Felicia Herbst auf den Tisch, allerdings mit der belichteten Seite nach unten.

»Wir haben Ihnen schon mehrmals ein Foto des toten Mannes gezeigt, der bei Ihrer Großmutter im Sarg lag. Sind Sie wirklich sicher, dass Sie ihn noch nie gesehen haben?«

Felicia Herbst rutschte auf ihrem Stuhl hin und her. »Wieso? Ja, klar bin ich sicher.«

»Und es kann nicht sein, dass Sie sich einfach nicht erinnern?«

»Was soll das? Ich sagte doch, ich bin sicher.«

Iris drehte die Fotografie um. »Erkennen Sie die Person auf diesem Bild?«

»Wirklich, was soll das alles? So langsam kommen mir Ihre Fragen komisch vor. Natürlich erkenne ich die Person auf dem Bild. Das ist meine Mutter. Wollen Sie sich über mich lustig machen?«

»Wissen Sie, wo wir dieses Foto gefunden haben?«, mischte sich der Glückliche ins Gespräch.

Felicia Herbst warf ihm einen irritierten Blick zu, an die Stelle des galanten Ritters war plötzlich der Ermittler getreten. »Nein, woher soll ich das denn wissen? Wo haben Sie es denn gefunden? Das scheint ja wichtig zu sein.«

»Das haben Sie richtig bemerkt«, klärte Iris sie auf. »Das Foto stammt aus der Wohnung des Toten.«

Die blauen Augen wurden groß. »Das ist aber seltsam!«

»Haben Sie eine Ahnung, wie es dort hingekommen sein könnte?«

Felicia Herbst schüttelte den Kopf. »Nein, wo wohnte der Mann denn?«, erkundigte sie sich mit einem harmlosen Gesichtsausdruck.

Das war das Stichwort für den Glücklichen. »Hören Sie endlich auf, uns anzulügen. Für wie dumm halten Sie uns denn?«, fuhr er sie an.

Felicia Herbst war fassungslos. Sie hatte sich jedoch schnell wieder im Griff und richtete sich in ihrem Stuhl auf. »Schreien Sie nicht so. Ich lüge nicht.«

Iris sah die Nervosität in ihren Augen, sie konnte sie nicht ganz verbergen. »Doch, Sie lügen«, widersprach sie mit Eis in der Stimme. »Wir haben Zeugen, dass Sie diesen Mann sehr wohl kennen.«

Felicias Stimme wurde höhnisch. »So, und wer soll das sein?«

»Sie sind des Öfteren mit ihm gesehen worden, als Sie zusammen bei Ihrer Großmutter waren«, antwortete Felix.

Felicia Herbst schien sich jetzt wieder völlig sicher zu fühlen. »Hach, das kann nur die alte Kuttner gewesen sein. Die schnüffelt überall herum. Aber sie sieht ja rein gar nichts. Der können Sie nicht glauben.«

»Das tun wir aber«, erklärte Iris. »Und weiteres Leugnen nützt Ihnen auch nichts. Wir haben noch andere Zeugen. Also, reden Sie schon, warum lügen Sie uns an?«

Plötzlich schwammen die blauen Augen in Tränen. »Am Anfang war ich mir nicht sicher. Er sah auf dem Foto so komisch aus. Und dann ...«

»Was dann?«

»Also, ich wollte meine Mutter da nicht mit hineinziehen. Das ist – nein, war der Freund meiner Mutter.« Sie schluchzte und warf Felix einen hilflosen Blick zu.

»Sie mochten ihn wohl nicht«, meinte der Glückliche besänftigend.

»Nein, er ... ich glaube, er nahm Drogen. Außerdem wollte er auch dauernd mit mir anbandeln. Er hat versucht, an mir herumzutatschen. Als ich ihn abgewiesen habe, ist er auf die Idee verfallen, sich über meine Oma bei mir einzuschmeicheln. Deswegen wollte er auch dauernd zu ihr mit.«

»Ihre Oma kannte ihn also. Und Ihre Mutter auch«, stellte Iris trocken fest. »Und Sie waren froh, als Sie ihn endlich los waren, fasse ich das richtig zusammen?«

»Das klingt ja, als würden Sie mich verdächtigen!« Die blauen Augen schwammen schon wieder in Tränen. »Ich habe mit dem Tod dieses Mannes nichts zu tun. Glauben Sie mir!«

»Sagte ich etwas davon, dass ich Sie mit seinem Tod in Verbindung bringe? Wie kommen Sie darauf?« Iris musterte ihr Gegenüber aufmerksam. Doch sie konnte zwar Nervosität, aber kein Anzeichen eines schlechten Gewissens erkennen. »Hatte Ihre Mutter vielleicht Streit mit ihrem Freund, wissen Sie darüber etwas?«

Die junge Frau zögerte. »Nein, eigentlich weiß ich über die Beziehung nicht viel. Wir haben uns nicht oft gesehen. Ich weiß nur, dass ihn öfter mal eine Frau angerufen hat. Wenn meine Mutter ans Telefon ging, hat sich aber nie jemand gemeldet. Sie hat aber mal ein Gespräch belauscht. Ich glaube, die andere hieß Milena. Meine Mutter war nicht sonderlich glücklich über diese Anrufe. Den Eindruck hatte ich jedenfalls. Ich habe ...« Sie biss sich auf die Lippen.

»Was haben Sie?«, fragte der Glückliche nach. Seine Stimme klang wieder sanft, fast väterlich. »Nun haben Sie ja schon einmal angefangen zu reden. Also bleiben Sie nicht auf halbem Wege stehen.«

»Also, ich habe diesen – Mann mal für eine Weile verfolgt. Meine Mutter hatte den Verdacht, dass er sie betrügt. Aber ich habe nie jemanden gesehen. Jedenfalls keine Frau, die verdächtig gewesen wäre. Es stimmt, was Sie gesagt haben. Ich wollte, dass dieser Mann aus dem Leben meiner Mutter verschwindet«, fügte Felicia dann leise hinzu. »Seit es zwischen ihnen aus ist, verstehen wir uns wieder viel besser.«

Iris zog eine Augenbraue hoch. Noch eine Freizeitdetektivin. »Sie haben ihn verfolgt, den Mann, den Sie angeblich nicht mochten, und das für Ihre Mutter, mit der Sie sich angeblich nicht verstanden haben? Das soll ich Ihnen glauben?«

»Wirklich. Ich lüge nicht. Sie können ja Pascal fragen. Der war dabei.«

»Pascal Kunz?«

»Ja, der vom Beerdigungsinstitut. Ich habe ihn bezahlt, damit er mich begleitet. Ich habe ihn mal kennengelernt. Er saß mit Neubert in einer Kneipe, in der ich zusammen mit einer Freundin ein Bier trinken war. Pascal sah für eine solche Unternehmung so … passend aus. Ich glaube, er und der Freund meiner Mutter waren sich nicht grün. Die beiden haben jedenfalls irgendwann heftig miteinander gestritten und sind dann gegangen.«

Iris warf dem Glücklichen einen vielsagenden Blick zu.

Daniela Herbst bestätigte später im Wesentlichen die Geschichte ihrer Tochter.

»Und warum haben Sie behauptet, diesen Mann nicht zu kennen?«

»Ich wollte nicht in die Angelegenheit hineingezogen werden. Außerdem war zu diesem Zeitpunkt ja schon längst Schluss. Im Nachhinein ist mir die ganze Affäre sehr peinlich.«

Iris gedachte nicht, die Angelegenheit auf sich beruhen zu lassen. Alibi hin oder her.

»Sind Sie der Ex-Frau von Gerd Neubert eigentlich jemals begegnet?«

Daniela Herbst zögerte. »Ich … habe sie einmal getroffen.«

»Ach, das sind ja interessante Neuigkeiten. Und wann war das?«

»Zwei oder drei Tage, bevor Gerd, ich meine, Herr Neubert gestorben ist.«

»Soll das heißen, Milena Mustafa war in Lörrach?«

»Lörrach? Wieso? Das weiß ich nicht. Sie stand eines Abends vor meiner Wohnungstür.«

»Und was wollte sie?«

»Wissen, ob ich noch etwas mit ihrem Ex-Mann habe.«

»Und Sie haben erklärt, dass die Beziehung vorbei ist?«

Daniela Herbst nickte.

Felix hatte sich in seine Ecke zurückgezogen. »Wieso glaube ich Ihnen einfach nicht? Wieso werde ich das Gefühl nicht los, dass Sie diese Begegnung nur erfinden, um von Ihrer eigenen Rolle in dieser Angelegenheit abzulenken? Oder von der Ihrer Tochter? Wussten Sie, dass Neubert hinter ihr her war?«

Daniela Herbst senkte den Kopf. »Es stimmt aber alles. Ja, ich wusste, dass Gerd sie belästigt hat. Deshalb habe ich auch mit ihm

Schluss gemacht. Und weil er Drogen nahm. Er … er wollte immer, dass ich welche für ihn stehle.«

»Was Sie ja offensichtlich auch getan haben. An der Rheinfelder Frauenklinik gab es Diebstähle, die aber dann aufgehört haben. Das passt.«

»Komme ich dafür jetzt ins Gefängnis? Er hat mich gezwungen! Er sagte, sonst tut er Felicia etwas! Wenn die in der Klinik das erfahren, dann verliere ich meinen Job.«

»Sie tischen uns eine Unwahrheit nach der anderen auf. Wieso sollten Sie mit einem Mann zusammenbleiben, der Ihre Tochter bedroht?« Der Glückliche schlüpfte in die Rolle des Groben.

»Bin ich ja nicht. Das war danach! Ich meine, nachdem ich mit ihm Schluss gemacht hatte!«

Iris mimte die Sanfte. »Vorher haben Sie freiwillig für Neubert gestohlen. Jetzt weinen Sie nicht! Ist ja gut. Mal sehen, was ich bezüglich der Drogendiebstähle tun kann. Soweit ich weiß, hat die Klinik keine Anzeige erstattet. Was war nun mit dieser Milena?«

»Ich weiß nicht. Sie sagte, sie wolle wieder zurück in den Kosovo.«

»Und wieso haben Sie uns das nicht alles schon viel früher erzählt?«

»Na ja, ich hatte Angst, wegen der gestohlenen Drogen.«

Felix griff ein. »Geben Sie es zu, Sie haben Ihren ehemaligen Liebhaber umgebracht! Motive hatten Sie genug. Er hat Sie bedroht, er war hinter Ihrer Tochter her, und so, wie es aussieht, war er es, der Ihre Mutter zerlegt hat.«

Zerlegt. Ein wenig rücksichtsvoller hätte der Glückliche das schon sagen können.

Daniela Herbst begann jetzt endgültig zu heulen. Nicht das auch noch. Iris legte ihr die Hand auf den Arm, ganz beste Freundin. »Nun gestehen Sie es schon ein. Ihr Alibi ist falsch. Reden Sie sich einmal alles von der Seele.«

Daniela Herbst sprang auf. »Nein! Ich war das nicht! Sie wollen mich hier bloß fertigmachen, um Ihren Fall zu klären. Ich habe mit meiner Tochter über Skype gechattet. Das wissen Sie doch!«

Iris nickte. »Gut. Sie können gehen. Vorläufig.«

Daniela Herbst verabschiedete sich hastig.

Iris kaute am Nagel des linken Mittelfingers. »Glauben Sie diese Geschichte mit der plötzlich wieder aufgetauchten Milena, Felix?«

»Keine Ahnung. Je mehr wir erfahren, umso verworrener wird die ganze Angelegenheit. Ihre Aussage bezüglich des Alibis können wir bisher jedenfalls nicht erschüttern.«

»Vielleicht können wir ihr ja nachweisen, dass sie gar nicht so unschuldig ist, wie sie tut, sondern in die Geschäfte mit Toten verwickelt war? Bezüglich der Diebstähle haben wir sie ja schon zum Reden gebracht. Aber ich denke, wir lassen die Frau für den Moment auf freiem Fuß. Sonst werden noch mögliche Mitwisser gewarnt. Kunz zum Beispiel.«

Felix schüttelte den Kopf. »Sie meinen wirklich, dass sie in den Handel mit Gewebe verstrickt war? Das glaube ich nach wie vor nicht.«

»Manche Frauen tun viel aus Liebe.«

Als Iris an diesem Abend nach Hause kam, lag ein kleiner Strauß leicht angetrockneter Gänseblümchen vor ihrer Wohnungstür. Kein Name. Aber sie wusste, von wem die Blumen stammten, die da so traurig ihre Köpfe hängen ließen. Sie stellte sie in ein Glas mit Wasser und überlegte, was sie tun sollte. Sich bedanken? Max Trautmann wüst beschimpfen, weil er einfach nicht aufgab? Irgendwie war das auch schmeichelhaft. Sie konnte sich die erwartungsvolle Miene gut vorstellen, mit der er jetzt wahrscheinlich zu ihr hinüberschaute und auf ihren Anruf wartete. Da musste sie lachen. Sie würde die größtmögliche Strafe über ihn verhängen. Und die bestand darin, gar nichts zu tun. Sollte er sich doch für den Rest seines Lebens fragen, ob sie den Strauß erhalten oder ob ihn jemand von ihrer Türschwelle gestohlen hatte.

Sie war zu müde, um sich noch etwas zum Abendessen zu machen. Das Telefon klingelte immer wieder. Sie ignorierte es.

***

Seit Stunden beobachtete Max Trautmann die Straße. Er sah, wie das Licht in der Wohnung des Gänseblümchens anging. Dann wieder aus. War sie jetzt in ihrem Schlafzimmer? Er wählte ihre Nummer. Schon wieder nichts. Max setzte sich an den Schreibtisch. Er musste John Benson endlich aus dem Gefängnis holen. Bloß wie? Er fand keine Ruhe, wählte die Nummer noch einmal. Nichts. Stand wieder auf, wählte, setzte sich wieder hin. Warum tat sie das? Warum ging sie nicht dran? Das war Absicht. Sie wollte ihn schmoren lassen. Aber so waren sie, die Weiber. Da war man nett zu ihnen, und was taten sie? Nichts. Man sollte sie alle …

Wieder rasselte der Schlüssel. John Benson sprang auf. Er hatte seit drei Tagen nichts mehr von dieser Frau gehört, deren Namen er noch nicht einmal wusste. Die massige Gestalt des Sheriffs, Richters und Saloonbesitzers schob sich durch die Tür, die der Wächter gleich darauf wieder zuschlug. Ein verschlagenes Lächeln lag in den kleinen Schweinsäuglein.

»Ich wollte Ihnen nur sagen, dass Sie am Freitag hängen werden«, teilte er Benson mit einem Grinsen mit. Der bemühte sich um Haltung. Es brachte nichts, dem Widerling an die Gurgel zu gehen, damit kam er auch nicht heraus, der Schlüssel steckte draußen. Die Frau würde ihm helfen, sie musste ihm helfen.

Der Dicke watschelte zur Tür und ballerte mit den Fäusten dagegen. Sie ging sofort auf. »Ach, fast hätte ich es vergessen«, sagte er im Hinausgehen. »Naomi wird sie hier nicht mehr besuchen. Die Arme hatte einen schlimmen Unfall. Sie ist leider ganz plötzlich verschieden.«

Ha. So war das. Selbst tote Frauen brachten einem Mann nur Schwierigkeiten.

***

Als Iris am nächsten Morgen ins Büro kam, war Martin Felix schon da. Er tigerte mit einem Blatt Papier in der Hand hin und her.

»Gut, dass Sie endlich kommen. Ich habe da …«

»Erst einen Kaffee. Vorher geht nichts«, muffelte Iris in ihrer üblichen üblen Morgenlaune. Sie hängte den Mantel über den Ständer. Mangels Hängers fiel er wieder hinunter. Sie fluchte.

»Gehen Sie schon Kaffee holen, ich erledige das mit Ihrem Mantel. Ich habe Übung.«

Das fand Iris zunächst nett. Dann erst registrierte sie sein »Ich habe Übung«. »Was soll das denn heißen?«

»Dass ich den Mantel aufhänge?«

»Nein, dass Sie Übung haben.«

Er hatte den Mantel inzwischen aufgehoben und drehte das Oberteil, genauer die Stelle, an der der Kragen ins Rückenteil überging, hin und her. »Wenn ich mich richtig erinnere, dann fehlt dieser Aufhänger schon, seit wir zusammen unseren ersten Fall gelöst haben. Es ist auch immer noch derselbe scheußliche Mantel, vermutlich aus dem Kleiderschrank Ihrer Großmutter. Können Sie sich nicht mal einen neuen zulegen?«

»Hab ich.«

»Und wieso ziehen Sie den nicht an?«

»Kümmern Sie sich um Ihren eigenen Mantel«, schnaubte Iris.

Er hob das gute Stück hoch. »Was heißt das, soll ich ihn wieder fallen lassen?«

»Unterstehen Sie sich!« Sie stapfte aus dem Zimmer.

Kurz danach kam sie mit einem Pappbecher in der einen Hand wieder ins Zimmer. Die andere drückte sie vor den Mund, nachdem sie die Tür hinter sich zugezogen hatte.

»Mund verbrannt«, konstatierte der Glückliche kundig. Das kannte er auch. Das kannten eigentlich alle in der PD Lörrach.

Iris ersparte sich also die Antwort. Sie war noch zu müde für Wortgefechte. »Also, was ist los, was gibt es so Dringendes?«

Er streckte ihr das Papier entgegen. »Hier, ich habe es ausgedruckt.«

»Ich weiß, dass Sie lesen können. Warum sagen Sie mir nicht einfach, was los ist?«

Felix schaute irgendwie verletzt. Machte aber keine weitere Bemerkung dazu. »Das ist der Oberhammer.«

Iris schwieg.

Er seufzte. »Also gut, Sie Spaßverderberin. Auf der Beretta, mit der Neubert erschossen worden ist, sind die Fingerabdrücke von drei Personen gefunden worden. Die von Neubert, die von Pascal Kunz und die von Daniela Herbst. Im Leichenwagen waren ebenfalls die von Kunz, Neubert und Daniela Herbst. Das hat der Abgleich ergeben.«

Iris kaute an ihrem kleinen Finger. »Also doch! Daniela Herbst steckt mit drin. Haben wir noch Chancen, Schmauchspuren zu finden?« Sie gab sich die Antwort gleich selbst. »Nein, wohl eher nicht, der Mord ist schon rund zwei Wochen her. Die Leute haben sich sicher in den letzten Tagen mal die Hände gewaschen und die fragliche Kleidung entsorgt.«

Das Telefon meldete sich.

»Sind Sie Iris Terheyde?«, fragte eine männliche Stimme.

»Ja, und Sie?«

»Das tut nichts zur Sache. Können wir uns treffen?«

»Ich treffe mich nicht mit Leuten, deren Namen ich nicht kenne.«

»Den sage ich Ihnen dann.«

»Und was wollen Sie?«

»Ich hätte eine Aussage zu Pascal Kunz zu machen.«

»Dann kommen Sie in die PD Lörrach.«

»Nein, lieber nicht. Geht es auch im Schweizer Laufenburg?«

»Und warum nicht hier?«

»Ich mache keine offizielle Aussage. Wenn Sie wissen wollen, wo Kunz war, als dieser Chirurg erschossen wurde, dann sollten Sie kommen.«

»Was soll das heißen? Haben Sie etwas zu verbergen?«

»Sie meinen, ob ich etwas mit dem Mord zu tun habe? Nein. Aber ich kenne Kunz. Und deshalb weiß ich, dass er Sie belogen hat. Er war nicht in Basel, als der Mann erschossen wurde. Und er ist auch erst danach nach Berlin gefahren, sagte er jedenfalls.«

»Woher wissen Sie das alles?«

»Ich sagte es doch, ich kenne Kunz. Morgen früh, zehn Uhr. Auf dem Burgberg. In der Kirche St. Johann. Allein.«

Oh nein, nicht das auch noch. Klettern am frühen Morgen! Iris war schon länger nicht mehr auf dem Burgberg gewesen. Obwohl sie die Aussicht über die mittelalterlichen Dächer des schweizerischen Laufenburg liebte. Eine Landschaft aus alten Dachpfannen in den verschiedensten Rottönen. Doch der Weg nach oben war steil. Wenigstens musste sie nicht ganz hoch. »Also gut.«

»Allein!«

»In Ordnung.«

»Wenn ich sehe, dass jemand bei Ihnen ist, komme ich nicht.«

»Ich sagte doch, in Ordnung.«

»Donnerlittchen«, meinte sie, nachdem das Gespräch beendet war.

»Was ist?«

»Ich glaube, Pascal Kunz hat bald kein Alibi mehr. Der Mann am Telefon will mir erzählen, wo er zum Tatzeitpunkt war. Er scheint über Insiderkenntnisse zu verfügen. Wir treffen uns morgen im Schweizer Laufenburg.«

»Woher will der Mann denn wissen, wann genau Neubert getötet worden ist? War er vielleicht dabei?«

»Jetzt malen Sie den Teufel nicht an die Wand. Nicht noch ein Mordverdächtiger!«

»Sie haben selbst am Anfang gesagt, hier könne eine kriminelle Vereinigung im Spiel sein. Das könnte gefährlich werden, vielleicht ist das eine Falle. Ich komme mit.«

»Tun Sie nicht.«

»Und ob! Wo treffen Sie sich denn?«

»Sage ich nicht. Wenn ich nicht allein komme, dann verschwindet der Typ gleich wieder.«

»Sie brauchen unter Umständen jemanden, der das Gespräch bezeugt. Ich komme mit.«

»Also gut. Ich bin ja eine einsichtige Person. Aber halten Sie sich außer Sichtweite. Ich nehme ein Mikrofon mit. Sie können sich vielleicht in einer Seitenkapelle oder zwischen den Kirchenbänken verstecken. St. Johann wird Ihnen gefallen. Es ist eine wunderschöne barocke Kirche mit einem wirklich sehenswerten Altar. Dummerweise müssen Sie jetzt sehr früh aufstehen. Um vor mir da zu sein, meine ich. Dieser so wundersam aufgetauchte Zeuge könnte Sie sonst entdecken. Wussten Sie eigentlich, dass direkt neben der Kirche der Eingang zu den alten Kasematten liegt? Mannomann, das ist ja wie im Thriller. ›Mission Impossible‹ in der Provinz.«

»Ja, und Sie sind Tom Cruise. Ich sorge schon mal dafür, dass Kunz morgen hierherkommt. Oder besser, hergebracht wird.«

»Tomasina Cruise, wenn ich bitten darf.«

13

Pascal Kunz zeigte keinerlei Kooperationsbereitschaft. Er sah immer noch aus wie Klaus Kinski zu seinen fiesesten Zeiten.

»Ich sage Ihnen doch, ich habe nichts mit diesem Toten zu tun.«

»Erzählen Sie uns nicht schon wieder, dass Sie ihn kaum kennen, gewissermaßen gar nicht. Seine Fingerabdrücke sind überall in den ›Jenseitswelten‹ verteilt. Und auch im Leichenwagen. Dazu Ihre Fingerabdrücke und die Abdrücke von Daniela Herbst. Wie kommen die dahin?«

Die Miene von Pascal Kunz wurde noch verschlossener. »Ist ja klar, ich bin oft im Institut. Ich arbeite da. Wie die von diesem Neubert dahin kommen? Keine Ahnung. Und dann die Abdrücke dieser Frau Herbst? Woher soll ich denn das wissen? Vielleicht als sie ihre verstorbene Mutter bei uns besucht hat?«

»Jetzt spielen Sie uns hier nicht den Harmlosen vor«, fauchte Iris. »Wir wissen, dass Daniela Herbst die Freundin des Ermordeten war. Und wir sind uns inzwischen ziemlich sicher, dass Sie und Neubert unter einer Decke steckten, dass Sie beim Geschäft mit Toten Komplizen waren. Samt Ihren sauberen Tanten. Warum sonst hätte Neubert seine Fingerabdrücke überall in den ›Jenseitswelten‹ verstreut? Bloß, was hatten Neubert und Frau Herbst in Ihrem Leichenwagen zu suchen? Sie wissen schon, dem, der angeblich in Berlin verschrottet worden ist und der sich wundersamerweise dann doch in einer Mietgarage in Lörrach gefunden hat.«

»Keine Ahnung, was dieser Neubert bei meinen Tanten getrieben hat. Ich war auf jeden Fall nicht dabei. Und die in Berlin haben mir versprochen, dass sie den Leichenwagen verschrotten. Keine Ahnung, wie die Abdrücke dieser Frau Herbst und des Mannes in den Wagen kommen. Als ich ihn gefahren habe, waren außer mir nur Tote dabei. Hinten. In einer Urne oder in einem Sarg.«

»Apropos Tote. Wie oft bringen Sie denn Tote über die Grenze, zum Beispiel in den Kosovo?«

Kunz zuckte die Schultern. »Ach, hin und wieder.«

»Was heißt das konkret? Und wieso haben diese Toten überdurchschnittlich oft die gleichen Initialen?«

»Ich bin nur der Handlanger. Was sagen denn meine Tanten dazu?«

»Was Ihre Tanten dazu sagen, steht hier nicht zur Debatte, sondern was Sie zu unseren Vorwürfen zu sagen haben. Also?«

»Ich habe nichts dazu zu sagen.«

»Und ich habe Ihnen schon bei unserem letzten Treffen gesagt, wenn Sie das nächste Mal auf diesem Stuhl sitzen, dann stehen Sie unter Mordverdacht. Hiermit belehre ich Sie über Ihre Rechte. Sie haben das Recht zu schweigen. Wenn Sie nicht von Ihrem Aussageverweigerungsrecht Gebrauch machen, dann kann alles, was Sie aussagen, auch gegen Sie verwendet werden. Nur damit Sie klarsehen, wenn Sie nicht kooperieren, dann stecke ich Sie in Untersuchungshaft.«

Pascal Kunz riss die Augen auf. »Mich? Wieso denn?«

»Halten Sie uns für geistig minderbemittelt? Sie sind nicht mit dem Leichenwagen nach Berlin gefahren, sondern haben nur das Nummernschild samt Papieren dorthin geschickt. Ihre Komplizen in Berlin haben das Auto dann für Sie abgemeldet.«

»Und warum hätten die das tun sollen, Frau Kommissarin?«

»Weil dieser Tilo Weber in Berlin ebenso wenig die Polizei im Nacken brauchen kann wie Sie. Ich habe übrigens nach dem Baum gesucht, den Sie angeblich angefahren haben wollen. Nichts. Und in den Kneipen in der Pankstraße hat Sie auch niemand gesehen. Nur Tilo Weber behauptet, dass Sie da waren.«

Kunz wurde ein wenig kleiner. »Sie waren in Berlin?«

»Da staunen Sie, was? Und Sie dachten, wir finden das Versteck des Wagens nicht. Da hätten Sie weniger dilettantisch vorgehen müssen. Mietgarage! Also wirklich! Aber in der Eile fiel Ihnen nichts Besseres ein. Irgendwann, wenn die Ermittlungen abgeschlossen sind, hätten Sie den Wagen einfach wieder angemeldet. Und nun frage ich mich, warum nimmt jemand solche Umstände auf sich, wenn es da nichts zu verbergen gibt? Hm?«

Iris starrte ihr Gegenüber eine Weile schweigend an. Dann holte sie ihren Trumpf aus dem Ärmel.

»Sie haben für die Tatzeit kein Alibi mehr. Ist geplatzt. Einer Ihrer Kumpels aus Basel hat gequatscht. Ich habe ihn gestern getroffen. Hatte wohl ein schlechtes Gewissen, wollte nicht in einen Mordfall hineingezogen werden.«

»Und wer soll das gewesen sein?«

»Sie glauben doch nicht im Ernst, dass ich Ihnen das sage! Da wäre noch etwas: Ihre Fingerabdrücke sind auf der Mordwaffe.«

Seine Augen wurden groß. Dann hatte er sich wieder unter Kontrolle. »Auf welcher Mordwaffe?«

»Verdammt noch mal, hören Sie auf, Ihre Spielchen mit uns zu treiben! Sie haben den Chirurgen umgebracht! Alles spricht dafür.«

Kunz war nicht aus der Ruhe zu bringen. Da war er anders als der reizbare Klaus Kinski. »Warum sollte ich den Mann umgebracht haben? Ich kannte ihn ja kaum.«

»Aha«, meldete sich Felix von seiner Fensterbank aus. »Aber Sie kannten ihn! Plötzlich. Auch das haben Sie bei früheren Vernehmungen geleugnet. Und woher kannten Sie ihn?«

Kunz zuckte die Schultern. »Ich kann mich nicht erinnern. War das der Mann auf dem Bild, das Sie mir gezeigt haben? Zu Lebzeiten sah er ganz anders aus.«

»Wir wissen aber, woher Sie ihn kannten.«

»So, und woher?«

»Sie haben ihn zusammen mit Felicia Herbst verfolgt. Die Mordwaffe ist übrigens eine Pistole. Eine alte Pistole.«

Plötzlich erschien ein Grinsen auf Pascal Kunz' Gesicht, er witterte Morgenluft. »Sie meinen doch nicht diese alte Beretta? Neubert hat sie überall herumgezeigt. Jedem. Stimmt, Felicia hat mich einmal vorgestellt. Neubert hatte uns erwischt, als wir ihn verfolgt haben – sie hatte mich darum gebeten, weil sie vermutete, dass er ihre Mutter betrügt. Da blieb ihr nichts anderes übrig.«

»Sie lügen schon wieder. Felicia hat gesagt, sie habe Sie kennengelernt, als sie mit Neubert in einer Kneipe saßen. Sie hätten sich gestritten. Worüber denn?«

»Das Mädchen spinnt. Keine Ahnung, warum sie jetzt solche Sachen behauptet. Das hat man nun von seiner Hilfsbereitschaft. Es war, wie ich sagte. Dass die Pistole überhaupt noch funktioniert, wundert mich. Wahrscheinlich sind meine Abdrücke damals daraufgeraten. Ja, jetzt erinnere ich mich. Ich hatte noch nie eine Beretta gesehen und hab sie mir wohl genauer angeschaut. James Bond …«

Felix unterbrach ihn. »Ach ja, plötzlich füllen sich Ihre Erinnerungslücken. Und alle anderen sagen die Unwahrheit, was? Sie wussten also, wo Neubert wohnt. Und nun kennen Sie auch die Waffe? Außerdem scheinen der Chirurg und Sie sich nicht so fremd gewesen zu sein, wie Sie uns immer weismachen wollen, sonst hätte er Ihnen die Pistole wohl kaum gezeigt. Das spricht für Felicias Version, finde ich. Aber bleiben wir mal bei Ihrer. Woher hatte Neubert die Waffe denn?«

Pascal Kunz zuckte erneut die Schultern. »Keine Ahnung, er hat nichts dazu gesagt.«

»Jetzt reicht es aber! Natürlich wissen Sie, wem die Waffe gehörte. Zumindest, wer sie aufbewahrt hat. Sie stammt von dem Mann der verschwundenen Großmutter. Da haben Sie Ihren Zusammenhang. Alles deutet auf Sie als den Täter hin. Und was sagen Sie, wenn wir Spuren Ihrer DNA auf dem Toten finden? Wissen Sie, was ich glaube? Sie sind durch den Besuch von Felicia Herbst gestört worden, die ihre Großmutter noch einmal sehen wollte. Deshalb musste Martha Baumann ganz schnell wieder in ihren Sarg. Wahrscheinlich hatten Sie die Oma gerade nebenan auf dem Seziertisch, als Felicia unverhofft auftauchte. Sie haben nicht damit gerechnet, dass sie noch einmal kommen würde. Die junge Frau hatte ja schon Abschied von ihrer Oma genommen. Dummerweise machte auch Neubert Sperenzchen. Wollte er Sie erpressen? Wollte er mehr Geld für seine Arbeit? Sie hätten sich nicht mit einem Drogensüchtigen einlassen sollen, wissen Sie. Solche Menschen können sehr unzuverlässig werden, wenn sie nicht an die benötigte Dosis kommen. Das haben Sie an diesem Tag wohl auch entdeckt.«

Iris machte eine Pause und fixierte Kunz. Sie ließ sich Zeit. Und ihm, damit die nächsten Worte besser sacken konnten. Kunz rutschte auf seinem Stuhl herum und schaute auf seine Hände. Als sie nicht weitersprach, hob er den Kopf wieder.

Sie sagte die nächsten Sätze absichtlich langsam. »Da sind Sie dann noch am selben Abend zu Neubert gefahren und haben ihn umgebracht. Er hat Sie ohne Zögern hereingelassen. Er starb von einer Kugel aus seiner eigenen Beretta. Sie wussten ja, dass er die Waffe besaß, das haben Sie gerade selbst zugegeben.«

»Ich sage nichts mehr.«

»Reden Sie lieber, Herr Kunz. Ich kann Ihnen versichern, wenn meine Kollegin so ein Gesicht macht wie jetzt, dann erreicht sie, was sie will. Auf diesem Stuhl, auf dem Sie gerade sitzen, sind schon ganz andere Kaliber zusammengebrochen«, schlug Felix von der Fensterbank aus vor und lächelte Kunz fast freundschaftlich zu.

Der Kontrast zu Iris' schneidender Stimme hätte nicht größer sein können. »Hat es Ihnen die Sprache verschlagen?«, höhnte sie. »Egal, ich kann Ihnen sagen, was danach geschehen ist. Dann haben Sie den toten Neubert in Frauenkleidung gesteckt – nur für den Fall der Fälle, dass es doch Grenzkontrollen geben sollte. Wo Sie die herhaben, werden Sie gleich fragen. Kann ich Ihnen auch sagen. Sie hatten vorgesorgt. Das war nämlich ein geplanter und kaltblütig ausgeführter Mord. Sie haben Ihre eigenen Sachen mitgenommen. Oder glauben Sie, wir haben bei unseren früheren Treffen nicht bemerkt, dass an Ihren Wimpern Reste von Mascara klebten? Anschließend haben Sie Ihr Opfer in den Leichenwagen geladen und zurück über die Grenze gekarrt. Sie verfügen für Ihre schmutzigen Geschäfte mit Toten über genügend gefälschte Leichenpässe. Den richtigen Ausweis und den Führerschein ließen Sie liegen. Das wäre bei einer weiblichen Leiche nur auffällig gewesen. Dummerweise haben Sie aber auch den Pass einer anderen Komplizin nicht mitgenommen, den von Milena Mustafa nämlich. Was wollten Sie denn mit dem toten Neubert anstellen? Herr Kunz, Sie sollten sich das Lügen abgewöhnen. Sie können das ziemlich schlecht.«

Doch auch Sarkasmus brachte Kunz nicht aus dem Konzept. Dabei hatte Iris darin viel Übung.

»Sagen Sie es mir.«

»Nichts einfacher als das. Wie wäre es mit Verbrennen? Vielleicht vorher noch das eine oder andere benötigte Ersatzteil entfernen und gleich ein nettes Geschäft machen? Wissen Sie, der

Gedanke gefällt mir. Der Leichenfledderer wird selbst gefleddert. Dann ab ins Krematorium, in schöner Eintracht mit der toten Oma. Asche zu Asche. Ich vermute, Sie wollten Neubert gerade auf den Seziertisch legen, als wir aufgetaucht sind. Ups, dann mussten Sie ihn aber schnellstens verstecken. Am besten gleich im Sarg von Martha Baumann. Sie konnten ja nicht ahnen, dass Felicia inzwischen bei uns gewesen war und uns vom Verschwinden ihrer Oma berichtet hatte. Doch das haben Sie schnell gecheckt. Sie standen noch an Martha Baumanns Sarg im Nebenraum, haben unser Gespräch mit Ihren Tanten mitgehört. Da wurde Ihnen klar, dass wir Neubert finden würden. Und Ihnen wurde außerdem klar, dass der Leichenwagen, mit dem Sie ihn transportiert hatten, schnellstens verschwinden musste. Also sind Sie weggerannt. Deshalb diese angebliche Fahrt nach Berlin. Sie sehen, alles passt.

So, und jetzt erzählen Sie uns noch, was Daniela Herbst in dieser ganzen Angelegenheit für eine Rolle spielt. War sie eine Komplizin in diesem Geschäft mit Toten? Oder bei dem Mord an Neubert? Und wo ist Neuberts Ex Milena Mustafa? Steckte sie ebenfalls mit drin? Haben Sie die Frau auch gleich mit umgebracht?«

Beim letzten Satz bekam Kunz wieder Oberwasser. »Jetzt bin ich schon ein Serienmörder! Dann nehmen Sie mich doch fest!«

»Genau das werden wir jetzt tun.« Diese frisch gewonnene Selbstsicherheit verunsicherte Iris etwas. Doch sie hatte keineswegs die Absicht, Kunz vom Haken zu lassen. Sie griff zum Telefon. »Buchmann, ich habe hier eine Festnahme. Bringen Sie Handschellen und einen Kollegen mit.«

Kunz richtete sich auf. »Ich weiß, dass ich das Recht auf einen Anwalt habe.«

Iris nickte. »Haben Sie.«

Buchmann und ein weiterer Kollege kamen zur Tür herein. »Legen Sie diesem Mann die Handschellen an«, ordnete Iris an. Sie ignorierte den verwunderten Blick des Polizeihauptwachtmeisters und machte keine weitere Bemerkung, bis die Gruppe den Raum verlassen hatte.

Felix schwieg zunächst ebenfalls.

»Sie hatten den Kerl ganz schön im Schwitzkasten. Ich bin gespannt, wann er zusammenklappt«, sagte er schließlich.

»Sie hätten vorhin bezüglich meiner Verhörmethoden nicht ganz so übertreiben müssen.«

»Stimmt doch, oder? Ich bin davon überzeugt, dass Sie einen Mann mit Ihrer spitzen Zunge in den Wahnsinn treiben könnten. Seelische Folter könnte man das auch nennen.«

»Das ist jetzt aber nicht nett. Als ich mich um Ihren Neffen kümmern sollte, haben Sie ganz anders geredet.«

»Ich meine das rein dienstlich. Privat können Sie richtig bestrickend sein.«

»Aha. Aber in gewisser Weise haben Sie recht. Männer können schon aufgrund ihrer körperlichen Überlegenheit einfach draufhauen. Wir Frauen müssen uns eben andere Waffen zulegen. Wir benutzen unseren Verstand. Deshalb sind wir bezüglich unserer Verhörmethoden auch flexibler. Dazu sehr ausdauernd. Und sehr geduldig.«

»Stimmt, Sie sind so geduldig wie ein Terrier, der sich festgebissen hat.«

Pascal Kunz wurde noch am selben Abend gegen Kaution wieder freigelassen. Er hatte einen guten Anwalt. Es war zudem eher kontraproduktiv, dass Iris den zuständigen Haftrichter einen verdammten Dilettanten nannte. Er sehe nur eine sehr dünne Beweisdecke und außerdem keine Fluchtgefahr, bekam sie zur Antwort.

»Dünne Beweisdecke!« Sie schäumte noch immer vor Wut, als sie an diesem Abend im Zug heimwärts saß. Sie beschloss, noch einmal auf den Laufenburger Burgberg zu stiefeln, um sich abzureagieren. Sie marschierte über die alte Brücke in die Schweiz. Die war inzwischen geteilt. Auf der deutschen Seite gab es einen neuen Belag. Und ein eisernes Geländer auf der steinernen Brüstung. Durch den neuen Belag war die Brüstung zu niedrig geworden. Es hatten erhebliche Bedenken bestanden, dass allzu schwungvolle Radfahrer ohne das Geländer auf der Brüstung in den Rhein stürzen könnten. Der neue Belag und das Geländer reichten allerdings nur bis zur Brückenmitte, der Grenze zur Schweiz. Ab da beherrschten der alte Belag und eine Brüstung ohne Geländer das Bild. Einige Schweizer Altstadtbewohner hatten nämlich den Denkmalschutz eingeschaltet. Eine Brücke mit Geländer entspreche nicht den Intentionen des Herrn Robert Maillart, seines Zeichens Konstrukteur, der die Bogenbrücke 1911 erbaut hatte, argumentierten sie. Das Verfahren schwebte. Iris war gespannt, wer obsiegte, der Denkmalschutz oder die Radfahrer. Vielleicht blieb die Brücke einfach, wie sie war. Halbe-halbe.

Der Weg führte vorbei am Museum Schiff, über den Marktplatz und dann die Stufen hinauf, die unter einer Art hölzerner Pergola hindurchführten. Anschließend nahm Iris den schmalen Schotterweg, der sich in Serpentinen bergauf schlängelte. Er war schlecht beleuchtet. Die Strahler, die die Burg und die Kirche darunter ins rechte Licht rückten, waren himmelwärts gerichtet, nicht auf die Wurzeln und Löcher im Pfad. Sie stolperte immer wieder. Am Wegesrand standen Holzskulpturen, verwunschene, unheimliche Gestalten, denen die Dunkelheit ein eigenes Leben verlieh. Ein Liebespaar saß auf einer Bank, eng aneinandergeschmiegt, das Mädchen kicherte leise.

Iris geriet langsam ins Schwitzen. Als sie bei der Burgruine angekommen war, keuchte sie gehörig. Wenigstens hatte sie Sport gemacht – und das sogar zweimal an einem Tag! Sie setzte sich ihrerseits auf eine Bank und blickte hinüber aufs deutsche Laufenburg. Häuser an den Fels geschmiegt, mit erleuchteten Fenstern. Der Baum auf der Burgmatte knisterte, zumindest hatte sie für einen kurzen Moment diesen Eindruck. Vielleicht stieg der Saft den Stamm hoch, um die Äste zu versorgen. Vielleicht würden die kahlen Äste bald Knospen tragen, dann zarte, hellgrüne Blätter. Frühling! Nein, es war wohl doch nur der Wind, der durch die Zweige strich.

Mit der Zeit wurde sie innerlich ruhiger, dafür gepackt von einer großen Sehnsucht, nach Nähe, nach – Heimat. Ja, das war das Wort. Sie schaute hinunter auf die Häuser. Hinter den Fenstern saßen jetzt Menschen zusammen am Abendbrottisch. Oder kamen heim von der Arbeit, wurden vom Partner liebevoll umarmt und willkommen geheißen. Sie erzählten sich von ihren Erlebnissen, nahmen ihre Kinder in den Arm, rochen an warmen, weichen

Babykörpern. Nein, jetzt nicht sentimental werden. Iris wusste zu genau, dass das Leben nicht so romantisch war. Die Sehnsucht blieb.

Als sie in ihre Wohnung ging, schaute sie noch kurz zu Trautmann hinüber. Die Fenster waren dunkel.

14

Die Festnahme von Kunz zeitigte Wirkung. Allerdings eine andere als vermutet. Am nächsten Morgen kam ein Anruf. Vom selben Anwalt, der Kunz freibekommen hatte. Er vertrat jetzt einen anderen Klienten. Nachdem Iris den Hörer wieder aufgelegt hatte, schwieg sie eine Weile fassungslos.

»Was ist los?«, erkundigte sich Felix. »Sie sehen aus wie ein Spatz, wenn es donnert.«

»So ähnlich fühle ich mich auch. Stellen Sie sich vor, gleich kommt Daniela Herbst.«

»Und?«

»Sie will sich stellen. Ein Geständnis ablegen.«

»Was will sie?« Der Glückliche musterte sie verblüfft.

»Sie behauptet, sie hätte Neubert umgebracht.«

Auch Felix musste das erst einmal verdauen. »Und warum?«

»Eifersucht, sagt der Anwalt. In einer halben Stunde wissen wir mehr.«

Daniela Herbst hatte die Lippen zusammengepresst, als sie sich vor Iris' Schreibtisch auf den Stuhl setzte. Ihrem Gesichtsausdruck nach schien sie den Mund auch nur für einen einzigen Satz öffnen zu wollen.

»Mein Anwalt kommt gleich, der erklärt Ihnen alles.«

Damit verstummte sie. Die sonst so gepflegte Mittvierzigerin machte einen verstörten Eindruck. Sie war ungeschminkt, die hellblonden Haare hatte sie mit einer Spange hochgesteckt.

»Wollen wir nicht schon mal die Personalien aufnehmen?«, erkundigte Iris sich freundlich. Sie hatten diese natürlich schon. Aber vielleicht machte Daniela Herbst dann den Mund auf. Und wer einmal angefangen hatte zu reden, der konnte oft nicht mehr aufhören. Besonders in einer solchen Situation.

Daniela Herbst sah sie nur mit ihren blauen Augen an, senkte dann wieder die Lider, antwortete aber nicht. Ihre Tochter hat eine ähnliche Nase, dachte Iris. Und die gleichen Augen. Sie lauschte also weiter dem Ticken der batteriebetriebenen Wanduhr, die mit ihren großen Ziffern ebenso gut in einer Bahnhofshalle hätte hängen können, und beobachtete den Glücklichen, wie er in Akten blätterte und mit Papier raschelte.

Schließlich wurde die Tür aufgerissen, ein etwa dreißigjähriger Mann in einem offensichtlich teuren Anzug, smart, Typ Yuppie, stürmte zur Tür herein. Wahrscheinlich waren seine Preise trotz aller Anwaltskostentabellen exorbitant. Es ließen sich immer Kostenposten konstruieren. Schließlich musste der Mann seine Anzüge von irgendwas bezahlen. Und seine Rolex. Und seine Gucci-Sonnenbrille. Sonnenbrille? Iris warf einen kurzen Blick nach draußen. Komisch, die Sonne schien doch gar nicht. Der Typ war ihr jetzt schon unsympathisch.

Felix stellte dem Verspäteten freundlich einen Stuhl hin und zog sich wieder zu seiner Fensterbank zurück.

Der Yuppie schob seine Sonnenbrille auf den Kopf und kramte in seinem Aktenkoffer, der ebenso teuer aussah wie er selbst. Iris wunderte sich, von welchem Geld sich Daniela Herbst einen solchen Verteidiger leisten konnte. Oder Pascal Kunz. Denn vorher war er ja dessen Anwalt gewesen. Ob das eine Bedeutung hatte?

»Schwertfeger, Jochen Schwertfeger. Hier ist meine Vollmacht.« Er schob ihr das Papier über den Tisch. »Ich habe meiner Mandantin geraten, nichts zu sagen, bis ich komme. Übrigens, entschuldigen Sie die Verspätung …«

»Termine und Stau, ich weiß«, meldete sich der Glückliche vom Fenster her.

Jochen Schwertfeger reagierte offenbar nicht auf Spott. »Genau, woher wussten Sie das?«

»Ersparen Sie uns das Vorgeplänkel, fangen wir an«, unterbrach Iris den Wortwechsel.

»Ja, gut.« Wieder stöberte Schwertfeger in seiner Tasche, holte mehrere zusammengeheftete Papiere hervor und legte sie auf den Tisch. »Das ist die Aussage meiner Mandantin in schriftlicher Form. Und mehr wird sie außer ihren Personalien dazu nicht sagen. Falls Sie Fragen haben, stellen Sie sie mir.«

Iris griff sich die Papiere und reichte sie dem Glücklichen. Es waren etwa fünf Seiten. »Bitte kopieren Sie sie dreimal.«

Felix nickte und verließ den Raum. Kurze Zeit später reichte er ihr die Originale, ging zurück zu seinem Platz an der Fensterbank und vertiefte sich in seine Kopie.

Iris musterte den Anwalt von oben bis unten, in ihrem Blick lag blankes Eis. An Schwertfeger prallte das ab wie an einer Marmorwand.

»Warum will Ihre Klientin nicht reden?«

»Das muss sie nicht. Ich rede.«

»Und warum kommt sie erst jetzt?«

»Sie hatte natürlich Angst, dass sie ins Gefängnis muss. Ihr Gewissen hat ihr aber einfach keine Ruhe gelassen. Deshalb kam sie zu mir. Und deshalb sitze ich jetzt vor Ihnen.

»Hier steht, es war Notwehr, Neubert habe sie angegriffen«, meldete sich der Glückliche.

Der Anwalt nickte. »Ja, so schildert Frau Herbst die Ereignisse.«

»Hier steht außerdem, Neubert wollte wieder zu seiner früheren Frau zurückkehren, und das habe Ihre Mandantin so eifersüchtig gemacht, dass sie zur Pistole gegriffen habe, die auf dem Tisch lag«, ergänzte Felix.

»Das hört sich aber nicht nach Notwehr an«, stellte Iris fest.

»Wenn Ihr Kollege weiterliest, dann werden Sie schon zu dieser Stelle kommen. Schließlich hatte der Mann ein Messer in der Hand und wollte sie zwingen, gewisse Unterlagen zu unterzeichnen.«

»Welche Unterlagen?«

»Ihre Einverständniserklärung für die Entnahme von Gewebe aus dem Körper ihrer toten Mutter, vermute ich.« Das war wieder Felix.

Schwertfeger nickte. »Ja, aber meine Mandantin hat sich geweigert. Da ging Neubert mit dem Messer auf sie los, wollte es ihr an die Kehle setzen. Und als er ihr dabei noch erklärte, dass er sie nur benutzt habe, weil sie als Krankenschwester eher Zugang zu Daten von alten Menschen bekam, da hat Frau Herbst verständlicherweise die Nerven verloren.« Schwertfegers Stimme triefte jetzt regelrecht vor Mitgefühl. »Stellen Sie sich diese Situation einmal vor: Der Mann, den Sie lieben und von dem Sie geglaubt haben, dass er Sie liebt, bedroht Sie mit einem Messer und erklärt Ihnen dann auch noch, dass er Sie betrogen und hintergangen hat.«

»Wieso kamen Sie denn an Daten von Senioren, Frau Herbst? Sie arbeiten doch in der Frauenklinik Rheinfelden. Da geht es mehr um Geburten als ums Sterben.«

»In ihrer Freizeit hat sie alleinstehende alte Menschen betreut, Einkäufe erledigt, mal gekocht. Solche Sachen eben«, antwortete Schwertfeger.

»Was für eine gute Seele!«, stellte Felix fest.

»Kein Wunder, dass man als Frau da ausrastet«, erklärte Iris verständnisvoll.

»Nicht wahr, das sehen Sie auch so«, meldete sich urplötzlich Daniela Herbst zu Wort. Sie bekam die Lippen also doch noch auseinander.

Anwalt Schwertfeger warf seiner Mandantin einen warnenden Blick zu. »Glauben Sie nicht, dass Sie hier eine Tötung im Affekt konstruieren können. Es war eindeutig Notwehr«, erklärte er dann an Iris gewandt. Daniela Herbst presste die Lippen wieder zusammen.

»Woher kannten Sie Gerd Neubert, Frau Herbst? Und warum wollte er Sie ausnutzen? Sie konnten ihm also die Adressen von alleinstehenden alten Menschen besorgen. Diese Menschen waren doch wohl als Nachschub für illegale Geschäfte mit menschlichem Gewebe gedacht. Sie wollen mir jetzt nicht erzählen, dass Sie davon nichts mitbekommen haben!« Iris gab nicht auf. Auch wenn dauernd der Anwalt antwortete, sie wollte eine Antwort von ihr.

»Frau Herbst hat selbstverständlich nichts von diesen Geschäften gewusst! Neubert hat Interesse geheuchelt, sie geschickt ausgefragt. Frau Herbst hat den Mann im Kantonsspital kennengelernt, allerdings als Patientin, nicht als Krankenschwester. Sie arbeitete zu dieser Zeit bereits in der Frauenklinik in Rheinfelden. Doch da wollte sie schon eine Weile weg. Sie war wegen einer akuten Blinddarmreizung in die Basler Notaufnahme geflogen worden. Und da sprach sie dann Neubert an und fragte ihn, ob es nicht an dieser Klinik eine Stelle für sie gäbe. Doch es war nur eine in der Inneren frei. Das entsprach nicht ihren Vorstellungen.«

Die Arbeit auf der Inneren, das wusste Iris, war ein Stressjob. Viele alte Menschen, waschen, ruhigstellen, Gebisse reinigen, oft die Begleitung in den Tod. Keine Aufgabe für zarte Seelen. Deshalb verwunderte sie die folgende Mitteilung nicht weiter.

»Als sich Frau Herbst dann enger mit Herrn Neubert anfreundete, nahm sie auf seine Bitte hin vorübergehend einen Nebenjob bei einem mobilen Hilfsdienst für ältere Menschen an. Der Inhaber, ein Bekannter von Herrn Neubert, hatte Personalprobleme. Es gab da lockere Verbindungen.«

Na, das konnte Iris sich denken.

»Und auf diese Weise kam Frau Herbst auch an Informationen, welcher ihrer Patienten bald sterben würde«, meldete sich Felix erneut zu Wort. »Warum hat sie uns das nicht schon viel früher erzählt, wenn sie von den schmutzigen Geschäften ihres Liebhabers nichts wusste?«

»Ist es jetzt schon verboten, alten Menschen zu helfen? Frau Herbst war völlig ahnungslos.« Schwertfeger zog eine seiner gepflegten Augenbrauen hoch. Ob er sie wohl zupfte? »Meine Mandantin hat sich keine Gedanken gemacht, wenn er sie über ihre Arbeit ausfragte, sie glaubte, es sei echtes Interesse.«

»Aber Ihnen muss doch klar gewesen sein, womit Gerd Neubert sein Geld verdiente!«

»Meine Mandantin sagt, nein. Woher auch. Neubert ist nicht damit hausieren gegangen. Das habe sie erst begriffen, als er sie an diesem bestimmten Tag bedrohte. Ich kann außerdem auch nicht beurteilen, ob dieser Handel illegal war. Immerhin wäre es nach außen hin ein legales Dokument gewesen, wenn die Tochter nach dem Tod der Mutter als nächste Angehörige ihr Einverständnis zur Entnahme von Gewebe erklärt hätte. Es hätte sich niemand dafür interessiert, wie die Unterschrift auf das Dokument gekommen ist.«

Im Stillen musste Iris ihm recht geben. »Aber Nötigung war das allemal.«

Schwertfeger nickte, augenscheinlich erfreut, denn sein linker Mundwinkel zog sich zu einem ganz kleinen Lächeln nach oben. »Sehen Sie, ich sagte es ja, Notwehr.«

»Und woher kennen Sie Pascal Kunz?«

»Meine Mandantin kennt Pascal Kunz nicht. Oder kaum. Sie hat ihn einmal in den ›Jenseitswelten‹ gesehen.«

»Und wer sollte dann die Leiche von Neubert über die Grenze geschafft und in den Sarg der Mutter von Frau Herbst gelegt haben? Will sie das allein getan haben? Ich wette, wir werden im Auto von Frau Herbst keinerlei entsprechende Spuren finden. Sie denken doch nicht, dass wir Ihnen das glauben. Wo hat sie Neubert denn getötet?«

Der Anwalt zuckte die Schultern. Sein Gesicht war wieder unbewegt. »In seiner Wohnung in Mulhouse. Danach ist sie in Panik davongerannt. Meine Klientin sagt, dass sie keine Ahnung hat, wie der tote Neubert in den Sarg zu ihrer Mutter gekommen ist.«

»Also Heinzelmännchen. Und wo genau in der Wohnung? Im Schlafzimmer, im Wohnzimmer, in der Küche?«

»Auch das weiß Frau Herbst nicht mehr. Teilamnesie infolge des seelischen Traumas, das sie erlitten hat, sagt der Arzt. Ich habe das Attest dabei.«

»Trauma. Amnesie. Soso. Wieso sind Sie überhaupt zu Neubert gefahren, Frau Herbst? Sie haben uns gegenüber doch bisher behauptet, die Beziehung sei längst vorbei gewesen!« Das war wieder Felix.

»Frau Herbst hat diesen Mann noch geliebt, gehofft, dass er es sich anders überlegen würde. Sie weiß jetzt, dass das ein großer Fehler war, dass er ihr den warmherzigen Freund nur vorgespielt hat. Neubert hatte nichts als Hohn und Spott für sie übrig, hat ihr erklärt, dass er sich von seiner Frau Milena nur zum Schein habe scheiden lassen. Und dass er sie immer noch liebt.«

»Wo ist diese Milena jetzt?«

»Das weiß Frau Herbst nicht.«

»Und woher hatte Neubert die Frauenkleider?«, erkundige sich Iris.

Der Anwalt räusperte sich. »Die hatte er an. Er war … nun ja, er trug eben gerne Frauenkleider. Aber ansonsten zeigte er keine besonderen Verhaltensweisen – sexuell gesehen, meine ich. Deswegen hat sich Frau Herbst auch nicht weiter darüber aufgeregt. Sie ist eine sehr tolerante Frau.«

»Eine wirklich tolerante Frau«, meinte der Glückliche sarkastisch vom Fenster her.

Der Kopf Schwertfegers fuhr herum. »Ach, was ich Sie schon die ganze Zeit fragen wollte: Wie geht es eigentlich Ihrem Bruder? Er weiß sicher etwas über die Szene, in der sich Neubert bewegte.«

»Was geht Sie das an? Woher kennen Sie meinen Bruder?« Felix war für einen kurzen Moment aus der Fassung geraten, hatte sich aber schnell wieder im Griff.

Der Anwalt räusperte sich. »Ich habe in diesem ... Milieu hin und wieder Mandanten. In diesem Zusammenhang bin ich auch Ihrem Bruder begegnet. Will er sich nicht scheiden lassen?«

»Sie wollen mir doch nicht erzählen, dass sein Liebhaber ein Mandant von Ihnen ist!« Jetzt war Felix wirklich fassungslos.

Schwertfegers Gesicht blieb ausdruckslos. »Nein, natürlich nicht. Und selbst wenn ich es wollte, dürfte ich so etwas nicht sagen. Anwaltsgeheimnis, nicht wahr?«

Der Glückliche antwortete nichts. Dieser Schwertfeger war mit allen Wassern gewaschen. Ganz sicher wollte er Felix verunsichern. Vielleicht wollte er auch das Terrain erkunden, um später vor Gericht eventuelle Befangenheit geltend machen zu können. Sie mussten mit dem großen M. darüber reden und Felix im Zweifel von dem Fall abziehen.

Iris begann an ihrem rechten Ringfinger zu kauen, dessen Nagel noch einigermaßen intakt war. Den schonte sie meist, vielleicht aus einer Art Aberglauben heraus. Schließlich trug man an dieser Hand den Ehering. Und falls plötzlich der Mann ihrer Träume käme ... Sie holte ihre Gedanken von diesem Ausflug zurück und konzentrierte sich wieder auf die Vernehmung.

»Was sagt Ihre Mandantin denn, wie oft hat sie geschossen?«

»Sie kann sich nicht genau erinnern, sagt sie, aber öfter.«

»Was heißt öfter?«

Iris lächelte Felix zu. Aha, er hatte also keine Lust, sich durch Anspielungen ins Bockshorn jagen, geschweige denn ausbooten zu lassen.

Schwertfeger musterte ihn kalt. »Zweimal vielleicht, aber sie kann sich nicht mehr erinnern, wie ich sagte. Sie hatte Todesangst und stand unter Schock, ist nach wie vor völlig traumatisiert. Sie hat ihn danach nicht mehr angerührt, einfach liegen lassen. Ehe Sie fragen, meine Mandantin hat sich natürlich vergewissert, dass er tot war. Dann ist sie aus dem Haus gerannt.«

Iris kaute heftiger, bekam ein Stück des Nagels in den Mund und knurpste darauf herum. »Wie weit waren Sie denn von Neubert entfernt, als Sie geschossen haben?«

Daniela Herbst öffnete den Mund, klappte ihn aber gleich wieder zu.

»Sie kann sich nicht mehr erinnern. Zwei Meter vielleicht?« Schwertfeger schaute zu seiner Mandantin. Die nickte.

»Diese Darstellung halte ich für eine Schutzbehauptung. So kann es nicht gewesen sein. Neubert ist nämlich von hinten erschossen worden. Damit fällt die behauptete ›Notwehr‹ komplett in sich zusammen.«

Schwertfeger wirkte plötzlich ratlos und schaute hilfesuchend zu seiner Mandantin. Daniela Herbst flüsterte ihm etwas ins Ohr.

»Kann ich bitte für einen Moment mit Frau Herbst allein sprechen?«

»Ja, natürlich.« Iris war die Freundlichkeit in Person. Sie ging mit Felix aus dem Raum.

»Neubert hat sich für eine Sekunde abgewandt, er ist … über einen Teppich gestolpert, als er auf mich zuging«, erfuhr sie bei der Rückkehr. Daniela Herbst konnte also doch reden.

»Was haben Sie mit der Waffe gemacht?«

»Sie hat sie liegen lassen.« Schwertfeger hatte wieder übernommen.

»Und warum haben Sie zunächst geleugnet, Neubert überhaupt zu kennen? Sie mussten doch wissen, dass wir früher oder später hinter diese Beziehung kommen würden?«

Schwertfeger legte die Stirn in Sorgenfalten, das gab seinem Gesicht einen betulichen Ausdruck. Dieser Mann zog wirklich alle Register. »Verstehen Sie doch, sie dachte, na ja, sie hatte Angst, ins Gefängnis zu kommen. Als sie es dann nicht mehr aushielt und mit ihren Sorgen zu mir kam, da habe ich ihr natürlich geraten, sich sofort zu stellen.«

»War das nicht sehr hilfreich für Ihren anderen Mandanten Pascal Kunz?«, fragte Felix.

Schwertfeger blieb ungerührt. »Keineswegs. Er ist unschuldig. Das hätte sich sowieso herausgestellt.«

»Finden Sie es nicht seltsam, dass ausgerechnet zwei Beteiligte desselben Mordfalles Ihre Mandanten sind?«

Schwertfeger lächelte strahlend. »Nein, warum? Ich bin ein guter Anwalt. Viele Leute kommen zu mir.«

»Das glaube ich Ihnen unbesehen«, antwortete Felix.

»Fein. Können wir jetzt zu den Formalien kommen? Ich meine die Aufnahme des Protokolls? Sie können gerne aus meinem Schriftstück zitieren.«

Unverschämt und kalt wie eine Hundeschnauze, dachte Iris. »In Ordnung. Wir haben für den Moment keine weiteren Fragen. Und wenn, dann wissen wir ja, wo wir Ihre Mandantin finden, nicht wahr?«

»Wie gesagt, ohne mich keine Vernehmung. Sie hat im Übrigen schon einen kleinen Koffer dabei.«

Iris ging kurz hinaus und kam mit einem Kollegen zurück: »Diese Dame hier muss in Untersuchungshaft.«

Der Kollege nickte und führte Daniela Herbst hinaus. Sie machte keinerlei Anstalten, sich zu widersetzen. Der Anwalt griff nach seiner Tasche. »Mich entschuldigen Sie jetzt bitte. Ich habe zu tun. Wir hören sicher voneinander.«

»Moment noch, ich habe eine letzte Frage!«

»Bitte, was kann ich noch für Sie tun, Kriminalhauptkommissarin Terheyde?«

»Frau Herbst saß gemäß Skype-Verlaufssitzung zur Tatzeit an ihrem Computer in Rheinfelden und hat mit ihrer Tochter kommuniziert. Wie kann sie also gleichzeitig in Mulhouse einen Mann in Notwehr erschossen haben?«

»Ganz einfach. Sie hat die Datumsanzeige des PCs manipuliert. Das ist nicht so schwer.«

Ohne auf eine Antwort zu warten, ging er hinaus.

»Arschloch«, erklärte Felix vom Fenster her.

»Glauben Sie Daniela Herbst? Neubert ist aus direkter Nähe erschossen worden, mit einem gezielten Schuss, nicht mit mehreren, wie Frau Herbst behauptet. Und zwar in den Hinterkopf. Das sieht nicht nach der Tat einer völlig aufgelösten Frau aus, die zwei Meter entfernt stand. Das passt alles nicht zusammen. Und dann diese Behauptung, sie wisse nicht, wie der Tote in den Sarg ihrer Mutter geraten sei! Erst ist sie aufgelöst, dann schaut sie aber nach, ob Neubert wirklich tot ist, dann stürzt sie davon, ist also wieder aufgelöst. Felix, hier bindet uns jemand einen gehörigen Bären auf. Aber warum?«

Der Glückliche löste sich vom Fensterbrett und ging hinüber zu seinem Schreibtisch. »Das Gefühl habe ich auch. Andererseits: Könnte es nicht wirklich so gewesen sein? Vielleicht kann sie sich ja tatsächlich nicht mehr erinnern.«

»So, und wer hat dann das Blut in der Wohnung weggeputzt? Neubert in den Sarg der Oma gelegt? Kleine grüne Männchen? Und warum? Es muss also jemanden geben, der eingeweiht war. Pascal Kunz? Aber warum sollte er einer Frau helfen, die er angeblich kaum kannte? Für den Moment soll sie mal in Haft bleiben. Vielleicht wird ihr dann klar, was sie unter Umständen erwartet, und sie besinnt sich eines Besseren.«

»Ich denke, sie rechnet damit, wegen Notwehr freigesprochen zu werden.«

Iris seufzte. »Möglich. Wenn stimmt, was der Anwalt behauptet, dann hat sich Neubert in der Transvestitenszene bewegt. Was sollte übrigens diese seltsame Bemerkung bezüglich Ihres Bruders? Was haben Sie damit zu tun? Sind Sie befangen, muss ich Sie von diesem Fall abziehen lassen?«

Felix zögerte. »Nein. Mein Bruder kennt Neubert nicht. Kunz hat ja schon in einer früheren Vernehmung so eine eigenartige Andeutung gemacht. Da habe ich meinen Bruder gefragt. Vielleicht hat Kunz ihn mal irgendwo in einem einschlägigen Lokal in Basel gesehen, und der Anwalt weiß daher, dass mein Bruder homosexuell ist. Sie haben beim Verhör von Kunz die getuschten Wimpern erwähnt, die habe ich auch gesehen. Der Neffe ist also vermutlich selbst ein Transvestit. Das ist etwas anderes als ein Homosexueller. Mein Bruder trägt keine Frauenkleider. Er wäre auch nicht lieber eine Frau. Er fühlt sich eben körperlich mehr zu Männern hingezogen. In der Antike war die homosexuelle Liebe gang und gäbe. Viele Philosophen hatten Schüler, die sie nicht nur geistig, sondern auch körperlich ins Leben einführten.«

»Sie müssen die Neigungen Ihres Bruders nicht verteidigen. Ja, jetzt erinnere ich mich. Als ich Kunz bei der ersten Vernehmung gefragt habe, wo er bis zu seinem Auftauchen gewesen sei, hat er erklärt, ›bei Freunden‹ und Sie dabei so eigenartig gemustert. Sie haben aber nicht reagiert, und ich dachte, ich habe mich getäuscht. Warum haben Sie das nicht früher gesagt? Woher kann Kunz denn von Ihrem Bruder wissen?«

»Er muss mich gesehen haben, als ich mit meinem Bruder einmal in einem der einschlägigen Lokale in Basel war. Ich hab ihn mal begleitet. Anders kann ich mir das nicht erklären. Ich dachte, wenn das rauskommt, gibt es ein Riesenbrimborium, und am Ende werde ich vielleicht von dem Fall abgezogen. Werde ich abgezogen?«

Iris schaute ihren Assistenten einen Moment an und schüttelte dann den Kopf. »Nein. Ich vertraue Ihnen. Aber das nächste Mal sagen Sie gleich Bescheid.«

»Mach ich. Und – danke.«

»Gern. Meine Vorgehensweisen sind ja auch nicht immer ganz … astrein.«

»Hm.«

15

Der große M. streckte den Kopf durch die Tür und schob dann seinen ganzen Körper hinterher. Auf seinem Gesicht lag ein breites Grinsen.

»Gut gemacht, da haben wir den Fall also gelöst. Dafür versuche ich auch zu vergessen, dass Sie sich schon wieder um das Amok-Training gedrückt haben, Kriminalhauptkommissarin Terheyde. Was machen im Übrigen Ihre konditionellen Bemühungen?«

Iris senkte den Kopf, verzog das Gesicht und griff sich ins Kreuz. »Mein Rücken, Hexenschuss, wissen Sie. Aber ich versuche mich trotzdem im Bergwandern. Gestern erst.«

»So, Hexenschuss. Bergwandern.« Der große M. musterte sie. »Und was ist noch?«

Iris wand sich. »Mich stört einiges am Geständnis von Daniela Herbst. Es ist nicht stimmig.«

Felix nickte. »Ja, es gibt da einige Ungereimtheiten. Wir haben sie heute Morgen ausgiebig befragt, oder besser, wir wollten es. Aber sie macht den Mund nicht auf. Nur ihr Anwalt redet.«

»Deshalb wissen wir noch nicht einmal, wie der tote Neubert in den Sarg von Martha Baumann kam. Hat sie ihn dahin verfrachtet, allein? Und dann legt sie ihn noch auf ihre eigene Mutter? Das kommt mir schon sehr unwahrscheinlich vor. So abgebrüht ist diese Frau einfach nicht. Dann diese Gedächtnislücken, angeblich aufgrund eines Traumas. Sie kann sich nicht erinnern, wie viele Schüsse sie abgegeben hat. Womöglich zwei. Es war aber nur einer. Sie weiß auch nicht, wo in der Wohnung sie Neubert umgebracht hat. Macht aber Notwehr geltend. Das alles sagt der Anwalt. Ich habe den Eindruck, sie spricht nicht, weil sie Angst hat, etwas Falsches zu sagen.«

Der große M. runzelte die Stirn. »Sind Sie sicher, dass da etwas faul ist?«

Iris schüttelte den Kopf. »Fragen Sie mich etwas Leichteres. Wie es aussieht, müssten wir Frau Herbst erst mal beweisen, dass sie lügt. Also den richtigen Täter finden.«

»Und mit wem wollen Sie anfangen?«

Iris zuckte die Schultern »Ehrlich gesagt, bis zu diesem Geständnis stand Daniela Herbst auf der Liste meiner Verdächtigen weit oben, obwohl sie ein Alibi hatte, das auch ihr PC bestätigt: Sie hat zur Tatzeit mit ihrer Tochter geskypt. Ihr Anwalt behauptet, die Datumseinstellung wurde manipuliert.

Trotzdem. Jetzt ist Pascal Kunz für mich Verdächtiger Nummer eins. Und dann noch Milena Mustafa, die Phantomfrau, die Ex des Opfers. Wir haben aus dem Kosovo nichts gehört, wissen also nicht, ob sie nach der Scheidung von Neubert wirklich zurückgekehrt ist. Oder ob sie wieder eingereist ist, wie auch behauptet worden ist. Sie ist als Täterin jedenfalls noch nicht aus dem Spiel.«

»Die beiden Schwestern von den ›Jenseitswelten‹ schließen Sie als Tatverdächtige aus?«

»Wir haben bisher keinerlei Hinweise gefunden, außer natürlich dass sie tief in diese Leichenschiebereien verstrickt sind. Die weißen Haare, die im Sarg gefunden wurden, stammen von den beiden, aber das heißt nicht zwingend, dass sie mit dem Mord etwas zu tun haben.«

»Daniela Herbst behauptet, Neubert habe sie nicht nur betrogen, sondern auch zur Unterschrift unter eine Einverständniserklärung für die Gewebeentnahme zwingen wollen, sie sogar mit einem Messer bedroht«, meldete sich Felix zu Wort.

»Scheint das plausibel?«

»Diese Erklärung schon. Was sie über den Tathergang schildert, ganz und gar nicht«, wiederholte Iris.

»Und dieser Pascal Kunz?«

»Ja, dieser Pascal Kunz! Er war und ist ebenfalls in diese Leichenschiebereien verwickelt. Aber welchen Grund sollte er gehabt haben, den Mann umzubringen, den sie brauchten, um Gewebe fachgerecht zu entnehmen und die nötigen Papiere so zu türken, dass es niemand merkt? Erpressung, Krach unter Komplizen vielleicht. Aber das ist bisher nur eine Vermutung«, argumentierte Felix.

»Dann bleibt also wieder Daniela Herbst«, fasste der Große M. zusammen. »Außerdem, welchen Grund sollte sie haben, ein falsches Geständnis abzulegen?«

»Sie schützt vielleicht jemanden?«, schlug Felix vor.

Iris begann am Nagel ihres rechten kleinen Fingers zu kauen. Die beiden Männer warfen sich einen verständnissinnigen Blick zu. »Natürlich, das könnte die Lösung sein. Aber wen?«

»Wen schützt eine Mutter schon?«

Iris sah den großen M. an. »Die Tochter. Felicia hat jetzt ebenfalls kein Alibi mehr. Und sie kannte den Wohnort von Neubert. Sie selbst hat uns ja erzählt, dass sie Pascal Kunz engagiert hat, um den Freund der Mutter zu verfolgen.«

Felix nickte. »Ja, schon, aber diese Geschichte kommt mir ebenfalls spanisch vor. Mutter und Tochter mochten sich doch angeblich nicht sonderlich. Wieso also sollte Daniela Herbst ihre Tochter schützen wollen?«

»Was ist denn mit dem Alibi dieses Pascal Kunz? Hat er eins?«, erkundigte sich der große M.

Iris warf dem Glücklichen einen kurzen Blick zu. Dann nickte sie. »Das ist es ja, geplatzt! Einer seiner Freunde aus Basel hat geplaudert. Ich hab dem Mann übrigens Informantenschutz versprochen. Außerdem könnte es zwischen Neubert und Kunz durchaus zu einer Auseinandersetzung gekommen sein. Zwei solche Herzchen nebeneinander, das geht selten gut. Wir hatten Kunz schon am Kanthaken. Aber dieser geistige Tiefflieger von Haftrichter hat ihn ja wieder laufen lassen. Und am nächsten Tag taucht dann Daniela Herbst bei uns auf, begleitet vom selben Anwalt, den auch Kunz hatte, und gesteht, Neubert erschossen zu haben. Wissen Sie, was ich glaube?«

»Sie werden es uns mitteilen«, sagte der große M.

»Ich glaube, Kunz hat etwas in der Hand, um Daniela Herbst zu erpressen. Es muss etwas sehr Schwerwiegendes sein, sonst hätte sie sich nicht selbst bezichtigt, Neubert getötet zu haben. Das Bindeglied ist dieser Schwertfeger, der Anwalt.«

»Und wenn sie es zusammen getan haben? Mutter und Tochter?«

»Felix, ich dachte immer, Sie mögen diese Felicia. Sie meinen, die beiden Frauen und Kunz? Welchen Grund sollte die Tochter haben, dabei mitzuhelfen, den Liebhaber ihrer Mutter zu erschießen, zumal sie ihr, wie gesagt, nicht sehr nahestand? Das leuchtet mir nicht ein.« Iris wechselte zum kleinen Finger der linken Hand.

»Da war doch noch dieses braune Haar. Haben wir da endlich ein Ergebnis?«, erkundigte sich der große M.

»Ja. Das Ergebnis ist, dass es kein Ergebnis gibt. Das heißt, das Haar konnte niemandem zugeordnet werden. Wir haben eine Vermutung, Vielleicht stammt es ja von Neuberts Ex, der Kosovo-Albanerin. Doch um das verifizieren zu können, müssten wir sie erst haben. Aber sie ist spurlos verschwunden. Wir haben die Kollegen im Kosovo schon eingeschaltet. Es hieß, sie sei in ihre Heimat zurückgekehrt«, antwortete Felix.

Iris nickte.

»Wer sagt, dass sie zurückgekehrt ist?«

Iris warf dem Glücklichen einen hilfesuchenden Blick zu. Der reagierte nicht. Er wollte sie die Suppe wohl allein auslöffeln lassen. Dabei war es doch ursprünglich sein Neffe gewesen, der sich unerlaubt als Hobbydetektiv betätigt hatte. Und Trautmann. Und dessen Nichte.

»Das waren, glaube ich, die beiden Frauen, Daniela und Felicia Herbst«, erklärte sie nach einer kurzen Denkpause. Das war immerhin nicht gelogen.

»Apropos, was ist denn mit dieser Felicia?«

»Nichts. Keine Hinweise. Wir haben nirgends Spuren von ihr gefunden. Nicht in den ›Jenseitswelten‹ und nicht im Leichenwagen. Wenn sie etwas mit dem Mord zu tun hätte, wäre sie wohl auch kaum zu uns gekommen, um uns vom Verschwinden des Leichnams ihrer Oma zu berichten. Damit ist sie auch bezüglich einer Mitwisserschaft beim Handel mit illegal entnommenem Gewebe außen vor. Könnten Sie wegen der DNA-Untersuchungen vielleicht noch mal in Freiburg nachhaken? Zur Sicherheit? Sie als Autorität?«

»Die Kollegen im Labor in Freiburg haben auch andere Fälle zu bearbeiten, wie Sie sehr wohl wissen. Wir haben doch ein Geständnis. Jetzt schauen Sie mich nicht so flehend an, Kollegin Terheyde. Ich kenne diesen Blick.« Dann seufzte der große M. »Und ich weiß, was uns blüht, wenn Sie so entschlossen das Kinn vorschieben.«

»Könnten Sie bitte mit denen reden?«

»Also gut.« Der große M. ging ans Telefon. »Ah, ist fertig? Danke. Per Mail? Ist gerade raus? Alles klar. Noch mal danke. – Sie haben es gehört.«

Iris hatte keine Augen mehr für ihren Chef. Sie starrte auf den Computerbildschirm. Schließlich kam die Mail. Da stand in dürren Worten: Neubert, Pascal Kunz, Daniela Herbst und die beiden alten Damen hatten ihre DNA im Leichenwagen zurückgelassen. Das war's. Mehr gab's nicht.

Die restlichen, wenigstens noch rudimentär vorhandenen Nägel der Polizeihauptkommissarin Iris Terheyde litten beträchtlich, nachdem sie diese Neuigkeiten erhalten hatte. Doch egal, wie sie die Fakten hin und her wälzte, wie oft sie auch malte oder kaute, es ergab sich kein klareres Bild. Sie hatten nur das Geständnis von Daniela Herbst, an das sie sich halten konnten.

Es war ein schlechter Tag. Zumal nach Iris' Überzeugung eine Unschuldige im Gefängnis saß.

Wenigstens regnete es nicht, als sie vom Westbahnhof die Laufenburger Hauptstraße zunächst hinunter- und dann wieder hinaufschnaufte. Dabei stellte Iris fünferlei fest. Erstens: Sie war mit dem Stand der Ermittlungen in diesem Mordfall keineswegs zufrieden. Zweitens: Sie war momentan ratlos, wo sie noch ansetzen konnte. Drittens: Ihre Kondition befand sich noch immer in einem bemitleidenswerten Zustand. Und der würde viertens spätestens beim Amok-Training gnadenlos an die Öffentlichkeit gezerrt. Das bedeutete fünftens: Sie konnte ihre Karriere und damit die Nachfolge als Leiterin der Lörracher Mordkommission in den Wind schreiben. Und das galt nur für den glücklichen Fall, dass ihre französischen Extratouren nicht aufflogen. Wieder einmal kam Iris zu dem Schluss: Das Leben war ein Jammertal.

Heftig atmend sank sie schließlich auf ihr Sofa. Dann stand sie wieder auf und begann in ihrer Küchenschublade zu kramen. Das war die, in der sie normalerweise die Paprikachips vor ihrem eigenen Paprikachips-Heißhunger versteckte. Wenn sie einmal angefangen hatte, konnte sie einfach nicht mehr aufhören. Das war tödlich für jeden Versuch, ihr Gewicht wenigstens um ein Kilo zu senken. Etwa zwölf wären nötig, um im Sinn des Wortes wieder einigermaßen in Form zu kommen. Bei ihrem Glück würde sie wohl nichts finden. Andererseits half diese Art von Sünden ihr immer wieder, das Jammertal für kurze Zeit zu vergessen.

Zwischen Bangen und Hoffen zog sie die große Schublade heraus und leerte deren Inhalt auf den Küchenboden. Schrauben kullerten übers Parkett, Nähzeug, Kleber, die neue Packung Topfschwämme, die sie erst unlängst gesucht und nicht gefunden hatte, einige Topflappen, noch von ihrer Mutter gehäkelt, die sie genau deshalb nicht benutzte, und der ebenfalls schon lange verschwundene Korkenzieher, einer der alten Schule. Einer ohne viel Schnickschnack, den man aufsetzte, in den Korken drehte, wobei sich zwei Flügel öffneten, als wolle der Zieher mitsamt dem Korken abheben. Dann drückte man die Flügel wieder nach unten, es machte plopp, und der Korken fluppte aus der Flasche. Und da war sie – eine angefangene Tüte Chips. Jahrhundertealt.

Die Jahrhunderte waren zu schmecken. Iris erinnerte sich an den Flaschenöffner und daran, dass in der Küche noch eine Flasche Rotwein stand. Auch der machte dick. Alkohol machte immer dick. Angeblich sollte Rotwein sogar noch mehr Kalorien haben als Bier. Doch damit würde sich der Geschmack der Jahrhunderte vielleicht etwas überdecken lassen.

Der Korken hatte gerade plopp gemacht, da klingelte es an der Haustür. Iris überlegte kurz, ob sie sich tot stellen sollte, entschied dann aber anders. Sie ahnte schon, wer da auf Einlass hoffte. Max Trautmann war vielleicht nicht für vieles gut, für eine Ablenkung aber ganz bestimmt. Sie betätigte den Türsummer und öffnete dann auch gleich die Wohnungstür. Sie konnte seine Schritte schon im Treppenhaus hören. Danach holte sie aus der Küche zwei Gläser und stellte eine Holzschale mit den restlichen Chips auf den Tisch. Für einen kurzen Moment überlegte sie, ob sie ihm die zumuten konnte. Ach, sollte er sich doch den Magen verderben.

»Darf ich?«

Sie nickte, drückte ihm wortlos ein Glas in die Hand, schenkte ein. Er setzte sich.

»Sie scheinen schlechter Laune zu sein. Was haben Sie eigentlich in Ihrer Küche getrieben? Schublade kaputt?«

Ehe sie sich bremsen konnte, erzählte sie ihm alles.

»Eine ziemlich verfahrene Situation«, stellt er fest. »Vielleicht sollten Sie mal den Standort wechseln? Übrigens, Ihre Chips schmecken, als wären sie im letzten Jahrtausend produziert worden.«

»Wie meinen Sie das?«

»Ich nehme an, Sie reden nicht von den Chips. Ich versuche, es mal so zu erklären: Wenn ich bei einem Roman mit der Handlung nicht weiterkomme, dann denke ich mir das Gegenteil aus. Manchmal funktioniert das.«

Sie schaute ihn ratlos an. »Was wollen Sie denn mit Ihren kryptischen Worten sagen?«

»Na ja, im übertragenen Sinn: Wenn Sie nicht mit dem weiterkommen, was Sie haben, machen Sie doch mit dem weiter, was Sie *nicht* haben.«

»Ich verstehe nur Bahnhof.«

»Ist doch klar, oder? Von welchem oder welcher aller Beteiligten haben Sie nichts Verdächtiges?«

Sie starrte ihn an. »Felicia Herbst! Nein, das glaube ich nicht. Sie hat den ganzen Fall ja erst ins Rollen gebracht.«

Er nickte. »Stimmt. Aber vielleicht wollte sie ja, dass Neubert entdeckt wird? Vielleicht wollte sie den Verdacht auf jemand anderen lenken? Bisher ist ihr das jedenfalls geglückt. Und dann ist da noch diese mysteriöse Milena Mustafa.«

»Manchmal sind Sie ziemlich brauchbar. Ich habe zwar auch schon daran gedacht, dass Felicia etwas mit dem Mord zu tun haben könnte, aber …«

»Kann ich das schriftlich haben, bitte? Das mit dem ›brauchbar‹, meine ich.«

Iris wurde ungeduldig. Sie wollte, dass er ging. Sie musste nachdenken.

»Dazu würde jedenfalls mein und Ihr Eindruck passen, dass die Mutter jemanden beschützt«, meinte ihr Gast.

Iris starrte Trautmann an, ohne ihn wirklich zu sehen. »Das ist es! Das kommt hin. Nein, ich glaube nicht, dass Felicia jemand anderen in Verdacht bringen wollte. Zunächst jedenfalls nicht. Ich glaube, dass …« Sie brach ab.

»Was? Dass?«

»Das kann ich Ihnen nicht sagen. Aber eines verspreche ich

Ihnen hoch und heilig: Wenn wir durch Ihre Anregung zur Lösung finden, dann lade ich Sie zu einem Festessen ein. Wie wäre es mit dem ›Waldhüter‹ in Gersbach? Da gibt es Krimilesungen zum Luxus-Mehrgängemenü.«

»Versprochen?«

»Ehrenwort. Aber jetzt muss ich etwas tun. Bis bald dann. Sie müssen jetzt gehen.«

Iris bugsierte Trautmann, so schnell es seine Masse zuließ, zur Tür hinaus. Dann griff sie zum Telefonhörer, um dafür zu sorgen, dass Felicia Herbst am nächsten Morgen in der PD Lörrach erschien.

***

Max Trautmann war aufgekratzt, als er in seine Wohnung zurückkehrte. Zu aufgekratzt, um zu schlafen. Der »Waldhüter«! Er kannte den alten Hotzenhof. Das Schilfdach war über dem Scheunentrakt tief heruntergezogen. Im Winter, wenn der Schnee Landschaft und Weiler einhüllte, wirkte das, als trüge das Haus eine Mütze. Wer das Hauptgebäude betrat, sah sich direkt dem »Empfang« gegenüber. Dort saß meist der Herr des Hauses, ein Schweizer, hinter einem antiken Tisch. Der »Waldhüter« in Schopfheim-Gersbach bot nicht nur gutes Essen, sondern auch Betten an. Wer es urig und trotzdem heimelig mochte, war hier am richtigen Platz. Im fachgerecht restaurierten Hauptgebäude war ein Lokal mit einer gemütlichen alten Chunst untergebracht. In der liebevoll ausgebauten Scheune wurden immer wieder Veranstaltungen abgehalten. Zum »kriminellen Menü« kam jeweils als Zwischengang eine Lesung. Das Team war bekannt für seine Liebe zum Detail. Ja, er freute sich schon darauf. Und vor dem Essen noch ein romantischer Spaziergang über Wiesen und durch Wälder! Die Gegend um Gersbach war ein kleines Wanderparadies. Der Ort, an der Wehratalstraße im Naturpark Südschwarzwald gelegen, gehörte zwar verwaltungstechnisch zu Schopfheim, lag aber dem Schwarzwald-Kurort Todtmoos näher. Er sah sich schon mit Iris auf der Wiese, umgeben von Gänseblümchen, es war Frühling, die Vögel zwitscherten, die Sonne ging langsam unter …

Gänseblümchen blühn.
Bescheidenheit glänzt weiß um
die innere Sonne.

Hm, dieses Haiku würde er überarbeiten müssen. Es war noch nicht stimmig. Die Aussage gefiel ihm zwar, nicht jedoch, dass die letzte Zeile eine Silbe zu viel aufwies. Im Moment hatte er allerdings keine Idee.

Vielleicht war es an der Zeit für ein weiteres Stück Text über John Benson. Der arme Kerl ging unaufhaltsam seinem Ende am Galgen entgegen, alles wegen der Frauen. Aber nach dem heutigen Abend war Max Frauen gegenüber eher positiv eingestellt.

Übermorgen sollte er hängen. Das Urteil war gefallen, wie angekündigt. Und an Wunder glaubte John Benson schon lange nicht mehr. Er sah hinauf zum Zellenfenster: Es war eine klare Nacht, nicht zu kalt und nicht zu warm. Eine dieser Nächte, die er früher geliebt hatte, in denen er mit seinem Rappen hinaus in die Stille geritten war, in der er das Wunder des Lebendigseins am besten fühlen konnte.

Jetzt wirst du zu philosophisch, Max. Achtung.

Er hörte Hufgetrappel, dann segelte etwas durch die Luft zwischen den Gitterstäben (hatten sie damals im Wilden Westen eigentlich Glas in ihre Gefängnisfenster gebaut? Egal, ohne Glas war besser, das Bild war schöner) *und landete direkt vor seinen Füßen. Er entfaltete das Papier. »Verzweifeln Sie nicht«, stand darauf. »Rettung naht. Eine Freundin«.*

Lebendigsein – er musste wieder an das Haiku denken und machte einen erneuten Versuch.

Gänseblumen – weiße
Bescheidenheit um
innere Sonnen.

Hm, noch immer nicht gut. Max beschloss, eine Nacht darüber zu schlafen.

16

»Wieso bin ich schon wieder hier, wieso haben Sie mich abholen lassen wie eine Verbrecherin?«

»Wir haben da noch einige Fragen«, antwortete der Glückliche ruhig.

»Wir glauben, dass Sie Gerd Neubert umgebracht haben«, ergänzte Iris.

Der Schock war Felicia Herbst anzusehen. Dann fasste sie sich. »Und wieso bin ich dann zu Ihnen gekommen? Ohne meinen Hinweis wären Sie doch niemals in die ›Jenseitswelten‹ gegangen und hätten den Toten nie gefunden!«

»Ich werde Sie jetzt aber trotzdem über Ihre Rechte belehren. Felicia Herbst, hiermit sind Sie festgenommen wegen Mordes an Gerd Neubert. Alles, was Sie sagen, kann gegen Sie verwendet werden.«

Die junge Frau griff zu einem Mittel, das sie offenbar aus dem Effeff beherrschte. Die blauen Augen füllten sich mit Tränen, ihre Unterlippe begann zu zittern.

»Ich bin keine Mörderin. Und ich kenne meine Rechte«, fügte sie trotzig hinzu.

»Wenn Sie unschuldig sind, dann wird sich das sicherlich herausstellen«, sagte Felix besänftigend.

»Beweise, nennen Sie mir Beweise! Geben Sie es zu, Sie haben keine«, erwiderte die junge Frau bockig und richtete sich wieder auf, als gebe ihr dieser Gedanke Kraft. »Ich weigere mich, hier zu sitzen wie auf dem Armesünderstühlchen. Ich will sofort einen Anwalt, oder Sie lassen mich gehen.«

Iris schob ihr das Telefon hin. »Bitte, rufen Sie einen Anwalt an.«

Felicia wählte, erklärte die Lage. »Ja, gut. Aber kommen Sie schnell«, befahl sie dann. Schließlich nickte sie und reichte Iris den Hörer zurück. Diese schaute auf das Display. Die Nummer kannte sie.

In einem kurzen Anflug von Zufriedenheit lehnte sich die junge Frau zurück. »Ich sage jetzt gar nichts mehr.«

»Ach ja?« Iris' Stimme triefte vor Sarkasmus. »Keine Beweise, meinen Sie? Wissen Sie, ich habe gerade zwei Déjà-vus gehabt. Ich weiß, welchen Anwalt Sie angerufen haben. Hier saß schon einmal jemand und sagte, ich kenne meine Rechte. Wollen Sie wissen, wer das war?«

Felicia Herbst schob die Unterlippe trotzig nach vorne. »Das interessiert mich nicht.«

»Oh doch, das interessiert Sie sehr wohl. Das war nämlich Pascal Kunz, Ihr Komplize.«

Wieder diese kurze Veränderung im Blick der jungen Frau. »Blödsinn, ich habe keinen Komplizen. Ich habe nichts getan. Außerdem mussten Sie ihn ja wieder laufen lassen.« Plötzlich begann sie zu schluchzen. »Ich verstehe das alles nicht! Wieso gehen Sie so mit mir um?«

»Keine Angst, wir tun Ihnen nichts. Wir müssen nur ganz sichergehen. Wissen Sie, es gibt da sehr wohl Hinweise. Aber wenn Sie nicht mit uns reden, wie sollen wir den Verdacht dann aus der Welt räumen?« Martin Felix spielte die ihm zugewiesene Rolle als der Sanfte, der Beschützende sehr gut. Er hatte inzwischen wieder seinen Platz am Fenster eingenommen. Felicia wandte den Kopf und lächelte ihn dankbar an.

»Und warum mussten wir ihn laufen lassen? Weil Ihre Mutter kam und behauptet hat, sie habe Neubert umgebracht!«

Wieder Schluchzen. »Sie haben doch meine Mutter festgenommen! Wieso quälen Sie mich jetzt?«

»Sie sind ein schönes Herzchen. Lassen Ihre Mutter für Ihre eigene Tat ins Gefängnis wandern.«

»Wieso reden Sie so mit mir? So etwas würde ich nie tun!«

»Sie selbst haben mir gesagt, dass es zwischen Ihnen und Ihrer Mutter nicht zum Besten steht. Sie würden das sehr wohl tun. Aber Ihre Mutter nicht. Sie lügt sogar für Sie, um Sie zu schützen.«

»Wieso sagen Sie so etwas, woher wollen Sie das wissen?«

»Ganz einfach! Das, was Ihre Mutter über den Tathergang erzählt hat, passt nicht mit dem wirklichen Ablauf zusammen, den wir aufgrund der Spuren gut rekonstruieren konnten.«

Jetzt schien Felicia Herbst wieder Boden unter die Füße zu bekommen. »Meine Mutter hat gar nichts gesagt. Das weiß ich von meinem Anwalt.« Sie kniff die Lippen zusammen. Offenbar erinnerte sie sich jetzt daran, dass sie eigentlich ebenfalls überhaupt nichts sagen wollte.

Iris beschloss, ihr den nächsten Schock zu verpassen. »Und wo haben Sie die Leiche von Milena Mustafa hingeschafft?«

Der Widerstand begann zu bröckeln. Felicia geriet langsam aus der Fassung. Dann hatte sie sich von ihrer Verblüffung erholt.

»So, jetzt soll ich auch noch diese Frau umgebracht haben? Das habe ich aber nicht, dieses Weib ist wieder zurück in den Kosovo, das weiß ich genau. Ich gebe zu, dass ich sie manchmal gerne erwürgt hätte, aber ...«

»Woher wissen Sie das eigentlich? Und warum hätten Sie sie gerne erwürgt, wie Sie sich ausdrücken? Nein, Sie müssen mir nicht antworten, ich weiß es sowieso. Von Ihrer Mutter! Soll ich Ihnen sagen, wie es war? Nach Ihrem ersten Besuch bei uns sind Sie abends noch einmal in die ›Jenseitswelten‹, weil Sie dachten, wir würden nichts unternehmen. Das haben Sie uns selbst erzählt. Da lag Ihre Oma wieder im Sarg. Doch Sie waren misstrauisch. Vielleicht war es auch Zufall, jedenfalls haben Sie entdeckt, was mit dem Körper Ihrer Großmutter geschehen war. Sie wussten sofort, dass Neubert dahinterstecken musste. Und Sie glaubten, dass Ihre Mutter davon wusste. Kein Wunder, dieser Mann war ja der Freund Ihrer Mutter gewesen. Deswegen lassen Sie sie im Gefängnis schmoren. Sie sind überzeugt, dass Ihre Mutter an diesen schmutzigen Geschäften beteiligt war. Aus Rache wollen Sie ihr den Mord an Neubert anhängen. Den hat aber nicht Ihre Mutter begangen, sondern Sie. Ihre Mutter hingegen versucht, Sie zu schützen, indem sie sich selbst bezichtigt. Ich kann Ihren Schock, den Abscheu und Zorn gut verstehen, der Sie gepackt haben muss, als Sie erkannten, was Ihrer geliebten Großmutter angetan worden war. Es muss unerträglich gewesen sein, das zu sehen. Deshalb sind Sie zu Neubert, um ihn zur Rede zu stellen. Sie haben sich gestritten, und dabei ist es passiert.«

»Was ist mit meinem Alibi?«

»Das ist hinfällig. Ihre Mutter hat zugegeben, dass sie die Datumseinstellung des PC manipuliert hatte.«

Felicia Herbst war sichtlich getroffen. Doch noch einmal kämpfte sie sich zurück zur Selbstbeherrschung. »Sie haben ja eine blühende Phantasie! Zeigen Sie mir doch Ihre Beweise. Sie haben keine, geben Sie es zu!«

Iris warf Felix einen Blick zu. Jetzt war er an der Reihe, sie durfte sich nicht erholen. »Wie wäre es denn, wenn Sie sich alles endlich von der Seele reden? Ich sehe doch, wie verzweifelt Sie sind«, sagte er sanft.

Die junge Frau flüchtete sich wieder in Tränen.

Iris' Mitleid hielt sich in Grenzen. »Sie haben etwas von dem illegalen Handel mit Gewebe geahnt, nicht wahr? Doch es war Ihnen egal. Es ging ja nur um Fremde. Als Sie Ihre Oma dann da so liegen sahen, konnten Sie nicht mehr wegsehen. Ihre Mutter war gerade bei Neubert, als Sie dort ankamen. Ah ja, und auch diese Milena Mustafa. Deswegen sind Sie so sicher, dass sich die Frau nicht mehr in Deutschland aufhält! Sie haben alle drei zur Rede gestellt.«

»Das stimmt nicht! Nein, das stimmt alles nicht!«

Iris fuhr unbeirrt fort. »Ich wiederhole: Sie haben Neubert, seine erste Frau Milena und Ihre Mutter in Neuberts Wohnung im Elsass zur Rede gestellt. Neubert lachte nur. Er erklärte Ihnen bis ins letzte Detail, wie er Sie beide ausgenutzt hatte. Ihre Mutter hielt die Situation nicht mehr aus und ist davongelaufen. Das kam für Sie einem Schuldeingeständnis gleich.«

Felix war wieder an der Reihe. Dieses Mal klang seine Stimme nicht mehr freundlich, sondern hart. »Der Gipfel war, dass Neubert von Ihnen dann auch noch Ihre Einwilligung zur Entnahme von Gewebe bei Ihrer Oma forderte. Da sind Sie durchgedreht. Sie haben die beiden erschossen!«

»Ich habe die beiden erschossen? Ihre Anschuldigungen sind völlig absurd! Wie sollte ich überhaupt an Neuberts Pistole gekommen sein? Und diese Milena Mustafa war überhaupt nicht ...« Die junge Frau biss sich auf die Lippen.

»War überhaupt nicht da, wollen Sie sagen? Und woher wissen Sie, dass Neubert mit seiner eigenen Waffe erschossen worden ist?«

Jetzt hatten sie sie. Felicia Herbst versuchte einen letzten schwachen Verteidigungsversuch. »Sie haben ...«

Felix setzte das Wechselbad der Gefühle fort. Er wurde wieder der gute Freund. »Oh nein, das haben wir Ihnen nie gesagt. Das muss ein furchtbarer Schock für Sie gewesen sein, als Sie Ihre Großmutter so daliegen sagen.« Und ganz sanft, schon fast nebenbei, versetzte er ihr den letzten Stoß. »Ihre Mutter hat Sie nicht angelogen, wissen Sie, sie wusste wirklich nichts von den widerlichen Machenschaften ihres ehemaligen Liebhabers. Sie steht draußen, sie wird es Ihnen bestätigen.«

»Meine Mutter lügt! Meine Oma war ihr nie wichtig, ich auch nicht, es ging immer nur um sie, um sie, um sie!« Felicias innere Qualen brachen sich Bahn. »Meine Mutter lügt immer!« Dann fasste sie sich noch einmal. Iris bewunderte die Widerstandskraft dieser zarten Person, doch sie wusste, das war ein letztes Aufbäumen. »Sie haben keine Beweise, Sie können …«

»Wir können keine haben, meinen Sie, weil Sie die Waffe sorgsam gereinigt haben? Oder hatten Sie Handschuhe an? Es war kalt draußen an diesem Tag, da kommt so was schon vor. Sehen Sie, ich glaube auch nicht, dass es Ihre Absicht war, Neubert zu töten. Aber der Mann hat sich zu allem Überfluss über Sie lustig gemacht. Hat Ihnen die Pistole gezeigt, hat behauptet, er habe sie von Ihrer Mutter, nicht wahr?«

Felix griff wieder ein. »Dabei hat er sie wahrscheinlich bei einem seiner Besuche bei Ihrer Großmutter gestohlen. Vielleicht wollte er die Waffe irgendwann zu Geld machen, vielleicht fühlte er sich auch bedroht, weil er versucht hatte, seine Helfershelfer zu erpressen. Er hat sich sogar Munition besorgt. Aber das alles konnten Sie ja nicht ahnen. Sie waren einfach nur völlig aufgelöst, am Ende Ihrer Kräfte, wollten, dass dieser Mann für das bezahlt, was er Ihrer Oma angetan hatte. Und er hörte und hörte nicht auf, Sie zu quälen.« Dem Tonfall des Glücklichen war zu entnehmen, wie ungerecht er das alles fand.

Ein dankbarer Blick von Felicia.

Die kleine Atempause war alles, was Felicia Herbst bekam. Iris zog die Daumenschrauben weiter an. »Wir wissen anhand der Obduktion, dass Neubert bis oben voll mit Drogen war. Er muss sich kurz vor Ihrer Ankunft eine Dosis verpasst haben. Wahrscheinlich ist er irgendwann umgekippt. Da kam Ihre Stunde. Sie haben ihm die Waffe entwunden und ihn erschossen. Sie waren völlig außer sich vor Zorn und Schmerz. Und dann haben Sie Pascal Kunz angerufen, ihn erpresst, Ihnen zu helfen, Neubert verschwinden zu lassen. Sie haben ihm gedroht, ihn und seine Tanten sonst bei der Polizei anzuzeigen. Er ist auch gekommen. Ihre Mutter haben Sie ebenfalls informiert. Sie traf nicht lange danach ein. Ihre Mutter und Pascal Kunz haben den toten Neubert im Leichenwagen über die Grenze gebracht. Sie haben für die Rückfahrt das Auto Ihrer Mutter genommen. Sie waren ja mit dem Zug da. Kunz hat Ihre Mutter daheim abgesetzt. Anschließend ist er zu Freunden gefahren, um sich ein Alibi zu verschaffen. Er hat versprochen, den Toten später wegzuschaffen. Wie hätten Sie auch ahnen sollen, dass er sich ausgerechnet den Sarg Ihrer Oma als Versteck für Neuberts Leiche aussuchen würde?«

Felicia Herbst brach zusammen.

»Dieses Schwein, dieses verdammte Schwein! Wie konnte er nur! Meine Oma ...« Sie war nicht in der Lage, weiterzusprechen.

Martin Felix löste sich vom Fenster, holte ein Glas aus seinem Schreibtisch, füllte es mit Mineralwasser und reichte es ihr. »Hier, trinken Sie, das wird Ihnen guttun. Erzählen Sie uns die ganze Geschichte aus Ihrer Sicht. Es war sicher ein Unfall. Sie wollten den Mann nicht töten. Jedes Gericht wird verstehen, dass Sie sich in einem emotionalen Ausnahmezustand befunden haben.«

Felicia Herbst ergriff den Strohhalm. »Er hat mich ausgelacht, meine Gefühle verspottet, behauptet, meine Oma sei eine törichte alte Frau gewesen. Und meine Mutter eine Idiotin. Er hat angefangen, mir genau zu schildern, wie er meine Oma Stück für Stück ...«

»Auseinandergenommen hat, meinen Sie? Das ist furchtbar.« Der Glückliche zeigte vollstes Verständnis.

Felicia Herbst klammerte sich an seinen Arm wie eine Ertrinkende. »Es war so schrecklich! Ich konnte es nicht mehr hören, ich hielt mir die Ohren zu, doch es nutzte nichts. Dieser Schlächter – es war, es war ... als spreche er über ein totes Schwein! Und dann bin ich auf ihn los. Er lachte noch immer und wedelte mit dieser Pistole herum, die er aus dem Schlafzimmer geholt hatte. Sieh mal, was ich hier habe, die liegt immer in meinem Nachttisch, hat er gesagt. Was meinst du, soll ich dich damit erschießen, wenn du nicht spurst? Unterschreib endlich! Er hat gelacht und gelacht und gelacht! Die Waffe meines Großvaters! Ich habe sie sofort wiedererkannt, mein Opa hatte sie mir oft gezeigt. Neubert … er war so bedröhnt, dass er schwankte. Dann kippte er plötzlich um. Die Beretta lag neben ihm. Ich hatte Angst, dass er gleich aufstehen und auf mich losgehen würde. Der Mann war doch wahnsinnig …!«

»Und dann haben Sie ihm in den Hinterkopf geschossen.« Felix fragte nicht, sondern stellte fest.

Felicia nickte stumm.

»Wie ging es dann weiter?«, meldete sich Iris zu Wort.

»Es ist, wie Sie sagten. Ich habe meine Mutter und Kunz angerufen und, während ich auf die beiden wartete, die Waffe abgewischt, mehrfach, mit dem Desinfektionsmittel aus dem Bad. Dabei ist sie mir heruntergefallen. Meine Mutter hat sie aufgehoben. Später haben Pascal Kunz, meine Mutter und ich nämlich noch zusammen die Wohnung geputzt. Nachdem wir Neubert im Wagen hatten.«

»Hat Pascal Kunz die Beretta danach noch einmal angefasst?«

Sie zögerte eine Weile. »Ja, ich glaube schon. Er sagte, wir müssten die Waffe wieder an ihren Platz legen. Ich fand das gut, ich dachte, vielleicht kommt er dadurch in Verdacht. Was ja auch geschehen ist. Ich weiß nicht, warum dann plötzlich meine Mutter …« Sie schluchzte wieder.

Felix ging zur Tür, die ins Nebenzimmer führte. Sie war nur angelehnt gewesen. Dahinter stand Daniela Herbst, das Gesicht tränenüberströmt. Sie kam herein und ging auf ihre Tochter zu.

»Mein Kleines, was habe ich dir nur angetan.«

Felicia Herbst warf sich in die Arme ihrer Mutter. Sie war nun völlig aufgelöst. Diese streichelte ihrer Tochter sanft übers Haar.

»Es wird alles gut, hörst du? Ich lasse dich nicht im Stich! Hab keine Angst. Was immer jetzt geschieht, ich werde zu dir stehen. Warum hast du auch alles erzählt? Ich hätte die Tat gerne auf mich genommen. Schließlich bin ich ja an allem schuld. Ich habe diesen Mann in unser Leben gebracht.«

Felicia hob den Kopf. »Mama! Halt mich einfach fest. Warum

hast du nicht diesen widerlichen Pascal Kunz im Gefängnis schmoren lassen?«

»Ich musste dich doch schützen, Liebling. Kunz hat mich angerufen, nachdem er wieder aus dem Gefängnis war, und mich unter Druck gesetzt, etwas zu unternehmen, sonst würde er die wirkliche Geschichte erzählen. Nämlich dass du Gerd erschossen hast. Und außerdem behaupten, ich sei bei diesen Leichenschiebereien beteiligt gewesen. Ich wusste von nichts, Liebes, wirklich, das musst du mir glauben! Bitte!«

»Ach Mama!« Es war der Schrei eines verzweifelten kleinen Mädchens.

»Ich liebe dich doch! Du bist meine Tochter, für mich der wichtigste Mensch auf der Welt, egal wie oft wir uns auch streiten.«

Felix und Iris blickten schweigend auf die beiden Frauen, die sich schluchzend umarmt hielten. Sie wollten Mutter und Tochter noch ein wenig Zeit geben, ehe sie sie trennten.

In diesem Moment öffnete sich die Tür, und der angekündigte, bereits bekannte Rechtsanwalt namens Schwertfeger stürmte herein. Ein Blick genügte, und er hatte die Lage erfasst.

»Sagen Sie nichts, ich mache das schon«, beschwor er die beiden Frauen. Die schauten ihn nur an.

»Vielleicht sollten Sie sich besser um sich selbst kümmern«, antwortete Felix. »Jedenfalls ist die Rolle, die Sie mal als Anwalt von Pascal Kunz, dann von Daniela Herbst und nun offensichtlich auch noch von Felicia Herbst spielen, ziemlich undurchsichtig.«

»Was meinen Sie, was würde die Anwaltskammer dazu sagen? Nun mal gesetzt den Fall, eine der beiden Frauen würde sich erkundigen, ob eine solche Verfahrensweise den anwaltlichen Standesregeln entspricht?« Iris sah, wie Schwertfeger kurz zusammenzuckte. Der Typ hatte eine Lektion verdient.

»Gehen Sie, ich suche uns einen anderen Verteidiger«, sagte Daniela Herbst leise.

Der große M. streckte den Kopf zur Tür herein. »Was Neues?«

»Allerdings. Wir haben die Täterin. Und dieses Mal ist es die richtige.«

Am Abend rief Iris Max Trautmann an. »Sie bekommen Ihr Essen.«

»Sie wissen also, wer diesen Neubert erschossen hat? Wer war es denn?«

»Das erzähle ich Ihnen, wenn der Fall komplett abgeschlossen ist. Im ›Waldhüter‹.«

»Nun sagen Sie schon. War es vielleicht diese Milena Mustafa? Haben Sie sie aufgetrieben? Jetzt machen Sie es nicht so spannend. Haben die Recherchen von Niklas, meiner Nichte und mir zur Lösung des Falles beigetragen?«

»Nein. Ich hab noch etwas vor. Verreisen. Danach melde ich mich wegen des Essens. Dann erfahren Sie mehr.«

Iris unterbrach das Gespräch.

***

Max Trautmann starrte nachdenklich auf sein Telefon. Was hatte sie vor? Er seufzte. Der Verleger würde demnächst anrufen, er war mal wieder im Verzug.

Er setzte sich an seinen Schreibtisch und bootete den PC. Dann rief er die Datei des Westernromans auf. John Benson steckte übel in der Klemme. Dauernd war der arme Mann von Frauen abhängig. Und denen konnte man nicht trauen. Guter Satz.

John Benson steckte übel in der Klemme, schrieb er.

Seine Gedanken wanderten zu Iris Terheyde zurück. Wollte sie womöglich fort, nach dieser Kosovo-Albanerin suchen? Das würde zu ihr passen. Sie gab sich nicht mit halben Sachen zufrieden. Das war schon als kleines Mädchen nicht ihre Art gewesen. Natürlich, genau das hatte sie vor! Die Vorstellung gefiel ihm nicht. Er mochte es, sie gegenüber zu wissen, sich vorzustellen, wie sie schlief, morgens ins Badezimmer ging, sich die Zähne putzte. Auf diese Weise hatte er wenigstens ein wenig Anteil an ihrem Leben.

Plötzlich fiel ihm ein neues Haiku ein.

Ein Frühlingsmorgen
der Mann am Bahnsteig erwartet
das Lied des Vogels.

Da wusste er, was er tun musste. Herausfinden, wann sie fuhr. Und Koffer packen. Allerdings würde sie ihm was pfeifen. Er grinste und seufzte. Na ja, das war er ja schon gewohnt. Und er musste einen guten Grund finden, denselben Weg zu reisen. Der Western-Verleger würde eben noch etwas warten müssen. Sein Autor Peter West hatte anderes zu tun.

17

Der Glückliche wirkte einigermaßen unzufrieden, er zog sogar die Stirn in Falten, vielleicht hatte er sich aber wieder einmal die Zunge am Kaffee verbrüht.

»Jetzt haben wir zwar unsere Täterin, aber irgendwie tut mir das Mädchen leid.«

Iris nickte, sie fühlte ähnlich. »Wir tun eben unseren Job. Ich hoffe, sie findet einen milden Richter. Ein Gutes hat die Angelegenheit allerdings, die Sache hat Mutter und Tochter einander wieder nähergebracht. Doch da ist etwas anderes, was mir keine Ruhe lässt. Was ist mit diesen Leichenfledderern? Wenn wir den Tanten und ihren Helfershelfern kein illegales Verhalten nachweisen können, dann bleiben sie unbehelligt. Wissen Sie, was mich am meisten ärgert? Das geringe Strafmaß. Wer illegal mit einem Organ oder Gewebe handelt, es entnimmt, überträgt oder sich übertragen lässt, muss mit höchstens fünf Jahren Freiheitsstrafe rechnen. Vielleicht sogar nur mit einer Geldstrafe von sagen wir mal fünfundzwanzigtausend Euro. Das ist in etwa der Verkaufswert einer Leiche, ein Klacks. Wir können noch nicht einmal zweifelsfrei belegen, dass die Tanten und ihr Neffe Teil eines international organisierten Rings sind, solange wir die Verbindungen in den Kosovo nicht verifiziert haben. Außer Urkundenfälschung, Gewebeentnahmen unter ungesetzlichen Bedingungen und Störung der Totenruhe haben wir nichts in der Hand. Dieser Tilo Weber in Berlin und die anderen Beerdigungsunternehmen, die mit den ›Jenseitswelten‹ zusammenarbeiten, werden so tun, als hätten sie von nichts gewusst. Aber wir müssen denen doch einen Schuss vor den Bug versetzen! Sonst machen die immer so weiter! Und eines schönen Tages kommt Gewebe eines HIV-Infizierten in den Handel. Oder eines Menschen mit einer anderen schweren Infektion. Und das alles nur, weil diese Leute keine Skrupel kennen!«

»Ich kann Ihren Frust verstehen, aber das ist jetzt nicht mehr unsere Sache, sondern die der Kollegen von der organisierten Kriminalität.«

»Und was werden die herausfinden, was meinen Sie?«

»Bei den Verhältnissen im Kosovo dürften die Nachforschungen vor Ort eher schwierig werden. Dort wird die Ordnung für die Lebenden gerade erst wieder aufgebaut, besonders nach der Abspaltung von Serbien. Es gibt dort schon Ermordete und Gräber genug. Wer kümmert sich da schon um die fremden Toten?«, sagte der Glückliche.

»Felix, wir können doch nicht einfach so aufgeben! Dieser illegale Handel muss aufhören. Ich kann mich nicht einfach zurücklehnen und sagen, das geht mich nichts mehr an! Außerdem will ich endlich wissen, was aus dieser Milena geworden ist.«

»Verständlich. Aber mit der Aufklärung des Mordes an Neubert sind wir raus. Wer sagt denn, dass Recht und Gerechtigkeit dasselbe sind?«

Für einen Moment wünschte Iris allen Besserwissern wie ihm die Rinderpest an den Hals. »Vielleicht sorgt ja der liebe Gott für die ausgleichende Gerechtigkeit, und die beiden alten Tanten landen nach ihrem Tod ebenfalls auf dem Seziertisch.« Dann reckte sie das Kinn nach vorne.

Martin Felix schwante Übles.

»Ich fahre zufällig demnächst in den Kosovo.«

»Dienstlich? Das bekommen Sie nie durch. Der große M. hat das doch schon abgelehnt. Außerdem kann es da immer noch gefährlich werden.«

Sie gab sich alle Mühe, harmlos zu erscheinen. »Wieso gefährlich? Zusammen mit der KFOR sorgen unsere Jungs doch für Sicherheit. Ich mache auf jeden Fall Urlaub. Ich finde, den habe ich mir verdient. Es hat noch einen Vorteil: Ich bin außer Reichweite, wenn der große M. die private Notiz bezüglich meines, ich betone, *meines* Besuches in Frankreich bekommt. Bis ich wieder da bin, ist die erste Wut vielleicht verraucht. Nein, sehen Sie mich nicht so an. Sie werden die Klappe halten und sich nicht opfern. Das ist meine Verantwortung. Es soll schön im Kosovo sein. Ja, ein Urlaub ist genau das Richtige. Und vielleicht kommt zufällig gerade ein Toter mit den Initialen O.K. an. Oder ich laufe Milena Mustafa über den Weg. Das ist doch nicht verboten. Ich würde nie etwas so Illegales tun wie dort auf eigene Faust ermitteln. So gut müssten Sie mich doch kennen. Was denken Sie denn?«

»Eben, ich kenne Sie. Was ich denke? Sie sind wahnsinnig.«

Wenn sie ehrlich zu sich selbst war, dann konnte sie dem kaum widersprechen.

***

Als sie zwei Tage später mit Sack und Pack schnaufend auf dem Bahnsteig am Westbahnhof einlief, stand Max Trautmann dort. In Iris erwachte sofort das Misstrauen, denn um ihn waren drei Koffer gruppiert, der Größe nach geordnet wie die Orgelpfeifen. Über seiner Schulter hing eine weitere Tasche. Sie setzte ihren Rucksack ab.

»Was machen Sie denn hier?«

»Ich?«

»Ja, Sie. Oder sehen Sie hier noch jemand anderen?«

»Ich reise in den Kosovo.«

»Das wollen Sie mir aber jetzt nicht im Ernst erzählen!«

»Doch. Ich habe dort zu tun.«

»Ach, Sie wollen wohl für den Weltfrieden sorgen!«

»Seien Sie nicht schon wieder so sarkastisch und von oben herab.«

Iris geriet mehr und mehr in Rage. »Wissen Sie, wie man so etwas nennt? Stalking. Das ist strafbar. Hören Sie auf, mich zu verfolgen, sonst sorge ich dafür, dass es Ihnen leidtut.«

»Ich verfolge Sie nicht«, erklärte er in aller Gemütsruhe. Sie sah, dass er sich bemühen musste, nicht zu grinsen. Das brachte sie noch mehr auf die Palme.

»Das tun Sie sehr wohl! Das ist ja offensichtlich. Oder denken Sie, ich glaube noch an diese Art von Zufällen?«

»Das ist kein Zufall.«

»Also Stalking.«

»Nein, ich fahre dienstlich. Sie haben nur insofern etwas damit zu tun, als Sie mir gestern, als wir uns zufällig beim Bäcker getroffen haben, von Ihrer Urlaubsreise erzählten. Da kam mir eine Idee.«

Iris verfluchte sich für ihre Geschwätzigkeit. Aber wer konnte auch so etwas ahnen? »So, und was wollen Sie dort?«

»Ich bin Schriftsteller, schon vergessen? Ein Verlag dort will einen meiner Western übersetzen lassen und herausbringen.«

»Ihrer Western?«

»Ja, tun Sie nicht so erstaunt. So schlecht bin ich als Schriftsteller nun auch wieder nicht. Und außerdem gibt es noch einen anderen Grund. Sie hatten recht mit dem Weltfrieden.«

»Hören Sie auf, sich über mich lustig zu machen, Sie ...«

Er tat, als wäre er zutiefst in seinem Ehrgefühl getroffen. »Sie trauen mir aber auch gar nichts zu. Ich begleite den Detektiv, für den ich arbeite. Er will expandieren, hat Pläne für eine ganze Kette von Sicherheits- und Überwachungsunternehmen. Da wollte er mal schauen, wie die Situation in den Ländern ist, die einst zu Jugoslawien gehörten, so eine Art Franchise anbieten, glaube ich. Als er hörte, dass ich sowieso fahre, hat er sich mir angeschlossen.«

»Franchise. Ausgerechnet mit Ihnen?«

»Was soll das heißen, ausgerechnet mit mir? Sie wissen genau, dass ich Ende der Sechziger eine Einzelkämpferausbildung durchlaufen habe, die mich qualifiziert. Ich war in einem Ausbildungscamp der Palästinenser, nachdem Klara ... Na ja, damals war ich trotz allem noch irgendwie ein Träumer, ich wollte die Welt gerechter machen.«

Nachdem Klara verschwunden war, Klara, seine große Liebe, die missbrauchte Stiefschwester. Er hatte damals eine Geschichte über seine verlorene Liebe geschrieben, die für großes Aufsehen sorgte, man könnte fast sagen, sie hatte zu seinem Durchbruch als Autor geführt.

»So, und warum stehen Sie allein hier, wenn Sie doch angeblich mit einem Detektiv unterwegs sind? Oder er mit Ihnen?«

»Drehen Sie sich mal um, da kommt er.«

Tatsächlich. Ein älterer Mann, um die sechzig und mit Glatze, schnaufte den Buckel zum Westbahnhof hinauf. Detektive hatte sie sich anders vorgestellt. Ziemlich schlechte Kondition, stellte Iris schadenfroh fest und erinnerte sich im selben Atemzug, dass demnächst und unwiderruflich ihre Amok-Ausbildung anstand.

Falls sie nach ihrer Rückkehr überhaupt noch einen Job hatte. Doch zunächst fuhr sie in Urlaub. Vielleicht fand sie ja dort eine Möglichkeit, ihre Kondition zu verbessern. Dafür waren Urlaube schließlich da.

Sie warf einen Blick auf den schnaufenden Detektiv, der immer näher kam. »Egal, wo Sie sind, und egal, warum, unterstehen Sie sich und sprechen mich noch einmal an.«

»Ganz wie Madame wünschen.«

Damit schulterte er seine Tasche und jonglierte seine Koffer fünf Meter weiter auf den Bahnsteig.

Sie sah ihm hinterher.

Der Detektiv schloss zu ihm auf. Sie begrüßten sich, als wären sie alte Bekannte. Dann unterhielten sie sich. Iris vermutete aufgrund der Art, in der sie *nicht* zu ihr hinüberschauten, dass sie das Thema des Gespräches war.

Das Springseil? Ja, war im Rucksack. Das Buch zur Feldenkrais-Schule? Auch. Die Daten aus dem Pass von Milena Mustafa hatte sie sich aufgeschrieben, vom Foto eine Kopie gemacht. Das war unverdächtig. Nur falls jemand ihr Gepäck durchsuchen sollte.

Plötzlich blickte Trautmann zu ihr herüber. »Vergessen Sie nicht, Sie schulden mir noch ein Essen. Außerdem haben Sie mir vor ewigen Zeiten versprochen, in diesem Frühling die Primeln in meine Balkonkästen zu pflanzen«, rief er ihr zu. Die anderen Fahrgäste schauten neugierig. Das war ihr peinlich.

Primeln! Sie wandte ihren Kopf in die andere Richtung. Bald würde der Zug kommen. Iris legte noch etwas mehr Abstand zwischen Trautmann und sich. Sie musste unbedingt in einen anderen Waggon als er einsteigen. Ihr Handy spielte den Entertainer. Der große M. Sie nahm nicht ab. Die Halbschranke senkte sich mit einer Serie von Plings.

Danksagung

Wie immer haben viele geholfen, damit dieser Roman zustande kam. Ich danke stellvertretend: Manfred Jauch (inzwischen im Unruhestand), Leiter der Führungsgruppe der Polizeidirektion Lörrach; Werner Baumgartner, dessen berufliches Wissen ich schamlos abgefragt habe; Dr. Axel Pruss, Transplantationsmediziner an der Charité Berlin; Prof. Meyer, Leiter der Herzklappenbank der Charité Berlin; Martin Börgel, Deutsche Stiftung Organtransplantation; Hans-Joachim Mönig vom gemeinnützigen Deutschen Institut für Gewebeersatz, der DSO-G, Tochter der Deutschen Stiftung Organtransplantation (DSO); Dr. Susanne Stöcker, Paul-Ehrlich-Institut (Bundesamt für Sera und Impfstoffe, Leiterin Referat, Presse, Informationen); Dr. Wiebke Pühler (Referentin, Bundesärztekammer, Dezernat VI, Berlin); Zollamtsrat Andreas Schnetzler, Leiter des Abfertigungsdienstes des Hauptzollamts Weil am Rhein; Zollkommissar Wolfgang Brandenburg, Zollkommissariat Lörrach, sowie Joachim Schulz von BürSte, dem Bürgerforum des Stephankiez, für seine Hilfe zur Moabiter Historie.

Mein besonderer Dank gilt Dr. Christel Steinmetz und Stefanie Rahnfeld vom Emons Verlag für ihre liebevolle Betreuung und ihren nie erlahmenden Optimismus bezüglich meiner Manuskripte: Ohne euch beide und das sorgfältige Lektorat würde das Krimischreiben nur halb so viel Spaß machen.

Petra Gabriel

Petra Gabriel
TOD AM HOCHRHEIN
Broschur, 256 Seiten
ISBN 978-3-89705-489-9

»Petra Gabriel versteht es, ihren Figuren zunehmend Profil zu verschaffen und die einzelnen Stränge geschickt miteinander zu verweben.« Südkurier

»Ein spannend und souverän erzählter Kriminalroman, der den Schauplatz Dreiländereck gekonnt in die Handlung einbindet.« Hochrhein-Zeitung